# PANTEÃO

**Obras do autor publicadas pela Editora Record**

*O acerto final*

*O código dos justos*

*O escolhido*

*Panteão*

*O último testamento*

SAM BOURNE

# PANTEÃO

*Tradução de*
GUSTAVO MESQUITA

EDITORA RECORD
RIO DE JANEIRO • SÃO PAULO
2014

CIP-BRASIL. CATALOGAÇÃO NA FONTE
SINDICATO NACIONAL DOS EDITORES DE LIVROS, RJ

B778p Bourne, Sam, 1967-
Panteão / Sam Bourne; tradução de Gustavo Mesquita. – 1. ed. – Rio de Janeiro: Record, 2014.

Tradução de: Pantheon
ISBN 978-85-01-40154-0

1. Romance inglês. I. Mesquita, Gustavo. II. Título.

14-08763 CDD: 823
CDU: 821.111-3

TÍTULO ORIGINAL EM INGLÊS:
Pantheon



Texto revisado segundo o novo Acordo Ortográfico da Língua Portuguesa.



Editoração eletrônica: Abreu's System

Direitos exclusivos de publicação em língua portuguesa somente para o Brasil adquiridos pela
EDITORA RECORD LTDA.
Rua Argentina, 171 – Rio de Janeiro, RJ – 20921-380 – Tel.: 2585-2000,
que se reserva a propriedade literária desta tradução.

Impresso no Brasil

ISBN 978-85-01-40154-0

*Para a minha mãe, a pessoa mais gentil e mais forte que conheço.*

# UM

OXFORD, 8 DE JULHO DE 1940

Doía, aquela jornada; era penosa; no entanto, dia após dia ele voltava para mais punição. Toda manhã, estivesse o céu escuro de chuva, ou, como hoje, iluminado por um sol cortante, James Zennor estaria na água pouco depois do amanhecer, remando sozinho no trecho em que o Tâmisa é chamado de Ísis.

James amava aquelas manhãs. O ar tinha um cheiro fresco, o céu estava vazio, tudo envolto em silêncio. Uma família de galinhas-d'água se reunia na margem do rio, mas mesmo elas não emitiam som algum, como se, tal como ele, preferissem permanecer imersas em si mesmas.

O barco corria agora, os punhos de James retos e na horizontal, o movimento do molinete — girar os remos para que as pás entrem na água na vertical, depois de cortarem o ar na horizontal — completamente automático. Ele olhou para o rio à sua frente, reluzindo como que cravejado pelo sol. Em momentos como aquele, quando o verdadeiro esforço estava apenas começando, quando o céu estava azul e a brisa era fresca como uma carícia, ele quase conseguia esquecer o que havia acontecido com seu corpo arruinado. Quase conseguia se sentir como o homem que costumava ser.

Salvo aquele fatídico ano no exterior, ele vinha a esse mesmo lugar havia uma década, desde que era um aluno de graduação grato por um lugar na equipe da faculdade. Chegou até mesmo a ser o voga de Oxford em uma regata contra Cambridge com final memoravelmente disputado. Mas isso foi há muito tempo. Hoje ele competia apenas contra si mesmo.

Ele olhou para a esquerda e a direita, mas não havia mais ninguém. No período de aulas talvez visse uma ou mais tripulações ambiciosas na água àquela hora, treinando para a Torpids ou a Eights — homens mais jovens que o lembravam de si mesmo mais novo. James Zennor ainda não tinha 30 anos. Mas já havia passado por tanta coisa que sentia ter o dobro dessa idade.

Ergueu os olhos e semicerrou-os, saboreando a sensação de ficar ofuscado, então voltou a se concentrar na tarefa em suas mãos. Quando os olhos se ajustaram, ele viu as árvores na margem direita, sombreando o caminho que ele e Florence percorriam com tanta frequência, tanto antes quanto depois do nascimento de Harry. James gostava de levar o filho até ali, acalentando a ideia de que se apaixonasse pelo rio da mesma forma como ele se apaixonara quando menino, apenas por estar perto dele. Mas nos últimos meses Harry vinha ficando tenso, apertava ansioso a mão de Florence sempre que chegavam perto demais da água. Mas isso passaria. James tinha certeza. Em dias como aquele, ele sentia que qualquer coisa era possível.

Ele imaginou como o filho estaria naquele exato momento. Ainda dois meses antes do seu terceiro aniversário, Harry estaria dormindo, agarrado a Snowy, o pequeno urso-polar que o acompanhava para a cama todas as noites. Da mesma forma como James o vira naquela manhã, antes de sair de fininho para o treino de remo. Apesar de tudo pelo que ele e Florence passaram, eles haviam feito um belo filho juntos.

Agora, quando James chegava mais uma vez à Comporta Iffley e fazia a volta, o inevitável aconteceu. Seu ombro esquerdo passou a gritar por atenção. A dor não era menos aguda por ser familiar, queimava e perfurava como se ele estivesse sendo espetado por diversas agulhas incandescentes. Dia após dia ele começava com a esperança de que dessa vez seria diferente, que a dor viria mais tarde, que poderia até mesmo não vir. Hoje, com o clima tão perfeito, essa esperança brilhava com mais intensidade que de costume. Mas, à medida que remava rumo à ponte Folly, soube que nada havia mudado.

James tentou se concentrar naquelas frações de segundo de alívio quando as pás estavam no ar, fora da água pesada: a recuperação antes do impulso. Ele tentou imaginar a água fria do rio, o efeito calmante, reconfortante, que teria em sua pele em chamas.

Cada puxada apertava seus pulmões, as expirações saindo como se fossem o arfar de alguém muito distante; mas o coração falava alto como um motor acelerando forte demais.

O barco avançava na água, cortando-a em silêncio, a proa esguia e estreita. Ele sabia que, visto da margem, o movimento parecia ser feito sem esforço. O remo em equipe, quando bem-feito, sempre transmitia essa impressão; seres humanos transformados em uma única máquina poderosa, todas as suas energias concentradas em um único objetivo. Se você escolhesse os homens certos, os mais fortes e melhores, a água parecia ser impotente para resistir.

Um esquife raramente é uma visão tão agradável; um homem sozinho não consegue gerar o mesmo impulso e senso de ordem. James tinha certeza de que parecia especialmente deselegante. Seu ombro esquerdo destruído garantia essa impressão. Agora fadado a ser para sempre mais fraco que o direito, o braço esquerdo era incapaz de acompanhar; a simetria perfeita estava fora de alcance. Ele imaginou seu barco ziguezagueando pelo rio, apesar de já lhe terem garantido diversas vezes que isso não acontecia.

Ele tragou oxigênio, olhando para cima ao fazê-lo. A ponte Folly se revelava à distância. Quando chegasse lá, teria remado pelo Ísis até a Comporta Iffley e voltado três vezes, uma distância de pouco mais de 7 quilômetros. Seu corpo exigia que parasse; ele já fizera o circuito matinal de sempre. Mas James não conseguia deixar de pensar nos homens — de sua idade ou mais jovens — em combate no continente ou nos pilotos que se preparavam para defender os céus da Inglaterra, dando tudo de si pelo que o novo primeiro-ministro alertara ser a "Batalha da Inglaterra". A cada remada ele contemplava o quanto seu esforço era débil se comparado ao deles. Se eles conseguiam seguir em frente fazendo a sua parte, o mínimo que ele podia fazer...

Mas agora a perene dor no ombro subitamente se aguçou como se algo houvesse se despedaçado. James se perguntou se um fragmento de osso teria saído do lugar. A agonia era indescritível.

Ele travou os dentes contra a dor. Numa tentativa de distrair a si mesmo, forçou a mente a lembrar o que ouvira no rádio na noite passada. A principal notícia continuava a ser o afundamento da frota francesa na Argélia pelos britânicos. Típico de Churchill, aquilo. Destemido e insolente. Ao contrário daquele maldito imbecil, Chamberlain, Churchill entendia que não havia espaço para embromar, não havia tempo para delicadezas. Agora que Paris havia sido conquistada, os navios franceses cairiam nas mãos dos alemães. O melhor era que fossem completamente destruídos. Não que os franceses vissem o ocorrido dessa forma: estavam furiosos, as recriminações ainda retumbavam.

O ombro disparava ondas de dor pelo seu corpo agora. James se recusava a escutá-lo. O que viera depois? A BBC geralmente tentava começar o programa com algo positivo para compensar as más notícias que se seguiriam. Que pílula tentaram dourar com a discussão do afundamento da frota francesa na noite passada? A agonia lhe repuxava os nervos, mas James se recusava a sucumbir. Era isso. As ilhas do

Canal. Sark havia se rendido aos nazistas, dois dias depois de Alderney: as ilhas do Canal agora estavam inteiramente sob jugo alemão. A ideia era chocante. James nunca estivera lá, mas crescera na costa sul da Inglaterra sabendo que Jersey ficava a uma viagem de ferryboat de distância. As pessoas dali falavam inglês. Nas poucas semanas que se passaram, a bandeira da suástica havia sido desfraldada na Noruega, França, Bélgica, Holanda; e agora num pequeno canto da Grã-Bretanha. Hitler se aproximava.

James ergueu os remos para deixar que o barco corresse nas águas lisas e soltou o que imaginou ser um suspiro de alívio. Apenas com a revoada desordenada de um bando de galeirões ele se deu conta de que o som na verdade tinha sido um grito. Um homem no caminho de sirga mais adiante se virou subitamente e, alarmado, afastou-se.

James foi até a margem, o mais próximo do ancoradouro que conseguiu, ergueu o corpo para fora do barco e pisou em terra firme, preparando-se para o momento mais exigente da sua rotina matinal. Já agachado, ele levou a mão ao laço de corda na proa do barco para tirar o esquife da água e apoiá-lo no ombro. Um, dois, três e, com um esforço que o fez querer urrar, lá estava o barco. Ele cambaleou os poucos metros até a casa de barcos e colocou o esquife no estrado.

Então ficou parado por alguns segundos, recuperando o fôlego, fitando o céu. Aquele glorioso azul de centáurea o golpeou como uma mentira. Os céus da Grã-Bretanha estavam se transformando em campos de batalha, as sirenes de ataque aéreo soando nas cidades noite após noite. Aviões alemães haviam bombardeado Cardiff havia apenas algumas noites. Que direito ele tinha de parecer tão pacífico?

James passou apressado em frente às casas de barcos das faculdades, uma para St John's, outra para Balliol, uma terceira para New College e de outras, todas agora trancadas e vazias. E apesar de isso se dever mais às férias de verão do que à guerra, ele mais uma vez amaldiçoou silenciosamente o seu destino.

Chegando ao poste onde deixara a bicicleta, passou uma perna sobre o banco e começou a pedalar forte, saboreando a mudança cinética no corpo depois do interminável ir e vir no rio. Passou sobre a pequena ponte, com arco tão pronunciado quanto um arco-íris, e então pelo prado da Christ Church, com nada além de vacas pastando — que, desde a instituição do racionamento, pareciam mais úteis do que meramente decorativas —, e pelos antigos canteiros de flores, arrancadas em favor das batatas. Aquilo acontecia por toda Oxford agora: mesmo o menor dos jardins particulares e cada metro quadrado de quintal era transformado em hortas para garantir o abastecimento do país.

Ele pedalou entre a Merton e a Corpus, passou pela Oriel e seguiu pela High Street. As faculdades estavam desertas àquela hora, mas muitas logo estariam tomadas para mais um dia de serviço obrigatório em tempos de guerra. Entrando à direita na direção da St. Giles, ele fez o possível para desviar o olhar do Memorial dos Mártires e seguiu em frente, para casa.

Ainda não eram sete horas, então não havia muitos carros na rua. Mas mesmo na hora do rush haveria menos carros hoje do que há um ano: era consequência do racionamento de combustível. James ouvira falar de um sujeito criativo que tinha encontrado uma solução: encher o tanque com uma mistura de uísque e parafina — ele se queixava de que o carro agora fedia mais do que um acendedor de lampiões bêbado. No entanto, pelo andar da carruagem, a maioria dos motoristas de Oxford preferia não correr o risco. Aqueles que o fizessem agora encontrariam postos de controle nas saídas norte, sul, leste e oeste da cidade — barreiras idealizadas para garantir que as autoridades soubessem exatamente quem entrava e quem saía, como se Oxford fosse uma base militar e não uma antiga cidade universitária. Havia uma barreira até mesmo entre a Pembroke e Christ Church. Mas eles tendiam a se preocupar menos com um sujeito numa bicicleta.

Não era possível esquecer que o país estava em guerra, não importava o quanto se evitassem as barreiras. Os semáforos estavam cobertos com o que pareciam ser capuzes de monge, uma das incontáveis pequenas transformações impostas pelo blecaute. Porém mais estranha ainda era a completa ausência de placas de rua e de trânsito, retiradas para dar uma dor de cabeça a qualquer futuro exército de ocupação. Que os alemães se virassem para achar o caminho em Oxford.

A dor no ombro havia voltado. Ele olhou para o relógio e passou a fazer contas para distraí-lo da agonia. Se pedalasse com toda força, deveria estar em casa em quatro minutos e meio.

Ao descer a toda pela Banbury Road, o vento soprando nos ouvidos, James teve consciência da fome, que rugia. Miseráveis 115 gramas: essa era todo o seu estoque de bacon da semana. E ele seria capaz de devorar tudo isso naquele instante, em um único café da manhã! E o que qualquer um faria com um ovo a cada três dias e meio?

Ao menos a Parks Road estava logo à frente, um carro preto grande parado na esquina com o motor ligado.

Florence olhava para o filho, sentado à mesa da cozinha, a cadeira com uma pilha de almofadas para que ele alcançasse o prato, apesar de a torrada com margarina estar praticamente intacta. Harry estava curvado sobre o caderno de desenho, segurando um toco de giz de cera vermelho.

— Não vai demorar, Harry. Eu prometo. — Mais uma vez ela abriu, revirou e fechou cada uma das gavetas da cozinha. Onde diabos aquilo foi parar?

Todo o resto estava pronto: a mala, metodicamente arrumada, casacos para a viagem, sapatos resistentes. Ela foi cuidadosa com o passaporte, guardara-o deliberadamente no fundo da segunda gaveta da cômoda, escondido entre as roupas íntimas, um domínio pessoal que James muito dificilmente invadiria. E apesar disso, quando a abriu havia pouco mais de uma hora, o passaporte não estava lá. Foi a primeira coisa que fez depois de um longo tempo na cama, de olhos fechados, fingindo dormir ao ouvir James se lavar, vestir-se e sair para o rio. Imóvel, ela ficou deitada escutando a rotina do marido, à espera do som da porta sendo fechada às suas costas. Florence esperou mais dois minutos depois que o ouviu, contados no relógio do criado-mudo, para o caso de ele esquecer alguma coisa e voltar. Então, quando o caminho ficou livre, ela saiu da cama, a lista mental clara e objetiva. Mas quando abriu a segunda gaveta, não havia sinal do passaporte. James de alguma forma o havia pegado e escondido dela? Alguém revelara o seu segredo? Se o marido sabia, por que não disse nada? Que armadilha James tinha armado para ela?

Ela olhou para Harry outra vez. O menino estava de cabeça baixa, concentrado no desenho. Florence se aproximou e olhou sobre sua cabeça, subitamente sentindo um aperto na garganta.

— O que é isso, querido?

Harry ergueu os olhos, duas piscinas redondas azuis. Florence viu neles uma imensa melancolia antes de se dar conta de que era um reflexo de si mesma o que vira nos olhos do filho.

— É a casa da gente — disse Harry, sua voz baixa e rouca, tão diferente das crianças da sua idade, mas tão parecida com a de James. — Sou eu aqui dentro — disse, apontando para uma forma que lembrava vagamente uma janela. O dedinho gorducho apontou para outra forma. — E aqui, você e papai.

Florence sentiu os olhos arderem.

— Está lindo, Harry — elogiou, tentando soar animada. — Está lindo. — Era a terceira casa que o menino desenhava nos últimos vinte minutos.

Ela retomou a busca, tentando não pensar em Harry ou no desenho. Não queria dar espaço a nada que pudesse minar sua determinação. Onde em nome de Deus ela tinha colocado o passaporte?

Talvez, com o pânico, Florence não o houvesse visto. Determinada a ser mais metódica, voltou às gavetas da cozinha pela terceira vez, agora tirando a bandeja de talheres da primeira antes de passar para a segunda. Capas de chaleira, guardanapos, uma colher de madeira, uma lanterna reserva e pilhas novas. Por fim a última gaveta, cheia das coisas tipicamente masculinas de James: chaves de fenda, alicates, uma chave inglesa, uma lata de lubrificante e mais pilhas para a lanterna. Desde que a guerra começara, parecia haver lanternas e pilhas em todos os cantos da casa. Mas não estava ali.

Florence olhou para seu relógio. Seis e quarenta e cinco. Eles precisavam estar fora dali até no máximo as sete horas. James nunca voltava antes das sete e quinze. Ela só precisava manter a calma.

Ela correu até o gabinete do marido. Uma bagunça, cheio de pilhas de papel, livros e o que parecia ser a coleção completa do *Journal of Experimental Psychology*. Erguendo a pilha maior, ela a colocou cuidadosamente sobre a cadeira. Então tirou a edição de fevereiro da *New Statesman*, a capa com manchas redondas deixadas por múltiplas xícaras de café, depois uma edição do *Tribune*. Mais cartas, um exemplar bastante usado de *Homage to Catalonia*, de George Orwell — apesar de o marido sempre se referir a ele como Eric depois que se conheceram na Espanha —, um exemplar grosso do almanaque de críquete de Wisden, mas nenhum sinal do passaporte. Um recorte do *Daily Sketch* de algumas semanas atrás: "Recrutamento estendido até os 36 anos", dizia a manchete. Faltavam cinco minutos para as sete.

— Mamãe! — Um grito vindo da cozinha

— Agora não, Harry.

— Mamãe. — Mais insistente.

— A mamãe está ocupada. — Ela vasculhava uma gaveta da escrivaninha com fitas de máquina de escrever, clipes de papel e um mata-borrão sobressalente. — Por que você não vê se Snowy está confortável em sua sacola?

— Tem um homem na porta.

Ela congelou. Será que James já estava de volta, bem mais cedo do que de costume? Não fazia sentido; se estivesse ali, ele já teria entrado. Por que ficaria parado do lado de fora? A menos que tivesse esquecido as chaves. E se recusasse a tocar a campainha para não acordar Harry. Meu Deus, o que ela deveria fazer?

Florence se esgueirou para o corredor. Instantaneamente, pelo vidro colorido acima da porta, viu que era Leonard, a silhueta alta e firme. Seus ombros afundaram de alívio. Ela abriu a porta.

O cabelo com brilhantina ainda estava no lugar, mas ele estava corado pelo esforço.

— Ele terminou mais cedo. Acabei de vê-lo.

— O quê?

— Vim o mais rápido que pude. James parou de remar: acho que deve ter sido mais rápido que o de costume hoje. Ou calculei errado. Mas ele terminou. Estará de volta em dez minutos, quinze no máximo.

Ela fez uma careta e, como se houvesse interpretado mal a expressão, Leonard acrescentou abruptamente:

— Lembre-se de que muitas pessoas dependem disso, Florence. Há muito em jogo.

— Espere aqui um minuto.

Desesperada, ela arrancou as gavetas que faltavam da escrivaninha e passou a vasculhar papéis de cigarro, caixas de fósforo usadas e moedas estrangeiras, a maioria espanhola. Passou para as prateleiras, puxando livro após livro, então blocos de uma vez, incluindo a coleção completa do Left Book Club, de capas laranja, e atirando-os no chão Ainda nada de passaporte.

Harry começou a chorar, talvez assustado com Leonard, um estranho, parado à porta. Ou talvez pela frustração que ela não conseguia conter. Mas Florence precisava ignorá-lo. Ela voltou correndo para o quarto. Quebrando um dos tabus tácitos do casamento, ela já havia espiado o guarda-roupa de James, mas agora faria uma varredura completa. Correu os cabides dos dois ou três ternos e dos paletós escuros, então ficou de joelhos e passou a tatear a madeira na base do móvel. Sentiu algo e o puxou para fora.

Uma caixa de sapato. Florence a abriu, esperançosa. Mas dentro havia apenas um par de sapatos de couro preto, ainda embrulhado em papel de seda, o mesmo, ela se deu conta com uma pontada de culpa, que James usara no casamento. Não, na festa de casamento que tiveram quase seis meses depois, na Inglaterra.

Florence percebeu uma sombra e se virou para ver Harry, que escapara da cadeira e estava parado à porta, lágrimas escorrendo pelo rosto.

Ela sentiu os próprios olhos se encherem de lágrimas. Apesar de toda a preparação, de semanas, estava prestes a falhar.

— Não chore, querido. Tudo vai ficar bem.

Uma última chance. Ela puxou o banco ao lado da porta do banheiro, subiu e olhou na prateleira de cima do armário do marido. Havia dois suéteres. Ela os empurrou de lado. Nada. Estava prestes a desistir quando percebeu um contorno impreciso. Mal era visível, marrom contra marrom. Ela estendeu o braço e tocou o couro. Sentiu um aperto no coração: outro maldito livro, com páginas de cheiro embolorado e nada escrito na capa. Quando o abriu, uma fotografia escapou. Harry a pegou e olhou para o homem atraente de uniforme rodeado de companheiros, um rifle em cada mão, antes de berrar feliz quando o reconheceu.

— Papai!

Florence sentiu a derrota cravar-se em seus ossos. James deve ter encontrado o passaporte e o levado para o rio. Que artifício cruel.

Apenas o desespero a lançou de volta ao lugar onde começara a busca: a gaveta de roupas íntimas. Ela tirou as peças que restavam uma a uma, como numa demonstração final de esmero. Ao erguer um par de meias pretas, seu coração disparou. Ela puxou o tecido aqui e ali e, de alguma forma preso ali dentro, estava o pequeno e rígido livreto azul-escuro. O passaporte estava ali o tempo todo, exatamente onde o colocara.

— O que a mamãe disse, Harry? Viu só, tudo vai ficar bem. — Ela sentiu a tensão na própria voz ao erguer o filho em um único movimento e acomodá-lo no quadril direito. Com a mão esquerda, pegou a mala que deixara no corredor, pronta para esse momento havia quase uma hora. E saiu pela porta da casa para se juntar a Leonard. Não havia tempo para olhar para trás. Em sua mãozinha, Harry ainda agarrava a fotografia do pai.

# DOIS

BARCELONA, QUATRO ANOS ANTES

James viu mais da pele nua de Florence na primeira vez que pousou os olhos nela do que daquele momento até o dia em que se casaram. O que não era estritamente verdade, mas se transformou em uma fala que ele gostava de usar — apesar de raramente na companhia de mulheres.

Os dois se conheceram em Barcelona, no calor de julho de 1936. Ele nunca estivera na Espanha antes. Na verdade, nunca estivera em lugar algum. Caminhou pela cidade, por suas magníficas e amplas avenidas, de olhos arregalados, o coração batendo forte de animação e orgulho. Penduradas nos prédios de janelas com estranhas formas de olhos chorosos havia faixas e bandeirolas que davam boas-vindas a ele e outros 6 mil estrangeiros às Olimpíadas Populares. A bandeira oficial do evento trazia três musculosas figuras heroicas em vermelho, amarelo e preto segurando um único estandarte. James precisou de algum tempo para se dar conta de que ao menos um dos atletas figurativos era uma mulher; o segundo era um homem de pele vermelha e o terceiro era claramente negro.

Ele não devia ter se surpreendido: aquelas eram as olimpíadas alternativas, idealizadas para roubar a atenção direcionada aos jogos oficiais, que aconteceriam uma semana depois e a mais de 1.500 quilômetros a oeste dali, em Berlim. Enquanto aqueles jogos seriam uma vitrine para a supremacia ariana, as Olimpíadas Populares seriam uma festa de socialistas, idealistas e radicais que se recusaram, por questão de consciência, a tomar parte no Carnaval nazista de *herr* Hitler.

— Bem, nós não vamos ganhar, isso eu posso dizer — afirmara James no exato instante em que ele e seu amigo Harry desembarcaram do trem depois de uma viagem que começara quase 18 horas antes na Victoria Station. — Não nesse calor. Estamos acostumados a manhãs congelantes e à neblina de Cherwell.

— Olha, Zennor, me escute. Se eu quisesse um pessimista teria trazido Simkins ou aquele outro babaca, Lightfoot. Escolhi você pelos seus poderes *retóricos*. Você deveria nos motivar, exortar a equipe à vitória!

— Achei que eu estivesse aqui porque sou um remador dos bons.

— E você é. Então chega dessa conversa derrotista. Não vamos liderar as massas à revolução com esse pessimismo inglês maçante, vamos?

Harry Knox, aluno de Winchester e Balliol, baronete por direito hereditário e antigo recrutador-chefe do... qual era mesmo o nome? James achava que fosse ILP, mas podia ser outro grupo socialista com outro conjunto de iniciais: era difícil acompanhar. Ir a Barcelona havia sido ideia de Knox, uma forma de compensar a ausência das verdadeiras olimpíadas — e uma chance de protestar contra o fascismo. James não tinha conseguido a posição de voga na equipe britânica em Berlim; aquele seria o seu prêmio de consolação.

Ao lado de outros atletas estrangeiros, eles foram instalados no Hotel Olímpico, na Plaza de España, cujo saguão fervilhava com recém-chegados dos Estados Unidos, Holanda, Bélgica e Argélia. A maioria era exatamente como Harry e James, estava lá com o apoio de uma associação de trabalhadores, partido socialista ou sindicato, e não dos seus respectivos governos. James duvidava de que o processo de classificação tivesse sido tão atleticamente rigoroso quanto o dos jogos oficiais. Mas, como Harry dissera, "a ideia nem de longe é essa, não é?".

A atmosfera era animada e não arrefeceu por uma semana. A porta do quarto deles permanecia aberta, e corredores holandeses marxistas ou velocistas franceses anarquistas entravam e saíam ao seu bel-prazer. O prédio todo parecia abrigar uma única festa ininterrupta. James mal colocara a mala no chão quando um arremessador de peso italiano grandalhão, que depois se revelaria um exilado comunista, lhe estendeu uma garrafa, instigando-o a virá-la de uma vez, sem derramar nada. James leu o rótulo — Sangre de Toro — e o fez. Tinha sabor almiscarado e frutado. Ele não gostou muito naquela oportunidade, mas desde então para sempre associaria o gosto daquele vinho catalão à liberdade.

Eles por fim ganharam as ruas, vagando de um bar de *tapas* para outro. James não conseguia lembrar de ter pagado comida ou bebida, como se todos os donos de bares de Barcelona estivessem gratos pelo apoio dos atletas visitantes à sua jovem república, por fazerem exatamente o que o Comitê Olímpico Internacional se recusara a fazer cinco anos antes — escolher Barcelona, e não Berlim.

Ele beliscava um prato de *calçots* — cebolinhas enormes grelhadas no carvão que, se lhe fossem oferecidas na Inglaterra, James as teria rejeitado como assustadoramente exóticas — quando Harry, já queimado de sol, com rodelas de suor debaixo dos braços, voltou-se para ele com um sorriso lascivo:

— O boato é que a equipe feminina de natação vai treinar hoje à noite.

— Harry, nem mesmo você pode estar assim tão desesperado — respondera James, fazendo o seu melhor para soar como um homem do mundo. Ele tinha alguma experiência com as mulheres, certamente mais do que Harry. Passara a maior parte do segundo ano em Oxford saindo com Daisy, uma loira de pescoço esguio que estudava antiguidade clássica na St. Hugues, e tateando o caminho para a familiaridade do corpo dela, mesmo que por cima da roupa. No entanto, perdera a inocência com Eileen, estudante de uma faculdade de secretariado na Woodstock Road. Ela carecia dos belos traços de Daisy, mas era menos melindrosa e mais parecida com ele: provinciana, de Nottingham. Eles se viam toda quarta-feira à noite, com a ida ocasional ao cinema aos sábados. James a mantinha completamente afastada dos colegas de faculdade, de forma que Eileen era mais sua amante que namorada. Pensar no segredo que impusera ao relacionamento o envergonhava um pouco agora, mas ela nunca o questionara. Em vez disso, nas quartas, por volta das seis e meia, quando a colega de quarto estava no ensaio do coral, ela o recebia em seu quarto — e em sua cama.

— Bem, então não venha, James — disse Harry ao sentir o escárnio do amigo. — Tenho certeza de que há uma nova e excitante monografia acadêmica que você poderia ler.

— Já que é claramente tão importante para você, velho camarada, vou lhe fazer companhia.

Ao menos aquela vez, o boato de Knox provou-se verdadeiro. Quando chegaram à piscina aberta, uma multidão já estava reunida. Na maioria homens, mas também famílias que passeavam depois do jantar naquela noite quente, crianças com sorvetes nas mãos, algumas nos ombros dos pais — todos assistindo às nadadoras iluminadas pelo luar.

Knox abriu caminho na multidão para chegar mais perto. Mas James, do alto dos seus 1,93m, tinha visão desimpedida dos trampolins na extremidade esquerda da piscina e a viu logo de cara.

Os cabelos estavam ocultos debaixo de uma touca, mas James viu que ela tinha pele morena, ao menos mais morena que a das outras garotas. Havia duas belas linhas escuras sobre seus olhos — olhos que mesmo àquela distância pareciam cintilar: depois ele descobriria que eram de um verde-esmeralda, como que dotados de um brilho interior.

O nariz era perfeito, não era pequeno, não era um botão como o de algumas das outras garotas, mas enérgico de alguma forma. Ela era a mais alta de todas, com pernas longas, esguias e, graças ao sol catalão, bronzeadas. Mas era a vivacidade em seu rosto, o riso, a forma como as outras mulheres olhavam para ela, que a destacavam como singular, a líder natural do grupo. Ele estava petrificado.

James observou-a organizar a equipe, determinar uma raia para cada uma das seis. Elas davam risadinhas, conscientes da plateia. O branco de seus maiôs era quase fluorescente à luz da lua, brilhante como um holofote, seus corpos delineados em silhuetas. Quando ela se virou de lado e subiu no trampolim, pronta para saltar, James se maravilhou com as formas de seu corpo; quando flexionou as pernas, com os braços projetados para a frente, ocorreu-lhe que aquela provavelmente era a forma como os antigos imaginavam Diana, a caçadora, uma deusa de beleza e força perfeitas. Com a luz da lua banhando-lhe o corpo e a cabeça coberta com a touca de banho branca, ela poderia ser inteiramente feita de mármore.

O treino continuou por algum tempo, e a plateia eventualmente começou a rarear. Mas Harry não queria ir embora, e James estava mais do que feliz por fazê-lo acreditar que ficar era ideia dele. Quando as mulheres saíram da piscina e vestiram seus roupões, os dois se aproximaram, esforçando-se terrivelmente para conter o ímpeto.

— Devo dizer que vocês foram muito bem — disparou Harry como gambito, a voz mais melosa que de costume, um tique nervoso que, James sabia, vinha à tona sempre que ele se via frente a frente com o que chamava de "o sexo mais belo". James sentia o coração acelerado: em vez de arriscar um gracejo que poderia sair pela culatra ou jogar charme, ele não disse nada.

Duas das jovens riram cobrindo a boca, uma terceira olhava para os pés, vez por outra erguendo os olhos, encabulada. James notou que cinco das seis garotas olhavam para ele e não para Harry, um padrão que, era forçado a admitir, já vira antes. O que estragou o momento foi que a deusa não lhe dava nenhuma atenção; em lugar disso reunia o equipamento e então pegou o cronômetro que estava pendurado no encosto de uma cadeira de observação. Ela por fim se aproximou e, depois de avaliar a cena, estendeu imediatamente a mão para Harry, concedendo-lhe um sorriso de mil watts.

— Srta. Florence Walsingham — apresentou-se. A voz era confiante e melódica, mas com uma delicadeza que surpreendia. Harry gaguejou uma resposta, ela assentiu, decidida, os olhos apenas voltados para ele. James poderia muito bem não existir. Mas, curiosamente, ele não se importou. Isso significava que podia olhar para ela, apreciar seu sorriso, escutar aquela voz que instantaneamente sugeria o West End à noite, um jantar no Strand, coquetéis na Pall Mall e mil outras delícias que ele podia apenas imaginar.

Quando se virou para ele, Florence ergueu uma das mãos e tirou a touca, permitindo que cachos longos e brilhantes de cabelo castanho se derramassem sobre seus ombros. Nem todo o cabelo estava seco: as pontas molhadas ficaram coladas às maçãs do rosto. Involuntariamente, ele se pegou imaginando que aparência aquela mulher teria ao suar, ao fazer amor. Ele estendeu a mão, que ficou no ar por um segundo ou dois antes que ela retribuísse o cumprimento. Mas quando o fez, cravando nele aquele olhar de alta voltagem, James foi dominado. Pelo desejo, claro, mas também por uma ânsia que nunca sentira antes: ele queria se perder naquela mulher, mergulhar dentro dela e deixar que as águas se fechassem.

James e Florence passaram cada momento dos quatro dias seguintes juntos. Ela o via remar, ele a via nadar. Ambos altos, morenos e belos, eles se tornaram um dos casais mais reconhecíveis da Plaza de España. Acompanhavam um ao outro às constantes festas no hotel, no andar dele e no dela, mas principalmente queriam apenas ficar juntos.

Depois do treino matinal de Florence, eles caminhavam e caminhavam. As piscinas ficavam em Montjüic, uma área elevada que no passado fora um forte e uma prisão, mas que havia sido revitalizada para a Exposição Internacional, sete anos antes. Eles começavam nos jardins com projeto paisagístico recente, admirando a vista, então caminhavam morro abaixo passando pelos pavilhões também construídos para a exposição de 1929, parando no Poble Espanyol, a vila espanhola modelo, e por fim admiravam maravilhados a magnífica Fonte Mágica. Sob o calor do sol, ele de camisa branca com as mangas dobradas até os cotovelos, ela com vestidos de algodão que pareciam flutuar à sua volta, contavam um ao outro como se tornaram colegas nas Olimpíadas Populares.

— Culpe Harry e seus companheiros da ILP — dissera ele na primeira conversa de fato que tiveram.

— O Partido Trabalhista Independente?

— Sim, isso. Partido Trabalhista Independente.

— Você é membro? — perguntou ela.

— Não. Sou o que Harry chama de simpatizante. Você?

— Bem, eu certamente sou socialista, se é o que você quer dizer. — O sotaque dela era do tipo que ele nunca havia escutado antes de chegar a Oxford, certamente não na sua cidade natal. Não era o tipo de pronúncia empostada que se ouvia na rádio National Programme. Era a voz que Harry adotava ao fim de uma garrafa de vinho ou que usava ao falar com a mãe ou, claro, quando estava na presença de garotas: James supunha que era o sotaque das classes altas, ou algo muito próximo disso. — Algo inevitável, na verdade, em função da minha área.

— A sua *área*. — Ele se admirou com a arrogância daquela jovem de 21 anos, quatro anos mais nova que ele, falando de si mesma como se fosse uma especialista. — E qual é a sua "área", Srta. Walsingham?

Ela ergueu o rosto para sentir o sol.

— Sou uma cientista, Sr. Zennor.

— Uma cientista.

Ela ignorou a condescendência.

— Acabo de terminar a minha graduação em ciências naturais em Sommerville. Voltarei para lá no ano que vem.

— Para quê, exatamente?

— Para fazer um doutorado, é claro. Vou me especializar em biologia.

Ele pensou em fazer um gracejo — algo sobre enveredar para a pesquisa prática — mas sabiamente mudou de ideia.

— E o que isso tem a ver com ser socialista?

— Você é cientista, não é?

— Bem, alguns discordariam disso, na verdade. Alguns qualificam a psicologia como "filosofia mental". Outros dizem que é o campo mais novo da medicina.

— Não dou a mínima para o que "alguns" dizem. — Ela apertou o braço dele. — Quero saber o que *você* diz.

Ele quis beijá-la ali, naquele momento, em frente a todas aquelas pessoas. Florence só precisava olhá-lo daquele jeito, com aquele sorriso repleto de eletricidade, e ele se sentia a centenas de léguas dali.

— Muito bem — concordou. — Digo que também é uma ciência. A ciência da mente.

— Bom. Então ambos somos cientistas. — Florence apertou-lhe a mão, e ele sentiu a energia fluir para dentro de si.

James se forçou a se concentrar.

— Você ainda não explicou o que isso tem a ver com o socialismo.

— É óbvio, não é? Ciência é razão. Ela trata de ver o que é *racional* e eliminar todo o resto. O socialismo busca a mesma coisa: organizar a sociedade com racionalidade.

— Mas os seres humanos não são racionais, são?

— Não entendo o que você quer dizer.

— Olhe para nós. Aqui. — Ele olhou para o seu antebraço, no qual repousavam os dedos esguios de Florence. — O que há de racional nisso?

Um olhar preocupado cruzou o rosto dela por um momento fugaz, como um fiapo de nuvem passando diante do sol. Desapareceu quase no mesmo instante em que surgiu. James não sabia dizer se ela receava o golpe contra o seu argumento ou o pensamento de que estava ali, caminhando de braços dados em uma terra estrangeira com um homem que mal conhecia.

— Ah, eu diria que isso é *perfeitamente* racional — gorjeou ela, o entusiasmo recuperado. — Mas para persuadi-lo eu teria de cegá-lo com ciência.

O caso de amor continuou pelo restante daquela quente semana de julho, com os dois se preparando para o início dos jogos no dia 19. Ficavam acordados até tarde, ouvindo Harry tocar uquelele com sua banda improvisada — dois americanos, um no trompete e outro no baixo, um dos quais era Edward Harrison, famoso correspondente estrangeiro, e um ginasta da Antuérpia no vocal —, mas permaneciam dentro do próprio casulo. James queria saber tudo sobre Florence, e estava preparado para falar mais de si mesmo do que jamais dissera a qualquer pessoa.

— Então o que é Zennor, hein? É estrangeiro?

Ele riu.

— Da Cornualha, originalmente.

— E agora não? — perguntou ela, como que decepcionada.

— Meus ancestrais foram para o leste — explicou ele. — Para Bournemouth.

— Bournemouth. Entendo. Pensei que, com "Zennor", você teria ao menos... ah... não sei, algum sangue de pirata. De Zanzibar...

— Ou Xanadu.

— Bobo — disse ela, dando um tapinha nas costas da mão de James, o que na verdade era uma desculpa para tocá-lo.

— Bournemouth não é muito exótico, não é? — perguntou ele.

— Sinto muito, mas na verdade não, meu querido. Nada de sangue estrangeiro?

— Meus pais são quacres, se é que isso conta. Ambos professores primários e ambos quacres. Ele de matemática, ela de piano. As duas pessoas mais sólidas e provincianas que você não esperaria conhecer. Eles não têm certeza do que pensar a meu respeito.

— Os quacres não são pacifistas?

— Isso mesmo. — Ele olhou para Florence como se fizesse um rápido cálculo mental.

— Isso quer dizer que o seu pai era, você sabe...

— Um *conshie*? Um desertor por princípios religiosos? Certa outra vez.

— Nossa. Ele foi preso?

— Quase, mas não. Foi condenado a executar "trabalhos de importância nacional". Nesse caso, como agricultor.

— Entendo — disse Florence, mordendo o lábio inferior, um gesto que ele já começava a amar. — Então foi por isso que se mudaram da Cornualha. Eles não podiam voltar para casa depois da guerra: seria vergonhoso demais.

James olhou para ela, perguntando-se se havia confiado demais em Florence. Nunca contara aquela história a ninguém, nem mesmo a Harry. Mas ela intuíra a verdade.

E foi assim aquela semana curta e inebriante, os dois desvendando camadas um do outro. Às vezes na presença de outras pessoas, como na noite em que ficaram no bar de *tapas* bem depois que a festa olímpica ininterrupta se transferiu para outro lugar.

— Espero que a gente não esteja segurando o senhor — dissera Florence ao dono, um homem robusto com provavelmente o dobro da idade deles, quando este passou a limpar as mesas por volta das duas da manhã. O homem insistiu que não, agradeceu por estarem em Barcelona. Em uma conversa fragmentada, quase um escambo — um pouco de inglês macarrônico aqui em troca de uma frase em espanhol incipiente ali —, eles começaram a se entender, o dono do bar explicando que a Espanha logo seria um modelo para o mundo, uma utopia comunista.

— Bem, se as pessoas votarem nisso, então é assim que deve ser — disse Florence.

— Sim — acrescentou James. — É isso que o Exército e a Igreja precisam entender: o governo foi eleito pelo povo espanhol. Se não gostam, votem diferente nas próximas eleições.

— Não, não, não — disse o homem, ainda segurando o trapo de pano. — Nada de votar diferente. Depois que tivermos o comunismo aqui, é assim que fica. Para sempre.

— Mesmo que as pessoas votem contra? — perguntou Florence, a testa franzida.

— Eles não vão votar contra.

— Sim, mas se votarem?

— Eles não vão. Não deve ser permitido. Quando a revolução estiver assegurada, então eles podem votar.

— E quanto tempo isso vai levar? — perguntou James, embarcando no argumento de Florence. — Quanto tempo até que a revolução esteja "assegurada"? Isso pode levar décadas. Veja só a Rússia.

— A União Soviética é a maior democracia do mundo!

Florence e James se entreolharam antes que ela dissesse:

— Eu não acho que o Sr. Stalin precise encarar os eleitores com muita frequência, o senhor acha?

O homem pareceu ficar confuso.

— O comunismo é ótimo, mas apenas se for democrático. Caso contrário, é tão ruim quanto os outros sistemas podres, essa é a minha opinião — disse James.

O homem retomou a limpeza, então rejeitou as repetidas tentativas de James de pagar a conta:

— Vocês são convidados no meu país e apoiam a república!

Quando James sacou uma nota, ele os colocou para fora agitando as mãos.

— É como boicotar Berlim — comentou James quando caminhavam sem pressa de volta ao hotel. — Não é preciso ser comunista para detestar Hitler e os nazistas. Só é preciso ser um humano razoavelmente decente. Ele é um brutamontes desprezível.

Os dois falavam sobre política e o mundo, mas na verdade exploravam um ao outro, descobriam a cada conversa, a cada novo encontro, o quanto as curvas e contornos de suas mentes se encaixavam. Então, em momentos roubados no meio da tarde ou na madrugada, faziam o mesmo com seus corpos — hesitantes a princípio, com Florence provocando mais do que ele era capaz de suportar, então surpreendendo-o com súbita paixão. Sua memória mais marcante era o rosto dela junto ao seu no escuro, suas bocas às vezes falando uma com a outra em sussurros de amantes, outras se beijando.

O resultado era uma febre pelo gosto, pelo toque e pelo cheiro do outro que chocava a ambos. O mero caminhar ao lado de Florence, perto o bastante para que ele sentisse seu cheiro, era o suficiente para que James ficasse ávido por ela. E no entanto, e isso ele nunca experimentara antes — nem mesmo com a doce e generosa Eileen —, Florence parecia sentir o mesmo: o desejo dela era igual ao seu.

Portanto, enquanto os céus políticos sobre Barcelona começavam a escurecer, e à medida que os rostos receptivos dos seus anfitriões barcelonenses começavam a adquirir semblantes ansiosos, James e Florence se concentravam na seríssima tarefa de se apaixonarem.

Apenas quando ficaram sabendo da transmissão de uma mensagem em código — "Em toda Espanha, céu claro", o sinal dos conspiradores no rádio —, eles compreenderam que um golpe de Estado estava a caminho, que fascistas e nacionalistas estavam prontos para derrubar o governo republicano que convidara a fina flor da juventude radical internacional para Barcelona, para esfregar no seu nariz os nazistas que desfilavam em Berlim.

Subitamente a ideia de corridas de velocidade, eliminatórias e semifinais parecia terrivelmente irrelevante. Mesmo aqueles que acreditavam que o golpe seria rapidamente rechaçado, que não imaginavam que o país estava prestes a mergulhar em uma bárbara guerra civil, entendiam que não havia tempo para uma olimpíada de faz de conta.

Quando o rumor de que os jogos haviam sido cancelados se espalhou pelo Hotel Olímpico, poucos esperaram pela confirmação.

James arrumava a mala quando Harry, sua pele de um vermelho incandescente, encontrou-o. Ele havia, James percebeu instantaneamente, ficado sóbrio bem rápido.

— Para onde você vai, Zennor?

— Não me diga que não ouviu. Os jogos foram...

— Cancelados, eu sei. Mas para onde você está indo?

— Bem, eu pensei... que se não há jogos... É isso, eu ia perguntar a Fl...

— Você não pretende ir embora, certo? Na hora em que a república mais precisa de você.

James estudou o rosto de Harry. Ele parecia estar falando muito sério.

— O que você está sugerindo?

— Alguns de nós vão ficar. Para defender a república.

— Mas... mas você não é soldado.

— Eu posso treinar. O que acontece, Zennor, é que nós fomos convocados, gostemos disso ou não.

— Convocados?

— A história nos convocou.

James ficou completamente imóvel, segurando a tampa da mala. Aquilo era verdade; desde o dia em que chegaram ele entendeu que algo muito maior do que um torneio esportivo estava em jogo. Sabia que era fácil romantizar a reunião de jovens belos e atléticos sob o sol por uma causa justa — mas não era apenas romance. Com suas Olimpíadas Populares, Barcelona se transformara no foco da oposição internacional a Adolf Hitler e o seu detestável assim chamado Terceiro Reich. Foi ali que o mundo disse não, opondo-se não apenas aos jogos de Berlim mas a todo o projeto nazista. De modo que um ataque à república liderado por oficiais ultranacionalistas do Exército e apoiado por brutamontes fascistas não era apenas uma questão doméstica espanhola. Era um ataque lançado pelo fascismo. Haveria uma nova falha geológica agora, que atravessaria a Espanha, sim, mas que dividiria toda a Europa. Hitler e Mussolini sem dúvida estavam de um lado dessa falha, e aqueles que acreditavam em democracia e liberdade de expressão e em toda a promessa que o século XX guardava estariam do outro. James Zennor percebeu que fazia a si mesmo uma pergunta: de que lado você está?

Ele fechou a mala e foi procurar Florence.

James precisou abrir caminho entre os atletas que lotavam o saguão do Hotel Olímpico, fugindo assustados para a estação de trem, para encontrá-la. E ficou perplexo ao vê-la parada do lado de fora, já com as malas.

— Eu já ia procurar você — disse Florence. Ela mordeu o lábio de uma forma que instantaneamente o convenceu a não dizer o que planejava.

— Para onde você está indo?

— Eu vou para Berlim.

— Berlim?

— Se for agora, conseguirei chegar a tempo.

— *Berlim?* O que diabos você vai fazer lá?

— Não é o que parece, James. Você precisa confiar em mim.

— Mas e quanto a... — Ele gesticulou para a multidão que se empurrava e se acotovelava ao redor, para as faixas e bandeiras.

— Eu sei, mas preciso...

— E toda aquela história sobre "nazistas desumanos" e como as Olimpíadas serão apenas um "exaltado comício de Nuremberg"? Foi tudo conversa fiada, não foi? Você não acreditava em nada daquilo!

— Isso não é justo.

Aquela nuvem que ele tinha visto cruzar seu rosto tão brevemente agora estava alojada diretamente sobre ela, escurecendo seus olhos. A luz interior parecia vacilar. Mas ele não podia parar.

— "Eu me recuso a ter qualquer participação nisso." Foi o que você disse, não foi? Conversa fiada.

— Como você ousa falar assim comigo? — Ela o encarava. — Isso é indigno de você, James. E certamente indigno de mim.

— Ouça...

— Não, ouça você. Eu não sei com que tipo de mulher você esteve antes de mim, mas essa — ela bateu com o indicador no esterno — tem opinião própria, ok? Nenhum homem me diz o que fazer. Nem meu pai e certamente nem você. Mas essa é a minha decisão. Decidi que preciso defender os meus ideais da minha própria forma. — Ela fez uma pausa. — Além disso, não treinei tanto por nada.

— Ah, então é isso? Você não quer que o seu precioso treinamento seja em vão? Você quer a glória de uma maldita medalha!

— Não, não é isso — disse ela em voz baixa, seus olhos evitando os dele. Florence perdeu brevemente o equilíbrio quando trombou com um grupo de mulheres que atravessavam a rua apressadas para pegar um ônibus. — Preciso ir. Sinto muito.

Ele estendeu a mão e agarrou seu ombro, forçando-a a se virar para encará-lo.

— E o que foi isso? Nós. — A palavra teve um gosto estranho na boca de James: ele instantaneamente se arrependeu de tê-la dito. — Você e eu. Isso não significou nada para você?

Florence inclinou a cabeça para o lado numa expressão que ele não soube ao certo como interpretar. Seria pena? Arrependimento? Ele se perguntou se via lágrimas em seus olhos.

— Você não entende mesmo, não é? Toda essa "psicologia experimental", e você não entende absolutamente nada.

E, com isso, ela se desvencilhou e desapareceu na onda de pessoas que partiam.

James permaneceu paralisado por algum tempo, deixando que a multidão se movesse à sua volta como um córrego ao redor de uma pedra. Ele não conseguia acreditar de fato no que acontecera, na rapidez com que a deixara ir. Na rapidez com que a afastara, mais precisamente. Que cretino, falar daquele jeito com uma mulher que conhecia a... O quê, uma semana? E aquela não era qualquer mulher. É possível ser capaz de dizer a Eileen ou mesmo a Daisy o que fazer — algumas mulheres sem dúvida gostam disso. Mas não a Florence. Isso deveria ter ficado óbvio. Ela era independente, segura, tinha ideias próprias: o que em parte explicava por que ele tinha se apaixonado. Ter tentado controlar aquela mulher — uma mulher brilhante, linda, que podia ter qualquer homem que quisesse — era a marca de um rematado imbecil.

Ele envergonhara a si mesmo, não havia outra forma de dizer isso. Soara desesperado, como um cretino cego de amor. Toda aquela história de "você e eu", de "nós" — nossa, ele entendeu tudo errado. Para ela, aquele havia sido um romance de verão e nada mais, um caso passageiro. Que ingênuo da parte dele pressupor que fosse mais do que isso. Ele era como uma garota do porto, estúpida a ponto de acreditar no marinheiro que diz que a ama. Florence era jovem e deslumbrante, e para ela aquilo provavelmente não significou mais do que um beijo furtivo na capela em um baile de Oxford.

James sentia uma forte ânsia de se virar naquele instante e fazer a longa viagem de volta à Victoria Station. Mas o pensamento provocou-lhe um calafrio. O simples pensamento na Inglaterra sem Florence parecia estéril. Voltar à sua rotina de seminários, ensaios e longas e silenciosas sessões enfurnado na poeira da Bodleian... Não, ele não podia, não depois de uma semana como aquela.

Talvez devesse ir atrás dela. Podia se desculpar, dizer que havia entendido tudo errado. Podia dizer que, independente da decisão dela, tinha certeza de que seria a certa. Talvez devesse segui-la até Berlim. Valeria a pena, nem que fosse por apenas mais uma noite com Florence, tocando sua pele, cheirando seus cabelos, ouvindo-a rir.

Mas isso soaria ainda mais desesperado. Estaria se agarrando a ela, como um carrapato. Florence logo iria querer se livrar dele. E que respeito teria por um homem tão disposto a abandonar seus princípios, que censura Hitler e o "circo fascista" das Olimpíadas de Berlim em um segundo e no outro debanda para os jogos? Era uma coisa que ela poderia fazer; Florence tinha seus próprios e misteriosos motivos. Tinha de defender seus ideais "da sua própria forma". Ele não teria tal desculpa.

De qualquer forma, ela não havia perguntado. Se o quisesse ao seu lado, teria perguntado se ele a acompanharia, e não o fez. Seria humilhante segui-la até Berlim, correr atrás dela como um cãozinho servil.

James olhou para o alto, observou o preto e amarelo do estandarte das Olimpíadas Populares ser arriado, substituído por uma bandeira do mais profundo vermelho, e deixou-se tomar pelas sensações que experimentara antes: o clamor pela liberdade, a exigência de justiça, o imperativo de que todos aqueles que fossem aptos e capazes lutassem a boa luta, salvassem a república daqueles que a destruiriam levando boa parte da civilização a reboque. O vazio deixado pelo amor no seu coração seria preenchido pela história.

# TRÊS

OXFORD, 8 DE JULHO DE 1940

James colocou a chave na fechadura em silêncio. Sempre tentava não fazer barulho naquelas manhãs, para não acordar o bebê. Mas havia cheiro de calor humano no corredor, sugerindo que Florence e Harry já estavam de pé.

— Bom dia! — disse, e como resposta teve apenas silêncio.

Ele foi até a cozinha e viu que duas das três gavetas estavam abertas. Será que saíram apressados por algum motivo? Será que o filho tinha ficado doente enquanto ele estava no rio?

– Harry? O papai está em casa — falou.

Quando chegou ao quarto, a preocupação cresceu. Havia roupas espalhadas no chão; uma cadeira do banheiro fora arrastada até seu armário, que tinha a porta escancarada. Seu álbum de recortes estava sobre a cama, com diversas fotos soltas. Agora James correu até o escritório apenas para ter seus piores temores confirmados. As gavetas haviam sido arrancadas da escrivaninha, o chão coberto com o seu conteúdo e mais dezenas de livros. Houvera um roubo enquanto ele estava fora.

Apesar disso, os objetos mais valiosos da casa, dois castiçais de prata maciça que valiam muitos anos do seu salário de professor assistente — presente de casamento dos pais dela — estavam sobre o consolo da lareira, intocados. Se houvessem sido roubados e se Florence tivesse saído correndo para a delegacia para dar queixa carregando um Harry aos gritos, então os ladrões deviam ser os maiores imbecis de Oxford.

Ao voltar para o quarto, um novo pensamento começou a se formar. Ele abriu o armário da esposa e, apesar de não saber exatamente o que estava faltando, podia ver que as prateleiras estavam estranhamente vazias. Uma olhada debaixo da cama confirmou que a mala se fora.

Agora a cabeça de James começou a latejar. Correu para o quarto de Harry à procura de uma coisa. Foi direto para a cama, puxou o travesseiro e arrancou os lençóis. Nenhum sinal de Snowy, o urso-polar de brinquedo do menino. Seu lugar sempre foi aquele, sobre a cama. Quando passavam a noite fora em qualquer lugar, fosse na casa dos Walsingham em Chelsea, no centro de Londres, como fizeram algumas vezes, ou na casa de campo da família em Norfolk, Snowy sempre ia junto. Harry não conseguia dormir sem ele. O fato de o urso não estar ali, ainda mais do que a ausência da mala, só podia significar uma coisa.

Instantaneamente e sem raciocinar, James disparou de volta para o corredor e saiu porta afora, seguindo pelo caminho do jardim e até a ampla rua ladeada de árvores que era a Norham Gardens. Olhou para a esquerda e a direita, então novamente à esquerda: nada, a não ser o grande carro preto que entrava em movimento na extremidade da rua próxima à Banbury Road. Todo o restante estava tranquilo àquela hora: os prédios maiores em frente — algumas das casas mais grandiosas de Oxford, mas que agora eram edifícios-satélite para departamentos acadêmicos variados — ainda estavam trancados e vazios, suas vias de acesso cobertas de cascalho, imperturbadas.

Ainda sem pensar, ele correu na direção oposta, parando pouco antes que a Norham Gardens chegasse a um beco sem saída em frente à Lady Margaret Hall. O porteiro da faculdade, que varria a calçada em frente ao portão de entrada, acenou em reconhecimento, mas James ignorou-o, entrando à direita em um caminho estreito. Que levava ao University Parks. Teria Florence levado Harry até lá tão cedo? Talvez o menino estivesse mal-humorado, talvez estivesse irritado por ficar fechado em casa, e a mãe decidira sair para respirarem ar fresco. Mas então por que a casa estava revirada e por que a mala tinha sumido?

James saltou sobre o portão — oficialmente, essa entrada era apenas para as alunas da Lady Margaret Hall — e ganhou o amplo gramado normalmente verde, mas agora de um tom marrom seco, esturricado pelo sol: à frente e à direita havia uma faixa de terra da cor de um biscoito maltado. Era o clube de críquete de Oxford, estático e dormente.

Um lampejo de movimento à sua direita: uma senhora com ar de matrona com a cabeça coberta por um lenço, passeando com o cachorro. Seus olhos percorreram o horizonte outra vez, à esquerda e à direita, repetindo o movimento. E nenhum sinal de Florence e Harry.

Caminhou de volta a curta distância, que agora parecia ser longa e penosa. Era impossível evitar a conclusão de que Florence não saíra de casa para um passeio matinal, tampouco por causa de um arrombamento, mas porque o deixara.

De volta a casa, ele se sentiu instantaneamente provocado pela aparente serenidade da cena: as trepadeiras brancas ao redor da porta da frente, o muro baixo que abrigava o belo e pequeno jardim com grama bem-cuidada e uma única cadeira. Ele conseguia visualizar Florence e Harry sentados ali, o menino no joelho da mãe, virando as páginas ilustradas dos *Contos de Grimm*. Com um movimento brusco do braço direito, James jogou a cadeira no chão.

Quando entrou em casa, foi direto até o armário da esposa, chegando mais perto dessa vez, de modo que o cheiro dela exalava das roupas que restavam. Puxou uma gaveta, agora vazia a não ser por algumas peças desamparadas: um pente velho, um broche quebrado. A caixa de joias de Florence estava ali. James a abriu e viu que todas que ele lhe presenteara — inclusive o bracelete que tinha dado à esposa para celebrar o reencontro — haviam sumido. Ele pegou a peça de laquê japonês e, sem pensar, atirou-a na parede. O estardalhaço proporcionou um choque momentâneo de alívio.

Ela o deixara, exatamente como James sempre temeu que faria Quem seria, ele se perguntou. Só podia ser um homem bem mais velho. Todos da sua idade ou mais jovens estavam na guerra. McGregor, do laboratório, que trabalhava com ela em suas "pesquisas"? Ou aquele bajulador da Sociedade Fabiana, como era mesmo o nome? Leonard qualquer coisa.

Ele passou a considerar todas as possibilidades, em cada uma delas infligindo a si mesmo a imagem da esposa nos braços de outro, sua boca na dele, seus cabelos tocando-lhe os ombros..

Agora passou a andar de um lado para o outro na casa. Há quanto tempo vinha acontecendo? Há quanto tempo ela vinha planejando esse momento, sem jamais deixar escapar nada? Sorrindo para ele, enganando-o como se não houvesse nada fora do comum, enquanto tramava o tempo todo, se preparava..

E levar o pequeno Harry, tratar o filho deles como se fosse propriedade sua..

James percebeu que ela voltava, a sensação que nesses últimos três anos se tornara tão familiar quanto um velho amigo. Quase conseguia ouvi-la, como a primeira insinuação de um trovão distante ou o tremor de um trem de metrô que se aproxima. Crescia dentro dele, ficava mais forte a cada batida, até que corria em suas veias, uma fúria que não podia ser detida. Também conseguia vê-la, quente e viscosa como lava, uma substância física que uma vez remexida tomaria conta de seu corpo, agitando-se, procurando escapar. A fúria o controlava agora; não toleraria qualquer contenção até que ela irrompesse. Ele era meramente seu instrumento

A terrível verdade, que admitira apenas uma vez e nunca para Florence, era que não abominava ou desprezava esse sentimento. Em lugar disso, recebia com algo próximo a alívio essa fúria fundida sempre que ela vinha. Por semanas a fio precisava segurar tudo, falar calmamente, sorrir para conhecidos, fingir interesse por alunos, conversar sobre críquete ou Heródoto com algum nonagenário fossilizado durante um jantar. Mas quando a fúria vinha, tinha uma força elemental, uma força que não dava atenção a nada a não ser seus apetites, seus medos e sua ira. Quando James estava em poder dessa raiva, ele não se importava com as consequências de suas ações ou com o que os vizinhos iriam pensar. Ele simplesmente não pensava. Aquilo o libertava.

Ele levou a mão a um daqueles malditos castiçais e, satisfeito com o peso em sua mão, atirou-o contra a janela que dava para o quintal: a peça atravessou a sala, espatifou o vidro e acertou a armação da janela ao sair, arrancando uma lasca de madeira branca. Ele a ouviu aterrissar pesadamente nas lajotas do outro lado. Para o inferno com os malditos Walsingham e sua maldita filha adúltera!

Depois James se voltou para o aparador, onde guardavam as melhores louças. Abriu a porta de vidro e tirou o maior prato, então atirou-o como um disco na mesma direção do castiçal. O arremesso saiu torto, e o prato acertou a parede à direita da janela. O barulho foi baixo demais para saciá-lo, então ele pegou outro prato e o atirou no chão. Amortecido pelo carpete, quebrou em dois com uma única rachadura Levando a mão a um terceiro, James o quebrou na mesa à sua frente; com o impacto, um caco abriu um corte irregular no seu pulso. A visão do sangue escorrendo cessou a erupção, e James subitamente se sentiu cansado, esgotado.

Agora veio a consciência, o sentimento de repulsa que acompanhava o alívio. Ele olhou à sua volta, para a desordem que provocara. Tanta destruição. Outra vez

Ele cambaleou até o quarto de Harry e largou o corpo na pequena cama, imaginando que ainda conseguia sentir o calor do menino. Nesse momento, Harry provavelmente caminhava entre Florence e o homem que a roubara. Eles seguravam as mãos do menino, diziam "um, dois, três" e então o erguiam e balançavam no ar. O homem sorria para Florence, que estaria mais linda do que nunca. Quanto tempo demoraria para que Harry o chamasse de papai?

Como numa tentativa de fugir do pensamento, James foi para o escritório, agora tão cavernosamente vazio quanto o resto da casa, subitamente desesperado por um cigarro. A primeira dose de nicotina o invadiu, inundando seus circuitos neurais, exatamente como desejava. Ao exalar, um novo pensamento lhe ocorreu, incitado pela dor no ombro, que agora pulsava em maior voltagem. Florence se cansou dele, e quem poderia censurá-la?

Ela se cansou de viver com um inválido. Mesmo não tendo chegado aos 30, James era um veterano com uma ferida de guerra. Um aleijado. Sim, ele conseguia remar, mas nem de longe com a antiga força e com um esforço tremendo. Continuava sendo um aleijado, três vezes rejeitado para o serviço militar, apesar dos repetidos apelos e das tentativas de mexer seus pauzinhos em Whitehall. Então o que isso fazia dele? Um aleijado esforçado. Uma excentricidade vitoriana, exibido em um circo itinerante. O bom e velho James: teve o ombro espatifado, mas ainda dá o máximo de si, isso eu posso dizer.

Florence, por sua vez, tinha 24 anos e estava no auge da beleza. Por que uma criatura perfeita como aquela iria querer ficar ao lado de um espécime fisicamente prejudicado, por que toleraria isso? Aquela mulher precisava de mais do que ele podia oferecer.

James pensou na primeira vez que se deu conta disso, não muito depois que tudo aconteceu. Estavam de volta à Inglaterra, casados havia menos de um ano. Ele acordou com uma sede atroz e chamou:

– Florence! Florence?

Então viu que o lado dela da cama estava vazio. James levantou e foi até a cozinha. Estava prestes a entrar quando parou, detido pelo som de choro. Observou-a pelo que pareceu uma hora, apesar de provavelmente não ter passado de segundos. Florence estava de costas para ele, os ombros subindo e descendo em sacudidas rápidas, curtas. Ela estava grávida, e James concluiu que devia estar sentindo dor, que deveria haver algum tipo de complicação e que ela precisava de sua ajuda. Ele deu um passo à frente, estava agora sob o umbral da porta, antes de perceber que, na verdade, Florence chorava por ele — pelo que fora e pelo que jamais voltaria a ser. Ele abriu a boca, os lábios formando o nome da esposa, mas não emitiram som algum, apenas um ruído seco e áspero. Ela não se virou.

Ele voltou para a cama antes que Florence percebesse que havia saído dali. E essa não foi a última vez que a viu chorar.

A lembrança deixara um gosto amargo: James decidiu que precisava de uma bebida. Serviu-se de um copo cheio de uísque, virou-o e serviu outro. Florence já o deixara antes, ele pensava agora. Depois da primeira semana juntos, ela o deixara. Ou ao menos foi como entendeu.

Ela disse que estava a caminho de Berlim para reocupar a vaga à qual nunca renunciara formalmente na equipe olímpica britânica. James a acusou de vaidade, de trair os princípios que certamente os dois compartilhavam. Envergonhara a si mesmo, falando em "nós", como se houvessem feito votos solenes, quando na verdade se conheciam havia pouco mais de uma semana. Sentira em Florence Walsingham um espírito semelhante. Ela não era como Harry, com seus panfletos ideológicos e sua sopa de letrinhas de partidos políticos. Ela parecia ver as coisas da mesma forma que ele: o que acontecia à sua volta na verdade não se tratava de política, mas de certo e errado. Não era preciso carregar uma carteirinha de partido para saber a diferença, para saber em que lado da linha uma pessoa decente deveria estar. Ao ir para Berlim, ela anunciou que atravessava esse limiar.

James era o mais velho dos dois, e apesar disso agira de modo terrivelmente infantil. Tão ingênuo. Ela lhe disse para confiar, disse que defenderia seus ideais à sua forma, mas ele não escutou.

Em lugar disso, ele e Harry Knox ficaram na Espanha, para fazer o que pudessem para defender a república, agora em risco. Assistiram à enxurrada de comunistas franceses que tomaram a mesma decisão acorrer tanto ao País Basco quanto à Catalunha. Quando todos esses voluntários e outros, de toda a Europa e além, gradualmente formaram as Brigadas Internacionais, ele e Harry se alistaram de bom grado.

Houve poucas pessoas na mesma situação que eles, duzentos de acordo com uma estimativa: atletas que esperavam participar das Olimpíadas Populares mas que logo se viram aprendendo a cavar trincheiras e usar um rifle. (Foi um tcheco, candidato ao ouro na prova de pistola de tiro rápido de 25 metros, que ensinou para James a diferença entre a trava de segurança e o gatilho.)

A maioria era como Harry, homens sérios movidos por convicção política — e essa convicção geralmente era o marxismo. Alguns viam a república espanhola como um experimento de laboratório, um teste para o socialismo que precisava ser protegido. Mas muitos viam a situação como James. Ele foi categórico ao afirmar que não seria usado como figurante no desfile da raça superior de Hitler em Berlim, e estava igualmente claro para ele que não devia ser permitido que Francisco Franco e seus aliados da Falange subvertessem a vontade do povo espanhol ao derrubar um governo que este escolhera. Era um embate entre democracia e força bruta: bem objetivo, na verdade.

E o que James não podia negar, apesar de não admiti-lo em voz alta, nem mesmo em silêncio para si mesmo, era que essa luta épica entre o bem e o mal viera à tona no momento certo — exatamente quando ele precisava de uma causa na qual mergulhar de corpo e alma.

Então estava feliz por se juntar aos brigadistas quando seguiram para Valência, onde desfilaram pelas ruas com o povo agitando bandeiras, cartazes e estandartes esfarrapados com palavras de ordem escritas em branco e cantando as mesmas canções vezes a fio. James ouviu muitos vivas, rapidamente ecoados pelos comunistas franceses que lideravam a coluna, que passaram a gritar *Vive le Front Populaire!* ou *Vive la Republique!* Mas o refrão mais constante era *No Pasarán!*, o slogan que James veria pichado nos muros e ouviria em comícios por quase todo o ano seguinte. Quando ele e Harry caminhavam ao lado de outros brigadistas, tímidos e surpresos por serem festejados daquela forma, moradores muitas vezes se juntavam à coluna por um quarteirão ou dois, antes de voltarem às multidões que se aglomeravam nas calçadas. Eles eram saudados como heróis, como guerreiros de mitos antigos. E não haviam disparado um único tiro. Quando chegou a hora de deixar Valência o trem sofreu um grande atraso na estação, mas mulheres locais os recompensavam oferecendo beijos gratuitos a qualquer um que colocasse a cabeça para fora da janela.

James lembrava o espírito de idealismo quase imprudente que dominava a ele e a seus novos companheiros no fim daquele verão de 1936: homens jovens de todo o mundo, unidos por uma causa que era justa e nobre. E em sua mente isso estava inextricavelmente entrelaçado ao amor que sentia por Florence, a centelha acesa naquela breve e arrebatadora semana em Barcelona e que ainda ardia nos meses seguintes. Ardia até mesmo quando o trem o levava para Albacete, a cidade no meio do nada em La Mancha, onde ficava o quartel-general e campo de treinamento das Brigadas Internacionais. Apesar de o termo ser adulatório: não havia treinamento formal, apenas um horário destinado a exercícios toda manhã. Talvez em deferência aos anarquistas, então muito influentes na república, cada unidade deveria criar seu próprio programa, sem ordens ou oficial superior dizendo-lhes o que fazer. James e seu grupo se prepararam para a guerra brincando de pular carniça.

Agora refestelado em sua cadeira na casa da Norham Gardens, o uísque fazendo o seu trabalho, ele olhou para o consolo da lareira, para o porta-retratos que continha não uma fotografia, mas um pequeno recorte de jornal com as pontas queimadas. James o guardara porque aquele pequeno pedaço de papel havia trazido Florence de volta

Ele montava guarda como sentinela no campo de Albacete, seu grupo a cargo do turno das duas horas da manhã. A guerra estava na oitava semana; era fim de setembro, e as noites começavam a ficar frias. Um camarada iugoslavo lhe passou um pedaço de jornal, exortando James a usá-lo para avivar o fogo. Ele acabava de colocar um fósforo aceso sob o papel quando viu que estava em inglês; era uma página do *Times*. Sedento por notícias, apagou a chama para ler as matérias: um navio afundado no Atlântico, problemas para o governo do Sr. Baldwin. Então um nome saltou aos seus olhos.

> A retirada da Srta. Walsingham dos jogos decepcionou os organizadores britânicos, que não tinham dúvida de que ela era uma forte candidata ao ouro, tendo garantido o lugar na final com o melhor tempo qualificatório. Mas a nadadora campeã afirmou que nunca teve a intenção de competir na última etapa da prova olímpica de natação. "Quis mostrar a *herr* Hitler que os seus nazistazinhos asquerosos não são os melhores do mundo, independentemente do que digam. Quem quer que chegue em primeiro no domingo será a segunda melhor — e terá consciência disso."

James o pegou agora e leu-o novamente, quase quatro anos depois, enquanto esquentava a garganta com um terceiro copo de uísque. Aquele recorte ficara por meses na sua carteira, na falta de uma fotografia. E o guardou até retomarem contato, guardou-o, na verdade, até que montassem aquela casa (graças a alguma ajuda de papai Walsingham).

Depois de emoldurado, era um tema e tanto para conversas: Florence costumava gostar de contar a história. Mas para James era mais do que apenas uma lembrança do romance deles. Era também um lembrete da sua própria ingenuidade. Guardava-o para o caso de esquecer que algumas vezes — muitas — Florence estava certa, e ele, errado.

Ele escrevera para Florence imediatamente, endereçando as cartas para sua faculdade em Oxford. Tinha pouca confiança no serviço postal de um país em guerra civil, mas sempre que passava por uma caixa de correio, mesmo na mais remota das vilas espanholas, mandava outra carta. Quando deparou com Ed Harrison, que cobria a guerra para a revista *Time*, o jornalista americano deixou escapar que estava voltando para os Estados Unidos via Londres: James imediatamente colocou uma carta em sua mão.

Em cada versão ele escrevia a mesma coisa, desculpava-se pela cabeça dura, aplaudia a bravura do que Florence fizera em Berlim, e parabenizava a ambos por defenderem o que era certo. Ele descrevia a ação que estava vendo, a princípio dourando apenas um pouco os fatos para garantir que passava uma boa impressão de si mesmo. Mas por fim simplesmente registrava a verdade sem verniz, fosse elogiosa ou não. Descreveu fielmente, por exemplo, a tentativa que ele e um contingente composto em sua maioria de britânicos fizeram de atacar, ao meio-dia, um mosteiro no alto de um morro no interior de Castela, agora convertido em forte nacionalista. Ele rastejava lentamente, a terra roçando-lhe o rosto ao avançar. Em uma questão de instantes, ouviu balas assobiando em meio ao mato acima de sua cabeça. Somente o som dos camaradas disparando logo atrás o fez perceber que deveria responder ao fogo. Apontou o rifle na direção do inimigo e apertou o gatilho — apenas para ouvir um único e oco clique. Subitamente, sentiu-se completamente exposto, vulnerável à morte instantânea (no entanto, ele escreveu para Florence, "logo percebi que a capacidade de atirar de volta não é garantia de segurança"). Ainda deitado, o ar à sua volta zunindo com balas, retirou a munição defeituosa e recarregou o cartucho. Ainda nada. Então não era culpa sua; a arma não funcionava. Apenas a chegada de Harry Knox, que se arrastou morro acima com outra arma, o salvara.

Em suas cartas, ele escrevia sua parte nas conversas que imaginava que teriam — sobre o curso da guerra, a intervenção de alemães e italianos no lado dos nacionalistas, a necessidade desesperada da República de que a Grã-Bretanha se envolvesse. Escrevia com frequência, ao menos uma vez por semana, e continuou a escrever mesmo quando chegou a Madri, para o que ele e os camaradas acreditavam ser a batalha decisiva da guerra.

Madri. Com razão, suas memórias de Madri deveriam ser fonte de horror — e muitas eram. Ele passou 12 longos dias com a XII Brigada Internacional em um evento que seria nomeado, com a linguagem heroica própria da ocasião, como a defesa de Madri. No local e no momento, a sensação era bem menos épica. Para um homem criado com os princípios da escola inglesa de batalhas — como Azincourt ou Hastings —, foi um choque perceber o quão suja, confusa e aterradora era a realidade.

A batalha foi travada no noroeste da cidade, onde as forças de Franco tentavam invadir a capital, com a ação concentrada no bairro universitário. O resultado foi uma série desvairada e desordenada de escaramuças dentro e fora dos prédios acadêmicos. Teria sido engraçado se não houvesse tanta morte — algo como um avanço armado para capturar o prédio de geografia, seguido pelo recuo para o departamento de literatura. James esteve envolvido em uma série especialmente furiosa de contra-ataques para recapturar o prédio de filosofia.

Na operação, ele e uma dúzia de companheiros precisaram correr em um espaço aberto por cerca de 40 metros. E o fizeram de três em três, uma arrancada frenética na qual os homens ao lado de James simplesmente caíam e ficaram para trás, atingidos por tiros silenciosos, pelo que lhe pareceu. Quando chegou ao outro lado, ele topou com talvez uma centena de corpos, a maioria marroquinos, homens do Exército da África, veteranos das guerras coloniais espanholas alistados nas forças de Franco. James ficou petrificado pela visão dos corpos. A maioria não havia sido morta de maneira limpa, a tiros. Em lugar disso, estilhaços de bomba os retalharam; granadas Mills arrancaram seus braços e pernas. Ele sentiu cheiro de queimado e se virou: viu uma fogueira pequena, em nada maior do que aquelas que lembravam os fins de semana com os escoteiros na infância. Exceto que dessa vez, em lugar de lenha, dois homens queimavam gradualmente. Ele não vomitou, não chorou, como poderia ter esperado que faria. Em vez disso, simplesmente observou, sentindo como se houvesse falhado com aqueles homens por chegar tão tarde. Mas talvez ao olhar para eles, ao olhar para eles de verdade, como se fossem homens e não corpos, pudesse dar-lhes uma pequena dose de dignidade.

Para sua surpresa, James se tornou um soldado eficiente; sua disposição a assumir riscos havia conquistado a admiração dos superiores. Alguns o chamavam de *El Corajudo*, o corajoso. Eventualmente, foram-lhe atribuídas responsabilidades de inteligência, incluindo a vigilância daqueles que o comando republicano suspeitava serem agentes infiltrados ou espiões. Até o dia cujos detalhes ele não lembrava, o dia cujas consequências nunca conseguiria esquecer.

No entanto, apesar de tudo, a palavra "Madri" não o enchia de horror. Porque associava Madri a Florence.

Por fim, depois de talvez a décima segunda carta, James recebeu uma resposta. Ela explicava que, pouco depois que cessou o alvoroço sobre sua atuação em Berlim, decidiu que também precisava estar na Espanha, para oferecer o que pudesse à causa da liberdade. Assim como James, ela relutava em escrever a verdade completa: que queria estar com ele. E ele, não menos ardentemente, queria estar com ela.

Florence se tornou enfermeira, tratando os feridos no Hospital da Cruz Vermelha na Avenida Reina Victoria, a noroeste de Madri. Ela não recebeu nada que pudesse lembrar um treinamento, o que dificilmente era incomum. Em lugar disso, se valia das instruções da irmã Marjorie, uma vigorosa e calejada voluntária de Baltimore que abandonou o trabalho na enfermaria do hospital da cidade para tratar o povo sitiado da República; ela ensinou o básico a Florence e a outras mulheres. E Florence, por ser Florence, leu diversos livros de medicina e anatomia a caminho da Espanha em guerra e estudou com afinco no navio de Marselha para Valência, não deixando em James qualquer dúvida de que rapidamente se tornara tão especialista quanto qualquer um dos médicos.

Seu serviço no front e o dela no hospital implicava que não podiam se ver muito, mas isso apenas tornava aqueles encontros no outono de 1936 ainda mais intensos. Em vez de dormir em uma trincheira rasa — pouco mais que uma vala reforçada com alguns sacos de areia — rodeado de homens imundos, James logo se veria no Hotel Gran Via, onde, antes de mais nada, ele e Florence tomariam um banho quente de banheira juntos, então fariam amor e fariam amor novamente. Comeriam um longo jantar, trocando histórias do que haviam visto, antes de subirem as escadas e voltarem para a cama. Não importava o quão exaustos estivessem, eles passariam a maior parte da noite acordados — acreditando que dormir era desperdiçar o racionado suprimento de tempo que tinham juntos.

Durante o dia, podiam sair para caminhar, avaliando a treliça de trilhos de bonde e barricadas improvisadas em que Madri havia se transformado.

— Parece Londres quando estão reformando as ruas — diria Florence, apontando para os braseiros idênticos aos que os trabalhadores ingleses usavam para esquentar as mãos.

Uma vez eles caminhavam juntos durante um ataque aéreo. A cidade estava praticamente indefesa diante de um ataque vindo do céu: não havia baterias antiaéreas e os republicanos estavam reduzidos a montar projetores de cinema nos telhados para fazer as vezes de holofotes. Mas esse ataque veio no meio do dia. Florence e James estavam em uma feira de rua quando subitamente escutaram o rumor dos aviões alemães e, segundos depois, vieram o estrondo, a nuvem de poeira e os gritos provocados pela queda de uma bomba.

Eles correram juntos para a cena de destruição, repleta de pedaços de carne ensanguentada mal reconhecíveis como corpos. James logo foi chamado para ajudar a mover uma laje de concreto sob a qual um homem, consciente e ainda usando o chapéu, tinha as pernas presas. Apenas depois notou Florence ajoelhada ao lado de uma menina, deitada inerte como uma boneca.

Talvez pelo fato de o povo de Madri voltar tão rápido à normalidade — as lojas erguendo as portas de correr no decurso de algumas horas, casais de idosos novamente caminhando no fim da tarde —, esses eventos de alguma forma não obliteravam todas as memórias do tempo deles juntos. Apesar de tudo, James pensava naqueles últimos meses de 1936 como a época mais feliz de sua vida.

— Não apesar da guerra, mas por causa dela — dissera Florence certa vez ao olhar pela janela do quarto de hotel, observando os fachos azuis projetados no céu por máquinas que alguns meses antes iluminavam telas de cinema com Fred e Ginger dançando de rosto colado.

— Por causa dela? — perguntara ele da cama.

— Sim, por causa dela. Medo e morte fazem o amor mais intenso: não é o que dizem os seus livros de psicologia?

— "Fazer amor"? Alguém disse "fazer amor"? — E ele a arrastou para baixo dos lençóis a fim de que pudesse tocar sua pele e saborear sua boca outra vez.

Na véspera de Natal, depois de menos de dois meses juntos, eles foram ao *ayuntamiento*, a prefeitura na Plaza de la Villa, e se casaram perante um vereador socialista de bigodão grandioso, que saudou aquele como um "casamento revolucionário", uma cerimônia celebrada em desafio à Igreja Católica, agora fatalmente associada a Franco. A cerimônia foi breve e caótica, pontuada por gritos vindos da multidão que se reunira espontaneamente. Harry foi o padrinho e segurava a aliança, comprada em uma joalheria cuja vitrine havia sido estilhaçada no bombardeio daquela tarde, mas que reabriria as portas já no dia seguinte. A irmã Marjorie estava presente como testemunha de Florence. Eles fizeram os votos em espanhol, de modo que James para sempre guardaria no coração aquelas palavras, *Sí, quiero*, vendo-as como algo que de alguma forma pertencia apenas a ele e a Florence — sua linguagem particular.

Agora ele pensava em servir outro copo de uísque, mas mudou de ideia: beberia direto da garrafa. Tudo aquilo se passara havia menos de quatro anos, mas poderia muito bem ter acontecido em outra era. Com outro homem. Florence o deixou porque passou a desprezá-lo. James foi um marido e pai bom e amoroso, mas não foi o bastante. Ela agora derramaria aquele vigor, energia e beleza excepcionais em outra pessoa. James sentiu a raiva voltar a crescer dentro de si, sua velha parceira de boxe retornando para outro assalto.

Ele se levantou, sem querer estar na mesma sala que aquele recorte de jornal emoldurado. Foi até a cozinha, tropeçando no corredor em uma cadeira que ele não se lembrava de ter virado, e o viu imediatamente, perguntando-se como não tinha percebido antes.

Sobre a mesa, encostado no frasco que Florence trouxera do laboratório e convertera em vaso, estava um pequeno envelope — do tipo que costumava acompanhar os buquês de florista. Não havia nenhum nome escrito.

James abriu o envelope e instantaneamente reconheceu a letra.

Ela escrevera apenas três palavras: *Eu amo você.*

James sentiu lágrimas nos olhos. Piscou e leu outra vez. Aquilo era algum tipo de ardil?

Ela o deixara, levando Harry, e apesar disso ainda o amava?

Que sentido aquilo fazia? Não era sincero, era um cartão falso, com "eu amo você" escrito para compensar a crueldade de suas ações. Devia ser isso.

E ainda assim James tampouco acreditava nisso. Florence sempre foi sincera quando se tratava de amor. Não usava a palavra em vão; já estavam juntos havia um bom tempo quando ela disse que o amava. Ele sabia também que foi o primeiro homem a ouvir aquelas palavras de seus lábios. Se escreveu aquilo, era porque sentia. E o fato de não haver nenhuma outra mensagem fazia com que fosse ainda mais verdadeiro. Que o amava era tudo o que tinha a dizer.

Ele ergueu o cartão e o leu mais uma dúzia de vezes, virou-o e então voltou a ler. As palavras eram um bálsamo para a ferida que Florence abrira em seu coração, mas depois do alívio veio outra sensação: uma perplexidade que só crescia.

# QUATRO

Soava como uma saraivada de tiros de fuzil, mais distante do que mortal. O sol estava alto, e a camisa de James, colada às costas. Ele semicerrava os olhos contra o brilho de um meio-dia espanhol, mas não sabia dizer de onde vinha o barulho. Estava nas ruínas bombardeadas do que acreditava ter sido a casa de um trabalhador rural. As paredes ainda estavam de pé, mas crivadas de buracos de bala. Nacos de reboco haviam caído, expondo os tijolos como pele esfolada. As janelas não tinham vidros, os umbrais eram arcos vazios. E quando olhou para os pés, viu que o próprio chão parecia afundar lentamente. Estava em uma casa que ruía perante seus olhos. E agora os tiros recomeçavam...

Ele acordou com um sobressalto, o coração batendo forte. Olhou em volta, confuso. Quando percebeu que estava largado em uma poltrona, endireitou o corpo num movimento brusco, derrubando a garrafa de uísque aninhada ao seu lado. *Droga*. O líquido derramou em suas calças, ensopando a perna esquerda. E então voltou o rá-tá-tá; não de tiros, mas de alguém na porta.

James lembrou depois de um lapso momentâneo o que havia acontecido, a lembrança batendo contra o peito como um peso morto. Harry e Florence se foram.

As batidas outra vez. Ele se levantou, sentindo uma corrente fria na casa. Claro: o buraco na janela da cozinha, espatifada pelo castiçal.

— Dr. Zennor?

Ah, não. A voz, inconfundível, pertencia a Virginia Grey. James a via mais frequentemente como a outra metade do casal que dirigia a sua faculdade: o marido dela era o diretor. Mas isso explicava apenas parte de sua influência. Bernard e Virginia Grey eram luminares da esquerda intelectual britânica. Era impossível abrir uma edição do *New Statesman* sem topar com um artigo deles ou sobre eles, neste caso geralmente a resenha de um ensaio ou livro produzido por um dos dois ou ambos. Eles eram uma força dominante na Sociedade Fabiana e, por extensão, no Partido Trabalhista, suas ideias e propostas constantemente debatidas na imprensa nacional ou acatadas como leis. Eles presidiam uma mesa regularmente agraciada com políticos de Westminster e os mais eminentes teóricos do país.

Os Greys colocaram Florence e James sob sua proteção quase imediatamente depois que eles chegaram de Madri, insistindo que Florence transferisse seu doutorado para Oxford e exigindo que o casamento espanhol deles fosse abençoado na capela da universidade — onde agiram como se fossem os pais da noiva. Já os pais dele ficaram polidamente sentados em silêncio, completamente intimidados pelo evento.

Já se aproximando dos 70, os Greys tinham suas dúvidas quanto à área de estudos de James; consideravam a psicologia uma modernidade experimental. E tentaram convencê-lo a enveredar pela ciência política — apesar de, para a irritação dele, sempre parecerem empolgados com o trabalho de Florence com biologia evolutiva. James suspeitava de que o casal acreditava que os Zennors poderiam ser os Greys dos anos 1970, de que se enxergava no "belo jovem casal"; e de que, talvez, via também uma oportunidade de estender sua influência para além do túmulo. Eles não tinham filhos.

Espanando da camisa e da calça as migalhas de um sanduíche comido pela metade, ele abriu a porta.

— Bom di... — Ele parou, subitamente se dando conta de que não fazia ideia de que horas eram.

— Santo Deus! Já estava começando a me perguntar se você estava *morto*! Estou batendo na porta há sete minutos.

— Sinto muito, Sra. Grey. Será que posso telefonar para a senhora mais tarde? Agora não é um...

— Você está se sentindo bem, James, querido? Está parecendo um pouco abatido. — O tom prepotente era familiar, uma mãe falando com um filho teimoso.

— Estou me sentindo um pouco indisposto, para fa...

— Acho que preciso entrar.

— Na verdade, eu acho melhor...

— Estou esperando, James.

Assim eram os Greys: não admitiam um não como resposta, de modo que ninguém nunca lhes negava nada. Ele abriu a porta.

— Ah, meu Deus. Você está péssimo! — Os olhos de Virginia Grey dispararam para além dele, sem dúvida registrando a devastação. Então ela torceu o nariz de desgosto: farejara o uísque.

— *O que* aconteceu aqui? — Ela entrou na sala sem ser convidada.

— Gostaria de uma bebida, Sra. Grey? — Ele teve um prazer quase maligno com a expressão chocada no rosto da mulher.

— Acho que você já bebeu demais, não?

— Na verdade eu estava oferecendo, Sra. Grey. Mas se a senhora não quer, eu quero.

Ela ignorou o comentário, encontrou uma cadeira e sentou-se. Então, numa voz gentil, quase livre da imperiosidade habitual, disse:

— Posso sugerir que me diga o que aconteceu?

James também se sentou, percebendo que se sentia grato pela chance de falar com outra pessoa.

— Ao que parece, Florence me deixou.

A Sra. Grey conteve um suspiro.

— Meu Deus, não. Quando?

— Essa manhã. Voltei do treino e a casa estava vazia.

— E Harry?

— Ela o levou.

James viu um pensamento cruzar o rosto da Sra. Grey, severo sob o coque de cabelos grisalhos. Seu choque inicial agora parecia dar lugar à urgência, ao desejo prático de agir, e imediatamente.

— Você falou com ela? Ela telefonou?

— Ela deixou um bilhete.

— Um bilhete? O que diz?

— Nada. — Ele fez uma pausa, pesando a tentação de contar tudo a ela. Mas algo o deteve. Seria lealdade a Florence? Seria vergonha? — Nada que dê uma explicação, de qualquer forma.

— Ela falou sobre deixá-lo antes?

— Não. Nunca.

— Então por que você presume que ela o deixou?

— Ela deve ter conhecido outra pessoa. Ela é a mulher mais linda de Oxford, afinal de contas. Seu marido a chamou assim, se me lembro bem, na nossa festa de casamento.

Uma imagem instantaneamente se formou na mente de James. Aquele dia de fim de verão em setembro de 1937, no jardim da faculdade: Florence, muito grávida e radiante, esbanjando saúde. Ao lado dela, de muletas, James dava um sorriso que era mais uma careta de dor para o fotógrafo. Apesar de os Greys terem insistido no local, a ideia da festa foi dos pais de Florence: "Querido, você nos negou o deleite de ver nossa filha se casar; você *não* vai nos negar o direito de dar uma grande festa." Então nove meses depois de fazerem os votos na Espanha, eles ouviram Sir George Walsingham propor um brinde enaltecendo as qualidades de sua filha maravilhosa, enquanto Bernard Grey fez piadas à custa de James e, como um homem que não conseguia se segurar, tecia repetidos elogios à beleza da noiva.

— A beleza dela não tem qualquer influência na disposição ou na indisposição de Florence de se envolver com outros homens, tampouco de deixá-lo. A não ser que você tenha evidências em contrário. James? — perguntou Virginia Grey com sarcasmo.

Ele fechou os olhos.

— Não, não acredito que tenha.

— Você telefonou para os pais de Florence, é claro.

Ele suspirou.

— Não, para dizer a verdade, não telefonei.

— Bem, e por que não? Ela provavelmente está a caminho de lá agora. É o primeiro lugar para onde uma jovem vai quando tem problemas em casa.

— Ela não foi para lá. Acredite.

— Bem, é o lugar óbvio para começar, e eu insisto que você telefone. Agora, onde está o número? Eu...

— Por favor! Sra. Grey, Florence não fala com a mãe há... faz algum tempo.

Virginia Grey franziu o cenho.

James desviou o olhar, sentindo-se culpado por revelar um segredo da esposa.

— Elas não estão se falando no momento.

O silêncio pairou no ar até que por fim a Sra. Grey voltou a falar:

— Imagino que será desconfortável, mas temo que você precise fazê-lo de qualquer forma. Ela quase certamente foi para lá, e nenhuma busca pode começar antes que você ao menos elimine essa possibilidade.

James não era capaz de refutar a lógica daquele argumento, mas o pensamento em fazer tal telefonema o encheu de temor. O que ele diria? Se informasse que Florence havia desaparecido, admitiria que ela o havia deixado. Se a Sra. Grey estivesse certa, isso não mudaria em nada a situação: os Walsinghans já saberiam. Mas se ela estivesse enganada, bem, então ele estaria fazendo uma confissão completamente desnecessária. E quando menos esperasse, o maldito Sir George Walsingham estaria no ataque, acessando seus contatos na polícia de Oxford até que descobrissem o paradeiro da filha e do neto, enquanto Lady Walsingham dirigiria a ele aquele seu olhar devastador, um olhar feminino que dizia "não é de estranhar que ela o tenha abandonado: você não é mais um homem de verdade".

Eles já o culpavam, de qualquer forma. Ele era o motivo pelo qual Florence saíra exaltada daquele jantar em Londres com os pais em abril (ou teria sido fevereiro?). James não lembrava o motivo da discussão, provavelmente algo trivial sobre o cardápio ou o táxi para casa. Mas o motivo subjacente era óbvio. Os Walsinghans acreditavam que Florence fizera um mau casamento: ela, cujo pedigree garantiria os homens mais ricos e desejáveis do reino, tinha se casado com aquele filho de professores primários provincianos, e ainda por cima aleijado. Anunciar que não conseguia encontrar Florence ou Harry, que fora descartado, seria uma confirmação do veredito: ele não era bom o bastante.

Uma voz vinda do corredor:

— Eles moram em Norfolk, não é? — Fiel à sua palavra, Virginia Grey estava ao lado da mesa do telefone, pronta para fazer a ligação.

James correu até lá e tirou o fone das mãos dela.

— Eu faço a ligação — disse em voz baixa. Era assim que os Greys operavam, submetendo todos à sua vontade.

Virginia continuava por perto enquanto ele ouvia a própria respiração no pesado fone de baquelite e então o clique quando a telefonista entrou na linha.

— O nome é Walsingham, por favor — disse ele. — Em Langham, Norfolk. Obrigado. — Ele aguardou, escutando cliques e conexões, imaginando-os plugar a série de cabos que transmitiriam a sua voz pelo oeste da Inglaterra.

Por fim houve um som de chamada, seguido depois de quatro toques por uma voz de mulher de meia-idade e aristocrática.

— Wells, 452.

— Lady Walsingham? É James. Marido de Florence.

— Boa tarde, James. Sinto muito, mas Sir George não está. — O sotaque que agora conhecia tão bem. — Algum problema?

— Não, problema nenhum. — O eco na linha o confundia, fazendo-o atropelar as próprias palavras, que voltavam dois segundos depois. — Apenas gostaria de falar com Florence.

— Florence? Não entendi.

— Florence e Harry. Eles não estão com vocês?

— Não. Por que estariam? Vocês sempre vêm em agosto.

Ele escutava atentamente, tentando detectar uma mentira. Eram polidas, as pessoas da classe dela, isso ele já aprendera depois de mais de uma década em Oxford, tanto como aluno quanto como professor assistente. Ela e Sir George — uma figura poderosa na City e oficial condecorado na Grande Guerra — eram elegantes tanto nos modos quanto na aparência. Formavam um belo casal: a mãe de Florence, no passado uma beldade da alta sociedade, tinha os olhos penetrantes e a estrutura óssea perfeita da filha. Estaria Florence ao lado da mãe, murmurando as respostas? Se estivesse, ele nunca saberia. Entretanto, precisava confessar que não parecia ser o caso.

— James? Você ainda está aí? Aconteceu alguma coisa?

— Não, não. Não aconteceu nada. — Ao ouvir sua voz ecoar, nem mesmo ele acreditou. — Foi só uma confusão da minha parte.

— Florence está doente? Está tudo bem com Harry? — A preocupação era genuína, ele tinha certeza.

— Sim, sim. Estamos todos bem. Eu só achei que eles poderiam... talvez... — Ele balbuciou uma despedida e desligou.

Virginia Grey não disse nada. Ela mordeu o lábio e foi para a cozinha.

— Hora de um bule de chá, acho.

Enquanto pegava xícaras e colheres, ela perguntou em tom tão casual quanto se perguntasse onde ficava o açúcar:

— Como estão as coisas entre vocês? Recentemente, quero dizer.

James hesitou, relutava em confiar nela. Mas era visível que estava disposta a ajudar e, de alguma forma, era reconfortante não conduzir aquela busca sozinho.

— Já não somos mais recém-casados, Sra. Grey. Mas acredito que nosso casamento é forte.

A Sra. Grey interrompeu o preparo do chá e olhou para ele.

— A senhora não está convencida.

— Não importa se estou ou não convencida, querido. Não é disso que se trata.

— Ela disse algo para a senhora?

A Sra. Grey olhou para o jardim e um facho de luz banhou seus cabelos, transformando o tom prateado em branco.

— Não acho que tenha sido nada específico...

— Então ela disse alguma coisa! O que foi? — Agora ele se levantou, encarando-a de cima para baixo. Ele sentia as veias inchando, a fúria remexida e pronta para aflorar.

A Sra. Grey adotou uma expressão mais de pena do que de medo, o que apenas alimentou a ira de James.

— Vamos — falou ele mais alto. — Responda!

Em uma voz deliberadamente mais calma e baixa do que antes, ela disse:

— Isso. — A Sra. Grey gesticulou em sua direção. — Ela me falou disso. Sua agressividade. Ela me falou das brigas de vocês, James.

— Nós tivemos desentendimentos. Todo casal tem as suas...

— Ela não se referiu a *desentendimentos*, James. Ela se referiu a demonstrações violentas de nervosismo. Eu mesma vi as louças quebradas aqui hoje.

— Hoje dificilmente é um dia típico.

— Ela me disse que havia uma *tensão* constante na casa.

— Que absurdo!

— As palavras exatas foram: "Sinto como se o chão estivesse coberto de ovos. E que ando na ponta dos pés entre eles."

— Ovos? Eu sei do que se trata. É a minha punição por exigir silêncio quando trabalho. Qualquer acadêmico faria o mesmo. É impossível ler com seriedade com uma barulheira infernal.

— Que barulheira infernal?

— Os berros e gritos de Harry quando ele está brincando. Perdi a cabeça algumas vezes. — Ele conseguia ver as lágrimas escorrendo pelas bochechas de Harry, o menino chorando no jardim depois que James explodiu outra vez, Florence abraçando o filho com força e explicando que não era culpa dele, que não era não, James, imóvel, afastado deles, envergonhado demais para dar um passo à frente e abraçar Harry, uma vergonha cuja pontada voltava a sentir agora.

Mas o que ele disse, empertigado, foi:

— Tenho certeza de que o diretor teria agido da mesma forma no meu lugar.

A grisalha autora de meia dúzia de livros e duas centenas de artigos acadêmicos encarou-o friamente.

— Sim. Até mesmo eu lutaria para fazer os meus bordados com tal distração.

James percebeu seu erro.

— Sinto muito, Sra. Grey. Eu não quis dizer...

— Não se preocupe, Dr. Zennor, já fui alvo da condescendência de homens muito mais importantes que você. — Ela colocou a chaleira no centro da mesa e puxou uma cadeira. — Florence estava preocupada. Disse que estava bebendo demais.

— Pelo amor de Deus, um homem não pode beber um copo de uísque em sua própria casa?

— Outra noite você fez com que Perkins voltasse à adega pelo menos duas vezes.

— Então a senhora acha que a minha esposa me deixou porque eu sou algum tipo de dipsomaníaco?

— Ninguém está dizendo que sua esposa o deixou.

— Ela não está aqui, está?

— Não, ela não está. Mas não há evidências de que ela o deixou, na acepção um tanto melodramática da palavra. Você não sabe onde ela está. E você não sabe por que ela se foi.

— Precisamente.

— Bem, eu acredito que você precisa começar a se colocar no lugar dela.

James se empertigou, como que para sinalizar que a discussão estava encerrada.

— Muito obrigado, Sra. Grey. Agradeço os seus esforços. Mas nada que a senhora tenha dito me ajudará a ter minha esposa de volta.

— É isso que você quer? Tê-la de volta?

— Mas é claro que é isso que eu quero! — exclamou James com voz estridente. Envergonhado pela demonstração de fraqueza, ele abaixou a cabeça.

— Bem, talvez eu possa ajudá-lo.

Ele levantou a cabeça, com os olhos injetados.

— Florence me fez uma visita ontem.

James assentiu muito brevemente, determinado a não fazer nada que pudesse evitar que a Sra. Grey continuasse.

— Ela parecia estar agitada. Falou algo sobre as... *tensões* em casa.

— Sim. — A mente dele estava um turbilhão, processando o que ouvia em velocidade máxima, já avaliando as possíveis implicações.

— Ela não disse nada de concreto, não mencionou qualquer intenção.

— Mas...

— Ela claramente estava com pressa. Interrompeu nossa conversa dizendo que havia algo que precisava consultar com urgência na Bodleian. — A Sra. Grey olhou para os dedos, como se precisasse se concentrar e escolher as palavras com cuidado. — Não achei estranho no momento. Afinal de contas, sua esposa é uma acadêmica dedicada. Mas tendo em vista a partida dela tão cedo esta manhã, me pergunto se as duas coisas estão relacionadas. Se havia algo que ela precisava consultar, algo que precisava descobrir antes de poder partir. Talvez isso lhe dê uma...

Mas Virginia Grey não teve chance de concluir a frase. Ela ergueu os olhos para ver que James simplesmente se virou, agarrou uma jaqueta no corredor e saiu porta afora.

# CINCO

Apenas quando passou pelo relógio em frente aos correios James descobriu as horas. Eram quinze para as seis: ele se deu conta de que passara a maior parte do dia em um estupor embalado a raiva e álcool. Mas agora, finalmente, tinha algo a fazer. Não era muito — afinal, sua esposa frequentava a Bodleian regularmente —, mas a Sra. Grey julgava as personalidades de uma maneira muito perspicaz: se ela acreditava que a visita feita por Florence ontem era significativa, que sua esposa de alguma forma parecia agitada, então isso precisava ser levado a sério.

Ele pedalava furiosamente, e acabava de passar em frente à Keble quando um borrão à sua esquerda subitamente ganhou forma. Ele desviou para tentar evitá-lo, mas era tarde demais: outro ciclista, que subia a South Parks Road sem prestar atenção, acertou a roda traseira de James.

Ele caiu com força, por sorte sobre as nádegas e não sobre o ombro. A mão direita, que amorteceu parte do impacto, estava ralada, a esfoladura se revelando como uma teia de pontos de sangue.

— Sinto muito, Zennor. Sinto muito mesmo.

James olhou para cima, fazendo sombra com a mão sobre os olhos para ver Magnus Hook, pesquisador assistente na New College e proprietário dos óculos mais grossos e redondos de Oxford, de pé à sua frente. A vista ruim deixara Hook de fora do Exército, mas ele fazia a sua parte pelo esforço de guerra: havia sido convocado pelo Ministério dos Alimentos, que assumira boa parte da St. John's para controlar a distribuição nacional de peixe e batata. "Agora trabalho para a maior empresa de *fish and chips* do mundo", era seu modo preferido de iniciar uma conversa; James já ouvira aquilo ao menos três vezes.

A mera visão de Hook drenava sua energia. Em primeiro lugar, ele personificava a categoria à qual ele, Zennor, agora pertencia. Graças ao maldito ombro ele também era um rejeitado pelo serviço militar, assim como Hook e os outros cegos inválidos. Mas junto com o desdém vinha a inveja, pois Hook assumira o seu lugar ao lado de centenas de professores de idade não militar convocados como servidores civis. Era por isso que, em pleno mês de julho, Oxford, geralmente deserta graças às férias de verão, fervilhava: a cidade se transformara em uma segunda Whitehall. A Merton abrigava parte do Departamento de Transportes, a Queens, o Ministério de Segurança Interna, e a Balliol, de modo bem característico para uma faculdade que se considerava *primus inter pares*, boa parte do mais prestigiado de todos os ministérios, o de Relações Exteriores. O boato é que a "boa parte" em questão era a seção de inteligência. Outro boato dizia que uma faculdade não identificada era mantida vazia, pronta para receber a família real caso o rei precisasse deixar Londres.

James presenciara essa transformação gradual da universidade — a Brasenose College convertida em hospital, o Ashmolean Museum abrindo as portas para a Slade School of Art — perguntando-se quando viria a sua convocação. Ele tinha uma mente de primeira classe, ao menos era o que atestava seu certificado de conclusão de curso, e experiência militar — uma experiência que lhe custara caro. Teve até mesmo alguma prática com atividades de inteligência, antes... bem, antes.

Quando soube que a Oriel receberia o Departamento de Inteligência do Ministério da Guerra, James ficou a postos, à espera do telefonema. Mas ele nunca veio.

Em vez disso, durante o período da guerra, ele deveria permanecer no Departamento de Psicologia Experimental, lendo acadêmicos vienenses e redigindo artigos. Um departamento que, com meros cinco anos em uma universidade que media sua vida em séculos, carecia de respeito. Era localizado no fim da Banbury Road, em uma casa antiga, e só seria ainda mais periférico se ficasse em Slough. Tudo isso já era fato antes da deflagração da guerra. Depois, sua irrelevância decuplicou.

Era óbvio para James que seu trabalho ali era inútil. Uma vez iniciada a requisição de prédios da universidade e a convocação de professores, ele se colocou à disposição, tanto em conversas discretas com colegas como redigindo duas cartas formais de solicitação. Que não tiveram resposta. Disse a si mesmo que era o caos da guerra. Então fez uma visita a Bernard Grey, que conhecia todo mundo em Whitehall, e pediu que o indicasse. Acreditou que seria uma formalidade. Mas Grey por fim precisou se desculpar entre taças de xerez na residência oficial do diretor.

— Sinto muito, Dr. Zennor, mas me parece que desta guerra você precisará ficar de fora.

E agora ali estava Hook no seu terno de flanela cinza, sorrindo presunçoso sob as desculpas solícitas e as tentativas atrapalhadas, míopes, de ajudá-lo a se levantar.

— Tem certeza de que está bem? Sinto-me péssimo. Achei que você tivesse me visto, mas você estava tão rápido que eu...

— Olhe por onde anda, seu idiota.

— É que você pode fazer isso, Zennor. Eu tenho olhos pavorosos. Daí esses binóculos. — Ele gesticulou para os óculos, que, Zennor suspeitava, permitiriam a um homem comum enxergar a superfície da lua.

James ficou de pé, de modo que agora olhava Hook de cima para baixo com uma vantagem de pelo menos 30 centímetros. Talvez fosse o olhar suplicante, para não dizer intimidado, no rosto do pobre homem, ou a lembrança de que Hook era um convicto antifascista — tão intolerante quanto o próprio James em relação aos conciliadores que tinham presença considerável em Oxford até pouco tempo atrás —, mas James sentiu uma dose de simpatia por ele, ali atrapalhado com seus óculos fundo de garrafa. E com a simpatia veio a vergonha por sua grosseria e a necessidade de se retratar.

— Desculpas aceitas. — Ele estendeu a mão, que Hook apertou de bom grado. — Então, no que vem trabalhando, Hook?

— Bem, estritamente falando, não devo dizer.

— Bom homem. Não se deve falar demais. É melhor eu ir...

— Mas coloquemos assim. Todo esse foco em *fish and chips* complementa muito bem a minha pesquisa. — Ele olhou com expectativa para James, mas, como não obteve resposta, prosseguiu. — Nutrição.

— Fico feliz em saber — disse James, levantando a bicicleta.

— Veja, os padrões de consumo batem muito precisamente com os níveis de renda e educação. Eu já havia intuído isso antes, mas agora, graças as ministério, tenho dados precisos. Eles mostram que naquelas categorias sociais que definiríamos como baixas, o consumo de batata supera o de peixe numa razão de mais de três para um. Entre aquelas que poderíamos classificar como carentes, a taxa cresce para cinco para um. Em estratos superiores, os dados...

— Você está dizendo que os pobres comem mais batata?

— Bem, isso é obviamente uma grande simplificação. Eu preferiria dizer que...

— Sim, claro. Bem, eu preciso mesmo ir...

— Ah. Mas eu não expliquei a ligação entre peixes oleaginosos e o desempenho mental. E os benefícios do leite nas escolas nos índices nacionais de saúde dental e dos ossos!

— Outra hora, Magnus. — James montou na bicicleta, aliviado por ver que a roda traseira estava empenada mas ainda funcionava. Ele pedalou alguns poucos metros, então parou e olhou para trás sobre o ombro. — Você por acaso não viu Florence recentemente, viu?

Hook olhou para os pés, o rosto corado. James já tinha visto aquela reação antes: Florence só precisava entrar em um recinto para reduzir os homens a ruínas gaguejantes. Mas não suspeitava de que a simples menção a seu nome pudesse ter o mesmo efeito. A constatação trouxe aquele peso morto de melancolia de volta ao seu peito.

— A última vez que a vi foi na terça-feira. Eu estava a caminho da faculdade e ela vinha na direção contrária com aquela amiga, como é mesmo o nome?

— Rosemary? — James a encontrara apenas duas ou três vezes, mas a achara irritante. E ela se agarrava a Florence como um tumor.

— Isso mesmo, Rosemary. — Hook mais uma vez fitou James com os olhos semicerrados. — Ora, Zennor, isso é uma camisa de remo debaixo do seu paletó?

O último trecho da Parks Road foi percorrido num piscar de olhos, mas ao encostar a bicicleta no muro baixo do Wadham College James teve um pensamento inquietante. O horário de funcionamento das bibliotecas era mais curto agora, inclusive o da New Bodleian. E eram quase seis da tarde.

Ele correu pela calçada e entrou no prédio, que ainda se destacava pelo ar de novidade. Enquanto a maioria das construções da cidade era coberta de sujeira, manchada pela fuligem produzida pelo aquecimento a carvão em quase todos os cômodos, os tijolos da New Bod ainda conservavam a tonalidade bege-clara. O prédio não apenas era limpo, mas também era feito de linhas retas, sem as gárgulas, a cantaria rebuscada e as ameias que faziam a Oxford universitária lembrar uma cidade murada da Idade Média. E essa sobriedade apenas se aprofundara graças às restrições do blecaute, que determinavam que todas as faculdades mantivessem as janelas cobertas com venezianas ou cortinas ou, quando o suprimento acabasse, papel-pardo ou mesmo tinta. A princípio, o orgulho garantia que as cortinas fossem abertas, e o papel, removido toda manhã. Mas os funcionários eram poucos, assim como a paciência, e portanto, com a guerra agora no seu décimo primeiro mês, muitas das janelas medievais ou estilo Tudor de Oxford permaneciam cobertas pela escuridão o dia todo.

E pensar que ela só havia sido inaugurada havia um ano: James e Florence vieram juntos, como convidados dos Grey. Os discursos antecipavam um futuro brilhante e cheio de sonhos para os acadêmicos da nova geração. Mesmo então, James lembrava, eles pareciam transmitir mais esperança do que expectativa. Apenas os irremediavelmente iludidos ou os conciliadores acreditavam que a guerra poderia ser evitada. Para alguns, como James, a guerra já começara havia muito tempo.

Como esperava, a New Bodleian estava fechando as portas.

— Precisa esperar até amanhã, senhor — disse o porteiro, sacando do cinto um molho de chaves que lembrava o de um carcereiro.

— Claro — respondeu James. — Eu só preciso pegar algumas anotações que esqueci em uma das salas de leitura.

— O horário de funcionamento vai das nove às...

— Sim, sim, eu sei qual é o horário de funcionamento. Mas... — Ele se inclinou para a frente, sua voz agora um sussurro. — Isso é para... é... o esforço de guerra. Se é que você me entende.

O porteiro deu um passo atrás como que para avaliar a honestidade de James à distância. Tudo que ele precisava fazer era demonstrar confiança. Esse, seu instrutor na Espanha dissera, era o segredo. Então ele sustentou o olhar do porteiro, convencido em sua própria mente de que estava envolvido em atividades de inteligência na Balliol ou Oriel, até que o homem por fim saiu do seu caminho, gesticulando na direção das escadas.

Ele percebeu que os patamares estavam cheios do que pareciam ser telas embrulhadas em papel-pardo e barbante, empilhadas contra a parede: aquelas deviam ser as obras de arte das quais ouvira falar, levadas até lá sob custódia. Todas as faculdades estavam fazendo aquilo; esvaziavam suas coleções, removiam até mesmo vitrais e estátuas, e usavam o recém-construído edifício da Bodleian como refúgio. E não apenas as faculdades. A biblioteca da Câmara dos Lordes enviara alguns dos mais preciosos documentos da nação para lá — entre as quais a sentença de morte de Carlos I. Porque exatamente eles acreditavam que tais tesouros estariam mais seguros ali do que em qualquer outro lugar de Oxford, James não tinha certeza: talvez simplesmente depositassem sua fé na modernidade.

No segundo andar, ele via a última bibliotecária remanescente, uma mulher que tinha mais ou menos a sua idade. Ela tinha um rádio sem fio sobre a mesa, um sinal não apenas de que já havia encerrado o expediente, mas também do quão diferente a vida se tornara: você nunca veria um rádio numa biblioteca antes, mas todos estavam grudados no aparelho esses dias, à espera de notícias da guerra. Ao se aproximar da mesa, ele ouviu o locutor da BBC concluir a novela da tarde, *Adolf in Blunderland*. Algum esforço satírico destinado a levantar o moral da nação, suspeitava James.

A mulher se virou. Ela não parecia nada com Florence, mas algo no brilho de seus olhos fez James se lembrar de sua esposa e, por uma fração de segundo, pareceu deixá-lo sem ar. Naquele instante ele estava em outro lugar, num pequeno e antiquado café não muito distante dali — The Racket —, onde, graças ao racionamento, ele e a esposa precisavam se contentar com um jantar composto de feijões e torradas. Os dois discutiram, ele foi longe demais, e Florence calmamente se levantou e saiu, deixando-o lidar sozinho com os olhares constrangidos dos funcionários e dos outros clientes. James correu atrás dela, procurando-a rua após rua, finalmente encontrando-a a algumas centenas de metros de casa. Os dois se entenderam, ele não conseguia lembrar como. Mas por quase uma hora temeu que a houvesse perdido. E algo no rosto daquela mulher trouxe de volta esse medo, fez James perceber o que vinha evitando o dia todo.

— Sinto muito, senhor, a biblioteca já está fechada. Abriremos amanhã pela manhã.

James a olhava, subitamente indeciso quanto ao que dizer, por onde começar.

— Senhor?

A bibliotecária abaixara o volume do rádio, mas ele conseguia ouvir o início do boletim das seis horas: algo sobre a França de Vichy formalmente rompendo relações diplomáticas com a Grã-Bretanha. De improviso, ele começou a falar:

— Temo que algo sério tenha acontecido. Minha esposa desapareceu. Aqui foi um dos últimos lugares onde ela foi vista. Eu gostaria de saber por que ela esteve aqui. Isso pode nos ajudar a encontrá-la.

A mulher pestanejou algumas vezes, então olhou sobre o ombro de James, como que para conferir se havia mais alguém por perto.

— As regras são bem rígidas quanto a...

James olhou diretamente nos olhos dela.

— Eu sei disso. E é assim que deve ser. Mas essa é uma situação excepcional. — A mulher não disse nada, o que ele tomou como um bom sinal. — Estou desesperadamente preocupado com ela, entende?

— Eu gostaria de ajudar, mas os formulários de requisição não são mantidos aqui. Eu teria que... — A bibliotecária desviou o olhar outra vez e fitou uma porta imediatamente às costas dela. James não saberia dizer se ela temia que alguém aparecesse ou se ansiava por isso. Ela era uma mulher sozinha em um prédio grande, vazio, com um homem que acabava de descrever a si mesmo como desesperado.

— Você faria isso? Eu seria muitíssimo grato.

Falando apressada, consciente de que desrespeitava as regras, a funcionária entregou a ele uma folha de papel amarelo e pediu que escrevesse o nome do usuário em questão.

— E a data, por favor, senhor...

— Zennor. Dr. James Zennor.

Ela pegou o papel, virou-se e atravessou a porta às suas costas. James olhou para cima e então para os lados, inspecionando o salão.

Poucas vezes estivera ali depois da inauguração: preferia fazer suas leituras na Radcliffe Camera, onde estava menos sujeito a encontros com seus colegas. Mas Florence abraçara o prédio logo de cara.

— Pense bem: eu serei uma das primeiras acadêmicas a ter trabalhado em um prédio que provavelmente ficará de pé por mil anos. — Ela fez uma pausa, então lhe dirigiu um sorriso ao qual ele não conseguia resistir. — Gosto de ser a primeira.

James passou a andar de um lado para o outro, olhando para as fileiras de mesas novas e praticamente sem riscos — elas careciam das lascas, rachaduras e manchas e da pegajosa resina humana entranhada com o passar dos séculos na madeira da "Radder". Ele olhou para o relógio. A bibliotecária estava fora havia mais de cinco minutos, quase dez. Ele se perguntou o que poderia estar detendo-a.

Para onde diabos Florence poderia ter ido? A Sra. Grey estava certa: a resposta óbvia era a casa dos pais, mas James havia descartado essa possibilidade. Ele sentia uma onda de raiva crescendo dentro de si. Precisava ver o que diabos Florence havia pesquisado ali. Podiam ser os estudos regulares dela, Darwin e afins, mas também podia ser outra coisa, algo mais urgente. O que Grey tinha dito? *Alguma coisa que ela precisava consultar, algo que precisava descobrir antes de poder partir.*

Então o que diabos era? O que Florence precisava descobrir? E onde estava aquela maldita bibliotecária?

Ele passou pela mesa caminhando a passos largos, atravessando a barreira invisível que separava os funcionários dos leitores e a porta pela qual a bibliotecária seguira havia quase quinze minutos.

Do outro lado, viu-se no patamar de uma escada de serviço. Iluminada fracamente por uma única lâmpada débil, a escada era pintada de um cinza funcional, o piso coberto por um linóleo fino. Instintivamente, ele desceu.

Dois lances abaixo, chegou a uma porta dupla. James abriu-a com um empurrão para ver o que a princípio lhe pareceu um longo corredor.

— Olá? — disse em voz alta.

O eco em sua voz o surpreendeu. Aquilo não era um corredor. Ele entrou na quase escuridão e chamou outra vez. Nenhuma resposta.

James avançou, lentamente tomando consciência de que o caminho pelo qual seguia era estreito. Ele estendeu a mão, esperando tocar o concreto frio. Em vez disso, sentiu o metal áspero, a textura de uma corrente de bicicleta. Gradualmente, passou a distinguir as formas de uma esteira rolante.

Ele lera a respeito daquela inovação. Estava dentro do túnel que ligava a Nova Bodleian à antiga por baixo da Broad Street. Aquilo havia sido saudado como um feito de engenharia e da grande criatividade britânica. Em vez de bibliotecários caminhando apressados entre os dois prédios, uma esteira mecânica faria o trabalho deles, transportando em silêncio o que fosse requisitado, fosse o *Principia Mathematica* ou o *Das Kapital*.

James voltou os olhos semicerrados para cima e viu a tubulação presa ao teto. Aquele devia ser o sistema de tubo pneumático acrescentado no ano anterior com o mesmo alarde: coloque uma folha de requisição na cápsula e lá vai ela zunindo, impulsionada por nada além de ar comprimido. Aviões, o rádio sem fio, o cinema — o mundo mudava muito rápido. Já era irreconhecível da era vitoriana em que seus pais ainda viviam

— Senhorita? Você está aí? — Para onde fora a bibliotecária e por que ela não respondia?

O caminho virava à direita; James se perguntava o quanto havia andado. Será que já estaria sobre a Radcliffe Square? Ele não acreditava que houvesse andado tanto, mas talvez a ausência de luz houvesse confundido seus sentidos. Subitamente, percebeu que estava com frio; ele tremia, sentindo a camada de suor que ainda cobria sua pele.

O que era aquilo? Foi um lampejo de luz à distância? Ocorreu algum tipo de mudança, talvez uma lanterna sendo ligada e desligada. Ele apertou o passo.

Quase corria agora.

— Senhorita? É você?

Houve um pouco de eco e então uma resposta que fez seu sangue gelar.

A resposta foi "não". E ela foi dada por um homem.

# SEIS

— Quem está aí? — Ele escutou o tom alarmante em sua própria voz.

— É o Dr. Zennor?

Um sotaque. O que era? Holandês? Alemão? Ele não conseguia nem mesmo ver de onde vinha a voz. Onde exatamente ele viera parar?

— Para onde foi a bibliotecária?

— Eu sou o bibliotecário.

Naquele instante, James foi ofuscado por um facho amarelo brilhante dirigido para o seu rosto. Ele se virou, levando a mão ao rosto.

— Minhas desculpas, senhor. Pela luz, sinto muito.

O facho foi afastado do seu rosto, mas James ainda piscava os olhos. Ele piscou repetidamente até retomar a visão.

— Quem diabos é você?

— Por favor. — *Porrr favorrr.* — Não me xingue.

James sentia a raiva crescendo outra vez. Em voz baixa, com a calma de um homem que reprime a fúria, ele repetiu:

— Quem é você?

— Sou Epstein. Agora sou o bibliotecário da noite aqui.

Então aquilo explicava o sotaque: um exilado alemão.

— E o que aconteceu com a mulher?

— Eu a vi aqui embaixo depois das seis e disse a ela para ir para casa. Como trabalham, essas garotas. Trabalhou por sete dias, ela, sem folga. Num esteirão.

— Estirão.

— Sim. Num *estirão*. Foi o que eu quis dizer.

— Mas ela estava me ajudando. Eu fiz uma requisição.

— Sim, sim. Eu sei disso. Eu mesmo estou ajudando. Estava tentando encontrar os livros.

— Os livros que a Sra. Zennor usou?

— Isso mesmo. Mas por que o senhor desceu até o túnel? Isso é proibido, sim?

James expirou. O coração dele estava acelerado, num ritmo que se recusava a diminuir. A luz no rosto o havia perturbado. Ainda estava atordoado, mas não apenas pela luz. Havia algo mais.

O homem voltou a falar.

— Por favor. Tenho eles agora. O senhor me siga.

Eles caminharam em silêncio, James constrangido pela perseguição ao homem no túnel. E também temeroso — se dissesse alguma coisa errada, talvez induzisse uma mudança no humor do bibliotecário exilado e fosse visto como ansioso demais. Então ele conteve a impaciência de ver os livros nas mãos do homem e esperou até que chegassem à relativa luz da escadaria e seguissem de lá até a sala de leitura.

— Nós precisamos economizar energia, sim? À noite. Por isso não tem luzes lá embaixo. Apenas isso. — Epstein agitou a lanterna. — E nada de esteira, é claro. Então faço isso pessoalmente. Demora muito, pelo que peço desculpa.

— Não precisa pedir desculpas — respondeu James.

— Descul*pas*, sim, claro. Desculpe meu inglês. Leio perfeitamente, mas nunca precisei falar muito antes.

— Não. É excelente. — James momentaneamente cogitou a possibilidade de falar com ele em alemão, então imaginou o atraso que isso geraria: explicar como dominava o idioma, sua leitura dos grandes psicanalistas vienenses e todo o resto.

— Em Heidelberg, eu não precisava tanto do inglês. Mas agora estou aqui.

— Entendo. — James tentava identificar os três livros que o alemão colocara sobre a mesa, as lombadas irritantemente voltadas para o outro lado.

— Eu não escolhi partir, Dr. Zennor. Mas sou de um tipo considerado, como dizer, *indesejável*, pelos novos governantes do meu país. Vim para cá faz dois anos.

— Você é judeu?

— Sim, senhor.

— Ora, bem-vindo à Inglaterra. E obrigado por encontrar esses livros tão rápido. — James fez um gesto de cabeça para os volumes, esperando que entendesse a dica. — Você é obviamente um bom bibliotecário.

— Obrigado. Estou aprendendo. Em Heidelberg, eu não era bibliotecário.

— Não? — James olhou outra vez para os livros, mas o homem ainda estava concentrado em registrar a retirada, demorando o que parecia uma era em cada palavra.

— Não. — Epstein deu um sorriso melancólico. — Meu último trabalho na universidade foi como faxineiro. Eu esfregava o chão.

— Ah.

— Antes disso, eu era professor de grego e diretor do Departamento de Estudos Clássicos.

— Entendo. — James fitou os olhos idosos, vendo neles uma terrível tristeza e saudade. Ele lera sobre as coisas terríveis que os nazistas estavam fazendo com os judeus; sabia das leis que os baniam de profissões, que incendiavam sinagogas e sabe Deus mais o quê. Mas era diferente encontrar um judeu pessoalmente, ver as consequências dessa barbárie na sua frente.

O bibliotecário já devia estar acostumado àquela reação.

— Ah, não sinta pena de mim, Dr. Zennor. Sou muito grato. Pelo meu emprego e por esse país. O único país no mundo que está combatendo esse mal.

James olhou mais uma vez para a pilha de livros sobre a mesa entre eles.

O professor se empertigou.

— Que cabeça a minha. Por favor.

James pegou os livros e foi até uma das mesas. Virou o primeiro. Para sua surpresa, era um volume encadernado de revistas acadêmicas: *Proceedings of the British Psychology Society 1920-21*. Ele correu o dedo pelo livro, tentando identificar o que poderia ter atraído o interesse da sua esposa. Aquela não era, nem de longe, a área dela.

Ao folhear as páginas, viu uma tira de papel branco, um marcador mínimo, que havia sido esquecido. Instintivamente, trouxe o marcador para perto do rosto, esperando conseguir sentir o cheiro dela. Mas não havia o menor sinal. Em lugar disso, ele marcava um artigo intitulado: "Uma análise dos veteranos britânicos da Grande Guerra."

Estranho. Florence não tinha maior interesse pela última guerra. Ela não era psicóloga nem historiadora.

James passou para o próximo livro, escrito por um acadêmico americano ligado à Harvard Medical School: *Estudos sobre trauma pediátrico*. Ele voltou a correr o dedo pelas páginas, na esperança de encontrar outro marcador. Encontrou um e começou a ler: "*...a exposição continuada de uma criança não traumatizada a um adulto traumatizado pode resultar em* trauma secundário ou passivo. *Os sintomas vão de mudez seletiva, melancolia, timidez extrema, desenvolvimento prejudicado, incontinência urinária noturna...*"

Instantaneamente ele pensou em Harry, em como havia sido mais lento que as outras crianças para se controlar à noite, em como ainda não havia superado aquela fase. Florence estava ansiosa, se recusava a ser tranquilizada pela insistência de James de que o filho deles "logo deixaria isso para trás". Até agora, James não havia dado maior importância àquilo.

Pegou o terceiro livro. *Um compêndio de conselhos para mães*. Tão incomum da parte de Florence, que costumava ridicularizar coisas do tipo. Ele não precisou folhear as páginas. O livro abriu automaticamente, pois a encadernação estava rachada. No capítulo intitulado "Preparando uma criança para uma longa viagem ou separação".

Ele leu o título mais uma vez e então uma terceira, o temor crescendo em seu peito. Qualquer esperança que acalentasse de que aquilo era uma encenação, uma tentativa dela de reforçar seu ponto de vista, se esvaía bem rápido. Lá estava, preto no branco. O que sua esposa planejava era uma longa viagem. Ou pior, uma separação.

James voltou ao primeiro volume, ao artigo sobre combatentes da última guerra, e leu um parágrafo ao acaso: "*...os participantes da pesquisa revelaram um conjunto de comportamentos recorrentes. Entre eles estavam insônia aguda, com dificuldade tanto para dormir quanto manter o sono; raiva e irritação excessivas; dificuldade de concentração. Outros relataram um constante estado de alerta, como se em constante expectativa de perigo.*"

Pulou alguns parágrafos:

"*...vários dos entrevistados exibiam extrema relutância em falar de suas experiências durante a guerra, evitando até mesmo tópicos indiretos. Talvez, paradoxalmente, muitas dessas mesmas pessoas se queixavam de lembranças indesejadas do evento, 'flashbacks', por assim dizer. A queixa mais comum, experimentada por 68 por cento por participantes, eram sonhos perturbadores, frequentemente violentos...*"

James fechou o livro com um movimento brusco, o coração martelando. Ele começava a se sentir tonto. Estava com fome. Mal comera desde a noite passada e exigira bastante do corpo no rio naquela manhã. O álcool também não deve ter ajudado. A sala começava a girar.

Ele se levantou e viu Epstein à mesa, o rosto do velho de óculos parecendo encolher e inchar, crescendo e minguando como a lua. Ele precisava sair, precisava de ar fresco. Murmurou desculpas, deixou os livros onde estavam e cambaleou na direção da saída.

Já do lado de fora, sorveu oxigênio em longos arquejos, segurando o corrimão da entrada. Do outro lado da rua, o King's Arms começava a encher com pessoas que saíam do trabalho: não estudantes, mas acadêmicos convertidos em servidores civis.

Precisava pensar, mas a cabeça latejava. O que estava esperando? James esperava algo mais direto: um atlas, talvez um mapa rodoviário, talvez uma tabela de horários de trens. Mas aquilo, o que acabara de ver... ele se sentia nauseado.

Onde diabos estava sua esposa? Para onde ela tinha ido? Enervava-o pensar que ela vivia e respirava em outro lugar — talvez chegando a uma estação de trem distante ou caminhando por uma rua ou bebericando uma xícara de chá —, que existia em outro lugar agora, naquele exato momento, e que ele não fazia ideia de onde. Ele disse a si mesmo que era capaz de sobreviver longe de Florence, contanto que soubesse onde ela estava. Mas sabia que não era verdade. Desde aqueles dias e noites em Madri, abraçados um ao outro enquanto as bombas caíam, ele sentia que a própria natureza exigia que ficassem juntos. Como cientista, não deveria acreditar em sorte ou destino, então era incapaz de dizer o que de fato sentia. Tampouco sua educação havia tido qualquer tolerância a uma palavra como "almas", mas era isso também que sentia: que as almas deles haviam sido unidas.

A chegada de Harry foi apenas a confirmação. Ele amava o filho com uma intensidade que o surpreendia. Imaginou-o agora, mal dizendo uma palavra para qualquer pessoa, agarrado ao seu pequeno urso-polar. O pensamento de uma vida longe do filho provocou uma súbita pontada de terror em seu coração.

As palavras apareceram à sua frente, flutuando perante seus olhos: *uma longa viagem ou separação*. Um pensamento negro cruzou sua mente, como um vírus carregado pela corrente sanguínea. Será que, seria possível...

Subitamente e sem qualquer alerta mesmo para si mesmo, como se sua boca, peito e pulmões tivessem vontade própria, ele ouviu a si mesmo gritar com toda força.

— ONDE VOCÊ ESTÁ?

O som chocou-o. Um grupo de jovens que bebia na calçada em frente ao King's Arms olhou na direção dele, os rostos corados, os pescoços tensos de agressividade. James se perguntou se eram veteranos da retirada de Dunquerque — ou *evacuação*, como delicadamente colocou a BBC —, levados até lá para tratamento na Radcliffe Infirmary. Florence os mencionara ontem mesmo, descrevendo a reação escandalizada de um professor ou outro com o estado de permanente embriaguez dos soldados. James dera de ombros, recusando-se a condenar soldados que buscassem conforto onde quer que pudessem encontrá-lo.

Ignorando-os, ele atravessou a rua, pegou a bicicleta encostada no muro da Wadham e pedalou rua abaixo.

James pedalava como um maníaco, tentando manter os pensamentos longe. Mas, apesar disso, eles se recusavam a ser detidos. James quase conseguia senti-los dentro de sua cabeça, disparando pelo córtex cerebral. Quando conseguia bloquear um caminho neural, eles encontravam outro, gritando lá dentro, formando palavras.

Ele os sufocou com outra ideia. Era quinta-feira, quase sete da noite, e era verão. Geralmente, era quando Florence estaria com a amiga Rosemary para o passeio semanal do seu grupo de caminhada. Até onde James sabia, a maioria delas era comunista, dotada de fortes ideologias em seu fervor pelo exercício físico árduo no interior da Inglaterra.

O grupo provavelmente já estaria voltando àquela hora, e, se fossem fiéis à rotina de sempre, ele sabia exatamente onde encontrá-las.

Assim, pela segunda vez naquele dia — apesar de parecer outra era —, James estava de volta ao rio, pedalando pelo caminho de sirga na direção da Comporta Iffley. E, como esperava, lá estavam elas: Rosemary na frente, de sapatos práticos, os cabelos castanhos cortados de maneira prática presos em um coque prático, carregando uma das alças de uma cesta de piquenique — a outra estava a cargo de uma robusta jovem aluna. James parou de pedalar, então passou uma perna sobre a estrutura da bicicleta, apoiando o corpo em apenas um pedal antes de descer, tentando aparentar calma e tranquilidade. Nada de raiva agora, disse a si mesmo.

— Olá — disse, com um aceno.

— É você, James? — perguntou ela, olhando através de lentes que, apesar de não serem páreo para as de Magnus Hook, consistiam de dois nacos consideráveis de vidro.

— Sim, sou eu. Eu só queria...

— Não se incomode, eu já imagino. — Ela fez um gesto de cabeça para a jovem ao seu lado, que imediata e respeitosamente ofereceu sua alça da cesta de piquenique para James, então recuou para se juntar ao grupo de mulheres que conversava alguns passos atrás. James não conseguia imaginar como Florence se encaixava naquele grupo, mas era uma aposta bem segura que muitas ali talvez tivessem uma forte "queda" por ela. Talvez Rosemary também. Ele segurava a cesta com uma das mãos e empurrava a bicicleta com a outra, aguardando que Rosemary falasse primeiro.

— Então você está à procura de Florence?

— Sim, na verdade estou. Não acredito que você saiba onde...

Ela o cortou, os olhos fixos no caminho.

— Há quanto tempo ela se foi?

— Desde... — Ele fez um gesto de olhar para o relógio — esta manhã, na verdade. — James carregava a cesta com o braço esquerdo, já curvado pelo esforço. Relutava, todavia, em dizer qualquer coisa para não interromper Rosemary, cuja testa estava contraída de concentração. Mas foi ela quem o interrompeu.

— Audrey! — gritou, voltando-se para uma das mulheres atrás deles. — Você e Violet podem levar a cesta? Obrigada, querida.

Duas das garotas se adiantaram para cumprir as instruções. Rosemary supervisionou a transferência, então esperou o resto do grupo passar por eles, para garantir que ela e James pudessem conversar com privacidade.

— Esta manhã, você disse — retomou ela, por fim.

— Sim.

— E você achou que ela pudesse estar conosco.

— Bem, é quinta à noite. Ela nunca perde o passeio semanal, faça chuva ou faça sol.

— Caminhada, Dr. Zennor. Nós chamamos de *caminhada*. E você está certo, Florence é dedicada. Ela odiou faltar nas duas últimas semanas.

— Faltar? Mas ela não faltou.

— Bem, ela não estava aqui.

— Acho que você deve estar se confundindo. Lembro claramente. Florence saiu às cinco da tarde, calçando as botas de caminhada. Como sempre. Ainda me lembro dela voltando para casa, falando comigo a respeito.

— Bem, eu sou a líder desse grupo, Dr. Zennor, e posso dizer que Florence faltou na quinta passada, assim como na semana anterior. Ela não é o tipo de mulher cuja presença passa despercebida.

James estava aturdido.

— Ela deu alguma explicação?

— Apenas que surgira um imprevisto. Algo importante. Ela pediu mil desculpas.

James pensava nas diferentes possibilidades lógicas, tentando classificá-las em ordem de probabilidade: ou Florence havia se juntado a algum outro grupo e mentido para a amiga para não magoá-la ou, naquelas duas quintas-feiras, ela estivera de fato em outro lugar, um lugar importante, e mentira para ele.

Rosemary voltou a falar.

— Isso é muito constrangedor, Dr. Zennor. Quando falamos das relações dos outros, nunca sabemos até que ponto deveríamos saber. Ou o quanto outras pessoas sabem.

— Relações? O que você quer dizer com "relações"?

— Desculpe. Foi uma palavra infeliz. Sinto muito. Quando falamos da vida dos outros, coloquemos dessa forma, nunca sabemos qual é o limite.

— Escute, senhorita... — O resto da frase ficou no ar e James imediatamente se arrependeu da tentativa de usar o nome.

— Hyde, é Rosemary Hyde. E isso prova o meu ponto de vista, Dr. Zennor. Sou amiga da sua esposa há pelo menos dez anos, desde que fomos colegas de escola. Acredito que eu seja sua confidente mais próxima. E ainda assim o senhor não sabe meu nome.

— Isso não é verdade — defendeu-se ele, sem muita convicção. — É só que eu sempre pensei que a amizade de vocês fosse... bem, simplesmente preferi deixar vocês duas à vontade. — Ele ainda estava preocupado com a ideia de a esposa ter fingido que saíra para passear nas duas últimas quintas-feiras, calçando as botas, providenciando que a Sra. Brunson ficasse com Harry. Por que fizera isso? Para onde poderia ter ido?

— Não é uma crítica — dizia Rosemary. — Na verdade, isso pode ilustrar o seu problema.

Ele sentiu uma névoa vermelha se formando.

— Ah, sim? E qual exatamente é o meu "problema", Srta. Hyde? Porque até onde consigo ver o meu único "problema" é que minha esposa e meu filho desapareceram. Fui mandado numa busca na biblioteca Bodleian que se provou totalmente inútil, e agora a senhorita quer fazer joguinhos comigo, sugerindo que minha esposa tem mentido sobre suas ações recentemente, em vez de apenas dizer onde diabos ela está. Isso é tudo que eu quero saber, Srta. Hyde. Onde ela *está*?

Aquilo soou mais como uma súplica do que ele pretendia, sua voz desesperada e desamparada. O que ficou aparente na mudança no semblante de Rosemary. Seu rosto adquiriu um olhar irritantemente próximo da pena.

— Eu não sei onde Florence está — disse ela em voz baixa. — É verdade. — Ela voltou a andar. — Mas não fico surpresa que tenha ido embora. Esperava por isso.

— Você esperava por isso?

— Você não? Honestamente. Depois de tudo que vem acontecendo?

— Não entendi.

— Você sabe do que estou falando.

— Não sei mesmo, Srta. Hyde. E estou ficando muito irritado com as pessoas falando comigo a respeito de eventos sobre os quais não tenho nenhum conhecimento.

— Não são "eventos", Dr. Zennor. Isso se trata da vida cotidiana. Em casa. Você, Florence e Harry.

— Nossa vida cotidiana é ótima, muito obrigado. Somos uma família muito boa. Eu amo minha esposa e amo meu filho. — Os olhos dele se arregalaram numa compreensão súbita. — Ah, então foi por isso que você falou em "relações". Bem, permita-me dizer, sempre fui fiel a Florence, desde o primeiro momento...

— Não é nada disso — falou Rosemary, olhando para os pés. Ela ergueu os olhos e sustentou o olhar de James. — Diga, você dorme bem?

— Não vejo como isso possa ser da sua...

— Isso não é da minha conta. Mas sua esposa precisava falar com alguém e essa pessoa acabou sendo eu. Então: você dorme bem?

— E se eu contar, isso vai me ajudar a encontrar minha esposa?

— Pode ser que ajude.

— Vou deitar tarde e acordo cedo, e às vezes acordo no meio da noite. Pronto. Agora, o que você pode me contar?

— Florence me disse que você costuma acordar no meio da noite aos berros.

— Eu sei a qual incidente você está se referindo. Foi...

— Incidente? Florence disse que isso acontece o tempo todo. Você suado, sentado na cama, berrando...

— Eu realmente não vejo...

Rosemary ignorou a interrupção.

— Noite após noite. E isso perturba Harry. Ele chora com tanto desespero que não há como acalmá-lo. E quando consegue voltar a dormir, molha a cama uma hora depois. E houve a vez em que ela encontrou você na cozinha, sonâmbulo.

— Não lembro de...

— Você estava segurando uma faca. Ela disse que você ficou ali parado, o olhar perdido, imóvel com a faca na mão. Ela ficou morta de medo.

— Você está inventando isso! — explodiu ele subitamente.

Rosemary se voltou e o encarou, os dentes cerrados.

— E é isso que ela disse que vem deixando a vida dela praticamente insuportável. Seu constante fingimento de que nada está acontecendo. E sua agressividade. "Ele está mentindo, Rosemary, ou simplesmente não lembra?" Era o que ela me perguntava. E ela não sabia o que era pior: o pensamento de que você negaria o que ela vira com os próprios olhos ou de que estava tão doente que era incapaz de se lembrar de suas ações.

— *Doente?* Eu não estou doente.

— Sei disso também. Sua recusa em ir ao médico. Ela vem implorando para que você...

— Ah, pelo amor de Deus... — Ele lutava para chegar ao fim da frase; o fogo em sua mente estava ficando quase insuportável... não podia detê-lo. Não se Rosemary sabia algo que ele precisava saber. James tentou falar em um tom calmo. — Eu fui sim ao médico. Para tratar a insônia.

— Sim, mas não disse a verdade, disse? Disse apenas que "de vez em quando" não dorme bem. Você disse...

— Como diabos você sabe de tudo isso?

— Porque sua esposa não tinha outra pessoa a quem recorrer. Ela não ousaria falar com os pais. Sabia o quanto você se ressente deles pela...

— Eu me ressinto?

— ... pela ajuda que deram a vocês. — A expressão confusa de James a encorajou a ser mais explícita. — O quanto se ressente pelo *dinheiro* que deram a vocês.

— Olhe — disse ele, em voz firme e controlada. — Tudo que quero saber é que informações você tem. Você precisa me dizer isso. Agora.

Rosemary parou, olhou para o rio adiante, para o topo da Catedral de Christ Church a meia distância.

— Muito bem — começou. — O mais importante é Harry. Florence queria protegê-lo.

— Do quê?

— De você, é claro. *Inicialmente.*

James estava prestes a fazer uma objeção, mas o martelar em sua cabeça estava ficando insistente demais. Era mais fácil ficar calado, caminhar e ouvir.

— Florence disse que quase já havia se acostumado com seu nervosismo. Depois da... — Ela olhou sobre o ombro de James. — Depois do... incidente. Mas quando Harry nasceu, isso passou a preocupá-la. A verdade é que ela estava com medo.

— De mim — disse ele em voz baixa.

— Sim, James. De você. Do que você poderia fazer. Tinha medo que machucasse Harry.

Com aquilo o coração dele pareceu afundar, uma sensação física nos músculos e no sangue. Ele não podia dizer nada.

— Uma vez você o deixou perto de uma chaleira fervendo. Lembra-se disso, James?

Ele fez que não, hesitante.

— Bem, você o deixou. Deixou o menino sozinho na cozinha. Você colocou a chaleira...

— Já basta — disse ele num fio de voz.

— Foi o que eu disse — sentenciou Rosemary, sardônica. — Disse a ela que era o bastante. Que ela devia deixá-lo. Diversas vezes. Principalmente depois que você bateu em Florence.

— Depois que eu fiz o quê?

— Ah, não finja que não se lembra. Vocês tiveram uma discussão terrível. E você deu um tapa nela, no rosto. O rosto dela ficou tão dolorido que precisei fazer compressas de água fria a noite toda.

— Isso é mentira!

— Não grite *comigo*. Tudo que eu...

— É uma maldita mentira, e você sabe disso. — James sentiu uma vertigem, como se estivesse prestes a desabar. Aquilo não podia ser verdade. Não podia. Podia?

Tudo que ela tinha dito havia soado como um sino distante em sua cabeça, um badalar longínquo mas inegável da verdade. Mas não aquilo. Sim, ele era nervoso, era um fato. Mas o alvo da sua raiva sempre fora ele mesmo. Foi o seu pulso que se cortou quando atravessou a porta-balcão que dava para o jardim com um murro, a sua cabeça que se feriu quando a atirou contra uma prateleira de livros em um acesso de fúria. Mas nunca fizera mal à esposa. Um homem de verdade não faria uma coisa dessas. Em um tom mais baixo agora, ele voltou a dizer:

— É mentira.

— É o que você insiste em repetir. Mas como pode ter certeza? Sua memória não me parece ser exatamente confiável.

— E você disse que ela a procurou?

— Imediatamente. — O orgulho com que aquilo foi proferido lançou outra onda de raiva em James, fazendo o nível de mercúrio em seu termômetro subir.

— Mas ela jamais faria isso. Deixá-lo, quero dizer. Florence era absurdamente leal. Espero que saiba disso.

— Mas agora ela me deixou.

— Pelo bem de Harry. Ela temia pela segurança do menino com você em casa. Isso a princípio. Florence já não vê você como a maior ameaça ao filho. Não diretamente, de qualquer forma.

James falou em voz baixa, mais para si mesmo do que para ela:

— É a guerra.

— Sim. Ela vinha ficando aterrorizada desde que a guerra começou. As sirenes, os abrigos antiaéreos, as máscaras de gás, aquela coisa que você construiu no jardim...

— O abrigo de Anderson.

— Tudo isso a assusta. Ela sente que está chegando mais perto.

— Eles bombardearam Cardiff na semana passada.

— Exato. Ela estava convencida de que Oxford seria a próxima.

Diversas vezes Florence manifestara sua crença de que a cidade era um alvo natural, não apenas pela fábrica de automóveis em Cowley, agora convertida em fábrica de munições, mas também por causa da universidade. "Londres é o sistema nervoso, mas Oxford é o cérebro", dissera ela.

Rosemary ainda estava falando.

— Expliquei a Florence as probabilidades estatísticas. Como você sabe, matemática é minha área: estatística é minha especialidade. Na verdade, não, você com certeza não deve saber; provavelmente acha que eu sou secretária, é típico dos homens. Enfim, expliquei as probabilidades, mas não adiantou. Ela insistia em se torturar com o pensamento. "Mas e se, Rosemary? E se?"

A névoa começava a se dissipar na mente de James. Era tão óbvio que ele não conseguia entender como foi incapaz de ver, por que não pensara naquilo até agora. No entanto, mesmo que metade do que aquela mulher estava dizendo fosse verdade, havia tanta coisa que ele não estava vendo, tanta coisa que estava esquecendo, tanta coisa que havia — qual era mesmo o termo naquele livro que Florence pegara na biblioteca? — *apagado*.

Rosemary continuava falando.

— Não fazia sentido, é claro. Eu disse centenas de vezes que Oxford não é uma área de evacuação. Crianças estão sendo mandadas *para* Oxford, não estão? Brincamos com algumas ontem mesmo, umas coisinhas cheias de vida vindas de Londres. Algumas garotas da Sommerville foram tentar animá-las...

Mas James não estava escutando. Ele se lembrava da conversa — a discussão — que ele e Florence tiveram... quando foi? Um mês atrás? Era noite e eles acabavam de voltar do Playhouse, onde assistiram a uma peça de primeira: os teatros do West End, assim como tantas coisas de Londres, buscaram refúgio em Oxford.

— Não vou ouvir isso — dissera ele.

— Como assim, *você* não vai ouvir? Você não é o único com autoridade sobre o nosso filho. Nós *dois* somos pais de Harry.

James havia tentado sair da cozinha, passar por ela como para sinalizar que a discussão estava encerrada. Mas Florence colocou um braço na porta, bloqueando seu caminho.

— Você precisa me ouvir — afirmara ela em voz baixa, entre os dentes. — Eu farei o que for preciso para protegê-lo.

— Isso é rendição, Florence. Você está pedindo para eu me render aos fascistas.

— "Rendição"? Não estamos falando de uma ponte ou ferrovia, James. De uma área de importância estratégica. Mas de uma *criança*.

— Se pessoas como nós fugirem, Hitler terá vencido, não terá?

— Não peça a uma criança de 2 anos para lutar no seu lugar, James.

— O que foi que você disse?

— Você ouviu o que eu disse. Você quer que nós sejamos heróis porque você não pode ser. E isso não é justo.

Ele deu um passo atrás, sem querer encará-la. Florence estendeu a mão, mas ele a repeliu.

— Não me toque — disse, cuspindo as palavras.

Florence tentou outra vez, com mais doçura na voz.

— Quando você vai entender que já fez a sua parte? Você fez o seu sacrifício, James. E foi um dos primeiros a fazê-lo. Você se levantou contra o fascismo quando todo mundo estava dormindo. E não precisa fazer mais nada.

Ele ergueu a cabeça, o rosto corado de raiva.

— É fácil para você dizer. Você é mulher: ninguém espera que lute. Mas eu devia estar lá, matando o maior número possível daqueles idiotas. Mas não estou, não é?

Florence não disse nada, dando a ele a deixa para repetir a pergunta, dessa vez num grito:

— Estou? — Depois que Florence suspirou e fez que não, ele prosseguiu. — Essa é a minha frente de batalha; aqui, esta casa. E juro, ninguém vai me fazer fugir da minha própria casa.

James olhou para a frente agora, esquecendo que Rosemary estava ali, ainda falando. Agora sabia por que a esposa se fora — e, muito mais importante, suspeitava para onde ela havia ido.

# SETE

James pedalava para casa, a energia fluindo pelas veias para as pernas. Estava cheio de determinação, um plano se formando na cabeça. Quando chegou, correu para o gabinete e encontrou o atlas das Ilhas Britânicas.

Rosemary o forçou a lembrar do que ele havia esquecido, que Florence de fato encontrava-se em um estado de grande ansiedade pela guerra, que sentia o conflito se aproximar rastejando de suas vidas. Era natural que Florence quisesse ir para o interior, e a propriedade dos pais em Norfolk era o destino óbvio. Mas ela não estava lá.

Agora que isso provara ser um beco sem saída, ele via que sempre seria uma explicação incompleta. Em primeiro lugar, não explicava o mistério das duas últimas noites de quinta-feira — o plano elaborado que a esposa havia montado para ludibriá-lo, aparentemente escondendo a verdade até mesmo da melhor amiga. Não, ela deve ter feito um plano alternativo, juntando-se às centenas de milhares de britânicos que abandonavam suas casas na cidade pela segurança na zona rural. Não fazia sentido para James: Oxford nem de longe era uma metrópole urbana, em poucos minutos de bicicleta já era possível chegar à zona rural. Mas Florence, diferentemente da maioria das mães inglesas, vira as consequências de um bombardeio com os próprios olhos. Ele se lembrava da esposa agachada ao lado daquela menininha em Madri, inerte e sem vida. Florence agira com calma: ela não tinha chorado ou ficado histérica. Mas aquilo claramente deixou uma marca.

Ele encontrou a página de Oxfordshire. Era isso que faria. Montaria na bicicleta e não pararia até encontrá-los, pedalando por todas as vilas se fosse necessário. Começaria por Botley, depois Wytham, então Wolvercote, Old Marston, Marston — rodearia a cidade em círculos concêntricos até cobrir todo o condado. E depois disso o próximo condado e o seguinte.

Ele olhou pela janela. A luz de verão por fim cedia. Não havia como sair agora, independente do que tinha fantasiado ao correr para casa depois que deixou a margem do rio. Implicaria em pedalar no escuro, visto que não eram permitidas luzes no blecaute. Ele sabia que era capaz de se guiar razoavelmente bem, mesmo sem as placas nas estradas, mas o que faria depois de chegar em, digamos, Botley? Não podia sair andando pelas estradas rurais gritando os nomes deles — apesar de imaginar a si próprio fazendo exatamente isso, ouvindo o eco em sua cabeça: "Florence! Harry!". Precisaria esperar até a manhã.

Ele levou a mão à garrafa de uísque ao lado da cadeira. Apesar do derramamento provocado pela chegada de Virginia Grey, ainda restava um pouco. Levou a garrafa aos lábios e, sem abrir os olhos, virou-a.

Quando o líquido escorreu pela garganta e ele sentiu o álcool correr pelas veias, James pensou no que a insuportável Rosemary tinha dito. Que vinha tendo crises de sonambulismo, gritando à noite, acordando Florence e Harry com seus berros. Queria negar, mas soava verdadeiro. E a chaleira fervendo? Se forçasse a si mesmo, conseguia visualizar a cena: Harry em sua cadeirinha, o vapor subindo a centímetros do seu rosto. Como ele, em um estado de alheamento, colocara a chaleira na mesa do menino... Mas estapear Florence? Bater na própria esposa? Ele não tinha qualquer lembrança daquilo.

Ele a viu como em Madri, durante suas primeiras semanas juntos como marido e mulher: o sorriso luminoso, o corpo transbordando energia, vitalidade, sexo. E então a imaginou na Bodleian, a testa franzida, devorando áridos artigos científicos que detalhavam os sintomas de um tipo de trauma retardado em veteranos da Grande Guerra. Era isso que ela acreditava haver de errado com ele? Será que estaria certa?

James visualizou de novo a página que ele leu. O que quer que houvesse de errado com ele, sua memória para palavras impressas retinha uma qualidade quase fotográfica. Lia as frases como se ainda estivessem ali, recordando seu preciso posicionamento na página: *insônia aguda, com dificuldade tanto para dormir quanto manter o sono; raiva e irritação excessivas; dificuldade de concentração. Outros relataram um constante estado de alerta, como se em contínua expectativa de perigo.*

Com a mente clareada pelo uísque e os choques daquele dia, ele era capaz de reconhecer a si mesmo naquela lista.

E então pensou no segundo livro da pilha entregue pelo velho bibliotecário judeu: *Estudos sobre trauma pediátrico.* Era o que ela mais temia, James conseguia ver. Florence se preocupava que ele estivesse transferindo alguns dos seus problemas para o filho. *Os sintomas vão de mudez seletiva, melancolia, timidez extrema, desenvolvimento prejudicado, incontinência urinária noturna...*

Era verdade que Harry ainda não conseguia se manter seco à noite, mas James atribuíra isso à idade: ele não sabia quando os meninos devem aprender esse truque em especial. Mas desenvolvimento prejudicado? Todo mundo sempre brincava que, com o QI combinado dos pais, Harry entraria para a universidade antes dos 10 anos. Ele aprendera a falar cedo e já era capaz de articular frases bem-formadas e relativamente complexas. Mas nos últimos meses ficara acanhado. Poderia ser um reflexo de mudez seletiva? Certamente não. Mas por mais que tentasse, James não conseguia se lembrar da última vez que tinha ouvido o filho falar uma frase longa.

A dor de cabeça estava voltando. Ele via as luzes brilhantes outra vez, as explosões em miniatura dentro do cérebro. Agora ele ouvia a voz de Florence, suplicante: "James, você é o especialista em como a mente funciona. É tão sagaz quando o assunto é o cérebro humano. Mas por que não consegue entender a si mesmo?"

De olhos fechados, ele tentou formular uma resposta. Mas as palavras não vinham. Em vez disso, ele ouviu uma voz repetindo a frase do livro que Florence vinha estudando. A voz, ele percebeu à medida que ela ficava mais distante, pertencia a Epstein, o professor refugiado. Ele dava uma aula com aquele sotaque alemão calmo e paciente, como se fosse Sigmund Freud em pessoa: "*...vários dos entrevistados exibiam extrema relutância em falar de suas experiências durante a guerra, evitando até mesmo tópicos indiretos. Talvez, paradoxalmente, muitas dessas mesmas pessoas se queixavam de lembranças indesejadas do evento, 'flashbacks', por assim dizer. A queixa mais comum, experimentada por 68 por cento por participantes, eram sonhos perturbadores, frequentemente violentos...*".

*Alvorecer, pouco antes das seis da manhã. O dia sem nuvens garantia uma queda drástica de temperatura, de modo que agora ele sente falta do sobretudo. Ou talvez aquele tremor seja uma última explosão nervosa. Ou, como gosta de pensar, medo de entrar em cena.*

*Ele já fez algumas dessas missões e está pegando o jeito da coisa, diz a si mesmo. Tem agilidade também nos olhos: se houver algo para ver, ele o verá. E isso é o mais importante, Jorge é muito claro a esse respeito. "Esse não é um trabalho que se faz com as mãos ou os pés", ele salientaria. "Seus olhos fazem tudo."*

*É o primeiro degrau na unidade de inteligência do Exército Republicano, segundo Jorge. A tarefa de James é ser portador de mensagens secretas, aquelas que são delicadas ou complexas demais para serem confiadas a sinais de rádio. O inimigo está nos arredores de Madri, mas também dentro da cidade: é sabido que há uma "quinta-coluna" de simpatizantes de Franco à espreita. O fato de ser um estrangeiro tem as suas desvantagens: ele é mais visível, não importa o quanto se esforce para se vestir, andar, fumar como um espanhol. Por outro lado, tem uma desculpa se uma gangue fascista atacar. Dirá que é jornalista, que escreve para... não importa quem.*

*Essa missão vem sendo mais complicada que a maioria, mas isso não mina sua confiança. Além disso, está com o amigo, o "camarada", como diria Harry Knox. Eles se manterão 100 metros afastados o tempo todo, com Harry na frente — mas o importante é que James não estará sozinho. James é o portador da mensagem; Harry, o batedor que identificará o perigo, e então o contornará ou se afastará, desta forma protegendo ambos.*

*Mas nessa noite é James quem fica desconfiado de algo que vê. Um senhor vestindo um terno cinza amassado com quem cruzou há vinte minutos acaba de passar por ele outra vez, seguindo na direção contrária. Não há nada de incomum em seu comportamento ou em sua aparência. Mas as palavras de Jorge, repetidas dezenas de vezes, estão firmemente gravadas na mente de James: "Nada é coincidência. Se vir a mesma coisa duas vezes, corra!"*

*Ele pensa em fazer exatamente isso, mas hesita, temendo que, se estiverem sendo seguidos, a visão dele correndo rua acima apenas confirme as suspeitas dos perseguidores. E se apenas ele, James, tiver sido descoberto? Uma corrida para alertar Harry servirá apenas para revelar o amigo como cúmplice.*

*Então ele escolhe continuar andando, apertar o passo apenas sutilmente, mudar o ritmo de firme para apressado. Ele já encurtou a distância em alguns metros quando acontece. Ele sente antes de ouvir, o deslocamento de ar atrás de sua orelha quando a bala passa sobre seu ombro e acerta as costas de Harry. O parceiro dá um tranco para cima, arqueando as costas em um movimento estranhamente semelhante ao de um bailarino, lento e gracioso. Quando Harry começa a cair, um segundo tiro acerta a cabeça, explodindo seu rosto em milhares de fragmentos de carne e cartilagem; o vidro de seus óculos, iluminado de vermelho pelo sangue, é lançado para o ar como fagulhas de uma fogueira. Depois do terceiro tiro e do quarto, James dispara para dentro de um beco lateral, impulsionado apenas pelo instinto.*

*E fica lá, arfando pesadamente, seu cérebro agitado com a imagem que acaba de ver: a cabeça explodindo, a cabeça explodindo, a cabeça explodindo, a cabeça explodindo. Harry lá num momento, morto no outro. A chuva de carne e ossos.*

*James digere aquilo quando se dá conta de que sua camisa está molhada. O sangue de Harry deve ter espirrado nele. Mas debaixo da jaqueta há uma mancha vermelha, que cobre o lado esquerdo do peito. Ah, ele pensa. O sangue é meu. Levei um tiro.*

*Harry está olhando para ele, estalando a língua e balançando a cabeça na direção da ferida de James, como que dizendo "Quem é o idiota agora?". Até que, mais uma vez, seu cérebro explode. E de novo. De novo...*

James acorda com o próprio grito. Imediatamente, sua mão busca o ombro esquerdo que, como sempre, está molhado. Não de sangue, mas de suor. Aquele sonho outra vez.

Estava claro, o que apenas aumentou sua confusão. Ele estava em casa, na poltrona, com a garrafa de uísque por perto. Ainda era tarde? Florence tinha ido embora aquela manhã? O relógio no consolo da lareira marcava sete horas. Mas da manhã ou da noite? Tinha sido apenas um sonho a visita à Bodleian, o encontro subterrâneo com o estranho velho judeu alemão e Rosemary Qualquer Coisa na margem do rio, gritando com ele?

Houve um ruído do lado de fora, abafado e indistinto. James levantou num salto e viu uma sombra passar pela porta, visível através do vitral. Seu coração deu um salto. Seria Florence, colocando a chave na porta? Ela tinha voltado? Mas não havia uma segunda sombra menor, não havia Harry...

James se apressou até a porta e abriu-a num safanão. Ninguém. "Olá?", ele chamou. Ouviu um farfalhar, mas se era uma pessoa passando em meio às árvores naquela avenida larga e silenciosa ou simplesmente a brisa, ele não podia dizer. Chamou outra vez, dando um passo à frente. Mas ninguém respondeu.

O cheiro do ar e a altura do sol diziam que era um novo dia. James passara a noite em uma poltrona e Florence e Harry ainda tinham ido embora. Haviam se passado 24 horas agora, 24 horas sem eles. A ausência não era uma aberração temporária, uma tarde perdida. Era, ele sentia agora, sólida e real. O pensamento de encarar outro dia sozinho e então outro e outro o encheu de melancolia.

Mas, ao entrar em casa novamente, ele viu de relance um dos brinquedos preferidos de Harry, abandonado no chão da sala: uma arca de Noé de madeira, com direito a casais de animais. Talvez fosse grande demais para levar, talvez Harry tenha chorado quando Florence a tirou de suas mãos, explicando que não havia lugar para Noé em sua longa viagem. O que quer que tenha acontecido, a simples visão da arca restaurou a determinação de James. Ele não seria engolfado pelo desespero; não desistiria. Não importava o preço, ele encontraria a esposa e o filho.

Decidiu tomar um banho, comer e se preparar para a busca. O sono lhe dera a clareza para perceber que esse esforço precisava ser organizado, que não devia começar com uma busca aleatória nas vilas próximas. Enquanto enxugava o corpo, tomou cuidado para não abalar sua determinação e olhar para a ruína que era o seu ombro no espelho do banheiro: caído e mais magro que o resto do corpo, como se o peito simplesmente tivesse definhado daquele lado; para ele era algo repulsivo de se olhar. O ferimento havia sido tratado às pressas no hospital militar lotado e sobrecarregado de Carabanchel, a sudoeste de Madri, próximo ao lugar onde tudo acontecera. Logo os médicos da cidade se acostumariam a ferimentos do tipo, visto que tiros com rifles de longa distância se transformariam numa das táticas preferidas dos quinta-colunistas de Franco. Mas naquela noite eles o costuraram muito rápido, esticando demais a pele e com pouca preocupação estética. O resultado era que a metade superior do seu peito parecia uma parede forrada com papéis de parede diferentes, discrepantes.

Ao mesmo tempo, ele não conseguia afastar a estranha sensação que o acompanhava desde que tinha acordado, algo semelhante à sensação de estar sendo observado. O único motivo para isso era aquele som distante de algo sendo sacudido que ouviu no instante em que foi arrancado do sonho, aquele lampejo fugaz pelo vidro da porta — ainda assim, a sensação persistia, como um tremor.

Seu plano era visitar Bernard Grey na faculdade. Ele pediria ao diretor que usasse seus contatos no Ministério da Saúde, que liderava o esforço de evacuação nacional, para que vasculhassem o volumoso arquivo de fichas e descobrissem que alma caridosa recebera Florence e Harry Zennor. Não seria tão difícil, não para um homem como Grey, para quem Whitehall podia muito bem ser apenas mais uma faculdade de Oxford.

James estacionou a bicicleta e, com uma pontada de culpa, recebeu o cumprimento do porteiro, um gesto de cabeça que ele sempre traduzia como: "O que diabos você está fazendo aqui, um homem da sua idade? Por que não está na guerra como todo mundo?"

Para sua surpresa, o gramado estava lotado de gente, por volta de 150 homens pelo menos, perfilados em linhas organizadas. O mais chocante era que Oxford não tinha regra mais rígida do que a proibição de pisar na grama. Era possível roubar o ensaio de outro sujeito e passá-lo adiante como seu; era possível, como no ditado imortal, roubar um ladrão. Mas não, em qualquer circunstância, pisar no gramado impecável da faculdade. No entanto, esse terreno sagrado havia sido transformado em campo de desfile, e ali, na frente de todos, estava ninguém menos que Grey em pessoa.

James lera a respeito e mal conseguia acreditar que podia ser verdade: que a Companhia do Sul de Oxford dos recém-criados Voluntários da Defesa Local, formada principalmente por funcionários do Correio Real, houvesse sido colocada sob o comando de Grey. Mas lá estavam eles, fila após fila de carteiros de meia-idade recebendo ordens não de um sargento intimidador, mas de um filósofo de cabelos brancos, cuja voz era conhecida de milhões por intermédio de suas participações regulares na rádio BBC Home Service. Que Deus protegesse a todos se, no caso de uma invasão, aqueles homens constituíssem a primeira linha de defesa.

*Invasão.* A palavra despertou uma lembrança da conversa acalorada com Rosemary no dia anterior. Ela falava de invasão pouco antes de James montar na bicicleta e voltar para casa, logo depois que ele parou de escutar o que ela dizia. Algo sobre os países que haviam sucumbido nas últimas semanas — França, Holanda e Bélgica num único dia no mês passado. Dizia que Florence acreditava que a Grã-Bretanha seria a próxima. O Sr. Churchill fazia um trabalho árduo ao fortalecer a determinação da nação, mas era assim que a maioria das pessoas se sentia: havia uma grande probabilidade de que, quando menos se esperasse, barcos alemães chegassem às praias da Inglaterra e soldados alemães marchassem pelas ruas inglesas. Era por isso que ela não estava na casa dos pais, porque temia que os homens de Hitler pudessem atravessar o Mar do Norte e marchar até Norfolk? Ele agora começava a desejar ter escutado o que aquela maldita Rosemary estava dizendo.

James se virou, evitando o constrangimento de explicar por que não estava entre os homens perfilados, e voltou até a sala do porteiro, dessa vez entrando.

Outro sorriso contrariado com a sobrancelha arqueada para o homem e direto até os escaninhos. Havia muito menos correspondência para ele esses dias, agora que o semestre terminara. Havia uma carta convidando-o para uma palestra de Marie Stopes sobre controle de natalidade: *Ciência populacional e o caminho para a maternidade radiante.* Não, obrigado. Ele não chegaria a 100 metros daquela mulher, não depois de ficar sabendo que ela comparecera a uma conferência em Berlim dois anos depois de Hitler se tornar chanceler. Era completamente inaceitável dar apoio aos nazistas daquela forma. A única exceção: se fosse para enfiar o dedo nos olhos dos alemães, como fizera Florence.

Uma circular da Cruz Vermelha solicitando a doação de livros para prisioneiros de guerra; um informativo sobre novas regras destinadas a reduzir o consumo de carvão na faculdade; uma carta solicitando correções em um artigo sobre comportamento social que ele escrevera para o *Journal of Experimental Psychology* e, por fim, no fundo da pilha, um cartão-postal de Florence.

Não havia dúvida de que era dela. A letra era inconfundível; vê-la, mesmo de relance, foi o bastante para lhe dar um aperto no coração. As mesmas palavras outras vez: *Eu amo você.*

Ele virou o cartão para ver a imagem, uma fotografia das obras da Sagrada Família, a magnífica catedral inacabada de Gaudí: eles a visitaram em uma de suas longas andanças por Barcelona, na semana em que se conheceram.

James voltou a virar o cartão para conferir o carimbo. Tinha sido postado na noite anterior. Graças a Deus pela existência do Correio Real, que seguia trabalhando como se não houvesse guerra: com um carimbo de urgência, eles conseguiam entregar uma carta em qualquer lugar na manhã seguinte. E aquilo não viera de uma vila na zona rural de Oxfordshire. Aquele cartão tinha sido postado em Liverpool.

Liverpool? Não fazia sentido. Se ela estava preocupada com as bombas, o último lugar para onde deveria ir era Liverpool — um porto industrial tão estrategicamente indispensável que sem dúvida estava no topo da lista de alvos de Berlim. Ela poderia muito bem ter trocado Oxford por Londres. Não fazia nenhum sentido.

Então ele notou um detalhe que inicialmente tomou por um engano. Registrá-lo agora reavivava o tremor que sentiu ao acordar aquela manhã. O endereço escrito por Florence no cartão era o da casa deles na Norham Gardens, não o da faculdade. No entanto lá estava ele no seu escaninho. O cartão havia sido enviado de Liverpool na noite anterior; a agência dos correios não teria tido tempo de fazer a transferência.

Só podia haver uma explicação. Alguém o mudara de lugar.

Mas quem? E por quê?

# OITO

James estava a meio caminho da estação quando se deu conta de que precisaria voltar em casa e pegar alguns itens essenciais, a começar por dinheiro. A adrenalina corria em suas veias. Ele passou pelos velhos prédios de pedra, com seus arcos góticos e capelas medievais num borrão, o cérebro se movendo mais rápido que o corpo. Só podia haver um motivo para que Florence fosse até Liverpool: deixar a cidade. Não era um lugar para se esconder das bombas; ao contrário, ela se colocava mais diretamente no caminho do perigo indo para lá. O que significava que ficaria o mínimo possível antes de seguir para outro lugar. O destino mais óbvio e próximo era Dublin. Florence acreditava que estaria mais segura na neutra Irlanda que na ocupada Grã-Bretanha? Seria esse então seu grande medo — não as bombas, mas a vida sob a ocupação nazista?

O cartão-postal fora enviado na noite passada. Era possível que ela e Harry ainda estivessem por lá, que com alguma sorte nos horários dos trens ele conseguisse chegar a tempo, encontrá-los antes que partissem? Ele teria uma chance de persuadi-la a ficar. O fato de tê-la seguido todo o caminho até Liverpool sem dúvida demonstraria o quanto se importava; qual, afinal, seria o propósito daquele cartão-postal, exceto um chamado, um apelo para que ele a seguisse se a amasse de verdade? É claro que ela poderia ter simplesmente telefonado e dito onde poderiam se encontrar. Mas James preferia ver o cartão como o desafio lançado a um cavaleiro medieval, imaginando que Florence escolhera testá-lo, fazê-lo provar sua devoção. Ele imaginava o reencontro: eles se veriam nas docas, Harry o abraçaria forte e Florence instantaneamente perceberia a insensatez de separar um menino do pai. Tudo ficaria bem. Contanto que conseguisse embarcar num trem.

Na estação, tudo era caos e barulho. Desde que retiraram as placas das ferrovias, os funcionários precisavam subir e descer a plataforma berrando "Oxford, estamos em Oxford! Oxford, estamos em Oxford!". (Seria mesmo provável que os pilotos alemães conseguissem ler as placas das estações do ar, ainda por cima no escuro?) A plataforma estava cheia, com pilhas de bagagem por todo lado, sem dúvida dos soldados em trânsito. Todos pareciam confusos, em especial pelos trens de tropas especiais, que eram exatamente como os outros e percorriam as mesmas linhas, mas eram vedados à população civil.

Por fim James encontrou um funcionário que lhe disse que precisaria atravessar a ponte e esperar o próximo trem da LMS para Bletchley, previsto para dali a 25 minutos. De lá, explicou o homem — idoso, provavelmente um aposentado convocado para que o ocupante do cargo pudesse fazer sua parte na guerra, um pensamento que desencadeou em James o costumeiro espasmo de vergonha —, ele poderia pegar a linha principal para Crewe, o que deveria demorar duas horas e meia, e então embarcar num trem para a Lime Street Station, em Liverpool. Seria uma jornada longa e tortuosa, mas James não conseguia ver uma alternativa. Avaliara pedir o carro dos Grey emprestado, mas a gasolina era muito escassa e a viagem ao norte dificilmente seria mais rápida. Isso para não falar nas explicações e no jorro de agradecimentos em que isso implicaria.

Uma vez a bordo, de pé entre dois jovens recrutas e suas mochilas de militares, aparentemente voltando para a guerra depois de uma breve licença, ele se concentrou na charada do cartão-postal — endereçado a um lugar, sua casa, e entregue em outro, a faculdade. Isso explicaria o súbito movimento que viu de relance aquela manhã? Alguém interceptou a correspondência, agarrou o carteiro pelo colarinho quando o homem estava prestes colocar a correspondência na caixa do correio? Mas James tinha certeza de que não vira duas pessoas, e não havia sinal do carteiro quando abriu a porta, muito menos de um estranho à espreita.

Mas agora ele pensava consigo mesmo. Talvez houvesse uma pilha de correspondência na caixa do correio e alguém a pegara. Talvez fosse esse o ruído indistinto que ouvira, não das cartas sendo colocadas, e sim *retiradas* pela abertura. Mas quem faria isso? Não conseguiu nada exceto um atraso, pois ele viu o cartão-postal da esposa pouco mais de duas horas depois. Se alguém quisesse roubar sua correspondência, então por que não o fizera simplesmente, por que se dar ao trabalho de levá-la para um endereço alternativo naquela mesma manhã? Quem quer que o tivesse feito claramente sabia muito a seu respeito, incluindo a faculdade em que trabalhava.

Ou será que era exatamente isso que Rosemary Hyde — era isso, Hyde — tinha em mente quando o acusou de perder a razão ontem? Será que ele estaria imaginando coisas, que construía uma ameaça onde não existia uma, mas apenas uma confusão com a correspondência? James se lembrou do livro: *outros relataram um constante estado de alerta, como se em contínua expectativa de perigo*. Seria esse um exemplo da vigilância exacerbada sobre a qual lera, pouco mais que uma paranoia estúpida?

O trem havia parado; freou com um chiado metálico e uma nuvem de vapor sem que conseguisse entender o porquê. Uma discussão ficava mais alta no próximo vagão, um inspetor dizendo a um grupo de recrutas que saíssem do compartimento da primeira classe. James ficou tenso. Ele não podia ser dar ao luxo de um atraso, por menor que fosse. Um minuto perdido ali poderia ser a diferença entre reconquistar Florence ou vê-la partir. Ele colocou a cabeça para fora da janela e viu que o foguista do trem havia descido e inspecionava uma das rodas da locomotiva. As mãos de James começaram a tremer: vamos, *vamos*. E então, misericordiosamente, soou um apito e eles seguiram viagem.

Em parte para manter a mente ocupada, ele criou uma lista, que refinou repetidamente, de pessoas que poderiam se beneficiar da troca do cartão-postal. Com o trem cruzando a zona rural de Oxfordshire, ele a repassou, começando pela categoria óbvia: as pessoas encantadas por sua esposa ou que a cobiçavam, uma categoria composta pela maioria dos homens de Oxford e provavelmente por boa parte da turma de bandeirantes de Rosemary, incluindo a própria coruja marrom. James se dedicou a cada um deles, dando atenção especial ao míope Magnus Hook, promovido ao rol de suspeitos por ter visto James desgrenhado e irritado no dia anterior: Hook só precisaria fazer algumas perguntas nos lugares certos para saber do sumiço de Florence. E havia Virginia Grey, no páreo desde o princípio. A mente dele girou, concentrando-se no carrossel de amigos, conhecidos e colegas. Albert Wills, professor de ciências naturais e chefe do departamento de Florence, se encantara com ela logo de cara: quem sabia o que ele, o que eles, podiam ter tramado no laboratório? E havia o gomalinado Leonard Musgrove, presidente da Sociedade Fabiana local e atraente, não havia como negar. *Droga*. James havia pensado em conferir quando os fabianos se reuniam, especulando se, por acaso, seria quinta-feira à noite. E quanto a Edgar Connolly, biólogo eminente e vegetariano fanático que via Florence como uma protegida? O sujeito tinha idade para ser pai dela, mas isso não significava nada; a moralidade em Oxford não era a mesma do tipo provinciano com a qual crescera. Podia ser qualquer um deles.

Ele tentou ser disciplinado, chegando a tirar do bolso — quando desceu em Bletchley e encontrou um lugar num banco da plataforma — um caderno e uma caneta para anotar os pensamentos de maneira metódica. Mas sua mente constantemente gravitava para o enigma mais importante. Se a esposa o deixara porque viver com ele se tornara impossível, por que dizer que o amava não apenas uma, mas duas vezes? E se de fato o amava, por que fugir dele? O trem para Crewe chegou no horário e ele embarcou. Enquanto passava por Rugby em sua jornada para o norte, James se torturava com o pensamento de que Florence e Harry tivessem sido sequestrados, de que fossem reféns de um maníaco. Será que ela dera algum jeito de despachar os cartões ou talvez os escrevera sob pressão, a brevidade anormal da mensagem um tipo de código para sua situação? Se fosse esse o caso, como ele fora estúpido ao não perceber isso antes. Talvez ele devesse ter notado que sua esposa nunca ia se despedir com três meras palavras; talvez tenha sido um imbecil ao não perceber o sinal.

Mas então ele se lembrou da mala tirada debaixo da cama, das roupas tiradas do armário, de que até mesmo Snowy havia desaparecido da cama de Harry. E também, quando procurou por dinheiro, James viu que algum havia sumido. Se todo o dinheiro tivesse sido levado, isso podia ser indício de um roubo seguido de sequestro. O fato de ela levar apenas parte, deixando o resto para ele, sugeria algum grau de deliberação, certamente impossível com a faca de um sequestrador na garganta. Ele estremeceu com aquele pensamento, como se o movimento pudesse fisicamente afastar a imagem de sua cabeça. Em lugar disso, viu coisa pior: uma lâmina pressionada contra a pele do pequeno Harry. Ele tossiu e arregalou os olhos, esperando que a visão da plataforma cheia do outro lado pudesse afastar o pensamento que acabava de invocar.

*Harry*. Ele pensara no nome como uma homenagem ao amigo morto, um dos homens mais cheios de vida que ele conhecera. Não foi um gesto mórbido, mas justamente o contrário. Era uma forma de manter Harry Knox vivo e no presente, em lugar de sentenciá-lo à eternidade em algum outro mundo inexistente. Ele estaria no aqui e agora, não no além. James não era um homem religioso — havia rejeitado enfaticamente a crença dos pais ao pegar em armas na Espanha —, e se alguém sugerisse a ideia para ele em voz alta, James teria rido, rejeitando-a como tolice supersticiosa, mas, consigo mesmo, ele também esperava que a força e a energia do velho camarada pudessem de alguma forma passar para o seu filho por intermédio do nome compartilhado.

Agora, no entanto, James era atormentado pelo medo de que pudesse ter depositado uma maldição nos ombros do filho, que fosse arrogante dar a um menino o nome de um homem que morreu de forma tão violenta — de ter dado ao destino uma tentação grande demais.

Ele revolveu esses mesmos pensamentos ao seguir para o norte passando por Staffordshire e ao esperar duas horas desesperadamente frustrantes sob o céu de chumbo de Crewe, o meio-dia dando lugar à tarde e então à noite. E o tempo todo, mesmo quando tentava peneirar as possibilidades com todo o poder lógico proporcionado pela graduação com *summa cum laude* em filosofia, um assunto maior espreitava, como uma enorme baleia cinzenta mexendo-se na água. Aquele tópico estivera presente o tempo todo, apenas ocasionalmente vindo à superfície. Quando se mostrou, veio na forma de uma pergunta: teria Rosemary Hyde, ao descrever um homem perigoso possuído por demônios, dito a verdade?

Seu cérebro havia certamente sido embaralhado como o daqueles pobres rapazes que lutaram em Ypres e no Somme mencionados no artigo científico que Florence leu na Bodleian. James passou pouco tempo nas trincheiras nos arredores a noroeste de Madri, mas viu a cabeça do melhor amigo explodir como uma melancia esmagada por um taco de críquete.

Ele sempre acreditou ter lidado com isso de forma admirável. Nunca chorou por Harry; seguira as recomendações do médico para a reabilitação do ombro destroçado. Foi um marido fiel e, menos de dois meses depois de levar o tiro, um pai dedicado. Sim, ele costumava estar furioso ao acordar e furioso ao se deitar, furioso com o ferimento que o impediu de vingar o assassinato de Harry. Aquilo o frustrou primeiro ao forçá-lo a deixar a Guerra Civil Espanhola, enviando-o de volta à

Inglaterra no instante em que teve alta. E o frustrou uma segunda vez quando foi qualificado inapto a se juntar na batalha contra Hitler e as forças do Eixo. Que homem não estaria borbulhando de raiva? Mas ele guardou aquilo para si mesmo e prosseguiu com o trabalho, não foi? Por que isso não foi bom o bastante?

Por fim, sob a luz de verão que se esvaía, o trem entrou em Liverpool, sibilando os últimos suspiros ao parar gaguejante. James abriu caminho pelos soldados a bordo, alguns com aparência cansada da guerra, outros nervosos por voltar para ela. Ignorou os resmungos dirigidos àquele civil com falta de deferência pelos homens de uniforme. Mas não havia um momento a perder. No instante em que seu pé tocasse a plataforma, cada passo que desse o aproximaria de Florence e Harry. E ele tinha pouco tempo.

# NOVE

Talvez fosse por causa da escuridão, as luzes da estação reduzidas em respeito ao blecaute, mas Liverpool tinha aparência mais suja que a da maioria das cidades que ele já vira, as laterais de todos os prédios tingidas de fuligem. Os bondes também estavam cobertos de sujeira, assim pareceu-lhe, tal como o rosto das pessoas, ou ao menos daquelas que circulavam nos arredores da estação de trem uma hora daquelas.

James passou apressado por todas, determinado a chegar às docas. Sabia ser improvável que qualquer ferryboat zarpasse tão tarde, mas eram tempos de guerra: nenhuma das regras de costume parecia se aplicar. Talvez Harry e Florence devessem ter embarcado numa travessia vespertina que atrasou. Ele não se importava, contanto que chegasse a tempo.

Ele entrou na Hanover Street e então na Liver Street, seguindo apressado pelas calçadas. De cabeça baixa e no escuro, só viu o policial parado em frente a uma porta depois de trombar com ele. Foi seu ombro esquerdo que acertou o homem, e o impacto disparou um foguete de dor pelo braço.

— Olhe por onde anda, rapaz — disse o policial, passando a mão na manga do uniforme para sinalizar que fora atingido, sua lanterna projetando sombras fragmentadas a cada movimento.

— Desculpe — respondeu James, voltando ao seu quase correr. Ele não tinha dado mais do que dois passos quando o policial o segurou.

— Para onde você vai com essa pressa toda? Não me diga ainda. Antes preciso cuidar desse fulano.

James suspirou e esperou, a imagem da impaciência, enquanto o policial apontava a lanterna para a porta da loja. Uma cortina a cobria, salvo por uma abertura no meio para revelar a palavra "aberto". As letras eram iluminadas por um abajur pintado de azul logo atrás, o que revelava que o lugar não era uma loja, mas um café. Parado ao lado estava um homem que permanecera oculto até agora; James suspeitava de que fosse o proprietário. Subitamente, os três ficaram na escuridão completa quando o policial desligou a lanterna.

— Viu? — disse ele em um sotaque carregado do Mersey. — Está forte demais, não está? Você está deixando muita luz à mostra.

— Sim, sim. Me desculpe. Não achei que estivesse tão forte.

— Você é italiano ou o quê?

— Vivo aqui há 35 anos, policial.

— Sim, mas é diferente agora, não é? Vamos dar uma olhada nos seus documentos e tudo mais.

James fechou os olhos de desespero.

— Senhor, preciso mesmo ir andando. A minha...

O policial se virou, apontando o facho diretamente no rosto dele.

— Eu já disse. Vou cuidar de você quando terminar.

— É só que minha esposa e meu filho podem estar embarcando num ferryboat para a Irlanda a qualquer momento. Preciso...

— Irlanda, hã? Temos gente de todo tipo aqui, não temos?

— Por favor, senhor. Preciso chegar o quanto antes. Sinto muito por ter esbarrado no senhor.

O policial o mediu de cima a baixo, notando o terno de flanela e a bolsa, então voltou a apontar a lanterna para o proprietário.

— Muito bem — disse a James por fim. — Some.

James praticamente corria agora, tentando se livrar da imagem residual deixada pelo facho da lanterna em seus olhos. Logo ele estava mergulhado em completa escuridão. Não conseguia distinguir qualquer movimento à frente ou atrás. O único som vinha dos seus pés, e eles mal eram visíveis. Então, ao passar por algumas lojas com as portas de ferro abaixadas, houve um cintilar — o brilho de um olho humano —, acompanhado um segundo depois por uma voz.

— Como vai, querido? Você não me acha parecida com Betty Grable? — À esquerda, na entrada de uma loja, estava o rosto maquiado de uma mulher de vestido curto. — Só dois xelins e vou te deixar feliz, você vai ver. — Quando sorriu, James viu os dentes que faltavam e as rugas, sugerindo que tinha idade para ser sua mãe.

Aquela era uma das consequências imprevistas do blecaute, uma epidemia de prostituição. A escuridão oferecia anonimato a mulheres que nunca teriam pensado em fazer aquilo antes. Mulheres cujos maridos estavam na guerra, que precisavam faturar alguns trocados, podiam se oferecer nas sombras sabendo que seu segredo permaneceria oculto. A vergonha, ao que parecia, não era capaz de florescer na completa escuridão. Oxford não ficara imune àquele novo surto. Os coordenadores haviam alertado os estudantes de graduação de que era esperado que atentassem à moralidade, não importavam as ofertas que viessem da escuridão na Holywell Street.

Finalmente ele chegou ao porto, a fina lua crescente gotejando salpicos de luz na água. O porto estava lotado, com navios repletos de soldados e porta-contêineres trazendo suprimentos do outro lado do Atlântico. Mas as docas estavam em silêncio: não havia ninguém por perto. O que acreditou ser o escritório do capitão do porto estava trancado a cadeado. Chegara tarde demais.

Ele representara a cena em sua mente com tanta intensidade que a constatação de que ela era apenas uma ilusão veio como um choque. Não haveria embarque de último minuto em um ferry prestes a zarpar para a Irlanda, nenhuma corrida pela prancha de embarque, nenhum grito de felicidade de Harry.

James consultou o relógio: já passavam das onze horas da noite. A vida no mar provavelmente começava ao amanhecer; aquele lugar acordaria em breve. Enquanto isso, ele dormiria um pouco. Não havia sentido em procurar um quarto. Dormiria ali, no porto, para que ouvisse os primeiros ruídos de atividade pela manhã.

Na penumbra, viu o que parecia ser uma área de carga e descarga com cobertura de madeira. Caminhava naquela direção quando viu um tênue lampejo de luz à sua frente, na altura da cintura. Um reflexo — adquirido, não instintivo — lhe disse que era uma faca, e ele ergueu o olhar para ver os tristes olhos semicerrados do homem que a segurava. O homem não disse nada, mas seus olhos se voltaram enfaticamente para a bolsa que James carregava no ombro, o branco iluminado na escuridão.

Na Espanha ele havia sido treinado para saber que se precisasse desarmar um homem, você dava um passo à frente e o imobilizava pelo ombro. *Aplique pressão na axila e a faca vai acabar caindo*, dissera Jorge, e, James descobria agora, Jorge estava certo. Mas não foi o treinamento que lhe disse para torcer o braço do homem às suas costas até que ele gritasse de dor. Tampouco fazia parte do treinamento forçá-lo a ficar de joelhos e começar a chutá-lo repetidamente na barriga, com um último golpe certeiro no queixo, deixando-o gemendo e se contorcendo no chão.

Ao se afastar, James se sentia invadido por uma mistura de alívio, adrenalina e orgulho presunçoso. O que acharam disso, hein, homens da Junta Médica? Nada mal para um D1. Inapto para lutar? Se consigo fazer isso apenas com as mãos, imaginem o que posso fazer com uma arma.

Mas logo perdeu levemente o equilíbrio. Ele não tinha a disciplina de um soldado. Estava fora de controle, sob o poder de uma fúria que não compreendia. O que acabava de fazer era o comportamento de um bruto. Estava estarrecido consigo mesmo.

Ele caminhou em círculos até acabar quase no mesmo ponto onde começara, perto do escritório do capitão do porto. Não se incomodaria em procurar — ou não achava que merecesse — um abrigo. Em vez disso, achou um lugar entre dois caixotes, tirou um agasalho da bolsa, vestiu-o e usou a bolsa como travesseiro ao se aninhar no espaço apertado. Mas o sono não vinha. Ele pensava no homem que tinha surrado com tanta brutalidade, que havia deixado semi-inconsciente no chão.

Por fim, James levou a mão ao bolso, decidido a olhar mais uma vez para o cartão-postal. Queria pensar em outra coisa, mas também assegurar a si mesmo que o cartão era real, que não o havia imaginado, que sua esposa estivera ali, em Liverpool, no dia anterior. A visão daquelas três palavras, escritas na letra redonda e maravilhosa dela — divertida, alegre, confiante, sedutora, assim como Florence —, o aqueceu. *Eu amo você*. E, de alguma forma, no frio da noite, sozinho numa doca deserta, cercado pelo cheiro de óleo, graxa e navios, deitado num chão duro e áspero, James caiu em um sono profundo, exausto

— Ei. De pé. Vamos andando.

Ele abriu os olhos, tentando dar algum sentido à confusão provocada pela consciência súbita.

— Eu falei *de pé*. Agora

— Onde estou?

— *Agora*.

Em uma torrente de memórias, tudo voltou: onde estava, por que estava lá e como precisava se comportar. Ele ficou de pé num salto, a ação de um homem constrangido por ter sido pego dormindo, ajeitou o paletó, afastou uma mecha de cabelo dos olhos numa tentativa de sorriso charmoso. Mas o funcionário à sua frente — quepe, expressão oficiosa e no fim da meia-idade — não estava com humor para charme.

— Escritório do capitão do porto, agora.

James estava prestes a protestar mas, depois de um lapso de um segundo, constatou que não era necessário. Com sorte, seria levado exatamente aonde precisava ir.

Alguns segundos depois estava de pé em frente a uma mesa, as paredes à sua volta repletas de cartas náuticas, listas e tabelas. O que o lembrou de suas muitas visitas à sala do diretor da escola na infância. O funcionário ao seu lado explicava ao homem de óculos vestido num terno de três peças, que ele achou ser o capitão do porto, onde "esse cavalheiro" havia sido encontrado, e perguntou se a polícia precisaria ser chamada. James decidiu que tinha chegado a hora de mostrar quem era.

— Meu nome é Dr. James Zennor, da Universidade de Oxford. O senhor pode confirmar essa informação entrando em contato com o vice-chanceler, o professor George Stuart Gordon, ou com o diretor da minha faculdade, o professor Bernard Grey. — Ele hesitou, relutando em mencionar sua área: descobrira que homens mais simples às vezes empacavam diante da mera menção à "psicologia", suspeitando de que apenas gente de miolo mole poderia se dedicar a tais assuntos. — Minha esposa é Florence Walsingham, filha de Sir George e Lady Walsingham, e acredito que tenha viajado deste porto ontem ou anteontem. Um ferry para a Irlanda me parece ser o mais provável. Eu gostaria de conferir os registros de todos os navios de passageiros que deixaram Liverpool nos dois últimos dias. — Ele fez uma pausa. — Por favor.

O capitão sacou um cachimbo e se dedicou ao processo de colocar fumo, socá-lo e acendê-lo — feliz pela tarefa demorar o tempo que ele julgou necessário, senão um pouco mais. Então usou a ponta da piteira para indicar a porta ao funcionário, deixando-o sozinho para avaliar o visitante.

— Zennor, você diz — falou o capitão por fim. Ele tragou o cachimbo, dando ao fumo compactado uma coloração laranja brilhante. A fumaça, fragrante, amadeirada e quente, transportou James para a infância em um átimo, à sala daquela casinha em Bournemouth, o pai tragando seu cachimbo ao trabalhar numa pilha de pequenos cadernos de exercícios infantis impecavelmente organizada. Isso desencadeou outra memória: o rosto do pai quando se viram pela primeira vez depois de seu retorno da Espanha. Era uma expressão de dor, mas James nunca saberia se pela angústia de ver o filho gravemente ferido ou pela mágoa por ele ter rejeitado sua crença mais sagrada ao lutar.

Outra tragada no cachimbo.

— *Zennor*. — O sotaque era escocês. — Isso é estrangeiro?

— Da Cornualha, na verdade.

— Não é alemão, então?

— Não.

— Porque estamos à procura de estrangeiros, sabe? Há um campo não muito longe daqui. Huyton. Tem certeza de que não escapou de lá?

— Mas é claro que tenho certeza.

— Não está planejando embarcar como clandestino? Acontece que eu não vejo um homem de Oxford, um professor, se preferir, dormindo como um vagabundo nas docas. Não combina.

— Eu não disse que era professor. Sou o Dr. James Zennor, do Departamento de Psicologia Experimental da Universidade de Oxford. — *Droga*.

— Psicologia, você diz. Isso não é um pouco alemão?

— Escute, eu não sou um maldito alemão. Aqui está o meu passaporte.

Outra tragada no cachimbo, então um ajuste nos óculos enquanto o capitão do porto virava as páginas, estudando atentamente cada uma.

— Vejo que passou um bom tempo na Espanha, Dr. Zennor.

— Lutei nas Brigadas Internacionais. Contra os fascistas. Fui ferido. — James fez um gesto de cabeça para o ombro. — Esse é o único motivo de eu não estar na guerra agora.

O capitão do porto se recostou na cadeira e voltou a acender o cachimbo. O passaporte permaneceu sobre a mesa.

— O que sabe do *Arandora Star*, doutor... — Ele voltou a olhar para o documento antes de exagerar na pronúncia do sobrenome, como se determinado a soar como um psicólogo vienense. — *Zennor*.

A mente de James funcionava a toda. *Arandora Star*. Quase certamente um navio. Será que foi nele que Florence e Harry embarcaram? Aquele homem sabia de alguma coisa? Seria melhor que James parecesse ignorante ou informado? Sem um plano melhor, ele optou por dizer a verdade:

— Soa como um navio, mas nunca ouvi falar nele.

— Tem certeza, doutor?

— Tenho certeza. O senhor tem algum motivo para acreditar que minha esposa e meu filho possam estar nesse navio, senhor...

— É capitão Hunter, e não, não tenho. Esse navio zarpou daqui há pouco mais de uma semana. Tinha na maioria chucrutes e carcamanos a bordo. Tem certeza de que não sabe nada a respeito?

— Pelo amor de Deus, eu já disse...

— Porque esse navio foi atingido por um torpedo alemão e afundado, Dr. Zennor. Foram mais de oitocentos mortos.

— Meu Deus!

— Ainda não apareceu nos jornais. Ainda não, pelo menos. Mas imagino que a notícia tenha chegado a Huyton. O campo, quero dizer. Parentes e tudo mais. Haverá muita gente irritada, eu imagino. Bem, não preciso dar maiores explicações, o senhor é o especialista em psicologia. — O tom começava a abrandar, mas os olhos continuavam céticos.

— Ah, entendi — retrucou James com um sorriso amargo. — O senhor acredita que os "chucrutes e carcamanos" podem estar planejando algum tipo de vingança. O senhor acha que eu sou um sabotador e estou aqui para plantar uma bomba!

— Não há nada de engraçado nisso, Dr. Zennor. Essas coisas acontecem, como você bem sabe. Depois do *Arandora Star*, a polícia disse para ficarmos ainda mais vigilantes. E aqui está você, dormindo nas docas. Agora, por que um cavalheiro como você faria isso? Não faz sentido. Coloque-se no meu lugar.

James decidiu que o homem estendia a mão, que queria ser persuadido de que ele não era uma ameaça.

— Capitão Hunter, entendo o que parece. É muito estranho que um homem como eu se comporte dessa forma. Passei o dia todo viajando desde Oxford e estava exausto, francamente. Queria ser o primeiro na fila para...

Não estava funcionando, o homem continuava impassível.

— Perdoe-me a pergunta inconveniente, mas me diga, capitão, o senhor é casado?

— Sou.

— E eu estaria certo ao concluir que, se um dia a sua esposa e o seu filho desaparecessem, mas sua esposa lhe enviasse um bilhete que o levasse a... não sei, apenas como exemplo, ao meu escritório em Oxford, digamos... eu estaria certo ao presumir que, nessa situação, o senhor acamparia em frente à minha porta até que descobrisse onde eles estavam?

Uma longa tragada no cachimbo, uma nuvem de fumaça com cheiro de infância. Então:

— Sim, o senhor estaria certo, Dr. Zennor. — Ele fez uma pausa, como se esperando por algo mais. Por instinto, James levou a mão ao bolso do paletó, pegou o cartão-postal e o entregou a Hunter.

O capitão examinou a fotografia na frente, então o carimbo e por fim a mensagem, fechando os olhos brevemente — o gesto humilde de um homem ao reconhecer que acaba de invadir a privacidade de outro. Ele colocou o cachimbo no cinzeiro, primeiro o fornilho, deixando a cinza cair, antes de se levantar e anunciar:

— Os registros dos navios são mantidos na sala ao lado.

Então, um momento depois, James olhava sobre o ombro de Hunter quando este tirou do arquivo os grossos volumes com os registros do tráfego recente de chegadas e partidas de Liverpool. Ele consultou primeiro, deliberadamente, pareceu a James, um navio de passageiros chamado *Antonia*.

— O *Antonia* — disse James em voz alta. — O destino era Dublin?

Hunter ignorou a pergunta; em lugar disso correu o dedo pela lista de nomes, indo direto para o fim. Nada em Z. O capitão procurou novamente, movendo o dedo mais devagar. Ainda nada. Ele passou para outras embarcações, primeiro os registros de navios de passageiros, então os registros de tripulação de cargueiros. Encontraram um Zander, mas nenhum Zennor.

Foi com genuína decepção, pensou James, que Hunter por fim o cumprimentou e se despediu.

— Desejo-lhe toda sorte, Dr. Zennor — disse ele, acrescentando com mais um aperto na mão: — E parabéns por ter lutado na Espanha, senhor. Se já existiu uma boa causa, aquela foi uma.

Ao se afastar, lutando para reprimir um sentimento de derrota, James olhou mais uma vez para o cartão-postal. A fotografia da Sagrada Família: seria aquilo puramente sentimental, uma recordação de tempos mais felizes, uma lembrança do porquê de estarem juntos? Ou Florence tentava dizer algo mais específico? Haveria ali alguma pista que ele não estava percebendo? James olhou outra vez para o carimbo — Liverpool — e para a mensagem: *Eu amo você.*

Ele se lembrou da primeira carta que recebera dela. Foi depois que encontrou aquele jornal, que revelava a engenhosa verdade por trás da participação de Florence nos jogos de Berlim. James escrevera para se desculpar, claro, mas também para expressar sua profunda admiração pela atitude dela. Ele tomava a sua própria atitude, explicou, lutando contra a barbárie que falava com sotaque castelhano em vez do bávaro. (Estava se exibindo.) Lutava pelas pessoas que os receberam tão calorosamente em Barcelona. Mas a guerra não duraria para sempre. E quando voltasse para a Inglaterra, gostaria muito de revê-la. Ele não teve certeza de como assinar. Não quis parecer arrebatado, como se exagerasse a importância daquela semana juntos. Talvez para ela não fosse mais do que um romance de verão. Em questões de amor, apesar da pouca idade, a jovem Florence Walsingham não era nenhuma ingênua. Então ele optou por "Abraços". Que podia ser interpretado de duas formas: um abraço convencional ou um abraço apaixonado, como o dos namorados...

*Walsingham.*

James se virou e correu de volta ao escritório. Ele irrompeu porta adentro, ignorando as expressões de surpresa dos funcionários, e exigiu ver o Sr. Hunter imediatamente. Quando um funcionário pediu que se sentasse e esperasse sua vez, James levantou a voz. Ao ouvir a comoção, o capitão do porto reapareceu.

— O que foi?

— O nome de solteira dela. Não tentei o nome de solteira. — James arfava, tentando sorrir para disfarçar a vergonha pela própria estupidez. — O senhor pode procurar nos registros outra vez? Por Florence Walsingham?

Mais uma vez Hunter abriu primeiro os registros do *Antonia*, correndo o dedo pelos nomes até parar e se virar para James.

— Foi o que pensei. Aqui, veja você mesmo.

James se adiantou e encontrou a linha onde, na caligrafia vitoriana de um escriturário, estava escrito simplesmente: "Walsingham, Florence. F. Idade, 25." Ao lado, havia o registro de "Walsingham, Harry. M (menor). Idade, 2 a. 10 m".

Com o sangue disparando pelas veias, James olhou para o capitão do porto.

— Para onde esse navio vai?

— Canadá.

— O quê? O que o senhor disse?

— O navio vai para o Canadá, senhor.

— Canadá, mas isso... — A voz dele cedeu, incapaz de suplantar a incredulidade. Canadá? Aquilo ficava a meio mundo de distância. Mas por que Florence iria para lá, por que levaria Harry para tão longe do próprio pai? A Irlanda já teria sido ruim o bastante, mas ao menos ficava a uma viagem de ferryboat dali. Canadá: ela poderia muito bem ter decidido viver em outro planeta.

Ele forçou a voz a sair, emitindo um grasnado que implorava ao capitão do porto.

— Quando eles partem?

— Infelizmente o senhor chegou tarde, Dr. Zennor. O *Antonia* zarpou ontem pela manhã.

# DEZ

LONDRES, MAIS TARDE NAQUELE MESMO DIA

Ele se olhou no espelho e ficou satisfeito com o que viu. Nunca usara *white tie* antes e temia se parecer com um arremedo de Fred Astaire, mas descobriu que o estilo lhe caía muitíssimo bem. Em seu país, ninguém fora de Hollywood se vestia daquela forma, mas esses britânicos sabem das coisas. Qualquer homem que não fosse um aleijado era capaz de ficar polido e elegante de fraque.

Ele voltou a olhar para o convite, impresso num cartão tão duro que podia ser usado como bandeja de drinques. *Jantar no Russian Tea Room em South Kensington, entre 19h30 e 20h.* E lá estava o seu nome, grafado em uma caligrafia pomposa e rebuscada, como se ele fosse um conde ou visconde.

Claro que o convite omitia a informação crucial, o anfitrião. Sim, havia o nome de um indivíduo, mas isso não revelava toda a história. Deixar as coisas vagas era inteligente, dada a natureza da reunião. E também emocionante.

Ele conferiu os sapatos: limpos, mas não reluzentes. Uma coisa ele estava começando a compreender em relação aos britânicos: não havia tempo para quem se esforçava demais. "Amador" era um insulto nos Estados Unidos, mas ali era um elogio. Um cavalheiro inglês dava a impressão de considerar tudo um jogo. Qualquer um que se levasse a sério demais era automaticamente maçante.

Por que o convidaram?, perguntou ele novamente a si mesmo. A resposta óbvia era Anna. Ela fez dele o seu... o que exatamente? Acompanhante, protegido, brinquedo? Se fosse esse último, ele não fazia objeção. Era um privilégio ser usado por uma mulher como aquela. Ela era mais de dez anos mais velha, longe de ser bonita, tinha os traços irregulares, o nariz definitivamente torto. Mas era sexy. Seus modos exalavam pecado e fumaça. Ela transformava a mais mundana das tarefas em sedução; a forma como seus dedos acariciavam a piteira de uma ponta a outra quando acendia o cigarro... nossa, ele precisava desviar o olhar. Ela erguia os olhos, notava seu embaraço e jogava a cabeça para trás numa risada lasciva, exibindo o pescoço, os lábios entreabertos. Os vestidos que usava, a forma como o cetim se movia em seus quadris e bumbum, a nuvem de perfume que a envolvia, carregando um sopro do sexo à tarde...

Então Anna era a explicação óbvia. Ela precisaria apenas mencionar seu nome ao marido, e isso já seria o bastante. Não seria assim nos Estados Unidos, é claro. Nenhum marido toleraria um comportamento daquele na esposa, seria humilhante demais: a maioria lhe daria uma bela surra. E com a forma como ela se comportava em público, o homem teria todo o direito. Mas aquilo, Taylor Hastings começava a perceber nove meses exatos depois de chegar a Londres, não eram os Estados Unidos. Aquilo era a Europa. Aplicavam-se padrões diferentes, mais tolerantes.

Ali era bem possível acreditar que uma esposa adúltera apresentasse o marido traído ao amante e que, longe de punir o caso, o marido considerasse o vínculo uma recomendação. "Entre, Taylor, meu velho. Fiquei sabendo que você vem aprontando com a patroa. Ora, bom para você, meu velho. Só um sujeito *bacana* faria isso." Nove meses depois, ele esperava estar pegando o jeito de como aqueles caras falavam.

Ele desceu as escadas e ganhou a Cadogan Square. Ainda estava claro, e o cheiro de chuva de verão pairava no ar. Apenas uma chuva rápida de julho, que deixara a cidade com cheiro fresco e não molhada, como se tivesse sido limpa. Ele fez sinal para um táxi e deu o endereço, Harrington Road, 50, Kensington, num tom de voz que traiu seu bom humor.

— Que motivo você pode ter para estar tão feliz? — perguntou o motorista. — Não sabia que tem uma guerra aí fora?

Hastings murmurou qualquer coisa, o som e não as palavras como uma oferta de desculpas. A última coisa que queria era se envolver numa conversa mecânica com um proletário britânico. Queria continuar naquela linha de pensamento. Estava apreciando a corrida.

Seu caso com Anna — ou melhor, o caso de Anna com ele — era a única explicação plausível para o convite de hoje à noite. Ele sabia que aquilo não se devia apenas à sua natural desenvoltura à mesa de jantar e ao seu talento para conversa. (E de forma menos confortável, sabia que o interesse de Anna não podia ser explicado apenas pelo charme de um ex-jogador de futebol americano universitário de 20 e poucos anos cujo físico era de puro granito, em comparação ao marido ameixa seca.) Ele era jovem, não havia como negar. Mas não era ingênuo. Sabia que o aguardavam no Russian Tea Room por causa do seu trabalho.

Mais especificamente, por causa do lugar onde trabalhava. Ainda não tinha confiado os detalhes de suas atribuições àquele círculo, apesar de temer ligeiramente ter dado a Anna dicas o suficiente em conversas na cama para que ela ligasse os pontos. Temia e esperava. O desejo de impressioná-la, principalmente quando sabia que a recompensa poderia ser um novo e até então inimaginável deleite entre os lençóis, era difícil demais de resistir. De qualquer forma, ela jurara que não diria nada ao marido. "Os meus lábios estão selados", ela dissera, passando neles a língua ao falar e então rolando na cama, como que se oferecendo.

Poderia acreditar nela? Fazia diferença? A porta do táxi foi aberta por um porteiro e Taylor desceu, evitando uma poça que tinha se formado bem em frente à calçada. Então entrou, a cabeça erguida e os ombros para trás, e entregou o casaco e o chapéu a um segundo criado. Ele anunciou o nome do anfitrião com prazer, gratificado com um assentir de reconhecimento. Deixou-se ser conduzido por uma escadaria, observando os retratos de aristocratas russos, a maioria dos quais devia ter perdido a cabeça para os bolcheviques, e acompanhou o mordomo quando este seguiu por um corredor com carpete alto e atravessou uma porta pesada.

Do outro lado havia o que ele estimou serem duas dúzias de cavalheiros como ele vestidos a rigor, de pé em torno de uma mesa adornada em prata, porcelana e cristal, aparentemente preparada para um banquete. Ele se perguntou o que o severo taxista diria daquela cena, onde não havia qualquer livro de cupons de racionamento à vista. *Não sabia que tem uma guerra aí fora?*

Ele conferiu o relógio, preocupado com a possibilidade de ter se atrasado. Mas o anfitrião, de pé à cabeceira da mesa, logo se aproximou para dissipar qualquer ansiedade.

— Ah, Hastings, você chegou na hora certa. Estávamos prestes a fazer um brinde. Vamos, alguém, uma taça para o homem! Isso. Muito bem. — Ele ergueu a *flûte* de champanhe, que cintilou com a luz das velas e até mesmo o brilho dos seus cabelos brancos. — Ao Right Club!

Os outros vinte e poucos homens, cada um atrás de sua cadeira à mesa, ecoaram as palavras em voz firme e animada. Nenhum mais animado ou entusiasmado que o jovem americano entre eles, que sentia o prazer singular e delicioso de quem *chega* onde sempre quis chegar. Ele escutou a própria voz em meio ao coro ao repetir:

— Ao Right Club!

# ONZE

James deve ter visivelmente fraquejado, talvez até cambaleado para trás, porque se lembrava apenas de observar o vapor subindo de uma grossa caneca de chá doce, colocada à sua frente na mesa do capitão do porto. Não se recordava de quando ela apareceu ou quem a pediu.

*Canadá*. Que sentido fazia aquilo? Deixá-lo era uma coisa, mas ir para o outro lado do mundo? Por que Florence faria uma coisa dessas? Viver com ele se tornara assim tão insuportável?

Enquanto pensava, ouvia Hunter falando. O homem parecia responder a uma pergunta que James não se lembrava de ter feito. Havia nós e milhas náuticas nas frases que vinham da boca do capitão; colocadas juntas, elas pareciam explicar por que era impossível para James alcançar o navio de Florence e juntar-se a ela a bordo. Ele tinha feito mesmo aquela pergunta? Precisava colocar a cabeça no lugar.

Ele olhou para o chá à sua frente. Era assim que seus pais e os amigos quacres sempre terminavam suas longas caminhadas. Pela New Forest ou talvez pela Península de Purbeck, com direito a uma travessia de balsa; para onde quer que fossem, o dia sempre terminava da mesma forma. Uma xícara de chá quente na sala de estar da casa dos pais, bastante adoçado pela sua mãe: uma recompensa pelo esforço. De alguma forma ele suspeitava de que Rosemary Hyde não permitia tal gratificação às suas companheiras de caminhada; elas precisavam ser esguias, atléticas e fortes se quisessem liderar o proletariado à utopia marxista ou qualquer baboseira do tipo. Nada de chá doce para elas.

O capitão do porto o observava, um olhar que combinava preocupação e temor, um olhar que dizia que aquele homem em seu escritório era capaz de qualquer coisa. James decidiu que era hora de sair. Falou com uma clareza que surpreendeu até a si mesmo.

— Sr. Hunter, preciso fazer um telefonema urgente à luz da informação que o senhor tão gentilmente me ofereceu. Para Oxford. Será que eu poderia usar o seu...

— É um interurbano.

— Sim, sinto muito. Mas serei breve, posso lhe garantir.

O capitão do porto dirigiu a James um olhar duro, como se estivesse preocupado por ter recebido algum tipo de lunático. Numa tentativa de tranquilizá-lo, James acrescentou que o homem para quem precisava telefonar era o diretor da sua faculdade em Oxford. Então, depois de uma conversa confusa com a telefonista e de múltiplos cliques, ouviu na linha cheia de chiados sua própria voz encontrar a de Bernard Grey, acadêmico, personalidade do rádio e sábio norteador da esquerda intelectual britânica. James o imaginou da forma que o vira pouco antes de deixar Oxford às pressas, no uniforme verde-oliva de oficial comandante dos Voluntários da Defesa Local, o tecido grosso como um tapete. A imagem ainda lhe parecia absurda.

— Professor Grey, é o Dr. Zennor.

— James, sua voz está péssima. Onde em nome de Deus você está?

— Estou em Liverpool.

Houve uma hesitação, seguida por:

— Ah, entendo.

— Estou aqui porque Florence embarcou com Harry em um navio com destino... — Ele se conteve. — O que o senhor quer dizer com "entendo"?

— Você seguiu Florence até Liverpool. Despediu-se dela no navio?

— Não, eu o perdi por 24 horas. Não estou entendendo. Como o senhor sabe a respeito do navio?

— Você está bem, James? Parece perturbado.

A voz calma, reconfortante, teve o efeito oposto do esperado; James sentia sua cortesia inicial se coagular em raiva.

— Sim, estou perturbado. Minha esposa partiu para um lugar a milhares de quilômetros daqui e levou meu filho com ela. E enquanto isso é um tremendo choque para mim, o senhor parece estar ciente de tudo. Então de fato, "perturbado" mal começa a explicar, professor Grey.

— James, acho melhor você voltar para Oxford, onde podemos discutir tudo isso pessoalmente. Na minha casa. Depois você pode jantar conosco em nossa mesa de debates. Esta noite receberemos William Beveridge. Conhece o trabalho dele? Ideias excelentes sobre a apropriada adequação dos direitos individuais daqueles com o que chama de "deficiências gerais". É um sujeito frio, e os detalhes são um pouco questionáveis, mas...

— Não tenho qualquer intenção de voltar para Oxford, diretor. Quero encontrar minha esposa e meu filho e sei que eles estão muito longe de Oxford. — Ele buscou o registro mental que fizera e que agora era repetido em sua mente. — E o que o senhor quer dizer com "tudo isso"?

— Sinto muito, James, mas suas palavras não estão fazendo muito sentido.

— O senhor disse "tudo isso". Podemos discutir *tudo isso*. O que o senhor quis dizer?

— Ah, entendo. Você não sabe.

— Não sei o quê? — Ao ter apenas silêncio como resposta, James repetiu a pergunta, gritando dessa vez: — Que diabos eu não sei? — Pelo vidro da porta do capitão do porto, James viu as cabeças das secretárias se voltando para ele. Apesar de todos seus esforços, ele mais uma vez era o louco encontrado dormindo no chão.

Finalmente Bernard Grey voltou a falar, sua voz baixa e pesarosa, como se fosse forçado a dizer algo que desejava evitar.

— Eu sinceramente esperava que alguém o tivesse informado a essa altura. Nem que fosse Virginia.

— Diretor.

— Sua esposa e seu filho estão em um navio com 25 mães de Oxford e cerca de 125 crianças. Eles estão a caminho da Universidade de Yale, que graciosamente lhes ofereceu um lugar para se refugiarem durante a guerra.

— Yale? Nos Estados Unidos? Mas ela está indo para o Canadá.

— O Canadá é o destino inicial. Acredito que ficarão acomodados no Royal Victoria College em Montreal por alguns dias, antes de seguirem de trem para New Haven, nos Estados Unidos.

— Yale — repetiu James em vão. — Nos Estados Unidos. — Independentemente da geografia, aquilo parecia bem mais remoto. O Canadá ao menos fazia parte do Império Britânico, sob o mesmo rei e lutando na mesma guerra. Mas os Estados Unidos? Pela primeira vez, ele se perguntou se voltaria a ver a esposa e o filho

James fechou os olhos, forçando a si mesmo a se concentrar naquele momento e nas palavras que ouvira.

— Há quanto tempo o senhor sabe disso?

— Foi planejado ao longo de várias semanas.

— Várias semanas! — Ele vinha se torturando com a ideia de que Florence tramou aquilo às suas costas por semanas, e agora Grey lhe dizia que seus piores medos, na verdade, eram absolutamente realistas. — Várias semanas — repetiu, deixando que o peso daquele montante de tempo pairasse no ar por alguns instantes. — Ninguém me disse nada.

— Ao que parece, não.

— Por quê? Por que em nome de Deus..

— Receio que...

— Florence é minha esposa, diretor Grey. Harry é meu *filho*.

— Ninguém contou para você, James, porque nós sabíamos o que você iria dizer.

— "Nós", quem é "nós"?

— Tudo que eu...

— Você quer dizer que estava *envolvido* nisso?

— Tive um papel secundário. Muitos outros estiveram bem mais...

— Não acredito. *Muitas* pessoas estavam envolvidas, é isso? *Muitos outros*, o senhor disse. No quê, em uma trama secreta para tirar minha esposa e meu filho de mim?

— Vamos, James. Acalme-se.

— Não me diga para me acalmar — retrucou James, cuspindo as palavras. — O senhor acaba de dizer que conspirou pela separação da minha família, mandou-a para o outro lado do mundo. Então não, não vou me acalmar. Quero saber por que fez isso. Porque o senhor e essas "muitas pessoas" tramaram contra mim dessa forma.

— Está vendo, é exatamente isso que nós temíamos.

— Lá vem o senhor outra vez: *nós*

— Esse descontrole, essa raiva. Essa paranoia. Era isso que estava deixando sua esposa apavorada. Foi isso que a afastou. Você está agindo dessa forma há muito tempo, James. Isso explica por que... você está nessa situação.

Aquilo o conteve, da mesma forma que as palavras de Rosemary na véspera. O que ela dissera então e o que Grey dizia agora soava como a verdade. Qualquer que tenha sido a ajuda que esses outros ofereceram a Florence, ninguém a obrigou a entrar naquele navio: a decisão de deixá-lo, de atravessar o oceano, havia sido dela. Mais baixo do que antes, ele voltou a falar:

— E eu suponho que houve reuniões, para acertar os detalhes?

— Sim, é claro. As famílias envolvidas, as mães principalmente, reuniram-se diversas vezes para acertar os pormenores. Auxiliadas por muitos funcionários da universidade, é claro. Discutiram vistos, guarda legal, esse tipo de coisa.

— E imagino que essas reuniões aconteceram nas quintas à noite, certo?

— Sim, é verdade: às cinco horas, na Rhodes House.

Então foi por isso que ela havia faltado às duas caminhadas com Rosemary e suas Bandeirantes Marxistas. Estava com outras mães, planejando sua fuga — não para Norfolk ou Bedforshire, como outros refugiados, mas para os Estados Unidos.

— E quem mais sabia disso, sobre Florence, quero dizer.

— James.

— Não. Diga, quem são esses "nós" que o senhor mencionou?

— Não imagino que isso vá fazer bem a você.

— Não se preocupe com isso. Eu gostaria de saber. — James tentava soar razoável, como se eles fossem nada mais do que dois professores de Oxford fofocando sobre a faculdade.

— Virginia, é claro. Eu. Outros amigos interessados no bem deles.

— Rosemary Hyde.

— Não acredito que haja necessidade de mencionar nomes, James.

— E por que esse grupo de amigos "interessados" acreditava que a única pessoa a quem não podia confiar o segredo era o marido e o pai da mulher e da criança envolvidas? Por quê?

— Apenas para me repetir: sabíamos o que você iria dizer.

— E o que seria?

— Sabíamos que você diria não.

Ele não podia argumentar. É claro que diria não. Ele nem ao menos discutiria a ideia de sua família se refugiar do outro lado do Atlântico, quanto mais aprová-la. James acreditava que a mudança para Herefordshire ou Cotswolds podia ser vista como uma rendição ao Terceiro Reich; mas para os Estados Unidos? Era abominável. Representava o abandono do país, como se abaixassem as portas e fechassem a loja, deixando a Grã-Bretanha para que os nazistas a herdassem. Por que não agitar a bandeira branca de uma vez? Como aqueles outros homens — os pais das 125 crianças de Oxford — puderam concordar com essa capitulação?

E sim, essas convicções traziam a reboque uma pontada de dúvida. Ele não era capaz de articulá-las nem para si mesmo, mas podia senti-las. Era a sensação de culpa que ele tinha por esses outros homens, esses outros pais, terem o direito de agir de forma tão extrema para proteger seus filhos; no entanto, a ele não foi permitido tal privilégio. Eles podiam desempenhar seu ato de sacrifício no campo de batalha ou, caso isso não fosse possível, em um ministério qualquer, agora transferido para Oxford. Mas fincar o pé, manter a família na Inglaterra mesmo sob uma ocupação nazista, mesmo à sombra das bombas de Hitler, era o único ato de resistência ao alcance de James Zennor. Se abrisse mão disso, não estaria fazendo absolutamente nada para desafiar os bárbaros fascistas que mataram seu amigo e quase o destruíram. Não havia nada mais que ele pudesse fazer. E essa constatação — de que usava uma mulher e uma criança que nem mesmo completara 3 anos de forma vicária para compensar uma falha unicamente sua de desempenhar qualquer papel naquela guerra essencial e absolutamente justa — o enchia de vergonha.

E então o registro mental das palavras que tinham acabado de ser ditas veio a ele.

— O que foi mesmo que o senhor disse?

— James, não posso ficar muito mais tempo ao telefone. Eu...

— O senhor disse "isso explica por que você está nessa situação".

— Eu, eu... Eu estava me referindo, é claro, à sua esposa estar naquele navio. Ou seja... que ela sabia que você se recusaria a discutir o assunto, o que é...

— Não. O senhor se referia a outra coisa. Disse que eu estou assim "há muito tempo". O senhor se referia a outra coisa, não é?

— James, por favor.

— NÃO É? — gritou ele, voltando a virar cabeças no escritório. Quando Grey voltou a falar, James teve certeza de que percebeu um tremor na voz do homem mais velho.

— Sim, me referi. Foi um lapso, me desculpe.

— Eu sei tudo sobre lapsos. Eles não são inteiramente acidentais, são? O que o senhor estava tentando dizer?

— Eu me ressinto de ser pressionado dessa maneira por você, James. Mas como parece determinado a torcer o meu braço, estava me referindo às suas recentes... — Grey fez outra pausa. — Rejeições.

— O senhor se refere ao serviço civil? Nos ministérios? O que tem elas?

— Eu já falei demais.

Então James entendeu.

— Ah, eu não acredito. Seu filho da mãe.

— Como você ousa falar comigo dessa forma! Não cabia a mim. Não tive praticamente nenhum envolvimento. Eles fazem os próprios levantamentos, as próprias avaliações independentes.

— Mas precisariam consultá-lo. Whitehall não encomenda uma maldita caixa de clipes sem perguntar o que o maldito professor Bernard Grey pensa a respeito.

— Não foi assim, James. Você precisa acreditar na minha palavra. Eles já haviam concluído que você era... incompatível com trabalho estratégico muito antes de me consultarem a seu respeito.

— "Incompatível com trabalho estratégico." É assim que dizemos agora? E eu achei que as pessoas da minha geração fossem dadas a eufemismos. Maluco, é essa a palavra que o senhor está procurando? Pobre Zennor, ele perdeu o juízo: foi isso que o senhor disse para eles? Ele viu muita ação na Espanha e agora surtou. Hein? Seria isso, professor? O "ônus do argumento", como vocês, filósofos, gostam de colocar?

Grey suspirou e então respondeu em voz baixa:

— Algo semelhante, sim. E essa pequena exibição apenas confirma a precisão da minha análise, Dr. Zennor. Agora sugiro que coloque esse fone no gancho e volte para Oxford, onde Virginia e eu veremos o que podemos fazer por você.

— Você arruinou minha vida.

— Vou me despedir agora, James, antes que você diga algo de que vá se arrepender.

E foi naquele momento que James acrescentou outra decisão àquela que já havia tomado. No segundo em que descobriu para onde Florence tinha ido, ele jurou que de alguma forma chegaria aos Estados Unidos e encontraria a esposa. Mas agora via como faria isso — e exatamente quem pagaria o preço.

# DOZE

James perdeu a conta do número de horas que passou vagando pelas docas de Liverpool naquele dia e, apesar disso, se o pedissem para fazer um rascunho do local ou desenhar um mapa, o papel ficaria em branco. Não dera qualquer atenção ao lugar, não observara nada além do chão abaixo de seus pés. Ele era um cérebro lutando com um problema: quando estava assim, tudo o mais, tudo físico, era uma distração.

O problema nesse caso tinha múltiplas camadas. O capitão do porto fizera que não e suspirara, deixando James sem a menor dúvida da quase impossibilidade de atravessar o oceano Atlântico tão cedo, a menos que os alemães se rendessem — e "Adolf não me parece ser do tipo que se rende". Poucos navios ousavam fazer a travessia agora, temendo o corredor polonês de U-boats alemães e seus torpedos mortíferos, como o que afundou o *Arandora Star*. Aqueles que o faziam precisavam viajar em comboios, escoltados por pelo menos dois navios de guerra, o que significava que não podiam navegar ao seu bel-prazer: precisavam esperar até que houvesse embarcações suficientes para formar um grupo. Mesmo que James tivesse sorte e houvesse outra travessia, praticamente não havia passageiros regulares àquela altura, viajando a negócios ou fazendo turismo. Fora os soldados, estrangeiros ou prisioneiros de guerra deportados para o Canadá ou jovens refugiados transportados pelo Comitê de Recepção de Crianças no Exterior, era preciso que houvesse um motivo muito forte para que um civil britânico fizesse a viagem, o que implicava em permissão oficial. E as dificuldades não terminavam por aí. Do outro lado do Atlântico, enquanto um cidadão britânico podia entrar livremente no Canadá, para entrar nos Estados Unidos precisaria de um visto.

Só havia uma pessoa capaz de ajudar James a superar todos esses percalços — e ele acabara de chamá-lo de filho da mãe num interurbano. Tinha praticamente certeza de que naquele momento Bernard Grey preferiria largá-lo no fundo do oceano a ajudar James a atravessá-lo.

O capitão do porto implorou que procurasse uma pensão — chegara até mesmo a recomendar uma na Kitchen Street —, disse que ele precisava de uma boa noite de sono. Mas James não podia descansar, nem mesmo comer antes de resolver aquele problema. Portanto, ele vagou pelo porto.

Apenas uma vez sua concentração foi quebrada. Para seu alarme, viu dois policiais aparentemente entrevistando pessoas nas docas. Será que teriam encontrado o homem que James surrou na noite passada? Estariam investigando um assassinato? Sentiu o coração bater acelerado. Não demoraria para que apontassem o dedo em sua direção; qualquer pessoa no escritório do capitão do porto poderia contar-lhes a respeito do homem estranho que encontraram dormindo no chão, um homem que já havia admitido ter estado ali, nas docas, na noite anterior. Um homem que acabavam de ouvir gritar ao telefone, num estado de grande aflição.

James se virou, numa tentativa de se afastar discretamente, quando escutou parte da conversa dos policiais com um homem que eles haviam detido.

— Não me venha com gracinhas. Eu já disse antes, tudo que preciso é ver a sua licença. Você conhece as regras para vender.

Uma mulher que estava ali por perto, de antebraços enormes, se intrometeu.

— Essas bateria só vale dois *pence* e meio *penny*, e ele tá vendendo por quatro *pence*. Cês devia dar uma surra nele por isso e tudo o mais.

— Ninguém perguntou nada, madame — disse o segundo policial com firmeza quando uma pequena multidão começou a se juntar. O homem no centro, James via agora, vestia um terno brilhante, o uniforme barato e infame dos contrabandistas. Ele protestava dizendo que não "obrigava ninguém a comprar suas baterias para lanterna", que era escolha deles e que aquele ainda era um país livre, "até que os alemães cheguem, de qualquer forma". James se afastou, aliviado.

Ele voltava à capitania do porto em intervalos regulares, tornando-se uma presença incômoda, mas reunindo informações novas e, na última visita, úteis. Foi pouco depois disso, ao caminhar por um píer escorregadio que fedia a peixe, que lhe ocorreu. Ele vinha pensando em Harry Knox. Em como o amigo discorria sobre todo tipo de assunto nos momentos mais improváveis e nos lugares mais incomuns. Esta breve troca de ideias aconteceu durante a defesa do bairro universitário de Madri. Os dois, tremendo de frio, haviam se refugiado em um prédio abandonado com as paredes crivadas de buracos de bala e se revezavam para atirar. Conversar era a única distração.

Não que conversar seja a palavra certa. Estava mais para uma aula. Harry dava explicações sobre teoria política, a diferença entre mencheviques e bolcheviques, a traição de Ramsay MacDonald, o verdadeiro mal a respeito de Hitler e sua adoração insana do super-homem ariano.

— Está aí um cara que virava um copo de Nietzsche sem gelo — disse Harry certa vez a respeito de Hitler —, mas eu sempre recomendo que os filósofos alemães sejam sorvidos aos golinhos e com bastante água.

Naquela noite em especial, Harry meditava sobre a motivação humana. Oficialmente, o tópico deveria ter recaído nos domínios de James, mas não havia área na qual Harry não fosse o homem mais versado no recinto. Então James tentava limpar seu rifle — estranhamente, eles haviam descoberto que creme Nivea para as mãos produzia maravilhas na arma — e escutava.

— Eu tagarelo sobre todas essas grandes ideologias e você é simpático o bastante para me dar ouvidos, James — continuou ele —, mas você sabe o que realmente motiva um homem a agir? — James parou de mexer na arma e pensava numa resposta quando se deu conta de que Harry não esperava por uma. Era uma pergunta retórica. — Deus, dinheiro e sexo.

James riu, mas Harry continuou sério.

— E poder, é claro. Não o poder para fazer *x* ou *y*, mas a emoção de exercer o poder em si. É por isso que as pessoas arriscam suas vidas ou fazem coisas que, em circunstâncias normais, correriam um quilômetro para evitar: poder, religião, grana ou afogar o ganso.

— E em qual dessas categorias a gente se encaixa?

— Como é, James?

— Por que estamos aqui sentados esperando que estourem nossos miolos no meio do nada num país que nem é o nosso? Certamente não é pelo dinheiro. E não vejo nenhuma mulher por aqui.

— Ah — disse Harry, dando ao amigo o benefício de aparentar pensar na pergunta. — Isso seria fé. O que criamos aqui é uma nova religião. Ainda é a batalha entre o bem e o mal que seus pais e os amigos quacres deles reconheceriam, mas dessa vez o diabo é representado por Francisco Franco.

Eles riram e a conversa prosseguiu, mas a máxima de Harry provara ser surpreendentemente durável. E ao caminhar pelas docas, sentindo a brisa que soprava do Mersey, fria mesmo em julho, ela veio a James com nova força. *É claro.* Como não tinha pensado naquilo antes?

*Obrigado, Harry, e obrigado, Florence,* James disse a si mesmo agora, antes de correr à procura da cabine telefônica mais próxima. Ele consultou o relógio; era muito provável que Grey não estivesse.

James se perguntou o que faria se Virginia atendesse. Precisaria desligar; não funcionaria a menos que falasse com o diretor pessoalmente. Dois toques, três. Droga. Ele podia estar em qualquer lugar, papeando sobre Whitehall na Balliol ou treinando os guerreiros barrigudos dos Voluntários da Defesa Local. Quatro toques — e então a voz do mordomo da faculdade. Ele apertou o botão A e ouviu as moedas caindo na máquina.

— Ah, Forsyth — começou James. — É Zennor. Preciso falar com o diretor Grey. É urgente.

— Sinto muito, mas ele não está...

— Diga que ele vai se arrepender se não falar comigo. Imensamente.

Uma pausa, que continha anos e anos de fofoca sobre o estado mental do pobre Dr. Zennor, além da avaliação de Forsyth, o mordomo, de que não era pago para bancar a babá dos professores assistentes e que aquele era um assunto a ser tratado pessoalmente pelo diretor.

— Por favor, aguarde, senhor.

James esperou, olhando para o céu de Liverpool em meio aos retângulos de vidro com molduras vermelhas da cabine telefônica.

Um farfalhar, a voz abafada do mordomo e finalmente:

— Grey.

— Bernard, é James outra vez. — Bernard. Um tom diferente.

— Sim, James? Forsyth me disse que você telefonou por um motivo de grande urgência.

— Isso mesmo. Preciso da sua ajuda para atravessar o Atlântico. Preciso de um visto americano e que entre em contato com o Ministério da Navegação para conseguir para mim um beliche no próximo navio que sair daqui. Não haverá outra travessia em...

— Isso é completamente impossível, James. Como eu poderia justificar a sua viagem para os Estados Unidos? Você não é mulher, não é criança, apesar de, para meu grande desgosto, estar se comportando como uma. Você não é um refugiado. Além do mais, e digo isso com toda gentileza, o motivo que levou muitos de nós a ajudarmos Florence foi a segurança dela; e isso, em parte, significa afastar ela e o filho dela de você.

Mais uma vez, James sentiu a fúria borbulhando nas veias. *O filho dela*. Ele estava sendo excluído da própria família. Qualquer pudor que tivesse de usar a arma que Florence involuntariamente dera a ele meses antes agora se dissolvia. Ele pensou no momento em que a esposa chegou em casa com a notícia do caso de Grey com a secretária da faculdade, 35 anos mais nova. Na época, James adotou a postura "já ouvi essa história antes", o que foi fácil, considerando que de fato ouvira boatos. Mas não havia espaço para indiferença agora.

Ele fechou os olhos e começou, preparando-se como se estivesse prestes a saltar numa piscina de águas abissais.

— Eu sei sobre você e a Srta. Hodges.

Grey pigarreou antes de responder.

— Você vai precisar de mais do que isso, James. Como certamente deve saber, eu e Virginia não acreditamos nas convenções tradicionais do casamento. Ela é uma mulher muito mais esclarecida do que você imagina.

— Ela é esclarecida o bastante para aprovar que o marido tenha engravidado a amante?

Uma longa pausa.

— Ela é uma mulher muito compreensiva.

— Eu me pergunto se ela também compreenderá que você exigiu que a Srta. Hodges fizesse um aborto.

Uma pausa mais longa, então uma resposta que Grey proferiu num tom gélido que James jamais ouvira antes.

— Ninguém acreditaria numa palavra sua. Essas acusações serão desconsideradas como boatos espalhados por um louco. Eu cuidarei para que seja assim.

James também havia antecipado aquela jogada.

— Pode funcionar com sua esposa, mas eu não apostaria nisso: Virginia me conhece bem demais. Mas eu duvido muito que funcione com o pai da sua amante.

— Meu Deus! — disse o diretor ao telefone.

— Isso mesmo. Suspeito que será mais difícil persuadir Sir Herbert. Esses mandachuvas de Whitehall tendem a ser céticos, não é verdade, diretor? Exigência profissional, pode-se dizer assim.

— Você não ousaria.

— Ah, não? Achei que tivesse dito que eu sou louco. É impossível saber o que um louco faria. Além do mais, seria muito fácil. Nesses tempos de guerra o ministério de Sir Herbert fica logo ali, um pouco mais adiante na rua, não fica? Fico surpreso que não tenha topado com ele em uma das mesas de debates.

— Ele não daria ouvidos a uma palavra saída da sua boca.

— Talvez não. Mas a suspeita continuaria no ar, não é verdade? Sir Herbert pode até mesmo acabar perguntando à filha se existe algum fundamento no que aquele louco do Zennor está sugerindo. E, como nós sabemos, a moça está falando por aí.

— Isso é uma chantagem das mais baixas, James.

— Chame do que quiser. Agora, por que não pede a Forsyth que pegue papel e caneta? — James ditou suas exigências lentamente, como se Bernard Grey fosse uma assistente de secretária, o bloco apoiado nos joelhos. Ele queria um beliche no *SS Santa Clara*, o qual Hunter acabara de dizer que devia partir de Liverpool na semana seguinte, um visto americano e uma bolsa de pesquisa, com acomodação, na Universidade de Yale. — Nada disso deve dar trabalho — acrescentou James zombeteiro. — E se der, você sempre pode dar um telefonema para o reitor da Universidade de Oxford: ele costumava ser ministro das Relações Exteriores, afinal de contas.

Se houvesse qualquer atraso em suas exigências, as cartas que James já havia escrito e selado seriam remetidas para a Sra. Grey e Sir Herbert.

— E não tente mexer os pauzinhos na polícia de Liverpool para que eu seja preso: dei instruções aos meus novos amigos aqui no porto para remeterem as cartas caso eu não volte para pegá-las. — Essa última ameaça era mentira, mas o reformador social e distinto acadêmico de cabelos brancos não se arriscaria.

O cálculo do interesse, como dizia Harry. "Quase matemático. Você pode computá-lo como numa equação." Foi o que James fez, concluindo que Bernard Grey logo veria que acatar suas exigências, na verdade, atendia aos seus próprios interesses. Tendo em vista o que ele sabia, não era óbvio que o diretor iria querê-lo fora do caminho?

# TREZE

*A bordo do* SS Santa Clara, *em algum lugar no Atlântico Norte. Uma semana depois.*

À sua volta, pessoas vomitavam por todo lado. Algumas sobre a amurada no oceano; outras, aparentemente paralisadas pelo horror da experiência, simplesmente esvaziavam as entranhas onde estavam, três, quatro, cinco vezes.

James permaneceu à distância, com uma expressão que, se alguém houvesse notado, teria parecido irritantemente serena. Estava tão aliviado por se encontrar naquele navio que sequer se importava com as grandes ondas que mandavam outras menores sobre o navio, as quais se chocavam contra aquele convés e vários abaixo dele. O mar, não importava quão bravio, era preferível a terra, porque era capaz de fazer por ele o que a estática *terra firma* não podia: levá-lo para mais perto dos Estados Unidos e de Florence.

Durante a breve estada em Liverpool ele escrevia para Florence diversas vezes por dia, escrevia e reescrevia, para por fim contentar-se com algumas poucas linhas que não explicavam uma fração do que sentia, antes de remeter as cartas por correio aéreo com um simples e esperançoso "Aos cuidados da Universidade de Yale". Agora, no *Santa Clara*, ele dava continuidade ao hábito, pensando na esposa e no filho em cada minuto de cada hora. Durante as longas e tediosas horas de viagem tranquila, durante as conversas com os estrangeiros inimigos a bordo, alemães e italianos, muitos dos quais residentes na Grã-Bretanha havia décadas e que agora eram deportados para o Canadá — incluindo uma senhora de Frankfurt, de olhos marejados, que fazia questão de fazer uma mesura ao se referir ao "rei George" —, quando o sol nascia pela manhã e quando finalmente puxava as cobertas na escuridão de sua pequena cama de campanha, do começo ao fim do dia, ele pensava em sua nova e pequena família e em como acabou por perdê-la.

As horas longas e vazias permitiam que passasse e repassasse a estranha sequência de eventos que começavam com ele remando no Tâmisa em uma clara manhã de julho e o levavam àquele navio que atravessava o Atlântico menos de uma semana depois. Ele examinou minuciosamente aquelas últimas 24 horas em Oxford, concluindo que pouca coisa havia sido acidental. Grey admitira que a partida de Florence tinha sido fruto de um trabalho em equipe, que ele e seus conspiradores anônimos agiram juntos para garantir que ela partisse em segurança. De forma que pouco ou quase nada daquele dia havia acontecido como pareceu a princípio. James reavaliou tudo à luz da confissão de Grey. Aquela visita matinal de Virginia Grey e sua generosa sugestão de que visitasse a biblioteca Bodleian? Sem dúvida uma manobra dilatória, pensada para consumir horas cruciais quando ele de outra forma poderia estar a caminho de Liverpool. Uma lógica parecida certamente explicava por que alguém — Rosemary Hyde, talvez? — interceptara o cartão-postal em sua caixa de correio e o levara para o escaninho na faculdade, dessa forma mantendo James no escuro tempo o bastante para negar-lhe a chance de alcançar Florence e Harry antes que partissem. (Ele se perguntava por que Rosemary simplesmente não deu fim no cartão: talvez algum curioso senso de honra a tenha impedido, ou quem quer que fosse, de privar um homem da mensagem de despedida de sua esposa.) Quão elaborada havia sido essa estratégia de atraso? Ele suspeitava de que o quatro-olhos Magnus Hook provocara de forma deliberada aquela pequena colisão na Parks Road.

Quando não repetia mentalmente o passado imediato, ele se autoflagelava com o futuro possível. E se houvesse saído bem na hora, abandonado a Inglaterra dias ou semanas antes da invasão alemã? Era um ato desprezível, ele dizia a si mesmo, um ato de deserção, senão de pura traição. Ele pegara em armas para defender a Espanha, pelo amor de Deus, e apesar disso não esteve pronto para ficar e lutar por seu próprio país. Desertara a Inglaterra em seu momento mais sombrio. Era um rato saltando de um navio que ia a pique e odiava a si mesmo por isso. Quem se importava se ele não tinha passado no maldito exame médico do Exército? Haveria algo que pudesse fazer. E se tropas nazistas tentassem marchar para Londres, da mesma forma que os homens de Franco buscaram invadir Madri? James poderia ter atuado como instrutor, ensinado aos homens dos Voluntários da Defesa Local como fazer o que ele, Harry Knox e os outros soldados da XII Internacional fizeram no campus da Universidade de Madri. Poderia haver batalhas para defender a costa, tiroteios na praia de Southwold, guerra de trincheiras em Eastbourne — e ele poderia ter ajudado. E daí que um pedaço de papel o classificava como D1? Ele teria sido capaz de segurar uma arma e atirar com mais eficiência do que a maioria dos velhotes da VDL, de qualquer forma. Melhor do que o maldito Bernard Grey, pelo menos. A resistência britânica precisaria de todos os homens que pudesse ter, principalmente aqueles com experiência de combate. E ele estaria longe, em segurança do outro lado do Atlântico, pensando apenas em si mesmo.

Ainda assim, ele não hesitou em embarcar no *Santa Clara*. Sua principal missão era encontrar Florence e Harry. James não sentia que aquilo fosse um ato egoísta, mesmo que sua necessidade de reencontrá-los fosse esmagadora. Achava que era um dever, uma obrigação sagrada. James amava seu país e estava pronto para fazer qualquer sacrifício por ele. Mas se sentia exatamente da mesma forma em relação à sua família. Mesmo que ambos o houvessem rejeitado.

Ele revirou esses pensamentos por horas a fio. Alguns, especialmente os membros da tripulação, lamentavam o tédio, mas James não tinha essa queixa. Um presente da infância quacre: alta tolerância ao tédio. Além do mais, em pelo menos uma ocasião naquela viagem de dez dias houve um momento de alta carga dramática.

Aconteceu depois que o *Santa Clara* estava no mar havia pouco mais de quatro dias. Eles já haviam se despedido do navio de guerra escolta e agora estavam oficialmente desprotegidos e por conta própria. As autoridades haviam decidido que, àquela distância, estavam além do alcance das garras do inimigo. Um tripulante que havia se tornado o mais próximo de um amigo que James teve naquele navio — um polonês chamado Andrzej, 20 e poucos anos e anticomunista fanático — já tinha dado a dica de que algo estava acontecendo, de que a ponte de comando encontrava-se em estado de alerta. O rapaz passou a tratar James como um companheiro de armas depois que soube de sua experiência de combate na Espanha, com um respeito que o surpreendeu. Ele acreditava que Andrzej o veria como um comunista imundo por ter pegado em armas contra Franco. Mas, como lentamente passou a compreender, há um laço que une os homens que presenciaram a guerra e os separa daqueles que não a viram. Longe de dar a James uma satisfação presunçosa, isso o lembrava de que, no atual e necessário conflito, ele era um mero espectador.

Graças à advertência de Andrzej, James não ficou surpreso ao ouvir a ordem pelo sistema de som do navio, instruindo todos a bordo a descerem ou permanecerem imóveis no convés. Não deveria haver movimento visível.

Apesar da ordem, James ficou próximo a Andrzej, observou-o remover a coberta do canhão fixo a estibordo do navio. Estava tudo envolto em silêncio, como se a própria embarcação observasse e esperasse, então veio o som rangente e sibilante das caldeiras sendo alimentadas ao máximo, numa tentativa de acelerar para longe dali. Ainda assim, Andrzej mantinha as mãos no canhão. James estava com o colete salva-vidas, mas, ao contrário de um punhado de outros passageiros que permaneciam paralisados no convés em lugar de arriscarem sair do lugar e descer, a bravata o impediu de vesti-lo. Tudo que podiam fazer era aguardar, esperando que de alguma forma a ponte estivesse enganada, que não houvesse submarinos inimigos na área, que a ameaça, se de fato existiu, houvesse passado.

E então, a grande velocidade, houve um som espumante e assobiante abaixo. James se curvou sobre a amurada a tempo de ver um torpedo passar a poucos metros da popa. Segundos depois veio outro desses "peixes de lata", que passou a cerca de 6 metros do casco, certamente não mais do que isso.

Houve um grande solavanco, o navio se inclinou para o lado, mas não havia sido atingido. Andrzej explicou que foram salvos porque o torpedo apontou para cima, e não seguiu na horizontal, na última hora. James imaginou a cena, como uma foca de circo sentada nas nadadeiras traseiras, e agradeceu a sorte. Sua gratidão, ele se deu conta no momento em que a sentiu, não era pela própria vida ter sido salva — mas pela vida do marido de Florence e do pai de Harry ter sido poupada. Isso fazia algum sentido? Para ele, sim.

Subitamente, mãos no convés inferior passaram a lançar latas brancas no mar, as quais explodiam com uma vibração que fazia tremer a espinha, como se o navio acabasse de se chocar com uma pedra.

— Cargas de profundidade — explicou Andrzej.

O polonês esperou um pouco mais, concluindo por fim que o submarino era "covarde demais" para vir à superfície, sem dúvida porque os alemães acreditavam que o *Santa Clara* ainda estava sob escolta armada. Ele colocou a coberta de volta no canhão e desceu. James olhou para as mãos e viu que ainda tinha o punho cerrado no colete salva-vidas, o qual segurava desde que receberam a ordem pelo sistema de som do navio. Os nós dos dedos estavam brancos. Ao relaxar os dedos, viu que a palma da mão brilhava de suor, a tira do colete encharcada onde a agarrara.

Outros dois dias se passaram antes que vissem icebergs, o primeiro vislumbre de algo sólido depois de quase uma semana no mar. James imaginou como Harry — que sem dúvida havia passado por aquelas mesmas águas alguns dias antes — reagira à visão daquelas estruturas majestosas, quase míticas: montanhas de gelo branco reluzente, que adquiriam um brilho ofuscante à luz do sol. Alguns haviam se partido, seus fragmentos gigantescos adquirindo todo tipo de forma imaginável. Ele imaginou Florence apontando para aquelas mesmas lascas, comparando uma a um tubarão, outra a um submarino e aquela ali a um castelo de conto de fadas. Durante a hora seguinte, James abriu sua caderneta e escreveu um poema para o filho: "O dragão iceberg." Ele duvidava que tivesse qualquer valor literário, mas gostava de imaginar o momento em que o leria para Harry: via o menino rindo da história de uma gaivota azarada que pousa no que acredita ser gelo, apenas para ver a si mesma perdida na boca flamejante de um dragão.

Estavam no mar havia oito longos dias quando avistaram terra pela primeira vez, antes de por fim atravessarem o Estreito de Belle Isle e navegarem pela costa de Labrador e da Terra Nova. O estuário do São Lourenço era magnífico, estonteante com qualquer um dos lagos das Highlands: montanhas majestosas com clareiras apenas ocasionais nas encostas cobertas pela mata, um povoado de vinte e tantas cabanas de madeira ou casinhas brancas, com o pináculo de uma igreja se projetando acima delas.

Era bonito, mas James Zennor não tinha tempo para beleza. Quando o navio finalmente aportou em Quebec, dez dias depois de se arrastar para além da foz do Mersey, ele estava impaciente para colocar os pés no continente norte-americano e começar a etapa final de sua jornada. Apenas a fronteira entre o Canadá e os Estados Unidos e a viagem de trem para New Haven estavam no seu caminho agora. Logo ele chegaria a Yale e se juntaria à esposa e ao filho.

# CATORZE

LONDRES

Ela lhe voltava as costas agora, o claro sinal de que por fim estava saciada. Ele admirava sua pele pálida, mais pálida do que estava acostumado nas garotas americanas que tivera. Não que ela fosse uma garota havia pelo menos vinte anos. Senhora também não era a palavra certa, apesar de ser esse o termo usado pela maioria para se referir à esposa de um eminente parlamentar Tory. Mas na última hora e meia ela se comportara como a mais depravada das prostitutas.

Taylor Hastings deixou que o olho se demorasse em uma pinta escura abaixo da omoplata direita da mulher. Um sinal de nascença? Verruga? Uma pinta feita a lápis? Estava longe de ser a única. Na verdade, agora que olhava mais de perto, havia pequenas imperfeições por todo lado. A pele dos braços não era firme; as marcas de gestações passadas eram visíveis nos quadris e nas coxas. Muito diferente da carne jovem a que estava acostumado. Ainda assim, não se importava. Pelo contrário: a idade dela o excitava, de alguma forma confirmava a cada carícia que ele dormia com a mulher de outro homem.

Ela respirava fundo agora, caía em um sono pesado, exausto. Ela cansara o corpo dele, como sempre, mas não fora capaz de lhe acalmar a mente. O jantar havia terminado mais de três horas atrás, mas a emoção continuava viva.

Nos Estados Unidos eles sempre gostaram de falar de nomes importantes, e Taylor cresceu entre muitos em St. Albans e Princeton. Mas não nomes tão importantes quanto aqueles. Ele sorria ao pensar em quem havia conduzido as conversas daquela noite, agindo como um líder informal: ninguém menos do que o quinto duque de Wellington! O que me diz, pai? Isso bate o vice-subsecretário de Estado para Baboseiras do Oriente Próximo?

Ele se sentara ao lado de lorde Redesdale, pai das famosas irmãs Mitford.

— Você precisa conhecer minha filha — disse ele a Taylor alguns minutos depois de se cumprimentarem. — Não Decca, é claro, ela é louca. Vermelha como uma capa de toureiro. Mas Diana. Ela é leal.

Taylor viu diversos outros lordes — apesar de, aprendera naquela noite, você dever chamá-los de "pares". Havia um Galloway e um Agnew, embora ele suspeitasse de que um deles fosse Sir. Ou talvez cavaleiro.

Quem se importava que fosse confuso? Era magnífico. Tamanho resplendor reunido na mesma sala: jornalistas e editores de panfletos trocavam ideias com aristocratas e industriais eminentes. Assim, refletiu Taylor, devem ter sido os salões londrinos no século XVIII: homens de grande importância sentados a uma mesa de madeira reluzente, o ambiente carregado de riqueza e pedigree.

Mas não de confiança, notou Taylor Hastings. O marido de Anna, Reginald Rawls Murray, membro do parlamento por algum recanto da Escócia e cérebro por trás do Right Club, foi enérgico em seus esforços de elevar o moral, mas os rostos reunidos à sua volta permaneceram insistentemente graves.

"Churchill está nos fazendo bater em retirada" foi um comentário que ouviu mais de uma vez. A chegada de um novo primeiro-ministro e a saída de Chamberlain, humilhado depois do fracasso na Noruega, representava um golpe doloroso, talvez mortal, à causa deles: a campanha pelo que chamavam de "paz negociada e honrosa". Agora o principal belicista da nação estava em Downing Street, vendo a marcha de Hitler pela Holanda e a recente conquista da França como prova definitiva do que afirmara desde o princípio: que a Alemanha buscava a dominação global e não podia ser apaziguada, apenas derrotada.

Mas a ameaça de Churchill era bem mais direta do que isso. Ele não perdera tempo em identificar e prender supostos simpatizantes nazistas sob o temido Regulamento de Defesa 18B, uma manobra que enfraquecera tremendamente as fileiras do Right Club. Ao redor da mesa naquela noite estavam aqueles cujo status e posição transformavam-nos em peixes grandes demais para serem fisgados, ou que foram cautelosos ao se posicionarem como "antiguerra" em lugar de "pró-Hitler". Mas naquela noite, em particular e entre amigos, não havia necessidade de ocultarem suas verdadeiras opiniões.

Murray definiu o tom mais cedo, quando, numa tentativa de abrandar o mau humor reinante, pediu aos presentes que se juntassem a ele num coro do amado hino nacional extraoficial da Inglaterra. Ele começou murmurando a melodia de "Land of Hope and Glory", mas então, quando chegou a hora de cantar, pediu a todos à mesa que fizessem silêncio para apresentar sua nova letra alternativa:

*Terra de estupidez e judiaria*
*terra outrora livre e por si.*
*Todos ou judeus louvam a ti*
*enquanto a pilham bem aqui.*

Houve urros de aprovação e batidas na mesa, espalhando um largo sorriso no rosto de Murray. Encorajado, ele prosseguiu.

*Terra de financistas judeus,*
*lograda por mentiras judias.*
*Na imprensa, nos livros e nas telas*
*Esqueça o direito de nascença em que te fias.*

Aquele, entretanto, foi um dos poucos momentos de bom humor. O consenso naquela noite era que os judeus haviam ganhado mais uma vez, arrastando o país para a guerra — e que sugerir uma busca por paz enquanto Churchill saudava o "melhor momento" do país e falava na "Batalha da Inglaterra" era morte certa, senão suicídio. A guerra de mentira estava acabada; a guerra de verdade estava para começar. Opor-se a ela agora seria considerado traição.

Tudo isso contribuía para o clima pesado no Russian Tea Room. Murray era o único presente que permanecia tanto animado quanto firme na expressão de suas opiniões, confiante de que a sala abrigava apenas pessoas dignas de confiança e que o privilégio de sua cadeira no parlamento iria protegê-lo do abominável Regulamento 18B.

Os demais fizeram diversas observações de aversão e desespero.

— Há anos, tudo que valorizamos está em risco — comentou um homem com título, que podia ser um conde ou um visconde, mas cujo terno estava surpreendentemente amarfanhado. Ele recitou a lista: o império, os valores cristãos, a Inglaterra como terra de ingleses livres e apenas de ingleses livres. — Tudo isso há muito está sob ameaça: dos bolcheviques, de estrangeiros, dos donos das finanças internacionais. — Essa última frase foi proferida com um olhar astuto. — Mas essa guerra destruirá tudo, de uma vez por todas.

Por que então aquele abatimento não o atingira, questionava Taylor agora, com o relógio do criado-mudo se aproximando das três horas da manhã? Em parte pela emoção infantil de um jovem que tem a permissão de se sentar à mesa dos adultos: ele era décadas mais novo que qualquer um dos presentes. Em parte, por saber que depois da comida e do vinho saborearia a esposa do anfitrião, graças ao hábito de Murray de passar as noites de quarta e quinta-feira no clube.

Mas, principalmente, pela sensação vaga, ainda não totalmente formada até aquele momento, de que de alguma forma era imune ao pessimismo reinante na mesa. Ele tinha grande simpatia por aqueles britânicos, mas era um americano, e nos Estados Unidos o jogo ainda estava totalmente aberto. Para os EUA, ao contrário da Grã-Bretanha, ainda não era — para usar as duas palavras que vieram à tona vezes a fio no jantar — tarde demais.

Taylor buscou uma parte mais fresca da cama, movendo-se discretamente para não incomodar Anna, perguntando a si mesmo por um breve momento se Murray já fizera com a esposa o que ele acabara de fazer — e até mesmo se Murray ao menos já havia dormido naquela cama. Sem dúvida parecia haver um quarto separado para cavalheiros do outro lado do patamar. Talvez o simples fato de ser americano o deixasse mais otimista do que os demais convidados daquela noite. Não era isso que distinguia a maioria dos americanos, certamente os da sua idade, dos seus primos britânicos: a crença de que seus melhores dias estavam por vir, não no passado?

Não, era mais pessoal do que isso. No fim das contas, Taylor mantinha o bom humor mesmo quando todos à sua volta estavam cabisbaixos porque tinha uma sensação crescente — quase uma premonição — de que estava prestes a desempenhar um papel em eventos de grande relevância.

Isso já germinava dentro dele mesmo quando Taylor ajeitava os cabelos com brilhantina na Cadogan Square, esse senso de iminência, mas foi confirmado por Murray diversas vezes naquela noite. Esporadicamente, o velho dava uma piscadela na direção dele, algumas vezes com comentários obscuros: "Não é a mesma coisa para você, hein, Hastings?" Ou: "Você está num barco completamente diferente, não é verdade?" Na altura em que os copeiros levaram as travessas do prato principal — carne com um molho de aspecto mais exuberante do que o líquido marrom ralo servido nos pretensos restaurantes britânicos espalhados pela cidade — Murray já não deixara qualquer dúvida entre os presentes de que vira algo no jovem Taylor Hastings. Aquele jantar foi apenas o segundo encontro entre eles; o primeiro tinha sido aquele chá introdutório no Savoy com Anna. Apesar disso, Murray o tratava como um confidente. Quando todos os funcionários deixaram a sala, o parlamentar bateu em sua taça com a lateral da colher de sobremesa.

— Espero que todos tenham tido um jantar esplêndido — começou Murray, recebendo murmúrios de aprovação da mesa. — Como bem sabem, já demos boas-vindas ao nosso convidado, Taylor Hastings, das colônias. — Um sorriso cortês do americano. — Mas espero que concordem quando digo que esperamos que o jovem Sr. Hastings se torne mais do que um convidado em nosso país e mais do que um convidado em nossa causa. — Alguns "bravos!", incluindo um do duque de Wellington, o qual Taylor ficou satisfeito por notar.

"Então, por esse motivo, é com grande honra que presenteio o Sr. Hastings com uma filiação à nossa pequena sociedade. Ao aceitá-la, ele irá se juntar a nós nas fileiras daqueles que lutam pela Inglaterra. Ou melhor, pela verdadeira Inglaterra. E contra o verdadeiro inimigo. Não a nossa amiga ariana, a grande nação alemã, mas a raça que está em guerra com a Cristandade desde o princípio. Então permitam-me presentear o Sr. Hastings com a insígnia que o inclui como um valoroso membro do Right Club."

Houve aplausos quando Taylor se levantou e deu três ou quatro passos até onde Murray o aguardava de pé para saudá-lo. O parlamentar deu-lhe um forte aperto de mão e lhe entregou um broche de metal.

Hastings olhou para a peça de prata escovada. Trazia uma águia matando uma cobra ao lado de duas letras maiúsculas: "PJ".

— Quem é PJ? — perguntou Taylor sem pensar.

— Meu caro, você certamente conhece o lema do Right Club, que transmite o nosso propósito da forma mais enérgica. PJ significa "Pereça, Judá".

# QUINZE

*Minha querida Florence,*

*Sinto como se estivesse escrevendo para o vazio. Sei que você está nos Estados Unidos, sei que está em Yale. Entretanto, não faço ideia da sua situação, de onde ou como você está vivendo. A última vez que tive essa sensação foi há quatro anos, quando fui precipitado e estúpido e sabia apenas que você estava em Berlim. Sua decisão na época foi certa, apesar de eu ter precisado de tempo para enxergar isso. Entendo por que você não pôde ser direta e sincera comigo: havíamos acabado de nos conhecer. Mas agora somos marido e mulher e, ainda assim, você foi capaz de me ludibriar. Pode ser como Berlim outra vez: no fim, talvez eu veja que você estava certa e eu errado. Mas não é o que sinto no presente. Especialmente porque em Berlim era apenas o nosso romance — o nosso incipiente romance, você pode dizer — que estava em jogo. Agora há uma criança envolvida. Seu filho, sim, mas meu também...*

James amassou a folha de papel, transformando-a numa bola, e a colocou no bolso, para se juntar às outras cartas para Florence que escrevera e interrompera. Inflamadas demais, mesmo que a raiva estivesse sob controle. Ele a queria de volta, não queria? Bem, cartas como aquela não ajudariam. Ele rabiscou algo mais breve e simples, dizendo a Florence que procurava por ela e que não descansaria até estarem juntos novamente, mais uma vez endereçando a carta "aos cuidados da Universidade de Yale", da mesma forma como já fizera incontáveis vezes, fosse das docas de Liverpool, do porto de Quebec ou da Penn Station, em Nova York.

— New Haven, New Haven! Próxima parada, New Haven!

Era a terceira vez que o inspetor marchava pelo vagão fazendo o anúncio nos últimos vinte minutos. James estava pronto, com a mala fechada no compartimento acima de sua cabeça. Ele olhou mais uma vez pela janela, admirando o interior dos Estados Unidos. Nos diversos dias que passara a bordo de trens, pulando de Quebec para Montreal, Boston e agora, por fim, New Haven, ele se alternava entre duas impressões conflitantes. Mais frequentemente, ficava maravilhado com a vastidão, com a magnitude da América do Norte, onde tudo era mais amplo e mais alto do que na pequena Inglaterra. Estava acostumado a uma ou outra árvore grandiosa — havia uma no pátio de sua faculdade, inclusive —, mas ali era possível passar por florestas inteiras com árvores de tronco grosso, arranhando o céu, majestosas. As próprias nuvens pareciam ser maiores, em céus que se alargavam mais a norte, leste e oeste. Na América, Deus parecia pintar numa tela maior.

E então, com menor frequência, vinha a inesperada pontada de familiaridade. Talvez a culpa recaísse nas expectativas. Com alguma vergonha, ele admitia que havia imaginado uma terra de desertos, cactos, *saloons* e índios combativos, como via no cinema. Mas em Boston havia prédios elegantes de sólida pedra cinza que ficariam à vontade em Edimburgo ou Manchester. O trem parou em Providence e Mystic, nomes que pareciam saídos de um conto de fadas, mas também por

New London. Isso fazia com que o lugar fosse confuso: ao mesmo tempo extremamente parecido e diferente da Inglaterra.

E, é claro, a maior diferença não estava nos detalhes físicos que lhe chamaram atenção, os carros grandes como navios — incluindo um monstro azul com lateral de madeira que viu quando o trem seguia ao lado de uma estrada nos arredores de Boston, e que outro passageiro identificou como uma *station wagon* — ou os perenes chicletes mascados por carregadores e bilheteiros. A maior diferença estava no semblante das pessoas. Elas não eram tensas ou abatidas como costumavam ser na Inglaterra, mas expansivas e relaxadas: mães sorrindo para os filhos, homens de negócios fazendo as palavras cruzadas no jornal matinal, todos seguiam em frente com suas vidas, preocupados com as contas ou com cortar a grama, em lugar de temer pela própria sobrevivência do país. Ali, a guerra era tão distante que podia estar acontecendo em outro planeta.

Houve o som agudo de um apito, e o trem liberou uma nuvem de fumaça. O ritmo dos pistões diminuía; a locomotiva cessava o próprio movimento como um velho remador perdendo o fôlego no rio. Em meio às volutas de fumaça ele viu o nome na plataforma da estação: New Haven.

James sentiu o maxilar se contrair três ou quatro vezes em rápida sucessão, um movimento involuntário que costumava preceder qualquer regata no rio. Durante a longa viagem desde Liverpool e na jornada ao sul a partir do Canadá, ele não precisara preparar a si mesmo: podia pensar no passado e se concentrar em alcançar seu destino. Mas agora, ao descer do trem, ele tinha chegado. New Haven era o endereço de Yale, o que significava que Florence estava ali. Agora, era bem possível que topasse com ela a qualquer momento; ela podia até mesmo estar na estação. James viu um balão, o barbante segurado por um menino com a mesma idade de Harry. Ao lado dele havia uma mulher que comprava algo em um carrinho. (James estreitou os olhos para ler a placa que dizia "Pretzels", uma palavra que nunca vira e que era incapaz de pronunciar.) Ela não tinha a altura de Florence — poucas mulheres tinham —, mas a visão de uma mãe e seu filho e a possibilidade de que, logicamente falando, pudessem ser Florence e Harry o golpeou com força. Ele desviou o olhar.

Apenas naquele momento voltou sua atenção para a estação, o teto quase tão alto quanto a de St. Pancras, em Londres. Mas enquanto tais lugares na Inglaterra eram permanentemente sombrios e sujos — a sujeira exacerbada por quase um ano de guerra —, aquele era limpo e elegante. O teto, do qual pendiam belos candelabros, era ricamente decorado em complexos padrões dourados. Até mesmo os túneis que levavam às plataformas da estação eram cobertos de aço inoxidável reluzente. Não pela primeira vez ele sentiu que trocara a Inglaterra, o país-mãe envelhecido, pelos Estados Unidos, o jovem e vigoroso filho.

Depois de colocar a última carta numa caixa de correio azul, olhou para a anotação que fizera na caderneta. *459 College Street.* Foi ali que Grey providenciou hospedagem para ele, uma adição final à lista de exigências que James impusera ao diretor da faculdade em troca de silêncio. Ele pediu orientações a um carregador, lutando primeiro para ser entendido e depois para entender, apesar da língua em comum.

Como levava apenas uma mochila conseguida em Liverpool, o peso da bagagem era tão pequeno que ele seria capaz de seguir a pé. Uma breve caminhada George Street acima o levou até a College Street, e, ao entrar à direita, estava no bairro universitário. O que viu o surpreendeu. James esperava um lugar que transbordasse a modernidade dos anos 1940, uma paisagem de *Flash Gordon* com torres reluzentes, formas estranhas e linhas curvas.

É verdade que os carros mais uma vez o deixaram boquiaberto. Máquinas enormes e volumosas que se moviam como feras poderosas da floresta, hipopótamos ou rinocerontes que passariam por cima de qualquer criatura descuidada o bastante para entrar em seu caminho. Mas a universidade em si parecia enraizada no passado de Oxford.

As ruas eram ladeadas de arcos e muros de pedra neomedievais, pontuados por igrejas com campanários e pináculos góticos, como se ao movimento da varinha de um mago toda uma cidade universitária inglesa do século XIII houvesse sido transportada através do oceano e fixada naquele continente. Ele espiou um prédio qualquer (poderia se chamar Calhoun, mas ele não estava registrando os nomes). Havia um pátio, dotado inclusive de um gramado impecável. Dois homens altos e louros passaram por ele, ambos carregando raquetes, exatamente como fariam seus equivalentes da Inglaterra. Passou pela entrada grandiosa e seguiu até uma torre que claramente aspirava a ser um castelo, com o lema *Lux et Veritas* entalhado em pedra clara. Talvez um especialista fosse capaz de perceber, numa inspeção mais cuidadosa, que prédios como o Bingham Hall ou a Capela Battell eram do século passado ou mesmo do atual, e não de setecentos anos antes. Mas aos olhos do leigo a ilusão era completa.

James olhou para o outro lado da rua, vendo aliviado o número 459 — não no prédio vizinho com arcada, mas em uma casa em estilo colonial relativamente modesta, de madeira clara. Ele esperava que Grey o instalasse em um dormitório da universidade, como alguns dos professores assistentes mais jovens em Oxford. A última coisa de que James precisava era de conversa fiada com acadêmicos, que fariam perguntas desconfortáveis sobre sua "área de pesquisa" em Yale. Pelo breve tempo que esperava passar ali, um quarto numa pensão anônima com refeições regulares estaria ótimo.

Mas o conforto dessa ilusão não persistiria. Uma batida à porta, atendida por um mordomo — que, para grande surpresa, era um negro de meia-idade — logo revelou que aquilo não era uma pensão, mas o Elizabethan Club. Com suas poltronas de couro bastante gasto, do mesmo tom das cotoveleiras que o pai de Florence passara a usar nos paletós de tweed em respeito à frugalidade dos tempos de guerra, e lareira bem abastecida, mesmo naquele dia quente e úmido do auge do verão, o lugar poderia ter sido arrancado de Oxford, transportado pelo ar sobre o Atlântico e largado, inalterado, naquela rua de New Haven, Connecticut.

O mordomo perguntou o nome de James e disse que aguardava sua chegada. Ele se desculpou e disse que o Dr. Zennor precisaria se instalar no quarto do copeiro, visto que não havia mais acomodação disponível no clube. James precisou de algum tempo para se dar conta de que o mordomo não se referia a algum pavilhão esportivo, mas àquela casa. Ao subir bufando as escadas, o criado ofereceu um resumo da história do "Lizzie", fundado havia quase trinta anos por um aluno rico que ansiava por um pequeno oásis de tranquilidade onde estudantes com inclinações literárias pudessem conversar sobre artes e afins. Ele parou no patamar para apontar o cofre onde o clube mantinha sua coleção inestimável de volumes de Shakespeare, incluindo uma das três cópias sobreviventes do *Hamlet* de 1604. James imaginou os membros seletos do Lizzie como os correspondentes americanos dos privilegiados e presunçosos alunos da Christ Church ou da Magdalen, as quais ele fez de tudo para evitar quando era um calouro nervoso e ingênuo que acabava de descer do trem de Bournemouth. Não fazia tanto tempo assim, no fim dos anos 1920; mas parecia ter sido em uma era diferente.

O quarto, entretanto, era monástico em sua simplicidade. Havia uma cama, uma cadeira, uma escrivaninha, uma bacia e não muito mais. O ascetismo o chocou, mas ele se perguntou brevemente acerca dos motivos de Grey. Será que punia James com aquele quarto no sótão ou deliberadamente o queria afastado do coração da vida em Yale, para que conhecesse menos gente — e guardasse seu segredo para si mesmo?

James sentou na cama e matutou por onde deveria começar. Era domingo, o que tornava impossível ir até um prédio administrativo e perguntar onde poderia encontrar as famílias de Oxford. Se estivesse em Oxford, ele escolheria uma faculdade ao acaso, entraria e perguntaria a um porteiro. Afinal de contas, os porteiros são as pessoas mais bem-informadas da universidade.

Ele jogou um pouco de água no rosto e desceu as escadas, dois degraus de cada vez. Descia a College Street, decidido a parar na primeira faculdade que aparecesse — o mordomo disse que havia dez entre as quais escolher — quando ouviu uma melodia que vinha do outro lado da rua, o som universalmente familiar de um coral de igreja.

Entre as mães de Oxford, deveria haver pelo menos uma devota o bastante para estar ali, talvez para agradecer a travessia em segurança do Atlântico. Não Florence, é claro; ela não seria vista nem morta numa igreja. Mas alguém que, ao escutar James se identificar, poderia sorrir e dizer algo como: "Ah, sim, vi o pequeno Harry essa manhã mesmo. Eles estão morando a dois minutos daqui; eu mesmo posso levá-lo se quiser."

Ele subiu correndo os poucos degraus que levavam à porta e entrou. Para sua surpresa, a igreja estava lotada, cada espaço nos bancos de madeira tomado. Nenhuma igreja em Oxford teria público como aquele num domingo quente de julho. Talvez fosse àquilo que os especialistas se referiam quando diziam que os Estados Unidos eram um país fundado pelos "protestantes dos protestantes" — pessoas extremamente religiosas cujo fanatismo, ao que parecia, sobrevivia.

James ficou de pé no fundo, próximo à porta, subitamente constrangido. Deveria fingir ser um fiel que havia se atrasado, mas tinha motivos sinceros para estar ali? Ou passar por um turista que havia ido até a igreja para admirar as paredes e colunas com detalhes dourados ou a cúpula acima do altar, um hábil meio-termo entre a grandeza e a modéstia?

James rapidamente correu os olhos pelos rostos à sua frente e não reconheceu nenhum. Não que isso fosse uma sentença de que ninguém ali era de Oxford: poderia haver muitas pessoas de lá, ele apenas não as conhecia. Praguejou consigo mesmo contra os hábitos que adquiriu desde que voltou da Espanha. Ele foi um aluno relativamente sociável, que evitava a turma dos aristocratas, mas era simpático com os demais. Era popular no clube de remo; os amigos de Daisy sempre gostaram dele. Mas depois do seu retorno, ele se tornou introvertido; não se dava ao trabalho de lembrar nomes, mal distinguia os rostos. E agora, quando precisava da ajuda de alguém que lhe fosse familiar, pagava o preço.

A música terminou, e um clérigo assumiu seu lugar no púlpito. Tinha cabelos brancos e 60 e poucos anos, pelas contas de James, e parecia ser mais sincero do que severo. O homem pigarreou, então falou numa voz inesperadamente forte.

— Meus amigos de Yale. Fico feliz por ver tantos de vocês aqui. Prova, acredito, de que tiveram uma semana tão cheia de pecado que acorreram para cá em busca de perdão. — Uma onda de risadas simpáticas. — Bem, vocês são todos bem-vindos. Essa é a casa de Deus, o que significa que é a casa de vocês também. Bem-vindos, bem-vindos.

O estilo de pregar do homem também foi uma surpresa. Ele era muito mais informal do que qualquer vigário que James já tinha ouvido na Inglaterra. Até mesmo sua postura parecia ser mais relaxada, como se usasse sapatos mais confortáveis.

— Vocês já ouviram a lição que lemos mais cedo. De Isaías. — Houve o som de páginas de papel fino sendo viradas enquanto muitos na assembleia consultavam suas bíblias. Então a voz do vigário retumbou, a palavra de Deus proferida com sotaque americano. — "E ele julgará entre as nações, e repreenderá a muitos povos; e estes converterão as suas espadas em enxadões, e as suas lanças em foices; uma nação não levantará espada contra outra nação, nem aprenderão mais a guerrear." — O homem fez uma pausa, deixando que as palavras surtissem seu efeito, então voltou a falar. — Não acredito que possamos argumentar com essas palavras. Acredito que o significado delas é claro como um regato cristalino: "nos últimos dias", quando estivermos próximos à redenção, colocaremos de lado as armas de guerra. Elas não desempenham qualquer papel na Segunda Vinda de Jesus Cristo, nosso Senhor. Se quisermos ser dignos da Sua volta, se quisermos viver a vida como ela deve ser vivida, então devemos começar agora, transformando espadas em arados e lanças em foices. Semearíamos comida, em vez de morte. Molharíamos a terra com a doce chuva de Deus, não com sangue do nosso semelhante.

Houve o enfático "amém" de alguns presentes e o indiscutível silêncio dos demais. James lentamente se dava conta de que aquele não era um culto de domingo qualquer. O pregador baixou os olhos para o púlpito, um claro sinal de que seu sermão chegava ao fim.

— Fui capelão aqui a maior parte da última década. Vocês me conhecem bem e conhecem minhas opiniões. Elas são mais bem resumidas não em palavras, mas na ação eloquente do nosso Senhor. Uma pequena ação, é verdade, mas uma ação que ainda é tão radical, tão revolucionária. Esbofeteado em uma face, Jesus não revidou. Não, ele não revidou. Em lugar disso ofereceu a outra. E é assim, com essa ação que é tão pequena mas tão grandiosa, que abolimos a guerra. Mesmo quando instigados, e sim, nossas consciências são instigadas pela violência na Europa, resistiremos à ânsia de derramar mais sangue. Não combateremos a guerra com guerra. Como disse Isaías, não aprenderemos mais a guerra.

Aquelas palavras eram muito familiares a James. De quantas reuniões de quacres ele havia participado nas quais o orador, muitas vezes seu pai, repetia aqueles mesmos argumentos, citando as mesmas fontes? A única diferença desta vez, além do sotaque e do carisma do orador, emanava da assembleia. James estava acostumado a ouvir a defesa do pacifismo em uma sala cheia de pacifistas. Ali, no entanto, estava um homem que pregava para uma plateia que, obviamente, estava longe de ser convertida. O pastor tinha os seus apoiadores, mas o tempo todo havia um murmúrio baixo e mudo de descontentamento que era inegável. E agora o pregador se preparava para dirigir-se a ele.

— Como eu digo, vocês conhecem as minhas opiniões. Não precisam ouvi-las outra vez. E eu sei que a comunidade acadêmica de Yale não é unânime quanto a esse tópico, que nossa comunidade de acadêmicos vem debatendo essa questão intensamente. É assim que deve ser. E quero que o debate viva aqui, na casa de Deus. Afinal, como nos dizem os textos sagrados, "Essas e também aquelas são as palavras do Deus vivo". Essas *e* aquelas. Sempre existe mais de um ponto de vista. E é por isso que hoje compartilharei meu púlpito. Convidei o Dr. Ernest West do Departamento de Filosofia para falar sobre a teoria da guerra justa. Não que eu acredite que tal coisa possa existir... — Ele se conteve com um sorriso. — Perdoem-me, estou acostumado a ter o espaço só para mim. Dr. West, por favor, venha e fale para a assembleia.

James observou quando o salão pareceu se transformar, uma onda de energia o atravessando. Alguns sentaram mais para a frente no banco, outros se recostaram e cruzaram os braços num gesto mal-humorado de reprovação.

O novo homem no púlpito era mais jovem e inseguro. Ele agarrava um texto, que tremia ligeiramente em suas mãos.

— Gostaria de agradecer ao pastor Theodore Lowell por me receber aqui hoje — começou ele, como se falasse para a madeira do púlpito. — E venho até vocês diminuído pela dimensão da minha tarefa. Quero persuadi-los de que o lugar certo dos Estados Unidos da América é ao lado dos europeus que lutam por suas vidas e contra a tirania de *herr* Hitler e seu Terceiro Reich!

— A América em primeiro lugar!

James se virou para a esquerda à procura do autor do grito, mas a acústica o confundira. A voz poderia ter vindo de qualquer um dos bancos de madeira naquele lado da igreja. Ele olhou para a frente e viu que o orador também estava confuso, pego de surpresa pelo que tinha ouvido. O Dr. West se concentrou e ergueu os olhos para encarar a plateia.

— Você diz "a América em primeiro lugar" e eu entendo. Concordo com isso. Os Estados Unidos sempre devem colocar seus interesses em primeiro lugar. Mas digo a vocês, essa guerra diz *sim* respeito aos nossos interesses. Agora apenas a Grã-Bretanha está entre nós e a ameaça nazista. Se a Grã-Bretanha falhar, a Alemanha terá o controle do Atlântico. Podemos acordar a qualquer semana, a qualquer dia, com navios de guerra nazistas no porto de Boston e submarinos U-boat na costa de Nova York.

Aquilo calou o inoportuno, e o silêncio na igreja pareceu pegar o orador de surpresa.

— E nos lembremos que a Alemanha não estará sozinha nesta parte do mundo. Ela tem amigos no México, na Argentina e em toda a América Latina. Apenas imaginem do que Hitler seria capaz com uma rede de bases militares espalhadas por esse continente. Eu digo a vocês, nós estaríamos diante da mesma ameaça agora enfrentada pelos nossos primos britânicos: bombas. A *blietzkrieg* pode vir do sul, com bombas alemãs caindo em San Diego, Houston ou Miami, ou quem sabe até mesmo Chicago. Então eu coloco os Estados Unidos em primeiro lugar. Coloco a segurança do nosso país em primeiro lugar.

James percebeu que a voz do homem estava menos tensa agora; ele começava a ganhar confiança.

— É por isso que temos um interesse direto, vital, em garantir que a Europa não seja engolida pela tirania nazista. Os Estados Unidos não podem existir sozinhos desse lado do Atlântico, escondendo-se do mundo.

— Belicista! — interrompeu a mesma pessoa ou outra, James não sabia dizer. Mas agora houve alguns gritos em resposta.

— Cale a boca!

— Viemos aqui para ouvi-lo, não você!

James notou que o pastor não fez nada para impor ordem em sua igreja, mas observava a cena com um sorriso indulgente. O Dr. West escolheu ignorar a última interrupção e prosseguiu.

— Não podemos nos esconder. Precisamos da Europa. Não apenas para comprar nossos produtos. Mas devo dizer que os Estados Unidos só serão a principal potência do século XX se vendermos e comprarmos do resto do mundo. E não haverá comércio com o império de *herr* Hitler. Não, precisamos da Europa que acredita nos mesmos ideais em que nós acreditamos.

— O nosso ideal deve ser a paz!

— É claro que sim. Mas não podemos fazer um pacto com o diabo. E devemos ter consciência do tipo de inimigo com que nos defrontamos. "Conhece teu inimigo", é o que a bíblia nos diz, não é, pastor Lowell? E não há como negar que temos diante de nós um novo e terrível inimigo em Adolf Hitler e seu partido nazista. Os Estados Unidos não serão capazes de viver num mundo onde tamanha brutalidade reina suprema. Como o presidente Roosevelt...

— Rosenfeld!

— Como o presidente *Roosevelt* afirmou de forma tão incisiva, é uma ilusão, uma fantasia, acreditar que podemos deixar que os Estados Unidos se tornem, nas palavras dele, "uma ilha solitária num mundo dominado pela filosofia da força". Os nossos ideais como americanos, os mesmos ideais iniciados por nossos Pais Fundadores...

— "Cuidado com questões estrangeiras", foi o que Washington disse!

— Eu sei o que ele disse, você não precisa gritar essas palavras para mim. Mas esses são tempos diferentes. Não havia então ameaça semelhante à que enfrentamos hoje, um ditador determinado a dominar o mundo.

Houve mais comoção agora. Quando um pequeno grupo à direita de James tentou iniciar um coro de "América em primeiro lugar!", ele lutou contra o impulso de se levantar, ir até o púlpito e fazer ele próprio um discurso. Aquelas pessoas não tinham ideia do que acontecia do outro lado do oceano? Ele deixou um país em guerra, seus homens já na frente de batalha ou se preparando para defender a pátria. Um lugar mergulhado na escuridão completa à noite, onde pessoas, incluindo ele, cavavam buracos no jardim para se abrigarem das bombas, onde até mesmo uma criança de 2 anos como Harry era orientada a usar uma máscara de gás caso Hitler tentasse encher o ar de veneno, onde o inimigo estava a poucos quilômetros de distância — apenas 22, na verdade, entre Dover e Calais.

Todavia, ali em New Haven a guerra era tema de debate, com argumentos favoráveis e contrários. Era exatamente o mesmo na Grã-Bretanha três ou quatro anos antes, quando Chamberlain acreditava ser capaz de apaziguar Hitler. Houve debates como aquele, muitos, na Oxford Union e por todo o país, com jovens contra e a favor da luta pelo "rei e a pátria" e tudo mais. Mas não mais. Esse debate estava encerrado.

Nos Estados Unidos, entretanto, ali naquela capela, o debate apenas começava. James subitamente teve consciência, com mais força do que nunca, de que a Grã-Bretanha de fato estava sozinha. Stalin e a União Soviética haviam se tornado aliados de Hitler; a Itália tinha declarado guerra à Grã-Bretanha havia apenas algumas semanas; França, Bélgica, Holanda e Luxemburgo já haviam sucumbido aos alemães. E os americanos ainda debatiam entre si.

Aquilo ocorreu a James com força súbita, dolorosa. A Grã-Bretanha estava em vias de extinção. Se o povo quisesse sobreviver, se não tinha intenção de viver sob a brutalidade da Gestapo, precisaria se defender da ameaça alemã com as próprias mãos.

Ele não esperou que o orador terminasse. O professor que discutisse com os mais exaltados se a defesa da guerra feita por Roosevelt era ou não uma manobra para aumentar o poder do governo federal.

Ao se levantar para sair, viu de relance algo que o fez parar. Ele reconheceu alguém. Um rosto, logo ali, e então nada. Ele vasculhou a assembleia mais uma vez, apenas para ver o que já vira antes: o mesmo mar de rostos indistintos, desconhecidos. Mas o vago senso de reconhecimento, alguém registrado na sua visão periférica, permanecia. Ele esticou o pescoço para ver ao redor de uma pilastra, mas não encontrou nada.

Tão silenciosamente quanto entrou, James recuou até a porta da capela e saiu.

# DEZESSEIS

A batida de leve à porta não o acordou, mas a oferta de uma xícara do "chá de Lizzie" era bem-vinda. Ele tinha acordado cedo, aliviado por ser segunda-feira: os escritórios estariam abertos, e tudo que precisava fazer era encontrar a secretária certa, em frente ao arquivo certo, que habilmente procuraria na lista de crianças de Oxford e suas novas casas temporárias. E logo depois disso, ele dizia a si mesmo, teria Florence e Harry de volta em seus braços. Hoje seria o dia em que iriam se reencontrar. O que dizia a si mesmo era que a parte mais difícil — o choque, a separação, a longa travessia do Atlântico — chegaria ao fim. Se Florence veria a situação dessa forma, se o abraçaria imediatamente como se nada tivesse acontecido, se o simples fato de ele ter feito a longa jornada até ali anularia as dúvidas que a afastaram... Nessas perguntas James preferia não se demorar.

Ele se lavou e se vestiu rapidamente, então pegou orientações sobre como chegar ao Old Campus, um quarteirão de gramados e prédios coloniais de tijolos vermelhos que não eram nem novos nem antigos segundo os padrões de Oxford, mas sim de um estilo colonial oitocentista inspirado na Inglaterra. Ele encontrou o prédio administrativo e entrou, seguindo as placas.

O gabinete do decano possuía uma sala externa espaçosa o bastante para abrigar duas secretárias, a qual, notou James, provavelmente tinha o dobro do tamanho do gabinete de Bernard Grey. Ele pigarreou e anunciou a si mesmo.

— Olá, meu nome é Dr. James Zennor, estou aqui com uma bolsa de estudos da Universidade de Oxford — começou, tentando dar seu sorriso mais charmoso. — Vim para falar a respeito das crianças de Oxford.

Para seu grande alívio, a mulher — 40 e poucos anos, com cabelos castanhos escuros tão imóveis que pareciam esculpidos em pedra — retribuiu o sorriso. Confiante, ele explicou a situação, que sua esposa e seu filho estavam entre os refugiados e que viera se juntar a eles. Tendo aprendido a lição em Liverpool, perguntou se a mulher poderia consultar os arquivos e informá-lo onde a Srta. Florence Walsingham, ou Sra. Florence Zennor, estava hospedada.

O sorriso implacavelmente profissional da secretária não fraquejou.

— Sinto muito, mas isso não será possível, Dr. Zennor. Esses documentos são estritamente pessoais e confidenciais.

Ele esperava por aquilo.

— É claro. Eu não pediria que divulgasse os detalhes de ninguém a não ser da minha família. Aqui está meu passaporte, para que não reste dúvida quanto ao meu nome. Se minha esposa estiver aqui com o nome de casada, será uma simples questão de conferir o meu nome nos seus registros. Eu posso aguardar. — Era um esforço resistir ao impulso de empurrá-la para o lado e vasculhar os arquivos ele mesmo, mas James forçou-se a recuar alguns passos, deliberadamente relaxado.

— Senhor, talvez eu não tenha sido clara — retrucou a secretária, o rosto ainda congelado em um ricto de aparente prazer. — O decano deu instruções muito específicas: as crianças de Oxford e seus pais são convidados de Yale, e, portanto, não podemos divulgar qualquer informação pessoal.

— Mas eu sou um dos pais! Sou o pai de Harry. Harry Zennor. Apenas confira sua lista. — Ele cerrou os dentes numa tentativa de manter a compostura. — Por favor.

— Dr. Zennor. Se o senhor puder escrever para o decano, tenho certeza de que ele...

— Ah, você precisa que ele dê a autorização. Entendo. Bem, talvez eu possa falar com ele agora, se ele estiver disponível. O decano, quero dizer.

— O que eu ia dizer era que se o senhor escrever para o decano, ele poderá fazê-lo entender o que já tentei explicar.

— Posso falar com o decano, por favor? — A temperatura do sangue de James começava a subir, ele o sentia começar a borbulhar.

— Sinto muito, senhor, mas o decano está ocupado.

James avançou, ameaçador.

— Ele está atrás daquela porta, não está?

— Senhor, precisarei pedir que se afaste da mesa.

— Agora você vai me ouvir — disse James curvando-se sobre a mesa. — Acabo de atravessar o Atlântico, viajei do Canadá até aqui. Quero ver a minha esposa e o meu filho. É só.

— Por favor, senhor. Afaste-se. Caso contrário terei que pedir que seja retirado do prédio.

A mulher se levantou e recuou rapidamente para a mesa vazia às suas costas, onde levou a mão ao telefone e, de costas para James, falou apressada. Ela parecia estar genuinamente assustada.

James recuou, ciente de que havia ido longe demais, de que tinha estragado tudo. Quando a porta mais distante abriu, não ficou surpreso ao ver um homem grandalhão entrar num uniforme barato. Instintivamente, James ergueu as mãos, mostrando as palmas num gesto de rendição, e seguiu para a porta.

Já do lado de fora, à luz do sol, ele quis urrar de fúria, quebrar uma janela com os punhos, tamanha era a sua frustração.

Ele se afastou apressado, tentando formular um plano. A luz no fim do túnel era que claramente havia ido ao lugar certo; a secretária de sorriso engessado não olhou para ele confusa, como poderia ter feito: ela sabia da existência das crianças de Oxford. A má notícia era que as instruções dela foram claras e inequívocas, como se ele houvesse pedido que divulgasse um segredo de Estado. James se perguntava por quê.

Ele descia a College Street; passou pelas fachadas de tijolos da faculdade e então por uma procissão de lojas de aparência moderna, como se saltasse do século XVIII para o XX. Ele parou em uma farmácia que anunciava uma "máquina de refrigerante". Já vira uma em um filme, mas mal podia acreditar que fosse verdade. Ele entrou.

O lugar, que não apenas vendia medicamentos, estava cheio de estudantes, que bebericavam milk-shakes ou tomavam café. James se sentou a uma mesa de frente para a janela e olhou para as opções no cardápio que tirou de um suporte com saleiro e pimenteiro: ovos fritos, mexidos, cozidos ou pochê; uma omelete de três ovos; panquecas com calda de blueberry opcional; cheesecake, bolo, torta de nozes. E por aí vai, a promessa de um banquete com pratos transbordando de comida e copos cheios até a borda, suficiente para encher a pança dos clientes mais famintos e gulosos. Uma omelete de três ovos! Três! Era a ração de onze dias em um único café da manhã. E como seria comer um bolo preparado com manteiga de verdade? Ele mal conseguia lembrar o gosto dessa delícia.

Próxima à porta havia uma pilha de jornais: o *Yale Daily News*. A matéria de capa tratava da aposentadoria do treinador do time de futebol americano da universidade; apenas mais abaixo e com bem menos destaque havia uma matéria relacionada à guerra. Em Havana, acontecera uma conferência com todos os governos do hemisfério ocidental, aparentemente para discutir seu interesse comum por "neutralidade". Neutralidade? Aquela palavra lhe causava repulsa. Os nazistas avançavam com fúria: ser neutro era simplesmente sair do caminho deles. Você salvava a própria pele e outro era esmagado.

Um pensamento enervante lhe ocorreu então: ele estava tão sozinho naquele país quanto a Grã-Bretanha estava sozinha no mundo.

Apesar de estar com fome, James ignorou a garçonete que vinha em sua direção, levantou e saiu, sentindo-se enojado. Ele continuou a caminhar até ser atraído por uma placa que prometia "Cachimbos, tabacos e charutos importados". Chamava-se Owl Shop, e também parecia ter um bar. Apesar de ainda não serem nove e meia da manhã e de duvidar que servissem bebidas de verdade, James subitamente estava desesperado por uma. Mas um cigarro seria um bom prêmio de consolação. Entrou e comprou um maço de Pall Mall.

Acendeu um imediatamente, tragando a fumaça para os pulmões; então, no momento em que devia expirar, inspirou mais fundo — um truque que aprendeu com Harry Knox e havia esquecido — e olhou para a frente, contemplando o vazio com a nicotina serpenteando pelo seu corpo.

— Posso ajudar, senhor?

Era um homem atrás do balcão. Sem perceber, James o encarava. Mas agora via o quão jovem era o barman. Magro e com o rosto cheio de espinhas, ele mais parecia um colegial.

James saiu do devaneio proporcionado pelo cigarro e perguntou:

— Você trabalha aqui?

— Como?

— Desculpe. É que você me parece muito...

— Sim, senhor. Preciso trabalhar enquanto curso a faculdade. Três manhãs e cinco noites por semana. — James não trabalhou nos tempos de estudante de graduação em Oxford, apenas durante as férias: vendia sorvete na praia de Bournemouth. — O senhor gostaria de beber alguma coisa?

James fez que não. Pegou um exemplar do *New Haven Evening Register* esquecido no balcão e passou a folheá-lo ansioso à procura de notícias da guerra. Havia uma matéria curta sobre o duque de Windsor, "antigo rei Eduardo VIII da Inglaterra", como colocava o jornal, e seu novo cargo como governador das Bahamas. Já vai tarde esse maldito apaziguador, pensou James.

Quando terminou o cigarro, ele se recriminou por cair na primeira barreira, por ameaçar a secretária e guardiã dos arquivos de Oxford que encerravam o segredo da localização da sua esposa. Que idiota. Rosemary Hyde estava certa: o temperamento dele se transformara num empecilho. Ele era incapaz de se controlar, mesmo quando precisava fazer isso desesperadamente. O que diabos podia fazer agora?

Ele ergueu a cabeça, inadvertidamente voltando a fazer contato visual com o barman. O rapaz sorriu, então olhou para o velho relógio de madeira manchada de fumaça de cigarro na parede. Contando as horas para o fim do turno, pensou James, conheço bem essa sensação...

Espere um pouco. James olhou para o relógio. Valia a pena fazer ao menos uma tentativa.

Ele se instalou num muro baixo do outro lado da rua. Daquela forma, ele calculava, conseguiria ficar de olho no prédio administrativo sem ser óbvio demais. Tinha o jornal, mas além disso tinha muito pouco com que se distrair. Mesmo um banco de parque teria sido útil; dessa forma, poderia ao menos fingir que descansava ou tirava um cochilo. Ele não tinha um motivo visível para estar ali, à toa.

Então ele passou a andar de um lado para o outro, observando as entradas dos outros prédios, esperando as horas passarem — sem jamais desviar o olhar por um segundo que fosse da porta que vigiava. Em certo ponto, o porteiro que o colocou para fora mais cedo saiu carregando uma caixa, como se fosse fazer uma entrega. James rapidamente virou de costas e levantou o jornal.

Por volta de 45 minutos depois, pouco antes do meio-dia e meia, a secretária emergiu. Ela tinha o caminhar empertigado e decidido de uma mulher que fez aulas de postura. James se lembrou de Eileen fazendo uma demonstração para ele em seu quartinho em Oxford, exagerando as costas eretas e os passos curtos, recatados, os dois rindo das exigências absurdas de uma faculdade de secretariado para mulheres.

Ela entrou à direita na Elm Street, mas James esperou até que estivesse completamente fora de vista. Nunca se mova rápido demais, era o que dizia Jorge. *Considere a possibilidade de que um alvo se vire para uma última olhada; que até mesmo volte, acreditando ter esquecido alguma coisa. A não ser que a urgência seja enorme, dê a si mesmo espaço para o erro.* Então James observou o segundo ponteiro do relógio dar uma volta completa antes de dobrar o jornal e caminhar confiante na direção da entrada, aproximando-se do gabinete do decano como se estivesse ali pela primeira vez. Quando chegou à antessala, para seu grande alívio, viu que seu palpite estava certo: agora era a segunda mesa que estava ocupada, por uma secretária diferente. Assim como o barman adolescente, elas trabalhavam em turnos.

Tentaria uma abordagem diferente dessa vez.

— Boa tarde — disse em voz baixa. — Sou bolsista do Departamento de Psicologia. — Ele manteve os olhos baixos, pensando em Magnus Hook e companhia, os acadêmicos socialmente ineptos e hesitantes que sem dúvida eram uma espécie tão comum em Yale quanto em Oxford. Esperava que a mulher não percebesse seu sotaque, enterrado na linguagem acadêmica internacional dos murmúrios.

— Sim? E como posso ajudar?

— Meu departamento está interessado em realizar uma pesquisa sobre os efeitos da... — Ele hesitou, lembrando do livro que encontrara na Bodleian, o livro consultado por Florence. — Estamos pesquisando os efeitos de uma longa separação nas crianças. Essa é uma área de interesse há muitos anos, mas acreditamos que agora temos os pacientes ideais. Bem aqui em Yale.

— Sinto muito, não lembro o seu nome. — Em vez de um sorriso congelado, a testa dessa mulher estava franzida, demonstrando certo interesse intrigado.

— Meu nome é Zennor — disse James, em um murmúrio que ele esperou ser praticamente inaudível. — Gostaríamos de conversar com as mães de Oxford sobre a possibilidade de seus filhos participarem de uma pesquisa. Nosso objetivo seria entrevistar as crianças a princípio, então, em intervalos posteriores...

— Parece ser uma ideia muito interessante.

James se encheu de esperança, ergueu o queixo para fitar a mulher. Estava prestes a dar seu sorriso charmoso quando se lembrou de Magnus Hook; em vez disso, voltou a olhar para o chão e murmurou algo sobre consultar os arquivos para que pudesse entrar em contato com as crianças.

— Sinto muito, mas não será possível. O decano deu garantias às famílias, às autoridades britânicas e ao Departamento de Estado de que a confidencialidade das informações seria garantida.

— Sim, imagino que sim...

— Isso é algo que o senhor precisaria discutir diretamente com o decano.

Ele estava para explicar por que a natureza da pesquisa não permitia atrasos, que era vital registrarem as impressões delas no início do período de separação, quando o instinto o levou a erguer o rosto e encará-la. No segundo em que o fez, soube que foi um erro. Um pensamento cruzou o rosto da secretária, visível como uma sombra.

— O senhor poderia repetir seu nome, por favor?

— É Zennor.

— O senhor esteve aqui esta manhã, falou com a minha colega?

Naquele momento, uma porta do gabinete interno foi aberta e um homem alto, de rosto longo, óculos e por volta da idade de James entrou na antessala.

— Algum problema, Srta. Rodgers?

Desesperado e ciente de que era tolice, James fez uma última tentativa.

— O senhor é o decano? — Ele estendeu a mão e o homem a ignorou. — Sou o Dr. James Zennor, de Oxford. Creio que minha esposa e meu filho estejam aqui em Yale e preciso encontrá-los.

— Você é o homem que ameaçou uma das secretárias hoje?

— Estou implorando. Apenas me diga...

— Ou você sai desse escritório agora ou providenciarei que seja retirado à força.

— Apenas me deixe ver o maldito arquivo!

Com velocidade surpreendente, o homem avançou na direção de James, agarrou-o pelo cotovelo e colocou a outra mão no seu ombro esquerdo. Inevitavelmente, James urrou de dor, um som que arrancou um grito da Srta. Rodgers.

Era o que faltava. O homem apertou com mais força e girou o braço de James atrás das costas, imobilizando-o, e o empurrou pelo corredor.

O porteiro que havia colocado James para fora algumas horas antes apareceu no outro extremo do corredor, perplexo.

— Sr. vice-decano, eu estou aqui.

— Não precisa, Murphy. Está tudo sob controle.

Como para provar, ele levantou o braço de James mais alguns centímetros, fazendo-o berrar com a dor ainda mais lancinante.

Em meio à agonia, James avaliou seu torturador. O vice-decano Um atleta, ele reconheceu. Talvez jogador de futebol americano, mas parecia ser magro demais para isso. Talvez remador. Qualquer que fosse a modalidade, ele também era um canalha e um sádico.

Eles haviam chegado à entrada do prédio, o céu azul de uma tarde de verão visível. James via pessoas caminhando apressadas, carros passando pela rua, o alvoroço de uma cidade americana movimentada. Mas sabia que estava prestes a ser atirado no deserto — numa terra onde não conhecia ninguém e ninguém o conhecia, onde todos os caminhos levavam a lugar algum.

Agora nos degraus, com o porteiro observando-os alguns passos atrás, James se preparava para o momento da expulsão, imaginando a cena, um bêbado atirado porta afora do *saloon* num faroeste. Ainda com a mão no ombro de James, o vice-decano se aproximou dele. James sentiu o hálito do homem em sua orelha, os estalidos da língua quando falou:

— Encontre-me hoje à noite. Às sete no Frank Pepe's. Posso ajudá-lo.

Com um último safanão em suas costas, o vice-decano despachou o Dr. James Zennor como se jogasse fora um saco de lixo.

# DEZESSETE

LONDRES

A tarde passou devagar, o trabalho cansativo. Não importava a frequência com que Taylor Hastings olhasse para o relógio, os ponteiros insistiam em avançar a passos lentos e pesados. Ele olhou para a pilha de documentos à espera de decodificação. Podia voar com aquilo, mas uma nova pilha assumiria o lugar: não ajudaria o tempo a passar mais rápido.

Taylor precisaria de outra desculpa para voltar a abrir a pasta. Já havia tirado um apontador de lápis dela; não podia usar o mesmo artifício, não sem despertar a curiosidade de um colega bisbilhoteiro. Mas estava desesperado para olhar ali dentro.

A ajuda veio na forma de um telefonema, a distração permitindo que se abaixasse e tirasse o que queria da pasta. Era um cartão dentro de um envelope. O cartão era duro, ambos num tom escuro de creme. Ele o colocou entre os papéis para que, alguns minutos depois, quando os bisbilhoteiros estivessem distraídos, pudesse espiar outra vez.

Estampada no topo estava a insígnia verde da Câmara dos Comuns. À direita, escrita na tinta azul de uma caneta-tinteiro cara, a data daquele mesmo dia, com o mês em algarismos romanos. Abaixo disso, a hora: dez da manhã, um indicativo, além da falta do carimbo do correio no envelope, de que a mensagem havia sido entregue por um mensageiro. Será que Reginald Rawls Murray assumira o risco de enviá-la justamente para lá? Um risco calculado, concluiu Taylor. Usar o Correio Real seria muito mais arriscado, em virtude do risco de vigilância e interceptação: graças ao Regulamento 18b, o correio de Murray certamente era aberto e conferido de forma rotineira. A entrega por um mensageiro era bem mais segura. Se Murray a entregasse pessoalmente, tanto melhor.

Por outro lado, se minimizar os riscos era o objetivo do parlamentar, teria sido melhor deixar a carta na casa de Taylor, e não ali. Mas não se a mensagem fosse urgente: Taylor só a veria mais tarde naquela noite. Muito tarde, provavelmente, pois ele tinha planos para "jantar" com Anna (apesar de não ser comida o que estava no cardápio). Não o surpreenderia que Murray soubesse e portanto tivesse optado por enviar a mensagem para o seu trabalho. Ao olhá-la mais uma vez, certamente parecia urgente.

*Encontre-me hoje à noite, terraço da Câmara dos Comuns. 19h30. RRM.*

A noite estava fechada e úmida. Taylor Hastings já passara por mil noites úmidas como aquela em Washington, o ar sufocante com pólen de ambrósia. Mas os britânicos pareciam achá-las insuportáveis. Murray constantemente corria o dedo pela gola da camisa, como que para quebrar o selo formado pelo suor em seu pescoço.

Mas talvez não fosse apenas o clima que o deixasse agitado. Depois de dez minutos de conversa fiada no terraço — admirando a vista do South Bank, o County Hall, o rio naquela noite ainda clara —, finalmente Murray foi ao que interessava. Qual era o problema dos ingleses, sempre se sentindo obrigados a fingir que uma transação é na verdade uma conversa entre amigos?

— A situação está começando a ficar muito complicada para nós, Hastings. Tenho certeza de que sabe disso. Muito complicada. Eles prenderam Diana e Oswald Mosley, enquadrando-os nos termos da maldita 18b, e fizeram o mesmo com Norah. Logo, haverá mais de nós presos do que soltos — observou ele, virando o que restava do gim-tônica. — E é por isso que precisamos de você.

— De mim?

— Bem, eles não podem mandar você para a cadeia, podem? É contra as regras. Imunidade e tudo o mais. E por isso tenho um presente para você.

— Muito simpático da sua parte, Murray.

— Você ainda não viu o que é — disse o parlamentar com severidade, uma pista, concluiu Taylor, do valentão de colégio interno em sua voz. Ele abria uma fina pasta portfólio de couro que Taylor não havia notado. Talvez estivesse guardada debaixo do paletó de Murray. — Quando eu contar três, pegue isso e coloque dentro da sua pasta, está bem? Pronto? Um... dois... três.

Taylor pegou o objeto que Murray tirou do portfólio e o colocou na sua pasta, sem olhar. O toque dizia que era de couro e tinha uma tranca de metal na frente. Tinha o peso de um livro e o tamanho aproximado de uma agenda de mesa. Ele não juraria, não ao anoitecer em um terraço sem iluminação, mas tinha quase certeza de que era vermelho.

Ele deveria ter esperado, mas não conseguiu se segurar. No banco de trás do táxi, a pasta no colo, a salvo do campo de visão do retrovisor, ele tirou o presente de Murray e o deixou sobre os joelhos por um segundo ou dois para admirá-lo. Sim, vermelho. Couro vermelho gasto pelo uso, a encadernação um pouco frouxa. As pontas estavam puídas, como uma agenda cheia de folhas soltas e recibos. Havia tantas folhas inseridas naquele livro que ele parecia ter inchado ao que Taylor supôs ser o dobro do volume original.

Tateou o bolso do paletó, sentindo os contornos da pequena chave de metal que Murray entregou a ele quando se despediram.

— Não estou confiando apenas a minha vida a você, Sr. Hastings. Estou confiando as vidas de muitos outros. Não nos decepcione.

Taylor não teve pressa ao examinar a fechadura Bramah na lateral do livro. Pouco mais que uma fivela de latão, certamente não seria difícil de quebrar — apesar de Murray ter garantido que as aparências enganavam, que o mecanismo era mais forte do que parecia. Cuidadosamente, inseriu a chave, não maior que uma moeda, e girou-a.

Para qualquer observador, incluindo o taxista, aquilo pareceria uma agenda de endereços qualquer. Páginas e páginas com nomes. Instantaneamente seus olhos identificaram os conhecidos: o propagandista do fascismo A. K. Chesterton e o agitador fascista Arnold Leese eram, ele soube depois de poucas semanas em Londres, figuras proeminentes da cena antissemita do país. A lorde Redesdale ele já havia sido apresentado, e lá estava lorde Lymington. Taylor ouvira falar dele: um excêntrico em todos os aspectos, que ansiava por voltar no tempo e sonhava com uma Inglaterra habitada apenas por fazendeiros de rosto corado e leiteiras loiras, que viveriam da terra e comeriam apenas os alimentos mais puros. "Orgânicos", como chamava. Anna rira, deliberadamente entendendo errado, e declarara que gostava da ideia de comida "orgásmica".

Taylor virou as páginas até que um nome lhe chamou atenção. O nome — coronel G. G. Woodwark, de King's Lynn — era novo para ele, mas havia uma anotação intrigante rabiscada na margem: *juiz do Prêmio Especial do Führer de Melhor Exemplar da Raça na Feira Canina de Colônia de 1938.* Outra anotação foi feita ao lado do nome do capitão George Henry Drummond, de Pitsford Hall: *gerente de banco de Diana M., fundo da piscina decorado com uma suástica.*

Diana M., ele pensou. Devia ser Diana Mitford, agora Sra. Oswald Mosley. Eles eram lendários: haviam se casado quatro anos antes na casa de Goebbles e Hitler havia sido convidado.

Que grupo de peso. E pensar que ele, Taylor Hastings, havia sido confiado como guardião dos seus segredos. Ele espiaria mais uma vez, então fecharia o livro e passaria a chave; ainda teria bastante tempo antes que o táxi chegasse à sua casa.

Ele se deparou com o que supôs ser uma lista de organizações afiliadas. Algumas saltavam aos olhos: a União Britânica de Fascistas de Mosley estava ali, obviamente, ao lado da Sociedade Anglo-Germânica, da Liga Imperial Fascista e da Liga Nórdica. Ele se esforçou para entender a letra de Murray antes de decifrar algo como Clube de Janeiro, e então os Cavaleiros Brancos da Grã-Bretanha e um grupo que parecia ser chamado Mistério Inglês, ou o que quer que fosse. E agora o nome de uma pessoa, apesar de incluído na lista de grupos: Lady Alexandra Hardinge.

Então ele viu um nome que o surpreendeu. Leu-o duas vezes para garantir que entendera certo, mas não havia dúvida. Que interessante.

Fechou o livro e o trancou com cuidado. Ergueu os olhos e viu o motorista, a cabeça virada, olhando para ele. Apenas então notou que o táxi estava parado. Estava estacionado em frente ao seu prédio, na Cadogan Square.

— Há quanto tempo estamos aqui?

O taxista olhou para o relógio fazendo uma cena.

— Uns cinco minutos. Tentei avisar, mas o senhor não estava ouvindo. Distraído com seu livro, não? É bom? Um desses mistérios de assassinato?

— Não exatamente — disse Taylor, entregando-lhe algumas moedas, censurando-se pelo erro. Há quanto tempo o taxista o observava daquela forma? E se o sujeito conseguisse ler de cabeça para baixo?

Convidado a ser o guardião da lista de membros do Right Club, ele falhara no primeiro teste. Para ser digno da confiança daquelas pessoas, precisaria ser mais prudente. Precisaria controlar a curiosidade, não importava o quão intensa. Precisaria ser vigilante, estar atento a qualquer pessoa bisbilhotando. Acima de tudo, e isso seria o mais difícil, precisaria ser discreto. Isso significava que não podia se vangloriar com Anna quando a visse mais tarde naquela noite.

Ele subiu até o apartamento, foi até o quarto e puxou uma mala vazia de baixo da cama. Colocou o livro vermelho no fundo, e então dois cobertores em cima. Fechou a tampa e trancou-a, depois guardou a chave de volta no criado-mudo; colocou a mala no armário, atrás de dois pares de botas. Amanhã compraria um cadeado para o armário.

Três fechaduras e três chaves estariam entre qualquer espião em potencial e a informação que ele jurara proteger. Ele correu os olhos pelo apartamento — ou flat, como dizia Anna — e foi até o banheiro. Encontrou a caixa de creme de barbear, abriu a tampa e colocou a pequena chave do livro vermelho ali dentro.

Isso feito, sentiu um súbito arroubo de orgulho. Estava naquele país havia menos de um ano e já se encontrava no centro das coisas. Tinha em suas mãos os destinos de alguns dos homens mais importantes da Inglaterra. Provaria que era digno da confiança deles; não os decepcionaria. No entanto, por mais emocionante que fosse, ansiava por fazer mais do que meramente guardar seus segredos. Queria ajudar sua causa.

O relógio do corredor anunciou que eram nove horas. Anna o aguardava. Taylor se perguntou se deveria parar em algum lugar e comer qualquer coisa. Não haveria comida com Anna. Apenas martínis e...

O pensamento o excitou, e ele sentiu uma pulsação na virilha. Ele conferiu o apartamento uma última vez e saiu para a noite de Londres.

# DEZOITO

James Zennor passou a tarde na biblioteca Sterling. Ele sabia o que estava procurando, mas dessa vez decidiu não falar com ninguém e não fazer perguntas. Faria a busca por conta própria.

Não demorou para se acostumar com o lugar. Apesar dos 15 andares e de ser tão imponente quanto uma catedral gótica, a biblioteca tinha um ar familiar; era sólida e firme, a pedra tão opaca e gasta pelo tempo quanto se estivesse ali há séculos, como uma de suas correspondentes em Oxford. Mas a verdade era que a biblioteca Sterling era uma ilusão de ótica, e ele caíra nela. Um folheto informativo acabou com o mal-entendido: sua construção terminara em 1931, apenas nove anos antes. A aparência de idade era um artifício. O folheto explicava que, antes do início da construção, as pedras haviam sido enterradas por dois anos, e desencavadas apenas quando sua aparência estava suficientemente gasta e marcada pelo tempo. Já quanto aos vitrais, com caixilhos denteados de chumbo preto, alguns dos painéis haviam sido deliberadamente rachados e então chumbados, para adquirir aquele visual de mosteiro antigo. James podia apenas admirar-se com uma mentalidade que fosse a tais extremos: a universidade de um país jovem gastava uma fortuna para fazer de conta que era velha. Quem poderia imaginar que juventude, energia e vigor pudessem ser tão inseguros de si? Ele nunca havia analisado o prédio, mas concluiu que a biblioteca Sterling era um caso típico do que seus colegas psicólogos chamavam de "complexo de inferioridade".

Ele encontrou o que procurava: a sala de leitura de jornais. Era repleta de poltronas de couro sólidas e mesas com pilhas de jornais fixados em armações de madeira. Ele ignorou a pilha de edições do *New York Times* e do *Wall Street Journal*, e em lugar disso se dedicou ao *New Haven Evening Register*. Já concluíra qual edição procurava: o *Antonia* deixara Liverpool em 10 de julho, chegando a Quebec no dia 19. Houve alguns dias no Canadá, com a chegada em Yale por volta do dia 22. Lá estava: a edição de 22 de julho de 1940.

Vasculhou a primeira página, então algumas páginas internas e voltou. Nada. Talvez tenham ficado no Canadá mais tempo do que ele estimara. Passou para a edição do dia 24 e folheou-a. Ainda nada.

Então, numa página interna do *Register* de 25 de julho, ele viu: a fotografia de uma janela de trem, enquadrando os rostos de seis crianças, sendo uma um bebê no colo da mãe. A legenda dizia "Refugiados encontram novo abrigo em terra que oferece uma promessa de paz", mas a mulher não era Florence.

Seus olhos peneiravam a história em busca de nomes. Havia um Spokes, um Handfield-Jones e um Phelps-Brown, mas nada de Zennor ou Walsingham. Todavia, aquilo ao menos era a confirmação impressa de que não estava numa busca impossível, de que estava certo ao atravessar o oceano e vir a Yale. As crianças de Oxford estavam ali. Então ele viu uma foto menor mais abaixo. Seria Harry aquele rostinho borrado no canto? James queria desesperadamente que fosse, mas agora que olhava mais de perto duvidava.

É claro que havia duas dúzias de mães e cinco vezes mais crianças; seria aceitável que sua esposa e seu filho não fossem mencionados na matéria. Ainda assim, ele nunca viu um homem com uma câmera capaz de resistir a fotografar Florence. Metade das matérias sobre as Olimpíadas Populares pareciam vir acompanhadas de uma foto da bela nadadora britânica Florence Walsingham. Por isso, ele esperava que, se os jornais de New Haven fizessem qualquer menção aos refugiados de Oxford, sua esposa estivesse em destaque.

Mas podia haver outras matérias. Ele passou para as edições dos dias seguintes, finalmente encontrando isto: "Roupas dos refugiados britânicos os distinguem dos jovens americanos." Havia uma foto, de meninas mais velhas, e uma matéria sobre os longos casacos e as "calças curtas" dos meninos — mas nenhuma fotografia e nenhuma menção a Harry. Havia referências às sandálias e aos blazers escolares, com insígnias "bordadas no bolso", e muito entusiasmo com os "chapéus de palha em cor natural que os protegem dos raios do sol", em especial o chapéu usado por uma menina de tranças. Edições do *Yale Daily News* traziam matérias semelhantes, mas não havia qualquer sinal de Florence e Harry.

James viu imediatamente por que o vice-decano quis encontrá-lo ali. À distância de vinte minutos de caminhada do bairro universitário seguindo Chapel Street abaixo como se descesse a um domínio inferior, aquele lugar ficava no extremo oposto da ponte ferroviária e na parte pobre da cidade. James não estava mais entre estudantes envergando jaquetas de times de futebol americano e professores de paletó listrado, mas entre imigrantes italianos, jovens morenos de cabelos com brilhantina parados nas esquinas, suas mães vestidas de preto dos pés à cabeça fugindo do calor do verão em bancos nas calçadas. Se era um encontro secreto o que o vice-decano queria, aquele era o lugar certo: ninguém o reconheceria ali, no bairro italiano de New Haven.

Não havia como deixar passar o Frank Pepe's: uma placa cobria uma parede inteira do prédio, anunciando-o como uma *pizzeria napoletana*, um termo que não significava praticamente nada para James.

Ouvira algum dos italianos na Espanha mencionar pizza? Podia até ser que sim, mas não tinha ideia do que era.

Uma vez dentro do restaurante, viu algo que parecia pertencer a uma locomotiva: na parede dos fundos, cercada de azulejos brancos largos como tijolos, havia um buraco preenchido com fogo flamejante. Diversos cozinheiros estavam de pé em frente, como a equipe de uma caldeira, aparentemente atiçando as chamas. Depois de olhar hipnotizado por algum tempo, James se deu conta de que eles seguravam longos remos, que usavam para colocar e retirar discos de massa maiores do que discos de gramofone no que parecia ser um forno gigante.

Ele não tinha certeza da etiqueta a ser adotada em um lugar como aquele. Teria o vice-decano feito uma reserva? Não faria diferença, visto que ele não sabia o nome do sujeito. James decidiu sentar-se na área externa coberta por um toldo verde e esperar.

Ele esperava que, caso parecesse deslocado agora, fosse tido como um homem de Yale na parte errada da cidade, não como um visitante inglês. Na loja J. Press, na York Street, investira num paletó como os que vira nos homens da universidade que estavam mais ou menos em sua faixa etária, além de duas camisas. O artigo do jornal o fez perceber que roupas que pareciam perfeitamente comuns para um inglês podiam parecer estranhas e exóticas para os americanos. E ele não queria se destacar na multidão.

James se perguntou mais uma vez por que o vice-decano, um burocrata que nunca vira na vida, se oferecera para ajudá-lo. Como o sujeito podia saber o tipo de ajuda de que James precisava? A grosseria e a expulsão do prédio teriam sido uma encenação? E, se fosse o caso, em benefício de quem? Que tipo de ajuda ele poderia lhe oferecer e por que isso precisava ser secreto?

James não tinha respostas convincentes para qualquer uma dessas perguntas, e ao longo das últimas seis horas reduzira suas expectativas, suspeitando de que o vice-decano nem ao menos apareceria. Mas, às sete e vinte e cinco da noite, ele viu a silhueta do homem que mais cedo sussurrara com tanta urgência no seu ouvido, e não conseguiu deixar de se sentir agitado. Aquele homem sabia onde Florence e Harry estavam e em breve lhe daria essa informação?

Na calçada, próximo à porta aberta, o vice-decano dirigiu a ele não mais do que um discreto cumprimento de cabeça, sinalizando que o acompanhasse. Ele pediu um reservado à garçonete e foi levado a uma mesa com bancos verde-escuros com espaldar alto de madeira e um poste alto que separava um reservado do outro. Claramente familiarizado com aquele ambiente, o vice-decano instantaneamente retirou o paletó e o pendurou em um gancho no topo do poste. Havia dois círculos amplos sob os braços de sua camisa branca, manchas de suor que, James concluiu, sugeriam nervosismo e não meramente o calor de uma noite de verão de Connecticut.

— George Lund — apresentou-se o homem, oferecendo um breve e firme aperto de mão sobre a mesa. — É melhor aparentarmos que nos conhecemos. — Ele deu um sorriso largo e dolorosamente artificial. Se a ideia era transmitir uma longa amizade e afeição por James, a falha foi retumbante: o homem simplesmente ficou com um aspecto estranho.

— Bem, foi simpático da sua parte se encontrar comigo — começou James. — Minha situação é...

— É melhor pedirmos. Não tem ninguém naquela mesa à minha esquerda, certo? Ninguém que possa ouvir o que você está dizendo ou nos ver conversando?

James franziu a testa.

— Apenas uma família; os adultos estão de costas para nós e as crianças não estão interessadas.

Por insistência de Lund, eles pediram logo. James optou por algo chamado pizza *margherita*, que Lund disse ser a melhor para aqueles que nunca tinham provado aquele prato. O vice-decano fez questão de fazer o pedido.

— É melhor que ninguém ouça seu sotaque — explicou ele depois que a garçonete se afastou.

Em voz baixa, James tentou retomar a conversa e mantê-la leve, abrandar um pouco o clima.

— Então há quanto tempo você está em Yale?

— Dez anos. Direto da faculdade para o corpo docente. Da faculdade de medicina.

— Então você é médico.

— Formado, mas não praticante. Preston me recrutou logo depois dos exames finais para ajudá-lo a tocar o departamento.

— Preston?

Lund pareceu confuso. Estava prestes a dizer algo quando a comida chegou. Dois pratos do tamanho de rodas de carroça, fumaça subindo do queijo derretido e das rodelas vermelhas de tomates cozidos. James pensou no Racket, em Oxford, onde naquela mesma noite alguns casais iam se esconder atrás das cortinas do blecaute para dividir um pequeno prato de feijão enlatado com uma única torrada. Que contraste! Tudo naquele país gritava fartura; uma pizza daquelas talvez correspondesse à ração de um mês.

— Preston McAndrew — prosseguiu Lund quando voltaram a ficar sozinhos. — O homem com quem você queria falar hoje.

— Ah, o decano.

— Sim, mas ele não era decano na época. Apenas diretor da faculdade de medicina.

— E ele é o seu chefe.

Lund assentiu, os olhos disparando para um canto distante do salão.

— Escute, eu deveria ter dito isso antes. Você não vai falar com ninguém sobre esse encontro, certo?

— Não se você não quiser que eu fale.

— Estou falando sério. Essa conversa, mesmo o fato de eu estar aqui, é confidencial. Estamos entendidos?

— Estamos. — James notou que Lund cortava metodicamente sua pizza em sete fatias de tamanho igual, mas ainda não havia comido nenhum. Ele não tinha certeza de se já podia começar a comer ou se deveria esperar. Qual era o costume americano?

— Assumi um risco ao fazer isso — disse Lund, ainda sem comer.

— Que tipo de risco?

— Não importa. Agora, por que você foi ao escritório do decano hoje?

— Pensei que você soubesse. Não foi o que você disse, que podia me ajudar a...

Lund o fuzilou com os olhos.

— Não repita isso aqui.

— Mas achei que você tivesse ouvido o que acontecia do outro lado da sua porta. Entre mim e a secretária. Pensei que soubesse.

— Ouvi as secretárias conversando sobre sua visita anterior, quando a Srta. Kelly o colocou para fora. Então ouvi quando você voltou.

— E decidiu me colocar para fora? — James comeu uma garfada de pizza, queimando a língua no queijo quente. Era delicioso, como uma versão mais fina e saborosa do *rarebit* galês.

— Fiz aquilo pelo seu bem — disse Lund, pegando com a mão a primeira das fatias de pizza cuidadosamente cortadas e segurando-a em frente à boca.

— Pelo meu bem? Devia haver uma forma mais fácil de fazer isso do que me atirar na rua como um saco de lixo.

— Sinto muito por aquilo. Mas não quis levantar suspeitas. Agora vamos à minha pergunta: o que você está procurando?

— Estou procurando minha esposa e meu filho. Eles estão no grupo de refugiados de Oxford. Aqui em Yale, quero dizer.

— Você tem provas disso?

— Provas?

— Qualquer evidência que o leve a ter certeza de que estão aqui.

James se recostou no espaldar de madeira do banco, tentando avaliar o homem à sua frente. Precisaria ser cauteloso? A promessa de ajuda seria algum tipo de armadilha? Quem era aquele homem? Ele decidiu limitar as informações.

— Vi o registro de passageiros do navio para o Canadá com os nomes deles. E um colega de Oxford me garantiu que faziam parte do grupo de refugiados.

— Canadá? Tem certeza de que fizeram a viagem para New Haven? Será que não poderiam ter ficado por lá?

James foi tomado por um súbito aperto de pânico. Ele nunca considerou essa possibilidade. Confiara plenamente na palavra de Bernard Grey, apesar de saber, pensava agora, que os Greys e os demais conspiradores de Oxford eram capazes de mentir para ele, como fizeram diversas vezes. Se Virginia Grey não havia tido qualquer pudor de fingir estar chocada com o desaparecimento de Florence naquela manhã, por que o marido dela hesitaria em inventar uma história qualquer? E pensar que esteve no Canadá e não fizera nada para procurar por ela. Subitamente ficou furioso consigo mesmo. A raiva que subiu pela sua garganta espirrou naquele homem.

— Você está me dizendo que minha esposa não está em Yale, afinal? Porque se esse for o caso, eu gostaria de saber imediatamente para tomar as minhas providências e partir.

— Por favor — disse o vice-decano em um sussurro urgente, implorando com os olhos. — Você precisa falar baixo. Não, não é isso que estou dizendo. Só preciso saber o que você sabe.

— E eu preciso saber o que *você* sabe — retrucou James, empurrando o prato para o lado. — É uma pergunta muito simples. Florence e Harry Zennor, possivelmente viajando sob o nome Walsingham: eles estão aqui ou não?

Lund suspirou e mais uma vez olhou para os lados. A testa dele brilhava de suor.

— Acredito que vieram para Yale, sim. Não tenho certeza de onde estão agora.

James soltou um suspiro e procurou se controlar.

— Obrigado — disse ele com alívio genuíno. — Seria terrível se eu estivesse seguindo por um caminho completamente errado. — Ele fez uma pausa. — Acredito que a papelada do grupo de Oxford fica arquivada no seu escritório. Não entendo por que não podemos simplesmente pegar a pasta da minha esposa e descobrir onde ela está morando.

— Não é assim tão simples.

— Entendo. As famílias adotivas querem que a privacidade delas seja respeitada, e há a garantia de confidencialidade...

— Não — disparou Lund, pegando James de surpresa. — Você não entende. — Isso é muito maior do que as vidas de apenas algumas famílias.

— É claro, eu entendo. São 125 crianças, então isso deve envolver o quê, talvez cinquenta famílias, com uma média de duas crianças...

George Lund segurou o pulso de James.

— Você não faz ideia de onde está se metendo, faz? — A mão do homem estava suada. — Você esbarrou em algo muito maior do que imagina. Maior e mais perigoso.

Ele soltou o braço de James, quase atirando-o de volta. Todo seu rosto estava coberto de suor agora, e ele começava a ficar pálido, como se estivesse com febre. Lund se levantou, com o equilíbrio um pouco comprometido. Então se apressou na direção dos banheiros, deixando James sozinho na mesa, alvo dos olhares constrangidos de diversos clientes, inclusive da mãe da família na mesa da frente, que tinha se virado para avaliar ela mesma a comoção.

O que diabos aconteceu com o sujeito? James simplesmente perguntou sobre o paradeiro de Florence e Harry. Ele mencionou o registro de passageiros e o Canadá. E só. No entanto aquele homem parecia assustado, como se James o estivesse ameaçando. Ou acreditava que o simples fato de se encontrar com ele o expunha a um grave perigo? Se fosse o caso, por que ele mesmo sugeriu o encontro?

James cortou outra fatia de pizza. Mais fria agora, havia perdido o apelo inicial; o queijo começava a endurecer. James pensou que aquele prato dificilmente emplacaria em seu país de origem: os britânicos sempre prefeririam a segurança da carne e da batata.

Ainda nenhum sinal de Lund. Será que o homem havia escapulido e ido embora? Ele parecia perfeitamente capaz dessa histrionice. Por outro lado, deixara a pasta no banco onde estava sentado. James podia ver pelo fecho que não estava trancada.

Seus olhos percorreram o salão, da esquerda para a direita. Em um movimento rápido, ele se debruçou sobre a mesa e puxou a pasta de Lund, deslizando no banco para pousá-la entre ele e a parede. Determinado a agir com naturalidade, não a abriu de imediato. Em lugar disso, cortou e comeu outra fatia de pizza e então bebeu um gole da água com gelo que ele não havia pedido, mas que tinha sido colocada à sua frente de qualquer forma. Então, com a mão esquerda, encontrou o fecho da pasta, um botão que deslizou para baixo. A tampa de couro que fechava as duas metades se soltou, de modo que ele agora podia colocar a mão em seu interior. Ele tateou um livro de capa dura, então outro. Olhou de relance e viu que pareciam ser livros de medicina.

James ergueu os olhos, fazendo contato visual com o menino da família próxima, então deixou que a mão voltasse a investigar. Agora sentiu o que parecia ser um envelope grande de papel pardo. Correu os dedos até o topo e constatou que não estava lacrado. Os dedos deslizaram para dentro, e ele sentiu a textura inconfundível de fotografias. Parecia haver dezenas, formando um grosso maço. Ele puxou algumas para mais perto da abertura da pasta para que pudesse vê-las de relance. Precisou de algum tempo para absorver o que viu. Depois que o fez, as imagens tanto chocavam quanto explicavam tudo.

# DEZENOVE

Depois de um minuto ou dois, um George Lund ruborizado voltou.

— Não posso continuar com isso, sinto muito — disse ele e, antes que James tivesse chance de responder, levou a mão à pasta, já de volta ao seu lugar, virou-se e rapidamente caminhou para a saída.

James se levantou.

— Pare!

Lund não olhou para trás.

— Não vá embora assim. Ei, pare! — gritou James, bem mais alto dessa vez.

A mãe da mesa ao lado voltou a fitá-lo. James enfiou a mão no bolso, jogou duas notas de dólar sobre a mesa e saiu apressado. Ele tropeçou, derrubando um copo a caminho da porta, o qual ouviu se espatifar no chão. Uma vez na rua, olhou para a direita e a esquerda, vendo pequenos grupos de adolescentes e idosos na noite quente, mas o perdera.

Não era a primeira vez que encontrava um homem do tipo de Lund, James pensava ao caminhar de volta para a cidade. Havia muitos como ele em Oxford e, em duas ocasiões, expressaram seus sentimentos. Anos depois, contou a respeito para Florence, que disse que era culpa dele, por ser tão lindo.

Mesmo assim, as fotografias eram chocantes. Retratos de rapazes nus de frente, de costas e de lado. À primeira vista, pareciam estar perante uma junta médica — de frente para os médicos, então de perfil e depois de costas. James se perguntava se foi assim que as fotos foram tiradas, por um fotógrafo oficial do Exército ou talvez uma câmera escondida na sala de exame.

Mas então viu os estranhos cravos. Em intervalos regulares na coluna, os homens tinham pinos afiados de metal que se projetavam de suas costas. Eram especialmente visíveis na fotografia de perfil, contra o fundo branco.

James gostava de pensar que era um homem do mundo. Na Espanha, alguns voluntários tinham revistas pornográficas que ele vira, com garotas nuas debruçadas sobre cadeiras ou mesas, muitas vezes abrindo as nádegas para se exporem ainda mais. Pela sua pesquisa acadêmica, sabia que o desejo sexual era um assunto complicado e que algumas pessoas se excitavam com as coisas mais improváveis — fetiches por pés ou cabelo femininos, por exemplo. Mas nunca havia imaginado nada como aquilo, que um homem poderia querer olhar fotografias de outros homens cujos corpos haviam sido metodicamente perfurados.

Ao virar o segundo uísque no bar da Owl Shop, James pensava em seu terrível azar. Esperava que Lund fosse sua cartada de sorte, que provasse que vez por outra era possível confiar na bondade de estranhos. Mas em lugar disso topou com um anormal pervertido, que por algum motivo se convencera de que um visitante inglês estaria interessado em um rápido encontro homossexual.

Não era de estranhar que Lund quisesse que o encontro fosse fora da cidade, onde ninguém descobriria o seu segredo vergonhoso. James deveria ter suspeitado desde o princípio, a começar pela sugestão do vice-decano de se encontrarem à noite em um restaurante. E aquela história de colocar a mão suada no seu pulso: o homem estava claramente nervoso, incerto sobre como James reagiria a ele. O que foi mesmo que ele disse? *Você não faz ideia de onde está se metendo, faz?*

James pediu outro uísque. E, ainda assim, não podia ter certeza. Se Lund fosse mesmo um homossexual pronto para uma conquista, por que sugeriria que se encontrassem em um lugar público no começo da noite? Se houvesse convidado James à sua casa às onze da noite, prometendo informações sobre Florence e Harry, James teria ido sem hesitar. Um encontro no Frank Pepe's só dificultaria as coisas para o sujeito.

Lund também tinha dito mais uma coisa. Ele só falava disparates àquela altura, então James não o levou a sério. Mas a mensagem era muito clara: Você esbarrou em uma coisa muito maior do que imagina. *Maior e mais perigosa.*

Aquilo podia não ser nada, conversa fiada de um homem determinado a exagerar a própria importância, a aumentar o valor de suas informações. Talvez fosse isso: Lund iria exigir certos favores em troca da pasta de sua esposa e seu filho. O simples pensamento provocou um calafrio.

Na manhã seguinte ele marcaria um horário com o decano. Relutantemente, precisaria dizer o que o subordinado havia tramado, que tentara pressionar um bolsista visitante a ter... comportamento inadequado. James então seria capaz de fazer ele próprio uma proposta: manteria silêncio sobre os interesses degenerados do vice-decano em troca da localização da esposa e do filho.

James virou o que restava de uísque no copo, seu quarto duplo. Ou talvez quinto. Ele saiu da Owl Shop, aspirou profundamente o ar noturno, então virou à esquerda e seguiu para suas acomodações no sótão do Elizabethan Club, tropeçando mais de uma vez no caminho.

Era tão frequente acordar com os tiros de fuzil que quase já aprendera a conviver com eles. Em algum lugar em seu inconsciente, uma voz dizia que o rá-tá-tá que ouvia por perto era uma criação de sua própria mente, parte memória, parte imaginação. Ficaria ali, debaixo daquele quente e espesso manto de sono — tornado ainda mais espesso pelo álcool que ainda circulava na corrente sanguínea —, e o som acabaria sumindo.

James acordou num sobressalto e se sentou: o barulho tinha ficado ainda mais alto. Não era mais o som de batidas, mas de pancadas à porta, e não vinha da sua cabeça, mas de fora — da porta do quartinho. E era acompanhado de vozes, que agora se tornavam discerníveis. Precisou de mais um segundo para entender o que diziam:

— Dr. James Zennor, é o Departamento de Polícia de Yale. Abra a porta.

— O que é isso?

— Abra nesse minuto, senhor. Nem pense em fugir pela janela, temos um homem na rua.

O coração de James pulava no peito; sua cabeça estava enevoada, repleta de sonhos e bebida. O ombro lançava descargas de agonia pelo corpo: em seu estupor, ele dormira em cima do braço, o álcool anestesiando a dor que costumava evitar que cometesse um erro tão calamitoso. Ele cambaleou até a porta do quarto, que não se lembrava de ter trancado, e abriu-a.

O umbral estava ocupado por dois policiais uniformizados, um dos quais falou imediatamente:

— O senhor é o Dr. James Zennor, de Oxford, Inglaterra?

— Sim.

Naquele exato instante o parceiro colocou as algemas nos pulsos de James.

— O que diabos é isso? O que vocês estão fazendo?

— O senhor está preso.

— Preso? Por quê?

— Pelo assassinato de George Lund. Ele foi encontrado morto essa manhã. E o senhor foi a última pessoa a vê-lo com vida.

# VINTE

LONDRES

Taylor já tinha prática naquilo. Acordava, levantava da cama e ia de fininho até o banheiro sem acordar Anna. Ela tinha o sono pesado, principalmente quando era tão... ativa durante a noite.

Na noite passada Anna havia implorado que Taylor passasse a manhã com ela: podiam tomar café juntos e então ir às compras. Queria comprar alguma coisa para ele, disse. Quando ele perguntou o quê, ela desatou numa risadinha — um truque, Taylor acreditava, que ela desenvolvera quando ainda era uma debutante e começava a frequentar a sociedade com apenas 18 anos. Provavelmente operava maravilhas então, por isso ela o mantinha. Mas o gesto era estranho numa mulher que se aproximava dos... que idade ela tinha? Ele nunca foi rude a ponto de perguntar e nunca tentou descobrir. Trinta e seis? Trinta e oito? Mais de 40? Nossa, a mãe dele ainda não tinha 45.

Anna queria levá-lo às compras havia algum tempo. Ela mencionara Piccadilly ou St. James. Provavelmente tinha em mente uma daquelas lojas de esportes praticados no campo, que vendiam capas de chuva, varas de pesca e guarda-chuvas resistentes. Ela teve a ideia louca de conseguir que também fosse convidado para a festa de fim de semana de um casal de amigos, lorde e lady alguma coisa. Chamaria a anfitriã de lado e pediria com discrição que o quarto que teoricamente dividiria com o marido parlamentar fosse vizinho ao de Taylor.

— Querido, você não acha que seria muito divertido? Eu posso sair de fininho pelo corredor logo depois que as luzes forem apagadas, entrar no seu quarto e pular na cama. Não faço isso desde o internato!

— Pensei que seu internato fosse apenas para moças — dissera Taylor.

— E era — respondeu ela, mordendo o lábio de um jeito provocante, então deu mais uma daquelas risadinhas.

Ou talvez ela o levasse para a Saville Row ou a Jermyn Street, comprasse uma camisa cara ou mesmo um terno. Ela já lhe dera um par de abotoaduras de prata caras demais para serem usadas, principalmente no trabalho. Sem dúvida levantariam suspeitas.

Taylor não sabia o que pensar daquele impulso. Reconhecia-o, é claro. Muitos homens ricos gostavam de cobrir as amantes de dinheiro, de comprar para elas roupas caras que nunca comprariam para as esposas. Parecia que uma mulher com um jovem amante podia ser tão estúpida quanto.

Ele mantinha duas camisas brancas passadas numa prateleira do armário de roupas de cama, prontas para pernoites como aquele. Perguntou a Anna se ela não estaria correndo um risco grande demais: se Murray as encontrasse ali, sem dúvida ligaria os pontos. Ela desconsiderou suas preocupações com tamanha naturalidade que mais uma vez Taylor se perguntou se o parlamentar conservador já sabia do caso dos dois e se, inclusive, o sancionava. Ele vestiu uma das camisas e rabiscou um recado, que deixou no criado-mudo. *Outro dia, meu amor. T.*

Como ainda não eram sete e meia, decidiu caminhar até o trabalho. Não demoraria muito e era uma bela manhã. Ele caminhou às margens do rio, ao longo do Chelsea Embankment, antes de seguir para o norte e entrar no Hyde Park. Aquele era o deleite de Londres, aqueles maravilhosos oásis que pontilhavam toda a cidade. Ele viu de relance o lago Serpentine e mais uma vez prometeu que nadaria ali antes do fim do verão, então seguiu em frente até por fim sair na Park Lane. Todos diziam que a Park Lane e a região de Mayfair eram as partes mais chiques da cidade, mas nos últimos tempos ambas estavam claramente descuidadas. Era preciso apenas olhar para as janelas pintadas de preto em alguns dos grandiosos hotéis para saber que aquele era um país em guerra.

Por fim ele chegou à Grosvenor Square. Via a bandeira do seu país tremulando entre as árvores. Taylor conferiu o relógio. Ainda era cedo, mas em tempos de guerra todos trabalhavam em horas estranhas: alguns ficavam até mais tarde para entrar em contato com Washington, outros chegavam antes das oito para entrar no ritmo de Whitehall. Ele olhou para o fuzileiro naval de guarda na porta, dirigindo-lhe o brusco cumprimento de cabeça que era o equivalente civil de uma continência. E assim começou outro dia de trabalho de Taylor Hastings na Embaixada dos Estados Unidos em Londres.

# VINTE E UM

— Tudo aponta para o senhor, Dr. Zennor. A discussão no restaurante, o senhor correndo atrás dele, bagunçando o lugar, tudo testemunhado por pelo menos uma dúzia de pessoas. Por que não me conta o que aconteceu?

— Eu já contei.

— Bem, conte outra vez.

James suspirou. Estava sentado em uma sala de interrogatório cinza na sede do Departamento de Polícia de Yale que, para sua consternação, era uma delegacia de verdade. O nome o iludira: acreditava que a polícia de Yale seria um equivalente aos *Bulldogs* que policiavam Oxford, um braço das autoridades acadêmicas e não uma força policial de fato. Mas aqueles homens estavam vestidos como os policiais que ele via nos filmes de gângster, e também falavam e agiam da mesma forma. Uma vez fora da viatura, ele precisou posar para uma câmera — de frente e de perfil, como os homens nas fotografias de Lund —, e então pressionar cada um dos dedos em uma almofada com tinta preta. Aquilo, ele percebia, era sério.

O processamento burocrático foi longo até demais. A mente de James gravitou para Oxford no outono de 1937.

Ele se lembrava de estar cercado pela parafernália de uma nova vida, um berço no quarto de Harry, um carrinho de bebê no corredor — sinais que apontavam para o futuro. Florence estava com o bebê no peito, seu corpo mais cheio e, para James, mais bonito do que nunca. Eles eram recém-casados numa casa nova, uma nova família que transbordava esperança e possibilidades.

Era o que os visitantes viam, de qualquer forma — gente como Virginia Grey, que aparecia com fígados de galinha embalados em papel impermeável, tudo pelo bem de Harry.

— Minha querida, como uma mãe que está amamentando você sofrerá de carência de ferro, que precisará repor imediatamente.

Mas nem ela nem ninguém via Florence pedindo repetidamente ao marido que segurasse o bebê no colo, insistindo que James superasse o medo de que o ombro destroçado o fizesse deixar o filho cair. Ninguém mais estava lá para testemunhar a insistência dele de que não sofria desse medo, que apenas precisava estar na faculdade em 15 minutos ou que tinha um artigo urgente em uma publicação acadêmica para terminar, ou que o bebê claramente queria a mãe. *Vamos, Florence, pegue-o, ele obviamente está chorando porque quer você.*

Assim como ninguém estava lá naquele fim de tarde de novembro quando, enquanto Florence cochilava, James cautelosamente se aproximou do berço depois que Harry acordou. Ele olhou para o filho por um longo minuto, como um lutador medindo o oponente, antes de estender o braço bom e tentar pegar o bebê com uma das mãos, a qual passou por baixo dele para envolver suas costas. Funcionou no começo, com o bebê tranquilo na mão do pai, James quase conseguindo formar um sorriso ao cuidadosamente trazer o filho para si. Mas então o menino, que ainda não tinha dois meses, se mexeu. A mão direita de James tentou segurá-lo, mas era lenta demais, seus movimentos ainda irregulares e inseguros. O pequeno Harry se desvencilhou do aperto e escorregou de sua mão para o vazio, enquanto James o observava impotente, paralisado.

Apenas a sorte fez com que a criança caísse sobre os lençóis macios do berço. Alguns centímetros para a esquerda e Harry teria caído no chão de madeira. Com essa constatação, James soltou um som que nunca emitira antes: parte grito, parte urro. Ou isso ou o impacto da queda assustou Harry, que chorava em silêncio a princípio, seu queixo de bebê tremendo, a língua oscilando. James teve medo de que Harry não estivesse conseguindo respirar, até que ele começou a soltar balidos altos e roucos. Florence entrou apressada, suas feições distendidas pela ansiedade, como se um choque elétrico acabasse de arrancá-la do sono.

Ela pegou Harry em um único movimento suave, colocou-o no ombro para que sentisse seu calor, o rostinho roçando seu pescoço. O bebê ainda chorava, mas o tom havia se alterado, os gemidos foram ficando mais calmos e regulares. Sem tirar os olhos do marido, que recuou para o canto do outro lado do berço, Florence se aproximou, estendeu a mão livre em um gesto que dizia que sabia o que tinha acontecido. James se encolheu, então afastou o braço da esposa. Ele se recusava a ser confortado. A ser alvo de pena. Ela consolara Harry, mas não o consolaria. Ele saiu do quarto.

Agora, quase três anos depois e a milhares de quilômetros de casa, ele soltou um suspiro profundo. O medo o impedira de pegar seu menino outra vez. Até aquele momento, pensava que o erro havia sido deixar o bebê cair. Agora via as coisas de maneira diferente — mas caíra em si tarde demais.

— Na Inglaterra se fala inglês? Ou você é surdo?

Aturdido, James ergueu os olhos e viu o detetive encarando-o.

— Como? — Como um disco de gramofone girando a uma velocidade mais baixa que o normal, ele percebeu muito lentamente que aquele homem substituíra o policial que o havia prendido. Ele estudou o rosto do sujeito: pálido, cheio, com cabelo rareando. Como era mesmo o nome? Riley? Ocorreu a James que o nome combinava com o sotaque, um sotaque que notara diversas vezes nos policiais aquela manhã. Todos mais velhos, de cabelos grisalhos ou brancos, com ar de homens que vestiram uniforme a vida toda. Ele se forçou a escutar o que o homem dizia.

— Acho que hoje não é o seu dia de sorte. Está olhando para um irlandês, e nós não gostamos dos ingleses. Sem ofensa, mas é assim que as coisas são.

— O senhor é da Irlanda?

— Não, mas meu pai era. Depois que vocês quase o mataram de fome, ele foi para Boston.

James olhou para a porta, que fora deixada aberta, e viu dois colegas de Riley. Então era isso. Eles eram policiais da cidade grande aposentados, homens mais acostumados a lidar com malandros e criminosos do que acadêmicos plagiadores e alunos que colavam nas provas, ou o que quer que os mantivesse ocupados em Yale. Isso significava que provavelmente saboreavam a perspectiva de um crime de verdade, como um assassinato. Bem, eles que procurassem outro para animar o dia.

— Como eu disse, tudo aponta para o senhor, Dr. Zennor — continuou o homem. — A única coisa que não consigo nem começar a imaginar é o motivo. Por que fez aquilo?

— Isso é um ultraje! — praguejou James, batendo o punho na mesa. — Insisto que entre em contato com o gabinete do decano imediatamente! Eles explicarão quem eu sou e o que estou fazendo aqui. Jesus Cristo!

— Não ouse praguejar comigo, seu inglês de merda, ou atiro você em uma daquelas celas tão rápido que não vai nem perceber o que aconteceu.

Riley o encarava, o dedo em riste oscilando no ar em frente ao rosto dele. James ficou exatamente onde estava, sustentou o olhar do detetive sem fraquejar.

— Eu não matei aquele homem. Estou aqui para encontrar minha esposa e meu filho. É por isso que estou aqui, nos Estados Unidos. Ela é uma das mães de Oxford que chegou aqui há coisa de uma semana.

— É o que você diz.

— E Lund confirmou! Pelo amor de Deus...

— Já alertei uma vez, Zennor. Agora acalme-se. Uma coisa que aprendi nesse trabalho é que vocês, homens da universidade, são muito bons em falar rápido e distorcer uma história. Vocês, britânicos, provavelmente são os melhores de todos. Posso não ser tão inteligente quanto você, mas conheço o meu trabalho. Então abaixe o tom e coopere, a não ser que queira contar essa história de novo para um júri.

Então, pela terceira vez, James explicou que foi ao gabinete do decano — duas vezes —, que usou uma tática diferente da segunda vez, que inventou a história sobre uma pesquisa simplesmente porque estava desesperado para saber onde sua família estava. Sem planejar, repetiu para Riley a pergunta que fizera ao capitão do porto de Liverpool: se a sua família desaparecesse, você não recorreria a qualquer meio para tê-la de volta?

— É o que me preocupa, Dr. Zennor. Que você estivesse disposto a recorrer a qualquer coisa. Até mesmo assassinato.

James se curvou sobre a mesa outra vez, os dentes trincados.

— Isso é insano. O homem me atirou para fora do gabinete do decano, mas sussurrou que eu devia vê-lo mais tarde naquela noite. Fui encontrar com ele, perguntei o que diabos ele sabia, mas ele não disse. O sujeito falava de forma enigmática.

— Isso foi no Frank Pepe's.

— Sim. Ele estava muito agitado, e foi ficando ainda mais à medida que falava. Então, quando foi ao banheiro eu vi as...

— Eu sei, as fotografias. Mas você vê com o que isso está parecendo, não vê? Você está nervoso. Ameaça a secretária. De alguma forma segue o homem que...

— Eu não o segui! Ele me disse que o encontrasse lá.

— Só temos a sua palavra quanto a isso. Você segue o homem que detém a informação, e acaba de admitir que estava disposto a qualquer coisa para tê-la, até o lugar onde ele iria jantar. Vocês discutem. As pessoas no restaurante ouvem. Então ele vai ao banheiro, você abre a pasta do sujeito e bisbilhota seus pertences...

— Não foi assim! Achei que ele pudesse estar com os documentos de Florence na pasta. É tudo que eu quero: saber onde diabos ela está. — James abaixou a cabeça, exausto.

Mas o detetive não ficou sensibilizado.

— Você sai apressado do restaurante, aos berros. As pessoas ouvem isso também. Vai atrás dele e o segue até em casa. Você observa a casa e depois, quando a esposa já está dormindo no segundo andar, mata o sujeito e tenta fazer parecer suicídio.

— A esposa?

— Isso mesmo. A esposa e o filho recém-nascido.

— Mas eu pensei...

— Eu sei o que você pensou. Que ele era um pervertido com fotografias obscenas na pasta. Já me disse isso.

— Mas eu as vi!

— Bem, elas não estavam na pasta quando a esposa o encontrou enforcado essa manhã. Uma esposa que, por sinal, jura que o marido fazia planos para o futuro e nunca, nunca mesmo, pensou em suicídio.

— Ele se enforcou? Puta merda.

— Ou você o enforcou e fez parecer suicídio. É o que estou tentando descobrir.

James esfregou as têmporas. Nada daquilo fazia sentido. Uma esposa e um bebê? Agora que pensava a respeito, essas coisas não eram raras: havia um lendário professor de línguas clássicas que costumava fazer brincadeiras sobre sodomizar os calouros mais promissores. A esposa era totalmente dedicada a ele.

Riley fechou a porta, então voltou à sua cadeira.

— Você ainda quer manter essa baboseira das fotografias anormais? Tem certeza? É muito melhor mudar a história agora do que no tribunal, quando estiver sendo julgado por assassinato, acredite em mim. Você assume que é culpado, diz ao juiz que ficou louco procurando pela sua esposa, talvez ele seja benevolente. Mas continue com esse papo furado e será um grande candidato à cadeira elétrica. Ah, você não sabia? É, é assim que acontece hoje em dia em Connecticut. Já faz três anos. Não é uma boa forma de empacotar, posso lhe garantir. Eles o afivelam na cadeira, para você não poder se mexer. Então fazem a corrente elétrica percorrer o seu corpo — 2 mil volts, acho que é isso. A primeira descarga faz você apagar e frita seu cérebro, e a segunda explode todos os seus órgãos vitais, os pulmões o coração e tudo mais. Mas nem sempre dá certo, entende? Talvez a primeira descarga não seja suficiente: o cérebro pode parar, mas o sujeito continua respirando. Essas novas máquinas... Algo sempre dá errado, sabe como é. Teve um homem cujos vasos sanguíneos começaram a saltar e sangrar; então a cabeça dele pegou fogo. A cabeça! Ah, aquilo foi horrível. Levou oito minutos para morrer. Imagine só. Você gritaria para ser enforcado, não? Eu gritaria. Para acabar com tudo de uma vez.

James sabia o que o detetive estava fazendo: o sujeito tentava assustá-lo, forçá-lo a fazer uma confissão fajuta por puro pânico. Ele sabia disso e não se sujeitaria. Sabia que as provas levantadas pela polícia eram, quando muito, circunstanciais. Mas também que os júris são imprevisíveis. Qual poderia ser o seu destino perante uma dúzia de Rileys, instigados por um advogado persuasivo a temer aquele inglês, abandonado pela esposa e considerado mentalmente instável até mesmo para vestir o uniforme da própria nação? O júri seria informado de que aquele estrangeiro tinha sido a última pessoa a ver Lund com vida e de que James fora visto perseguindo o homem, furioso, poucas horas antes.

Riley estava recostado na cadeira agora, encarando-o em silêncio. James também conhecia aquele truque. Ele próprio o usara durante algumas de suas entrevistas clínicas: não diga nada e deixe que o paciente se contorça até por fim falar tudo, nem que seja para acabar com o silêncio.

James não cairia naquela. Em lugar disso usaria a pausa em seu próprio benefício, para pensar. Ele tentou colocar de lado as aparências e se concentrar na realidade. O que de fato havia acontecido? Era possível que Lund houvesse tirado a própria vida, talvez por vergonha de suas compulsões aberrantes. A esposa teria descido aquela manhã, visto o corpo, descoberto as fotografias e então as destruído, por temer que desgraçassem a reputação do marido morto e sujassem o nome da família.

Mas se Lund houvesse sido assassinado, o mesmo poderia ter acontecido; o assassino maquiaria a cena para parecer suicídio. Nessa situação, a viúva de Lund ainda assim teria destruído as fotografias para evitar a vergonha. Ou talvez o assassino as tenha levado por algum motivo.

James pressionou a ponte do nariz com a ponta dos dedos, como fazia sempre que lutava para desatar os nós de um problema complexo. O melhor método, ele descobrira, era conversar com Florence. Ela tinha uma mente lógica, ordenada e rigorosa, mas também um intelecto criativo: era capaz de ter novas ideias, de apresentar possibilidades completamente novas. Era como se uma conversa com ela resolvesse um quebra-cabeça que parecia insolúvel. A ironia daquilo não lhe passou despercebida: para encontrar Florence, ele precisava de Florence.

— Tem certeza de que não quer me contar nada? — perguntou Riley. — Porque estou observando você, de olhos fechados, franzindo a testa, apertando o nariz e tudo mais, e acho que parece um homem com muita coisa na cabeça. Muita coisa na consciência.

— Estou pensando, detetive, apenas isso. Apenas pensando.

— Parece doloroso. — Riley se recostou, avaliando-o. Seus lábios se moveram de maneira quase imperceptível, um gesto que, de alguma forma, como um pigarrear silencioso, sinalizavam a iminente introdução de uma mudança de assunto.

O detetive abriu a mão para revelar um brilho metálico, como um mágico que faz surgir uma moeda na mão vazia.

— Isso é seu, Dr. Zennor?

James se curvou.

— Vá em frente, pegue.

A princípio James achou que fosse um alfinete de gravata, mas era muito pequeno, e o objeto atrás tinha o formato errado, longo e fino, como uma agulha. Aquilo era para ser usado na lapela. Parecia uma cruz egípcia, com um laço em lugar de uma linha vertical no topo. Naquele caso, o laço era preenchido pela imagem de uma cabeça de animal. Ao olhar mais de perto, James viu que era a cara de um lobo.

— Bem — disse Riley —, isso é seu?

— Nunca vi essa coisa na vida. O que é?

Riley o encarava, tentando ler sinais de falsidade em seu rosto.

— Nunca viu?

— Sim, eu nunca vi essa droga. O que é?

— Você realmente precisa aprender a se controlar, Dr. Zennor — retrucou o detetive, mas dessa vez James notou que a tensão em sua voz se abrandara. — Isso foi encontrado na boca do morto

— Na boca? Eu não..

— O legista disse que é o lugar ideal para esconder uma coisa se você quiser que seja encontrada depois da sua morte. Pelo menos é o que um médico faria. Lund saberia que não adiantaria segurá-la. Os músculos relaxam depois que você morre e a coisa cai. Parece que Lund estava bem determinado: o alfinete de lapela estava preso na parte interna da bochecha dele.

— E pertencia a Lund?

— Como?

— O alfinete de lapela. Era dele?

A testa do detetive se contraiu apenas por uma fração de segundo.

— Perguntei exatamente isso à viúva. Acontece que Lund tem uma peça idêntica a essa, mas ainda está no quarto. Dentro da caixa, como sempre. Ela me mostrou. Então isso pertence a outra pessoa.

— O assassino.

— Você está perguntando ou afirmando?

James cerrou os dentes, uma técnica que sempre usou para suprimir a raiva, apesar de ter caído em desuso nos últimos anos: era um artifício débil demais.

— Você acha que Lund pode ter arrancado isso da lapela do assassino durante uma luta. Então colocou-o na boca para que você o encontrasse, de modo a identificar o homem que o assassinou.

— Você está se precipitando, Dr. Zennor. Deixemos as teorias para vocês, cavalheiros da universidade. Tudo que eu quero são fatos. Fatos.

— Bem, e você sabe o que é isso, esse alfinete de lapela? Ou por que Lund tinha um?

— Deixe as perguntas comigo, certo? Vamos voltar ao restaurante Pepe's. Você disse... — Riley foi interrompido por batidas urgentes à porta. Outro policial entrou e se abaixou para sussurrar no ouvido dele. O detetive assentiu, sussurrou uma resposta para o colega, assentiu outra vez. O policial saiu.

Riley se curvou sobre a mesa para pegar o alfinete de lapela e colocou-o sobre uma pilha de papéis, os quais organizou.

— Acho que é o seu dia de sorte, no fim das contas. O rapaz do bar reconheceu a sua fotografia da ficha. Disse que se lembra de ter lhe servido seis uísques duplos e de ter dito para você cair fora pouco depois das onze da noite. E o mordomo do Elizabethan Club disse que o colocou na cama ontem à noite: você estava tão bêbado que ele precisou tirar suas calças. O que é embaraçoso, mas também um álibi. O velho afirmou que dorme numa cama de campanha no andar de baixo e que ouviria se você tivesse saído no meio da noite. Isso significa que você não é mais suspeito da morte de George Lund.

James soltou um longo suspiro, uma sensação de alívio que não sentia desde que terminou aquele último e agonizante treino no Ísis. Estava livre. Mas então surgiu outro pensamento. O mordomo? Não tinha qualquer lembrança daquilo. Será que ficara assim tão bêbado? Ou aquilo era a amnésia da qual Rosemary Hyde zombara?

Ele se levantou e encarou o detetive.

— Se eu não sou suspeito, isso significa que você não tratará o caso como assassinato?

— O que eu disse é que você não é um suspeito oficial.

James olhou para a mesa entre eles. Para sua vergonha, dava-se conta de que, apenas agora que não estava se defendendo, compreendia a fundo o que havia acontecido. Um homem estava morto; um homem que assumira o que claramente via como um grande risco ao se encontrar com ele; um homem que tinha dito *eu posso ajudá-lo*; um homem que ficara febril de ansiedade no restaurante, em suas últimas horas de vida.

— E detetive, tem certeza de que aquelas fotografias que eu vi não estavam na pasta quando vocês encontraram Lund esta manhã?

— Quando a *esposa* encontrou Lund esta manhã — corrigiu Riley. — Não, não havia fotografias. Nossos homens revistaram a casa meticulosamente: não havia sinais de fotografias anormais, revistas, nada. Você pode estar livre da acusação de assassinato, mas isso não quer dizer que sua história para ontem à noite seja verdadeira. Vou ficar de olho em você, Dr. Zennor.

James sustentou o olhar do detetive.

— Gostaria que ficasse de olho na minha esposa e a procurasse. Ninguém me diz onde ela está.

— Isso é entre você e a universidade. Tenho um trabalho a fazer.

Com isso, Riley estendeu a mão para um cumprimento breve, então o acompanhou para fora da sala, deixando James Zennor aliviado, confuso — e absolutamente convicto de onde precisava ir.

# VINTE E DOIS

James certa vez ouvira Bernard Grey brincar que as pessoas mais bem-informadas da Inglaterra eram as criadas que serviam o chá no Palácio de Westminster: elas escutavam tudo. Não foi apenas a raiva provocada por aquela lembrança que o levou a ficar contrariado com a piada. Ele a achara irritante antes mesmo de descobrir que Grey tinha um envolvimento central na trama criada para mandar sua esposa e seu filho para a América do Norte sem seu conhecimento. Porque a piada era calcada no que deveria ser uma constatação comum: que era surpreendente, e cômico, imaginar que criadas que serviam o chá soubessem tudo sobre tudo.

No entanto, mesmo contrariado, James precisava admitir que havia um fundo de verdade na observação daquele velho canalha. Se quisesse saber o que acontecia na faculdade — que aluno havia sido pego colando, que professor havia sido pego se masturbando na capela —, era perda de tempo especular na mesa de debates com os acadêmicos. O lugar a ir era a sala dos porteiros, onde se encontravam as verdadeiras autoridades.

Ele não podia fazer isso em Yale, um local onde só estava havia dois dias. Não conhecia ninguém ali. Exceto por um homem, a quem precisava agradecer imediatamente.

James bateu à porta do número 459 da College Street. Com a confusão de sua prisão naquela manhã, mal tivera tempo de se vestir, quanto mais pegar a chave do Elizabethan Club que recebera. Mas o mordomo estava na casa e abriu a porta. E quando o fez, James se deu conta de que não sabia o nome dele.

— Ah, bom dia... — James o fitou.

— É Walters, senhor. — A pele negra do rosto do mordomo era vincada pela idade; ele era bem mais velho do que James a princípio imaginara. — Bom dia para o senhor também, Dr. Zennor.

— Sou muito grato pelo que fez por mim... errr... ontem...

— Não há necessidade de dizer nada, senhor. Nós cuidamos dos hóspedes por aqui.

— Mas o que você disse à polícia; foi principalmente por sua causa que me liberaram.

— Eu apenas disse a verdade, Dr. Zennor. Eles me perguntaram e eu disse.

— Bem, agradeço de qualquer forma. — James fez uma pausa. — Será que podemos... — Ele gesticulou para a sala de estar, como se desejasse abordar um assunto que era melhor não ser discutido à porta.

Depois que estavam a salvo dos ouvidos de bisbilhoteiros, ele continuou:

— Gostaria de saber se você poderia me ajudar a identificar uma coisa. Um alfinete.

— Um alfinete, senhor?

— De lapela. Vi um essa manhã e aposto que é algo que um homem de Yale reconheceria imediatamente, mas não significa nada para mim. — O mordomo fez que sim, como que à espera dos detalhes. — Era uma cruz egípcia, você sabe, aquela com o laço em cima. — James traçou o contorno com o dedo. — Dentro do laço há uma cabeça de animal. Um cão ou coisa parecida. Talvez um lobo.

Walters olhou para o lado, como que avaliando o que acabava de ouvir.

— Acho que sei o que o senhor está procurando, Dr. Zennor. E o senhor está certo. Seria reconhecido pela maioria dos homens de Yale.

— O que é?

— O que o senhor viu foi um alfinete de cabeça de lobo. E a Wolf's Head é uma das sociedades secretas mais poderosas da universidade.

# VINTE E TRÊS

James queria começar sem demora, mas o mordomo o levou até um espelho.

— Com todo o respeito, senhor...

O reflexo que viu era o de um homem desgrenhado, com barba por fazer e rudemente arrancado de uma ressaca. Ele pulara um dos botões da camisa. Relutante, deixou-se ser persuadido de que Walters estava certo: precisava de uma pausa, tomar um banho e comer antes de fazer qualquer coisa.

A banheira no último andar da casa era pequena para um homem do tamanho de James, mas entrar nela ainda parecia ser um grande luxo. A ideia de relaxar numa banheira de água quente deu-lhe um prazer apenas fugaz, o calor e o conforto instantaneamente substituídos por culpa. Desde o momento em que descobriu que Florence e Harry haviam desaparecido naquela manhã, mais de duas semanas antes, ele corria de um lado para o outro para encontrá-los. Mesmo quando estava sentado na Crewe Station, à espera da conexão para Liverpool, ou nas longas noites a bordo do navio para o Canadá, ou naqueles lentos e sacolejantes trens Estados Unidos adentro, ele não se permitira relaxar: andava de um lado para o outro nas plataformas das estações e no convés do navio ou tamborilava os dedos como um homem numa pressa desesperada. Ele havia mantido a urgência que sentira naquele primeiro momento, quando saiu correndo da casa em Norham Gardens, gritando por Florence e Harry. Podia ter atravessado um oceano e metade do mundo, mas ainda sentia a urgência feroz de um homem que acaba de perder a família. E parar, mesmo por dez minutos num banho, dava a sensação de ser um tipo de traição. Pior, aquilo o assustava, sugeria que ele poderia acabar se acostumando a ficar sem a esposa e o filho, um futuro no qual estaria fadado a permanecer tão sozinho quanto agora.

James olhou para o ombro, o osso afundado, a pele esticada. Quando a água começou a esfriar, ele se lembrou de como o filho, então um bebê, uma vez usou a mãozinha para tocar aquela parte arruinada do seu corpo, o rostinho curioso. Harry nunca se encolhera à visão das cicatrizes porque nunca conhecera nada diferente.

James percebeu que havia lágrimas em seus olhos. Num reflexo para interrompê-las, mergulhou o rosto na água morna.

Depois de se vestir o mais rápido possível, ele foi até a Owl Shop Faria parecer que o propósito era apenas agradecer ao barman que confirmou sua presença ali na noite passada. Mas estava à procura de outra pessoa. E para seu alívio ela estava lá: o jovem que conheceu na primeira visita e que agora secava copos.

Depois de um cumprimento breve e de um pouco de conversa fiada, James chegou à sua pergunta.

— E essa história toda de sociedades secretas, hein? — começou de forma elíptica.

— Você quer dizer como a Skull and Bones e tudo mais?

— Talvez. Presuma que eu não sei de nada.

— Ah. Bem, eu não sou membro nem nada. A maioria é para *juniors* e *seniors*. — Quando viu o olhar de interrogação de James, ele sorriu.

— Você não sabe nada *mesmo*. Ok. *Freshman* é o calouro, ou aluno do primeiro ano; *sophomore*, do segundo; *junior*, do terceiro; e *senior* do quarto ano.

— Então quando chega ao terceiro ano você pode se juntar a uma delas.

— Não! Não é assim. Você não se junta a elas, precisa ser convidado.

Até o momento, aquilo fazia sentido. Em Oxford não era diferente: lá também havia sociedades de estudantes que se reuniam para beber, como os Assassins, a Piers Gaveston e o clube Bullingdon. Elas também eram secretas, no sentido de que não publicavam as atas das reuniões, mas a maioria dos alunos de graduação tinha uma boa ideia de quem pertencia a cada uma. O Bullingdon tinha até mesmo um uniforme, fraque azul-marinho e um berrante colete mostarda. Os membros tendiam a ser ricos e aristocráticos, jovens abastados o suficiente para reduzirem um salão a escombros e pagarem o prejuízo em espécie logo em seguida.

Mas as sociedades de Yale — Wolf's Head, Skull and Bones, Scroll and Key — pareciam ser diferentes. Para começar, elas tinham sedes próprias no coração da universidade.

— Ah, e são extraordinárias, você precisa ver — disse o rapaz. — Parecem templos gregos antigos. Colunas dóricas e tudo mais. São chamadas de "tumbas".

— Então elas não são secretas, no final das contas.

— Ah, são. Totalmente secretas. Ninguém sabe o que acontece lá dentro. E são poucos que podem se afiliar a elas. Acho que a Wolf's Head tem apenas 15 ou 16 membros. Na maioria *juniors*.

— Mas por mais exclusivas que sejam, o que quer que essas sociedades façam não pode ser tão importante, considerando que esses grupos, com todo o respeito, são formados apenas por estudantes — disse James com um sorriso.

— Mas não são, não exatamente. Essa é a ideia. Depois do seu ano como membro efetivo da sociedade, você se torna um antigo membro.

E continuará sendo para o resto da vida. Dizem que o presidente Taft era um Skull and Bones.

— E eles se encontram depois?

— Eles se ajudam. Como uma rede secreta. — Aquilo também era familiar. Os acadêmicos de Oxford fingiam estar acima dessas coisas, mas James sabia sobre os maçons e sua rede de conexões. Um homem estendia a mão para outro, o beneficiário então apoiava um terceiro, que por sua vez ajudava o primeiro — uma engrenagem de favores e proteção em eterno movimento.

James pressionava o barman por alguns detalhes quando a porta abriu e dois homens entraram, instantaneamente pedindo martínis. Ele deixou uma moeda no balcão e saiu.

Uma vez do lado de fora, pegou a caderneta que mantinha no bolso interno do paletó: não quis fazer anotações enquanto o barman falava por temer que isso parecesse estranho ou quebrasse o ritmo do rapaz. Em vez disso, confiava em uma técnica mnemônica que usara algumas vezes em sua breve e abruptamente encerrada carreira como agente de inteligência na Espanha. Se não pudesse usar papel e caneta em nome da discrição, ele registrava a informação — assentindo, absorvendo o que ouvia — e então, com os olhos da mente, visualizava-a escrita, as palavras aparecendo uma a uma numa página imaginária. Quando a página ficava cheia, ele batia uma fotografia mental e a arquivava na memória.

James agora rabiscava o que ouvira para não correr o risco de esquecer: as localizações das sociedades secretas. Enquanto caminhava, conferiu as informações com o mapa de ruas de Yale que pegou com Walters mais cedo. A Wolf's Head não ficava distante; no caminho, passaria pela Skull and Bones.

O rapaz do bar não estava enganado. Se a maior parte de Yale parecia um transplante transatlântico de Oxford, a "tumba" dessa sociedade secreta parecia ter sido transportada da Grécia ou Roma antiga para os Estados Unidos do século XX. Consistia em dois prédios idênticos, ambos em pedra avermelhada, lisos e sem janelas, exceto por dois pares de aberturas estreitas com vidro escuro e caixilhos de chumbo, emolduradas por pórticos com pilastras: entradas falsas. Unindo os dois prédios ficava a verdadeira entrada, com desenho semelhante às outras duas — dotada de pilastras chatas, em vez de circulares —, mas com uma porta genuína, sólida. Não havia inscrições ou placas. Poderia ser o local de culto de uma religião anônima. E enquanto James se sentia tentado a ridicularizar a vaidade de uma construção como aquela, como provavelmente teria feito se aquela fosse a sede de uma sociedade estudantil em Oxford, não podia negar seu efeito. A austeridade daquele lugar exalava segredo — e poder.

Ele continuou pela Chapel Street, então entrou à direita na York. A princípio, não sabia para o que estava olhando. Não havia nada da grandeza imediata da Skull and Bones, nenhuma entrada imponente que remetesse a um templo. Em lugar disso, havia apenas vislumbres de pedra cor de âmbar em meio à folhagem de um jardim repleto de árvores. Ele teria acreditado que aquela era a casa recém-construída de um homem rico e recluso, cujas pedras receberam uma pátina artificial de idade, como a biblioteca Sterling.

Ele caminhou em volta para olhar melhor. Agora via que, enquanto a sede da Skull and Bones era um prédio alto, a "tumba" da Wolf's Head era mais baixa e larga, com laterais suavizadas pelos gramados que a envolviam. Poderia ser uma capela no interior da Inglaterra.

Ele acompanhou o muro baixo até ver uma passagem sombreada por árvores que levava a uma porta lateral. Tinha certeza de que poucos fora do clandestino círculo dourado dos membros da Wolf's Head ousariam entrar ali e que quebrava dezenas de regras das sociedades secretas, mas se quisesse encontrar Florence e Harry, a promessa de Lund — *posso ajudá-lo* — era o mais próximo que tinha de uma pista. O último ato do vice-decano, esconder aquele alfinete de lapela na boca, apontava para ali, para a Wolf's Head, então James não tinha muita escolha a não ser descobrir o porquê. Aquela era a melhor pista que tinha, basicamente por ser a única.

Ao chegar à porta, viu um botão de campainha à direita. Ele a tocou mas não ouviu nada. Tocou outra vez, concluindo que não havia apertado forte o bastante. Ainda nada. Talvez estivesse quebrada. Ou tocava em uma sala distante, com portas grossas, o chão forrado de tapetes luxuosos, de modo que o som não se propagava. Ele se curvou o encostou o ouvido na madeira. O lugar parecia estar completamente vazio.

Recuou alguns passos, os olhos procurando janelas, calhas, peitoris. Sem planejar, passou a avaliar o prédio em busca de uma forma de invadi-lo. James recuou um pouco mais para ver se havia algum caminho que levasse aos fundos do lugar quando ouviu o estalo de um graveto sendo quebrado. Ele virou para a esquerda e não viu nada, então para o outro lado e, bem à sua frente, mais próxima do que esperava, viu uma mulher — observando-o com olhar calmo e fixo.

Era alta e tinha cabelos que não eram nem loiros nem castanhos, um tom intermediário, cor de mel, que desciam soltos até a altura dos ombros. Para aumentar a confusão dele, ela vestia calças com bocas largas, mais largas do que jamais vira em um homem, mas sem dúvida eram calças. E era jovem, talvez parte do seleto grupo de alunas de pós-graduação de Yale. Em uma das mãos segurava um caderno, na outra, um cigarro. Ela o levou aos lábios, deu uma longa tragada e soltou uma nuvem de fumaça. Então, sem pressa, livrou-se do cigarro, pisou nele com um sapato impecável e estendeu a mão.

— Sou Dorothy Lake, do *Yale Daily News*. Como vai, Dr. Zennor? — A ênfase foi na segunda sílaba, Zen-*nor*.

James estava prestes a responder por impulso, mas se conteve.

— Como você sabe o meu nome?

— Bem, você acaba de confirmar. Obrigada. Mas cheguei a essa conclusão. Que outro inglês estaria fuçando a Wolf's Head a não ser o homem que a polícia interrogou esta manhã como suspeito da morte do...

— Como você sabe disso?

— Sou repórter. Meu trabalho é saber o que se passa nessa cidade. Assim como o seu trabalho é saber o que se passa na cabeça das pessoas. — Ela bateu a ponta do indicador na têmpora. James percebeu que Dorothy tinha as unhas pintadas de vermelho. — Além disso, o editor tem uma relação muito boa com a polícia de Yale. Muito boa.

James tentou responder, mas as palavras não vinham. Estava desconcertado, e não apenas porque Dorothy Lake o pegara desprevenido com a referência à sua área acadêmica. Havia algo na postura dela que sugeria uma confiança que beirava a agressividade. Ele estava acostumado com essa característica em homens; via-o o tempo todo. Mas nunca numa mulher.

— Quando a polícia mencionou meu nome, espero que também tenham dito que fui liberado — disse ele por fim. — Não tive nada a ver com a morte de Lund, Srta. Lake.

— É, eu fiquei sabendo. Mas um homem inocente deixaria isso tudo para trás, não acha? Seguiria em frente com o seu trabalho, lendo Sigmund Freud, analisando as fantasias de senhoras ou seja lá o que vocês, psicólogos, fazem. Mas aqui está você.

— Estou aqui para encontrar minha esposa e meu filho.

— O que, aqui? Na tumba da Wolf's Head? — Ela inclinou a cabeça de forma claramente atrevida.

James não conseguiu pensar numa resposta. Em vez disso, virou-se e seguiu pela calçada. Quase alcançava a rua quando sentiu uma mão no ombro, de leve a princípio, então com mais força.

— Pare. — Foi tudo que ela disse, mas seus olhos diziam mais, uma pequena concessão. — Acho que precisamos conversar.

— Para você conseguir uma matéria para o jornal da universidade? Acho que não. Agora, se me dá licença...

— Não precisa se preocupar com isso, Dr. Zennor. Nós não publicamos nada durante as férias. Estou apenas reunindo informações para a primeira edição do próximo semestre: "A estranha morte do Dr. George Lund". Posso nem mencionar o seu nome... se não quiser.

— E o que isso quer dizer?

— Você me ajuda e o seu nome fica de fora.

— Pouco me importo com o que você vai escrever. Coloque o meu nome na primeira página, se quiser. Vou estar longe daqui a essa altura. — Ele puxou o braço, suprimindo uma expressão de dor.

Mal tinha dado dois passos quando Dorothy Lake entrou na frente, bloqueando o caminho.

— E se eu puder ajudá-lo a encontrar a sua família?

Ele a fitou, a esperança crescendo. Forçou-a a recuar: aquela mulher fazia algum tipo de jogo.

— Você pode ajudar me deixando em paz — retrucou James e tentou passar por ela. A jovem deu um passo à direita, voltando a bloquear o caminho.

— E se eu disser o que sei e você me disser o que sabe? — Ela arqueou uma sobrancelha elegante feita a lápis. — Sabe como é, você lava a minha mão e eu lavo a sua.

James tentou ignorar o rubor no rosto dela e seus lábios grossos Mal tinha dado atenção a qualquer mulher desde que se casou com Florence — desde que a conheceu, verdade seja dita —, mas não havia como negar que aquela Dorothy Lake, tão alta e esguia quanto sua esposa, era muito bonita. Suas feições não eram tão refinadas quanto as de Florence, mas ainda assim ela era magnética. Era o que Harry Knox teria chamado de "pronta para a cama".

— Você vai me contar o que sabe a respeito do quê?

Ela deu um sorriso torto e gesticulou com a cabeça para o prédio que acabavam de deixar para trás.

— Sobre esse lugar.

— A Wolf's Head?

Ela fez que sim, então se curvou na direção de James, próximo o bastante para que ele sentisse o seu cheiro — feminino, com um leve toque de almíscar — e sussurrou:

— Já estive lá dentro.

James recuou, tanto para conseguir olhá-la de frente como para aumentar a distância entre eles. A proximidade daquele momento havia sido enervante. Estava prestes a falar quando Dorothy olhou sobre o seu ombro. James se virou e viu dois estudantes se aproximando. Ela sinalizou que esperasse, suspendeu a conversa até que os rapazes passassem, então voltou a falar.

— Quer saber, não faz sentido conversarmos aqui na calçada. Por que não almoçamos?

Sem entusiasmo, ele concordou. Dorothy era persistente e astuta, como já tinha demonstrado. Talvez tivesse descoberto algo de útil. E ele não tinha muitas ofertas de ajuda. Precisava de tudo que pudesse conseguir.

Foram a um lugar que ela descreveu como uma lanchonete na Elm Street, onde comeram hambúrgueres e batatas fritas. Numa tentativa de bate-papo, houve uma breve discussão acerca da pronúncia certa de "*tomato*".

— *To-mar-to* — disse Dorothy em tom exagerado, como se estivesse em um romance de Evelyn Waugh. — É *to-may-to*: vocês britânicos não sabem de nada?

Algum tempo depois, ela colocou o prato inacabado de lado e acendeu outro cigarro.

— Afinal, por que você está interessado na Wolf's Head?

— Acho que você sabe a resposta.

— Sei, mas quero ouvi-la de você.

A confiança daquela jovem era um tanto desconcertante. Ela não parecia fazer qualquer concessão ao fato de James ser mais velho e homem ou de terem acabado de se conhecer. Ele tomou outro gole de café.

— Escute, Srta. Lake. Foi você quem quis esse acordo, não eu. Então por que não deixamos que eu defina os termos? Você me diz o que sabe e depois eu faço o mesmo. Mas você primeiro.

Dorothy deu uma longa tragada no cigarro e passou os dedos pelos cabelos, um gesto que instantaneamente o fez se lembrar de Florence — apesar de ter certeza de que a esposa não faria aquilo na companhia de um estranho.

Ela colocou no cinzeiro o cigarro, que soltou uma voluta de fumaça como em protesto; então estendeu a mão sobre a mesa.

— Fechado.

Eles trocaram um aperto de mão, que Dorothy sustentou uma fração a mais do que necessário. Os dedos dela eram frios ao toque quando aninhados na palma de James, que puxou a mão.

— Vamos começar pela Wolf's Head. O que você pode me dizer?

— É uma sociedade secreta, criada há cerca de sessenta anos da mesma forma que todas as outras.

— Como assim?

Ela pegou o cigarro, deu uma tragada.

— Por pessoas que não conseguiram entrar em outras sociedades.

— Como a Skull and Bones e...

— E a Scroll and Key. Você aprende rápido. — Ela soprou a fumaça, revelando dentes brancos e perfeitos. James tentava discernir seu sotaque, diferente dos outros que escutou por ali. A forma como mantinha os lábios pressionados um contra o outro com o maxilar ligeiramente contraído e encurtava as palavras o levou se perguntar se ela seria de uma classe social mais elevada. — Enfim, é assim que funciona. A Scroll and Key foi criada por rejeitados da Bones, a Wolf's Head, por rejeitados da Scroll.

— E quem decide quem entra?

— Quem é *escolhido*, você quer dizer. Os atuais membros decidem.

— E são todos alunos do terceiro ano? Desculpe, *juniors*.

— Correto. Mas talvez não apenas eles.

— Quem mais?

Ela apagou o que restava do cigarro.

— Ninguém sabe ao certo. Elas são secretas, lembra? E as mulheres não podem chegar nem perto.

— Exceto você.

Ela o ignorou e prosseguiu.

— Os membros são da elite, escolhidos pelos motivos de sempre.

— Que são...?

— Cérebro, capacidade atlética. Pedigree.

— Você quer dizer procedência familiar?

— Claro. Vovô era um *wolfie*, papai era um *wolfie*, você é um *wolfie*.

— E o que eles fazem exatamente, esses *wolfies*?

— O de sempre nas fraternidades: bebem, dão trotes, aprontam...

— O que é trote?

— Vocês não têm fraternidades na Inglaterra? O trote é um ritual de iniciação. O novo recruta precisa ser humilhado. Você sabe, recitar a Declaração de Independência nu enquanto toma uma surra de toalha molhada. — Ela imitou o barulho de um estalo de toalha.

— E depois que você está dentro?

— É quando começa a diversão.

— Como por exemplo...?

— Mais bebedeira, mais bagunça. Mas também... — Ela abaixou o tom de voz, curvando-se para mais perto, de modo que James sentiu aquele cheiro almiscarado outra vez. — Festas.

— Quinze sujeitos bebendo juntos não soa muito como uma festa para mim.

— Quem disse que os convidados são todos homens? — Ela franziu o cenho.

— Ah, então foi assim que você entrou. Foi convidada para uma festa.

Dorothy fez que sim, os olhos divagando brevemente, como que saboreando a memória.

— Foi no ano passado. Quando eu ainda era aluna de graduação.

— Pensei que não houvesse alunas de graduação em Yale.

— Eu não estudava em Yale na época. Éramos todas da Vassar.

— Todas?

— Sim, um grupo de garotas da Vassar ia às festas da Wolf's Head.

— Entendo.

— Eles nos traziam para Yale num ônibus especial. Demorávamos muito tempo para chegar aqui.

— E o que acontecia nessas festas?

Ela dirigiu a ele um olhar irritado.

— Quer que eu desenhe?

— Só estou tentando entender essa bendita sociedade, Srta. Lake. Para o caso de ser relevante. Por favor.

— Acho que você está precisando de um cigarro, Dr. Zennor. Para acalmar os nervos.

Sem perguntar se ele queria um cigarro, Dorothy tirou um do maço, levou-o à boca, acendeu e passou para ele. James hesitou antes de aceitar, incerto se deveria pactuar com algo tão íntimo. Mas ela estava certa; ele precisava mesmo se acalmar. James deu uma tragada longa e profunda, então voltou a falar.

— E você tinha um amigo na Wolf's Head que a convidava para essas festas?

— Não era assim que funcionava. A Vassar decidia quem entrava no ônibus.

— Ah, então também era um clube exclusivo.

— Pode apostar. E discreto. Apenas as garotas escolhidas sabiam a respeito.

— E aposto que eram as garotas mais inteligentes e bonitas da faculdade.

— Agora você está me pedindo para atentar contra a modéstia, Dr. Zennor. — Ela sorriu. — Coloquemos desta forma: tenho certeza de que a Vassar era cuidadosa ao escolher garotas que os homens da Wolf's Head gostariam de conhecer.

— E lá dentro? Você viu algo, qualquer coisa que possa ser útil para mim?

— Há muito forro de madeira nas paredes, lembro disso. Você sabe, painéis com antigos membros, os nomes impressos em letras douradas.

James se curvou sobre a mesa.

— E você lembra de alguns desses nomes?

— Eu era uma garota de 19 anos cercada por alguns dos maiores partidos dos Estados Unidos, Dr. Zennor. Eu estava de olho em outras coisas.

— Preciso ver uma lista de antigos membros.

— Pode ser que eu seja capaz de ajudá-lo com isso.

James expirou alto.

— Isso seria excelente, Srta. Lake. De verdade.

— Mas agora acho que é a sua vez de me ajudar.

— Ainda não, sinto muito. Tenho mais algumas perguntas a fazer antes.

— Ah, isso não é...

— O quê, justo? Talvez não. Mas provavelmente há umas cem pessoas nessa cidade que podem me falar da Wolf's Head. E apenas uma que pode lhe falar sobre a morte de George Lund. Lembre-se, eu estive com o detetive que chefia a investigação há algumas horas. Então, outra pergunta.

Ela levantou as mãos num gesto de derrota.

James pigarreou, sinalizando tanto para si mesmo quanto para ela que chegava ao que era mais importante.

— Quero saber o que você sabe sobre as mães e as crianças de Oxford.

— Isso é sobre sua esposa e seu filho, certo?

— Certo.

— Bem. Elas chegaram no dia 24. Elas...

— Eu li seu jornal, Srta. Lake. Quero saber o que *mais* você sabe.

Ela franziu a testa, como se fizesse força para se lembrar de qualquer coisa que pudesse interessar a James.

— Eu não cobri essa história, então não sei muito além de...

— Tente.

— Ok. Sei que foram convidadas por alguns membros do corpo docente de Yale. A iniciativa foi deles. Sei que precisou ser organizado muito rápido, em poucas semanas. Também ouvi dizer que Cambridge disse não.

— Cambridge? A universidade? Por que diriam não?

— Não faço ideia. Apenas ouvi dizer que recusaram. As pessoas se perguntavam: "Mas por que estamos fazendo isso apenas por Oxford? Yale tem algum tipo de relação especial com Oxford? Harvard vai receber as crianças de Cambridge?" E a resposta foi não, Cambridge recebeu a oferta, mas disse não.

— Que estranho. E você não lembra onde ouviu isso?

— Por aí. — Ela acendeu outro cigarro. — Ah, tem mais uma coisa interessante.

— Sim.

— Os dois lados concordaram com esse plano.

— Não entendi.

— Você sabe, os que são a favor e os que são contra a guerra. Aqueles que defendem nossa entrada no conflito apoiaram o resgate de Oxford, dizendo que isso faz parte dos nossos laços históricos com a Inglaterra e tudo mais. E a turma anti-intervenção concordou, provavelmente para mostrar que o fato de serem contrários à guerra não significa que não se importem com o que acontece com doces criancinhas.

James resistiu ao desejo de dar um pequeno sermão sobre o fato de que qualquer um que realmente desse a mínima para as crianças britânicas deveria defender a entrada dos Estados Unidos na guerra naquele instante. Em vez disso, fez uma pergunta.

— Para onde elas foram?

— Para todo lado. Estão com diversas famílias. As pessoas se ofereceram para abrir suas portas. Ouvi falar de uma família que estava empolgada para receber uma menina e ficou chocada ao receber quatro garotos adolescentes. — Ela sorriu com o pensamento.

— E você não ouviu falar nada de uma mãe com um filho, um menino de 2 anos?

— Sinto muito, mas não. Sinto muito mesmo. — O estranho nesse último comentário era que aquela mulher a princípio impassível parecia estar sendo sincera. Então ela se endireitou na cadeira. — Agora é a minha vez.

— Tudo bem — disse James, numa voz que sugeria uma concessão relutante. — Mas depois voltamos aos membros da Wolf's Head, sim? — Ela assentiu.

Então, com Dorothy Lake fazendo anotações no seu caderno, James falou do primeiro encontro com o vice-decano no dia anterior, do segundo encontro no restaurante Pepe's, da conversa sussurrada depois que pediram pizza e então da visita da polícia naquela manhã.

— Ele também parece ter pegado algo do assassino — afirmou James reticente, criando expectativa para o que planejava ser a sua grande revelação.

— Você está falando do alfinete de lapela na boca?

— Ah. Então você já sabia disso?

Ela revirou os olhos.

— É claro. Por que mais eu estaria investigando a tumba da Wolf's Head? Vamos, Zennor, diga alguma coisa que eu não saiba.

Ele pensou em descrever as fotografias que vira na pasta de Lund. Mas não faria isso. Talvez por respeito: por que difamar um homem como pervertido, ainda mais no jornal da universidade? Mas em parte era uma ponderação pragmática. Precisava segurar alguma coisa, uma moeda de troca para usar mais tarde, se necessário.

— Conto mais se você me falar sobre os antigos membros. E há algo que preciso que faça por mim.

— Tenho uma ideia melhor — disse ela.

— O quê?

— Por que não paramos com esses acordos e barganhas e simplesmente concordamos em trabalhar nisso juntos? Você precisa ir a fundo nessa história, eu também. Não posso fazer isso sozinha, e você também não. Você me ajuda, eu te ajudo. Sem toma lá, dá cá. O que me diz?

— Digo que é uma ideia muito melhor.

— Ótimo, então. — Ela folheou o caderno até encontrar uma página. — Encontrei apenas um documento com uma menção a antigos membros. É de uma revista alternativa de uma das faculdades que circulou há alguns anos, antes que a reitoria a fechasse. Era chamada *Rebel Yale*. Por sorte, a Sterling guarda tudo.

— E você a viu?

— Li esta manhã. Assim que o editor recebeu a informação sobre a ligação com a Wolf's Head.

James se curvou sobre a mesa.

— Vá em frente.

— O grupo formal de membros da Wolf's Head é chamado Phelps Association. Em honra, acredito, a Edward John Phelps, que viria a se tornar embaixador em Londres, por sinal

James assentiu

— Sim, quem mais?

— Todo tipo de figurão. Políticos em Washington, advogados em Nova York, professores universitários, médicos, empresários e por aí vai.

James se recostou, tentando absorver o que ouvia.

— E, em tese, o assassino de Lund é um deles.

— Ninguém mais recebe o alfinete de lapela.

James franziu o cenho mais uma vez.

— Esses antigos membros, a Phelps Association. Eles continuam envolvidos com a universidade de alguma forma?

— Também havia algo a esse respeito na biblioteca. — Ela passou diversas páginas no caderno e passou a ler em voz alta. — "Os alunos membros da WHS", ou seja, da Wolf's Head Society, "tiveram papel central em algumas das mudanças mais significativas na vida de Yale. O recém-criado sistema de residência universitária foi inspirado em um antigo membro da WHS, o finado Edward S. Harkness, enquanto outro detentor do alfinete da Wolf's Head criou a União Política de Yale em 1934." — Ela acelerou a leitura, saltando trechos como se procurasse por outra coisa. — "Outras inovações atribuídas a membros da WHS incluem a fundação do Elizabethan Club, além da composição do hino extraoficial de Yale..."

— Espere, volte.

— "... criou a União Política de Yale em 1934..."

— Não o trecho seguinte.

— "... a fundação do Elizabethan Club, além da..."

— Isso. O Elizabethan Club. É onde estou hospedado.

— Eu sei.

— É uma coincidência e tanto, você não acha?

— Bem, não exatamente. Quer dizer, esses caras da WHS também escreveram o hino da universidade. Eles fizeram muita coisa. Isso não tem qualquer ligação com Lund, tem?

— Não, acredito que não. — Ele gesticulou para o caderno. — Volte à revista rebelde. Ela lista nomes?

— Sim, mas parece ser algo puramente especulativo. Boatos e fofocas.

— Posso olhar?

— Claro. — Dorothy empurrou o caderno para o outro lado da mesa.

James viu uma série de garranchos que não conseguiu decifrar, e então, na página seguinte, uma lista de nomes aparentemente em ordem alfabética: Harrison, Hayes, Hinton. Desceu para McLelan, Merritt, Moore, Morton. Então para Simpson, Sutton, Symes, voltou a subir e parou brevemente nos Fs, onde viu um Ford e se perguntou se seria o Ford da montadora de veículos, então desceu outra vez. Estava prestes a devolver o caderno quando viu algo que o deteve.

Ele virou o caderno e colocou o dedo sobre um nome.

— Bem, esse certamente significa alguma coisa para mim.

Dorothy esticou o pescoço, como se lutasse para entender a própria letra. O dedo de James repousava sobre o nome de Theodore Lowell: o pastor que ouvira poucas horas depois de chegar a New Haven, pregando com muita eficiência do seu púlpito na Capela Battell e insistindo com seus compatriotas americanos que ficassem fora da guerra na Europa.

# VINTE E QUATRO

— Tudo que você precisa é oferecer uma distração — disse ele, depois de explicar o plano pela primeira vez.

— No prédio da administração?

— Sim.

— No gabinete pessoal do decano?

Não precisa fazer parecer mais difícil do que é. Não é no gabine te pessoal do decano, é na antessala. Tenho total confiança na sua capacidade, Srta. Lake. — Quando viu que ela ainda não estava totalmente convencida, James decidiu assumir um risco. — Não consigo imaginar nenhum dos homens do *Yale Daily News* hesitando dessa forma. Não é o tipo de coisa que repórteres intrépidos fazem o tempo todo?

Lake fez um gesto para pedir a conta e então disse:

— Se você falava com ela dessa forma, não me surpreende que sua esposa o tenha abandonado.

James a encarou irritado.

— Como ousa? Minha esposa não me abandonou. Ela se refugiou com nosso filho por segurança. É o que ela está fazendo. — Ele ouvia o desespero na própria voz, reprimido como uma tosse rouca, mas não conseguiu se conter. — Porque o que nenhum de vocês parece perceber é que nosso país está em guerra. Nunca sentiriam isso na pele aqui, com seus milk-shakes, pizzas e omeletes de três ovos. Podiam muito bem estar em outro planeta. Mas a Inglaterra está em perigo, entende? Nós podemos perder. Podemos ser invadidos. Era disso que Florence tinha medo. Ela acreditava que nosso filho corria perigo. Estava preocupada com a segurança dele. É só isso. Ela veio para cá para estar em segurança. Para estar em segurança...

James se interrompeu, evitando os olhos dela. Ainda não estava chorando: conteve-se a tempo e esperava que Dorothy não houvesse percebido. Mas sabia o que acabava de acontecer — e estava envergonhado de si mesmo.

E então, quando por fim seus olhares de cruzaram, ficou surpreso com o que viu. Imaginava um olhar que fosse frio ou, na melhor das hipóteses, de pena. Em lugar disso, os olhos dela estavam marejados de compaixão.

— Que idade tem Harry? — disse ela num tom de voz que não usara até então. — Você não me disse.

Pouco depois James estava de volta ao lugar onde estivera 24 horas antes, mas dessa vez tinha uma mulher, e não um jornal, atrás da qual se esconder. O prédio da administração estava a poucos metros de distância. Ele acreditou ter visto Dorothy Lake morder o lábio de ansiedade.

— Agora lembre-se — explicava ele. — Há duas entradas para aquele corredor. Faça o que quer que você vá fazer no fim dele, no extremo oposto ao gabinete. Ficou claro?

— Sim, ficou.

Dorothy ajeitou a blusa e dava o primeiro passo na direção da entrada quando ele falou outra vez.

— Ah, e Srta. Lake...

Ela se virou, um movimento que de forma fugaz — sugerindo membros longos e firmes debaixo das roupas — lembrou Florence; Florence como ela costumava ser quando se conheceram, antes que o peso da guerra e do marido em frangalhos caíssem sobre ela.

— Obrigado — disse James, e ela se foi.

Ele esperou por cerca de trinta segundos, como haviam acertado. Então se aproximou da entrada, tomando o cuidado de ficar afastado o bastante para que o porteiro não o visse. Contou mais dez segundos e, fiel ao roteiro, ouviu um gemido de dor vindo do interior do prédio: Dorothy, no fim do corredor, gritava em aparente agonia.

O segurança fez o que eles esperavam: deixou seu posto e correu para ajudá-la. Aquela era a deixa para James entrar.

Na entrada do corredor, ele esticou o pescoço o bastante para ver Dorothy sentada no chão, agarrando a perna. Ela fez o que combinaram, fingiu a queda no fim do corredor, bem depois da entrada do gabinete do decano. James tinha a área livre para correr até lá, mas ainda não era seguro sair do lugar.

Avaliando o momento com perfeição, Dorothy cortou o ar com outro uivo de dor. James espiou o corredor outra vez e a viu se esforçando para levantar. Finalmente, as pessoas começavam a sair de seus escritórios; entre elas, James ficou aliviado por ver, a secretária do decano.

Ele ouvia vozes agora, a de Dorothy a mais alta. O eco deixava as palavras indistintas, mas ele captou a ideia. Ela pedia que alguém a ajudasse a ir até o banheiro, para que pudesse se limpar.

*Agora.* James começou a avançar pelo corredor, adotando a postura não de um visitante, mas de alguém que trabalhava ali. Ele deu cinco ou seis passos para chegar ao gabinete do decano, então entrou à esquerda.

O plano funcionara: eles calcularam bem o acidente de Dorothy, as duas mesas das secretárias estavam vazias. Instantaneamente, James as contornou e foi até os arquivos que ficavam atrás. Havia etiquetas em cada gaveta. A começar pelo canto superior esquerdo: "Admissões — Código Disciplinar."

Seus olhos buscaram as gavetas abaixo, registrando os assuntos, organizados em ordem alfabética: Capela Dwight, Corpo Docente de Geografia, Doações. Encontrou uma gaveta rotulada como "Memorial — Saybrook College". Puxou-a, surpreso ao ver que corria por mais de 1 metro. Devia conter centenas de pastas, todas identificadas com etiquetas.

James passou pelos Ms — Memorial, Monroe, Montana — e pulou para o P — Política, Ciência; Postura, Estudo de; Profissional, Capacitação — antes de voltar para o O. O coração deu um pulo quando viu uma divisória rotulada como Oxford, que precedia uma dúzia de pastas ou mais: "Oxford, Reitoria", "Oxford, Corpo Docente de História" e "Oxford, Bolsas Rhodes". Não era o que procurava.

Ele voltou, mais devagar dessa vez, e o coração deu outro salto. Pouco depois da pasta "Reitoria" estava a etiqueta que deixara passar: "Oxford, Crianças". James a puxou e descobriu que a etiqueta estava fixada não em uma pasta, mas num cartão. Nele estava colada uma ficha datilografada: "Ver Yale, Comitê Acadêmico para Recepção de Crianças de Oxford e Cambridge."

James ergueu a cabeça. Houve um barulho do lado de fora. Duas vozes. Instintivamente, ele se empertigou e deu um passo atrás. Ficou imóvel ao observar, com o canto do olho, dois homens entretidos numa conversa passarem pela porta. Nenhum dos dois olhou em sua direção. Ele se perguntou o que Dorothy estava aprontando no banheiro para manter a secretária do decano ocupada: o que quer que estivesse fazendo, devia se demorar mais um pouco.

Ele agora olhou para as gavetas mais próximas do chão até encontrar a que teria as pastas rotuladas com "Y". Lá estava.

Devia haver umas mil pastas espremidas ali: "Yale, Associação de Alunos"; "Yale, Divinity School"; "Yale, Comitê de Professores". Ele escavou essa última categoria e viu que era subdividida em uma infinidade de pastas, uma para o Comitê de Remuneração, outra para o Comitê de Ética, até finalmente encontrar o que procurava: "Yale, Comitê Acadêmico para Recepção de Crianças de Oxford e Cambridge."

Ele a tirou e se concentrou na primeira página. Uma carta do decano, Preston McAndrew, para o seu colega de Oxford convidando-o a enviar crianças para Yale durante a guerra. Em seguida, a mesma carta, mas essa endereçada a Cambridge; cartas de agradecimento de Oxford, então a resposta de Cambridge. James correu os olhos por elas o bastante para constatar que Dorothy estava certa: Sir Montague Butler, diretor do Pembroke College, declinara a oferta feita a Cambridge, explicando que a universidade era contrária ao envio de filhos de professores por considerar que isso "poderia ser interpretado como um privilégio para uma classe especial". Então mais correspondência entre Yale e Oxford, com pormenores sobre datas, vistos e rotas de viagem...

Por fim, lá estava: uma lista de participantes, seus olhos percorrendo os nomes, como sempre, até o fim da página. Ali: *Walsingham, Harry, dois a.i. (acompanhado da mãe, Florence).*

James passou para a próxima entrada, um maço de papéis preso com um clipe grande. A primeira folha era dedicada a três crianças de nome Anderson, com datas de nascimento e endereço em Oxford, além de detalhes dos pais e o que James suspeitou ser o endereço da família que os recebera — os Mansfield, residentes na Prospect Street, em New Haven. Ele passou para a página seguinte: os Arnold, um casal de irmãos, filhos de um professor de história medieval do Jesus College, realocados para Swarthmore, Pensilvânia. Por que tão longe, James se perguntou por um breve instante, mas não havia tempo para pensar. Aqueles papéis estavam arquivados em ordem alfabética, o que significava que Harry e Florence — e seu novo endereço — estariam no final.

Ele foi até a última folha: Zander, um menino, instalado na St. Ronan Street, em New Haven. Voltou para a penúltima folha: Wilson.

Então para a anterior: Walton. Agora com as mãos trêmulas, tentou separar as duas páginas anteriores, que estavam presas e se recusavam a se separar. Por fim, conseguiu. Aquela folha, certamente, o levaria à sua família.

Com as mãos tremendo, ele leu o nome: *Victor, Ann.*

Devia haver algum engano. O polegar e o indicador esfregaram freneticamente aquela folha, rezando para que ocultassem outra, a que diria a ele onde encontrar a esposa e o filho. Mas ela se recusava a se separar em duas.

Ele avançou pelas folhas: Victor, Walton, Wilson, Zander. Nada de Walsingham, nada de Zennor.

Devia ter ocorrido um erro de arquivamento. James voltou ao começo do maço de folhas, passando-as o mais rápido que seus dedos conseguiam: Anderson, Arnold, Boston, Champion e pouco depois Falk, Macbeth e Somerset. Nenhum Walsingham fora de ordem, nada de Zennor arquivado no lugar errado.

Houve o som de passos no corredor: alguém se aproximava. Deveria ser outra pessoa, visto que Dorothy prometera segurar a secretária no banheiro de modo a dar a James bons cinco minutos com os arquivos. Fingiria outra queda, se lamentaria sobre um namorado que não prestava, o que fosse preciso.

James voltou à primeira folha que encontrou, a lista de refugiados de Oxford. Correu o dedo pelos nomes: Anderson, Arnold, Boston etc. até terminar em Walsingham e Zander. Esse documento era um resumo dos papéis meticulosamente presos com o clipe gigante, as mesmas famílias listadas na mesma ordem alfabética. Exceto por Harry e Florence, que apareciam no primeiro registro mas não nos seguintes, aqueles que revelavam onde as crianças de Oxford estavam morando.

Estava prestes a investigar o resto do arquivo quando sentiu uma mudança na iluminação que vinha da porta. Apressado, enfiou os documentos de volta na gaveta, mas era tarde demais. Quando se virou viu que duas pessoas, e não apenas uma, o observavam. Reconheceu a primeira como a secretária, Barbara, mas instantaneamente concluiu qual era a identidade da outra. Soube sem precisar que o dissessem que estava frente a frente com Preston McAndrew, o decano da Universidade de Yale.

# VINTE E CINCO

LONDRES

Taylor sentiu um calafrio de tédio quando ficou sabendo do emprego que o pai havia conseguido para ele. Soava técnico, como se ele fosse ser um mecânico, vestindo guarda-pó e mexendo em máquinas o dia todo. Ele teve uma educação cara o bastante para esperar — não, merecer — mais do que aquilo.

E os colegas eram, como temia, maçantes como um fim de semana em Ohio. Mal falavam sobre qualquer coisa, quanto mais algo interessante. Um passava o intervalo do almoço lendo os placares do beisebol no *Paris Herald Tribune*, o que até poderia ser tolerável se não insistisse em fazê-lo em voz alta. Por sorte, desde a queda de Paris, o jornal chegava a Londres apenas esporadicamente, isso quando era publicado.

O prêmio de consolação veio, surpreendentemente, com o trabalho em si. Taylor dizia a Anna que trabalhava no "centro nervoso" da embaixada e, apesar de a princípio isso ser apenas uma supervalorização da sua parte, ele acabara por acreditar. Agora estava convencido de que não havia um documento significativo sequer que não passasse pelo seu escritório, quer estivesse entrando ou saindo dali.

Costumava preferir os documentos recebidos pela embaixada, desfrutando da emoção de saber o que o resto de Londres não sabia. Tinha a sensação de que escutava as conversas dos homens mais poderosos do mundo. Os documentos remetidos geralmente eram um fardo: trivialidades sobre remessas disso e cargas de contêiner daquilo ou repetições do que já lera no *Times* daquela manhã. Mesmo os telegramas, que prometiam oferecer detalhes do que realmente estava acontecendo em Whitehall ou Westminster, raramente traziam qualquer coisa digna de nota — nada que rivalizasse com o que ouvia nos jantares de Murray (ou nas conversas de travesseiro com Anna, a propósito).

Mas ele era bom no seu trabalho, mais rápido que os outros. Tinha a vantagem da juventude, como diziam as secretárias: "são sempre os jovens que se destacam com as máquinas de última geração". Os equipamentos não o intimidavam: ele conseguia operá-los sem precisar pensar muito. De forma que, em pouco tempo, passou a receber o material mais urgente, o que geralmente implicava no mais importante.

Alguns dos seus colegas nem ao menos se davam ao trabalho de ler a papelada à sua frente. É claro que liam cada palavra antes de processá-la. Mas não liam de fato, não absorviam o significado. Taylor Hastings, no entanto, descobriu que conseguia fazer ambas as coisas sem esforço. E ao fazê-lo, tomou consciência de que estava ficando incrivelmente bem-informado tanto sobre o progresso da guerra — conforme reportado pelas autoridades britânicas para a embaixada americana, e então transmitido por diplomatas americanos para o Departamento de Estado, em Washington — quanto sobre os humores e simpatias inconstantes na capital americana.

É claro que ele sabia que vislumbrava o panorama apenas pela metade, e que mesmo essa metade era comprometida. A maioria dos britânicos maquiava seus esforços da melhor maneira possível quando os informavam aos contatos americanos: diziam que haviam detectado rachaduras na blindagem alemã, que não seria tão difícil derrubar o ogro nazista, que a vitória era possível. Mas essa mensagem era permeada por conselhos do embaixador Kennedy, cujo julgamento, embora sutilmente camuflado, costumava implicar na mesma coisa: a Grã-Bretanha estava condenada e não havia sentido em os Estados Unidos a socorrerem, não economicamente e muito menos militarmente. As respostas recebidas por Kennedy, que passavam pelas mãos de Taylor toda manhã, diziam para que lado Washington pendia naquele dia — para o isolamento ou a intervenção — e como diversas autoridades americanas rivais, no Departamento de Estado ou na Casa Branca, se posicionavam.

Ler esse material em primeira mão, antes inclusive que os altos escalões deitassem os olhos nelas, alimentava a sensação de Taylor Hastings de que de alguma forma caíra de paraquedas no vórtice das relações internacionais. Teria o destino o colocado ali? Seria aquilo a obra do Deus para a qual sua mãe rezava com tanta fé? Ele não tinha certeza. Mas a sensação de que recebera uma oportunidade que não podia desperdiçar, que era chamado a agir, crescia dentro dele.

Uma nova pilha de papéis o aguardava: mensagem recebida de Washington que chegara durante a noite. O trabalho dele na sala de criptografia da embaixada de Londres era decodificar as mensagens, convertendo cada cabograma ininteligível de volta para o inglês para que fosse lido pelos superiores, aqueles com quem nunca se encontraria e que nunca saberiam o seu nome. Eles leriam aqueles documentos em breve — mas apenas depois que Taylor Hastings os lesse primeiro.

# VINTE E SEIS

— Barbara, você pode trazer uma xícara de café para o Dr. Zennor? — O decano se voltou para ele com uma tentativa de sorriso. — Infelizmente não temos chá por aqui.

— Não quero uma maldita de xícara de café, quero respostas.

— Por que não se senta, Dr. Zennor?

— Vou sentar quando alguém me disser o que diabos está acontecendo aqui.

— Barbara — disse o decano com a voz ainda calma, ainda sorrindo —, por que você não leva o Dr. Zennor ao meu gabinete, onde poderemos conversar em particular. E talvez você possa nos trazer aquele café. — Ele dirigiu à secretária um olhar que sugeria que não a queria muito longe dali, só por garantia.

James se deixou conduzir através da porta interna. Sabiamente, Preston McAndrew não tentou colocar uma das mãos sobre o ombro dele ao acompanhá-lo, caso contrário estaria em excelente posição para receber um soco.

— Devo dizer que algo muito estranho está acontecendo na sua universidade. Dr. McAndrew. Muito estranho mesmo. — O decano puxou sua cadeira detrás da mesa para sentar-se mais perto de James, como se fossem dois homens na sala de um clube, não num gabinete. Ele gesticulou para a cadeira, mas o gesto foi ignorado por James. — Fui barrado duas vezes ao fazer perguntas sobre minha esposa e meu filho a funcionários desse gabinete. Em minha segunda visita, o vice-decano prometeu que podia me ajudar, apenas para acabar morto na mesma noite. E agora vejo que os documentos sobre os dois sumiram do seu arquivo. O que diabos está acontecendo aqui?

— Posso ver que você está muito perturbado...

— Não fale comigo como se eu fosse algum tipo de louco! Estou muito...

— Não o estou acusando de ser louco, Dr. Zennor. Mas você deve reconhecer que essa situação é muito irregular. Eu encontro um intruso vasculhando meus arquivos e ele passa a *me* pressionar. Acho que a maioria dos homens no meu lugar já teria chamado a polícia a essa altura. E, pelo que ouvi dizer, suspeito de que eles ficariam bastante interessados ao saber o que você estava fazendo.

Aquilo o conteve. James subitamente tomou consciência de seu comportamento, de pé no gabinete, gritando com um homem que nunca vira na vida. Ele pensou no que Bernard Grey dissera a seu respeito: *incompatível com trabalho estratégico*. Lentamente, ele se sentou.

— Bom homem — disse o decano, que soltou um suspiro de alívio praticamente inaudível. Quando a secretária bateu na porta com duas xícaras de café, ele se levantou num salto, aparentemente grato pela quebra na tensão.

Apenas agora James deu uma boa olhada em McAndrew. O sujeito não era em nada parecido com o que esperava. O título de decano plantara em sua mente uma versão americana de Grey, velho e de cabelos brancos. Mas aquele homem parecia ter, no máximo, 40 e tantos anos. Era tão alto quanto James e também atraente, com bastos cabelos pretos salpicados de cinza, o tom grisalho sugerindo distinção, não idade.

— Veja, o fato é que me culpo por essa situação, de verdade — observava ele ao mexer o creme no café, um hábito, James refletia, que pareceria um luxo temerário em sua terra de livretos de racionamento. — Oxford me informou que você viria com uma bolsa e eu deveria ter me planejado para recebê-lo. Desculpe-me por esse lapso.

James não disse nada, ponderando se aquilo era uma tentativa deliberada de pegá-lo de surpresa. O decano não havia chamado a polícia; nem ao menos levantara a voz. Desarmar um oponente com cortesia era o tipo de truque ao qual Grey recorreria.

— Barbara já me informou do histórico, como nós, médicos, dizemos. — Com o leve sorriso, James notou os dentes brancos perfeitos. — E preciso me desculpar por isso também. Como já disse, você veio aqui para fazer um pedido totalmente razoável de informações sobre sua esposa e filho. Florence e Harry, sim?

— Isso mesmo. O que acontece, Dr. McAndrew, é...

— Preston, por favor. — O decano fitou James nos olhos. — Barbara e Joan são muito competentes, mas temo que guardam as informações que temos aqui como se fossem a Arca da Aliança! Então, vejamos o que podemos fazer.

— Espero que reconheça que é estranho. Aquele arquivo tem a localização completa de todas as mães e crianças de Oxford, mas não há nada sobre a minha família.

McAndrew levantou a mão.

— Concordo totalmente com você. Algo está errado. — Ele se levantou para pegar um papel na mesa.

Talvez houvesse se apressado ao julgar aquele homem, pensou James. McAndrew transmitia confiança e também alguma simpatia. E certamente não havia ninguém mais capaz de reuni-lo a Florence e Harry. Ele precisava de um aliado, em especial um tão bem-posicionado.

— Preciso me desculpar por recorrer a... — James hesitou. — Métodos pouco ortodoxos. — Ao dizer as palavras, ele pensou em sua cúmplice. Suspeitava de que àquela altura Dorothy já tivesse saído do banheiro feminino, apoiada na secretária, apenas para ver o decano voltando ao gabinete. E que mancou porta afora, antes que alguém suspeitasse de uma ligação entre ela e James. Isso seria a coisa inteligente a se fazer, e inteligência aquela garota tinha de sobra.

— Não precisa se desculpar — retrucou o decano, distraído. Ele lia o papel à sua frente, e ergueu brevemente o olhar para acrescentar. — Não tenho filhos, mas se tivesse com certeza teria feito a mesmíssima coisa. — Ele se levantou subitamente. — Então vamos procurar esses documentos, está bem?

James o seguiu até a antessala, onde a secretária, Barbara, martelava as teclas de uma máquina de escrever. Ela ergueu os olhos apenas brevemente e voltou-os para o papel apressada, com um sentimento de culpa, na opinião de James.

— Por que não me mostra onde procurou? — pediu McAndrew em voz alta.

— Bem, isso é ligeiramente constrangedor.

— Pelo contrário, o constrangimento é todo nosso. — O decano lançou um olhar reprovador na direção de Barbara. — Vá em frente

James foi até o arquivo onde eram guardados os documentos iniciados com "Y", puxou uma gaveta e, hesitante agora, em deferência ao fato de estar no escritório de outro homem, correu o dedo pelas pastas até encontrar aquela etiqueta com "Yale, Comitê Acadêmico para Recepção de Crianças de Oxford e Cambridge". Ele a tirou e ofereceu para o decano, que a abriu imediatamente.

— Bem, é claro que conheço esses documentos. — Sorrindo, ele tirou a carta-convite que assinara menos de dois meses antes. — Na condição de decano, fui encarregado de fazer a nossa oferta em nome da universidade.

— Eu vi isso. Os papéis relevantes vêm em seguida. A lista de nomes.

Ambos permaneceram em frente à parede de arquivos enquanto McAndrew folheava as páginas, parando eventualmente a pedido de James.

— O nome que você procura é Walsingham. O nome de solteira da minha esposa... — acrescentou James em voz baixa ao notar a expressão confusa de McAndrew.

Uma pausa momentânea e então:

— Aqui estão eles! — O decano estava satisfeito. — Olhe. — Triunfante, entregou o documento para James.

— Sim, eu já vi, Dr. McAndrew...

— Preston.

— Mas é exatamente disso que estou falando. — Novamente, ele ouvia o nervosismo em sua voz. Queria se manter calmo e educado, um acadêmico bem-sucedido conversando com outro. Sabia que seria mais eficaz. Mas não conseguia. Queria desesperadamente ver a família outra vez, e desespero é uma das poucas coisas impossíveis de serem ocultadas. — Ela está nessa lista... mas em nenhum outro lugar.

Os lábios do decano se contraíram em concentração.

— Esses documentos afirmam que Florence e Harry atravessaram o Atlântico vindos da Inglaterra e que chegaram a New Haven.

— Sim. Mas enquanto todos os demais incluídos nesta lista têm uma folha adicional, com detalhes da família que os recebeu, endereço...

— Sim, sim. É verdade.

O decano segurava o maço de papéis com o clipe grande e fez a mesma busca que James fizera furtivamente alguns minutos antes. O homem chegou ao mesmo resultado.

— Hummm — disse ele por fim. Então se voltou para a secretária — Barbara, isso é muito estranho — disse, explicando o problema e pedindo que ela realizasse uma busca completa nos documentos. — Se estiver aqui, Barbara vai encontrar — acrescentou, voltando-se para James. — Não há ninguém melhor! — O decano deu um sorriso simpático, e a secretária se lançou à tarefa imediatamente, agachada em frente à gaveta "Y". — Por que não voltamos ao meu gabinete enquanto esperamos para ver o milagre que Barbara produz? Há algo mais que eu gostaria de discutir.

James hesitou. Ele queria ficar atrás da secretária, vê-la vasculhar aqueles papéis, ficar de joelhos e procurar o documento ele mesmo se necessário, em vez de falar, falar, falar. Os músculos das costas estavam tensos. Há mais de três semanas ele tinha aquela mesma sensação no corpo: cada minuto que não fosse usado na busca era um minuto perdido. Mas ele se forçou a ser educado e paciente.

McAndrew fechou a porta e tirou o paletó, colocando-o no encosto da cadeira. Se aquilo se devia ao calor, abrandado pelo zumbido do ventilador de teto, ou à tentativa de estabelecer de uma conversa menos formal, James não tinha certeza. Mas quando viu McAndrew ir até a bandeja de bebidas no canto da sala e servir dois copos de uísque, concluiu que era a segunda opção. E sabia exatamente que assunto o decano desejava abordar.

— Isso está se transformando em uma tarde de desculpas — começou ele, oferecendo a James um copo pesado com uísque —, mas quero dizer o quanto lamento que tenha sido arrastado a essa situação infeliz com o vice-decano.

— Sim. — James fez uma pausa. — Muito trágica.

— Trágica é a palavra certa. A polícia de Yale é zelosa, como seria de esperar, é claro, e sinto muito que o tenha pressionado. Quando qualquer um podia ter dito a eles, como já o fiz, que essa dificilmente era uma notícia inesperada

— Hã?

O decano olhou para o fundo do copo.

— Infelizmente, sim. Um homem muito perturbado, o Dr. Lund. — McAndrew hesitou, como se não tivesse certeza sobre o quanto deveria falar. — Você é jovem demais para ter servido na última guerra, mas eu também vi isso por lá.

— Viu o quê?

— Homens dominados por demônios, Dr. Zennor. Demônios. Acredito que eles vinham atormentando George há um bom tempo. Por que ele os descarregou em você, eu não sei. Como é possível saber que fantasias povoam uma mente atormentada? Mas acho que deve ter se convencido de que você exercia algum papel nos pesadelos dele.

James bebeu do copo, saboreando o que soube instantaneamente ser um malte da maior qualidade. Decidiu assumir o risco.

— E quanto a Wolf's Head? O alfinete de lapela na boca e tudo mais?

McAndrew não reagiu, o que confirmou que a informação não era uma novidade. Ele girou o copo de uísque por um momento, então sorriu.

— Você não acreditaria em quantos disparates são ditos a respeito desses clubes.

— Talvez Lund não acreditasse que fossem disparates. Ele foi bem longe na tentativa de ligar a Wolf's Head à própria morte.

— Foi o que a polícia disse?

— Foi o que eu concluí. Que o assassino usava o alfinete e Lund conseguiu arrancá-lo dele durante a luta. Enfiou-o na boca, para que a polícia o encontrasse. Você não está convencido disso.

— Bem, acredito que pode ter sido assim. Se isso fosse um filme, Dr. Zennor, o próprio assassino poderia ter deixado o alfinete, como seu "cartão de visita". — O decano deu um sorriso indulgente, os pés de galinha se aprofundando no canto dos olhos. — Mas suspeito de que a verdade seja bem mais trivial do que isso. Mais trivial e infinitamente mais triste

— E qual é a verdade?

— Lund tinha uma mente de primeira grandeza, entende? Uma das melhores da faculdade de medicina. Mas ela começou a se desfazer. Acho que sua antiga participação na Wolf's Head talvez tenha entrado no caldeirão, junto com todo o resto, incluindo o encontro com você.

— Então a polícia disse para você que ele era um antigo membro?

O decano deu outro sorriso, a expressão complacente de um homem mais velho falando sobre um filho rebelde.

— A polícia não precisou me dizer, Dr. Zennor. Eu já sabia.

— Achei que esses clubes fossem terrivelmente secretos.

— Ah, e são. Mas os membros tendem a saber quem é quem.

James se recostou na cadeia.

— Então você também...

— Sim. Fui eu que convidei George para fazer parte da Wolf's Head.

James bebeu outro gole de uísque, saboreando o calor na garganta.

— E em sua opinião Lund tirou a própria vida.

— Tenho certeza. Mais do que isso: temia que acontecesse. Há algum tempo.

Houve uma batida de leve à porta, seguida pela cabeça de Barbara na fresta.

— Decano McAndrew. Eu procurei, mas infelizmente não há nada lá.

— Você procurou em tudo?

— E conferi outra vez. Sim, senhor.

Brevemente abrandado pelo álcool, James se permitira, por um minuto ou dois, esquecer o arquivo e os documentos desaparecidos de Florence e Harry. O que fez com que a decepção fosse ainda maior. Ele tinha certeza de que o decano, com a ajuda da força burocrática de seu gabinete, estava prestes a resolver o problema; esperava que a secretária entrasse agitando uma folha de papel, dizendo que localizara a Sra. Zennor e que ela estava morando a vinte minutos dali.

O decano se levantou e pousou uma mão confortadora no ombro de James.

— Sei que isso é uma grande decepção para você. Para mim também é muito frustrante. Mas prometo fazer uma investigação. Você poderia, por favor, informar a Barbara onde ela pode localizá-lo? De uma forma ou de outra, nós o colocaremos em contato com a sua família. Dou a minha palavra.

# VINTE E SETE

James saiu do prédio da administração para a tarde de verão. Seu filho Harry certa vez chamara aquela de "a hora laranja do dia", quando o sol começa a se pôr, dando ao céu colorações rosadas, avermelhadas e todos os tons entre elas. Parecia ser meia-noite, tamanha era a sua exaustão — pelo calor, pelo uísque, mas acima de tudo pela decepção. Sentado no gabinete de Preston McAndrew, ele se permitira acreditar que aquela jornada havia chegado ao fim. Cada momento no gabinete do decano o enchera ainda mais de esperança. E agora essa esperança tinha ido pelo ralo.

Ele sempre pensou em si mesmo como um homem racional, um homem da ciência. Defrontado com qualquer dilema, sempre favorecia a explicação que fosse ao mesmo tempo simples e sustentada por provas. Não tinha paciência para teoria, para hipóteses e especulações. Portanto, não importava o quão curioso tenha sido o comportamento de Lund, o quão bizarra fora a sua morte ou a conexão com a misteriosa Wolf's Head, James acreditava que a verdadeira explicação para o desaparecimento de Harry e Florence acabaria sendo simples e prosaica: um documento fora do lugar, uma pasta arquivada no lugar errado. Haveria desculpas, até mesmo risadas, e toda aquela provação chegaria ao fim. No fundo, era naquilo que James acreditava desde o princípio — e queria continuar a acreditar.

Mas estava ficando cada vez mais difícil. Lund estava morto, e as evidências racionais, empíricas, apontavam para assassinato, e não suicídio. Rastrear Florence e Harry estava provando ser impossível. Mais uma vez era lógico, e não histérico ou paranoico, concluir que algo acontecera com eles, até mesmo que poderiam estar correndo grande perigo. Lund estava agitado quando fez sua oferta de ajuda, nem de longe o comportamento de um homem ciente de uma mera confusão administrativa que, uma vez resolvida, revelaria o paradeiro de Florence. Ele agiu como se conhecesse informações perigosas.

James subitamente se deu conta de que caminhava rápido demais, a adrenalina alimentando uma pressa que ele mal conseguia controlar. E o pior, apesar de ter precisado de um segundo para perceber, era que não fazia ideia de para onde estava indo.

Quando entrou na College Street, sentiu alguém às suas costas. Não se virou a princípio, o treinamento dizendo que aguardasse. O cérebro automaticamente ofereceu as opções: McAndrew, vindo apressado para dizer que haviam encontrado o endereço de sua esposa no fim das contas; os homens que haviam assassinado Lund, e que agora vinham matá-lo; e Florence. Esse último pensamento — apesar de improvável — fez com que se virasse, e o que viu o fez pensar em porque não tinha considerado aquela possibilidade.

— Calma lá, Dr. Zennor. Um de nós está de salto alto.

— Cristo, você me assustou. — Ele percebeu que ofegava. — Há quanto tempo está me seguindo?

— E eu aqui, esperando um simpático "obrigado, Srta. Lake".

James parou, olhou para o chão e disse:

— Desculpe. E obrigado por ter feito o que fez. Mas não adiantou. Eles têm detalhes de todas as famílias de Oxford, menos da minha.

— Não! Isso *é* decepcionante. — Algo nos olhos dela, claros e azuis, sugeria uma solidariedade que ia além da mera educação. — Para onde você está indo?

— Não sei, Srta. Lake. — Ele soltou um riso amargo. — Não sei mesmo.

— Não sabe ou não quer me contar?

Um pensamento que tomava forma na mente de James desde que ele se sentou no gabinete de McAndrew agora ganhava vida. O risco era grande, algo que não consideraria em circunstâncias normais.

— Na verdade, sei para onde gostaria de ir. Mas vou precisar da sua ajuda.

Era comum que fizesse um mau julgamento de si mesmo nos últimos anos, principalmente no que dizia respeito ao seu ombro arruinado. A opinião que tinha de si mesmo havia despencado. Mas nunca sentira o que sentia agora. Nunca tinha se desprezado.

Parado ali, à porta da pequena casa colonial na Church Street, a mão pairando em frente à aldrava de latão, ele sentia aversão pelo que estava prestes a fazer. Porque aquela era a casa de Margaret Lund, uma mulher que ficara viúva naquela manhã. Perturbar uma pessoa como aquela já era vergonhoso; fazê-lo com uma repórter a reboque era vil. No entanto, lá estava ele.

Quando mencionou a ideia a Dorothy Lake, no fundo esperava que ela o dissuadisse, que dissesse que era errado e que deveria deixar a Sra. Lund em paz. Mas quem ele estava enganando? Ela era uma jornalista, e das mais ambiciosas. Mal havia despejado as palavras quando ela encontrou uma cabine telefônica com uma lista pendurada por um cabo de metal e descobriu o endereço de Lund, Dr. G. E. Se soubesse que seria assim tão simples, James teria feito aquilo sozinho.

— Não seja duro demais consigo mesmo — disse Dorothy quando entraram na Church Street, as arestas ásperas em sua voz agora mais brandas, como se houvessem sido aplainadas. A mudança o levou a se perguntar qual das duas vozes dela que ele ouvira naquele dia era a real e qual era falsa. — Você fará uma visita de condolências.

— Eu dificilmente a chamaria dessa forma.

— Ela pode achar reconfortante falar com alguém que viu o marido em seus últimos momentos.

— Pelo amor de Deus, ele não estava doente, estava? Não é como se eu o houvesse visitado no leito de morte. Nós nos encontramos e ele saiu perturbado. Além do mais, esse não é o meu motivo, é? Dar os meus pêsames? Estou aqui por mim, não por ela.

— E quanto a mim?

— Isso só piora as coisas.

— Ah, obrigada.

— Porque você é uma repórter. — Ele balançava a cabeça ao caminhar, o passo acelerando em sintonia com os nervos. — Mal consigo acreditar que estou fazendo isso.

— Diremos que eu sou sua amiga e estou ajudando você a encontrar sua esposa e seu filho.

James a olhou de esguelha. Ela tinha mais ou menos a idade de Florence quando se conheceram em Barcelona. A atitude de Florence o impressionara então; James se apaixonara por aquela altivez. Mas não era nada comparada à confiança insolente de Dorothy Lake.

— O quê? E mentir para uma mulher de luto? — Ele tinha os olhos fixos à frente. — Vamos deixar os motivos vagos.

James respirou fundo, ergueu a aldrava e deixou-a cair uma, então duas vezes. Ouviu vozes do outro lado da porta: os sons abafados de uma casa em luto. Ele quis se virar e fugir dali. Mas era tarde demais para isso: uma mulher atendeu a porta, bem mais velha do que esperava, os cabelos grisalhos nas têmporas.

— Sra. Lund? — disse James hesitante, sua voz gentil.

A mulher fez que não. James viu que ela apertava um lenço entre os dedos.

— A Sra. Lund é minha filha. Você era colega de George?

Ele pensou em dizer que sim; seria muito mais fácil. Mas não podia fazê-lo.

— Não, eu o conheci ontem. Esperava...

— Quem é, mãe?

A voz veio do fim do corredor, de uma mulher com feições semelhantes às da primeira, apesar de mais alta e mais robusta. Quando ela se aproximou de uma área iluminada, James viu que tinha um bebê nos braços.

Ele antecipara aquele momento. Pedira ao Deus no qual não acreditava que a polícia houvesse dito que o inglês tinha um álibi incontestável para o assassinato do marido, que não era mais suspeito. Mas e se não tivessem dito nada?

— Meu nome é James Zennor. Estive com seu marido ontem à noite.

Ela estava perto agora, pedindo à mãe que abrisse espaço antes de preencher o umbral da porta. O bebê era muito pequeno. A barriga de Margaret Lund ainda estava arredondada, como a de Florence semanas depois do nascimento de Harry. Seus olhos estavam vermelhos. Fitaram James por um longo momento, como se tentando ver dentro dele, ver do que ele era feito. Então gravitaram para o lado.

— E quem é essa?

— Essa é Dorothy Lake, ela está me ajudando durante minha estada aqui em Yale. — Talvez tenha falado baixo demais, porque a Sra. Lund se curvou para a frente.

— Desculpe, não ouvi o nome.

— Dorothy Lake. — Ela estendeu a mão, que Margaret Lund ignorou, a testa franzida. A viúva de Lund fez James se lembrar dos homens que viu durante a batalha na universidade em Madri, cambaleando a esmo, aturdidos depois de verem os amigos tombarem. — Lake, você disse?

— Sim. — Foi James quem respondeu. — Será que podemos entrar? Apenas por um minuto ou dois?

A Sra. Lund se virou e voltou pelo corredor. James escolheu interpretar aquilo como um convite para acompanhá-la. Consciente de ser observado pela mulher mais velha, manteve os olhos cravados à frente, lutando contra o impulso de olhar para os lados, de especular onde o morto havia sido encontrado.

Eles chegaram à cozinha, onde a Sra. Lund já estava sentada. (Talvez a sala tivesse sido isolada; talvez tenha acontecido ali.)

Sem um convite, James puxou uma cadeira. Não sabia como ou por onde começar, então simplesmente falou.

— Seu marido cometeu um ato de extrema bondade comigo ontem. Ele se ofereceu para me ajudar a encontrar minha esposa e meu filho. Eles vieram de Oxford para New Haven, entende, mas não há sinal ou registro deles. Seu marido disse que podia me ajudar. Nós nos encontramos ontem à noite. Ele ficou agitado; infelizmente discutimos... E eu não voltei a vê-lo. Mas acredito que ele estava tentando ajudar um homem em agonia. Um pai em agonia. — James sentia os olhos marejarem. Ele não esperava ficar emotivo. Talvez fosse a visão do bebê. Ele se apressou à conclusão. — E portanto eu gostaria de prestar meus sentimentos.

Enquanto ele falava, Margaret Lund manteve os olhos no bebê adormecido, que acarinhava. Ela não ergueu os olhos quando James terminou de falar. Ele agora via a futilidade daquela visita; ir até ali havia sido um erro. O que esperava que a mulher dissesse? "Ah, sim, George falou a seu respeito. Disse que sua esposa está no número 78..." Que luz ela poderia lançar sobre o problema, principalmente agora, naquele estado?

Ele se levantou da cadeira lentamente, como se um movimento súbito pudesse ser desrespeitoso. Queria perguntar sobre a Wolf's Head, sobre o alfinete de lapela na boca, sobre os motivos que podem ter levado George Lund a ficar tão nervoso. Se ela tivesse ao menos dito qualquer coisa, se houvesse dado a mínima deixa, ele poderia ter encontrado uma forma de fazê-lo. Mas perguntar de supetão, naquelas circunstâncias, era impossível. Ele não era detetive; não podia passar a bombardear de perguntas uma viúva no primeiro dia de luto. Ela estava claramente paralisada pela dor.

Foi Dorothy quem falou em seguida.

— Sra. Lund, será que posso usar o banheiro?

Agora a viúva ergueu os olhos, com uma expressão estranhamente serena no rosto.

— Fica no segundo andar. A primeira porta à direita.

James se perguntou o que Dorothy teria em mente. Pediu a Deus que ela não planejasse bisbilhotar pela casa, mas não achava que a jornalista fosse incapaz disso. Ele se levantou.

— Mais uma vez, Sra. Lund, sinto muito pelo...

— Feche a porta.

— Sinto muito, eu...

— Feche a porta.

James obedeceu.

— Escute. Não conte a ninguém o que vou lhe contar, está entendendo?

— É claro.

— Para ninguém. Não é pelo meu bem. É pelo seu.

— Eu não...

— Meu marido não se matou, Dr. Zennor. Independente do que lhe disserem, não acredite nisso. Ele nunca faria uma coisa dessas. — Margaret Lund olhou para o bebê. — Ele não se matou.

— Eu imaginei que não.

— Há pessoas muito poderosas por aqui, Dr. Zennor. Acho que George descobriu algo que não deveria. Ele ficou muito ansioso nesses últimos dias. — Os olhos rodeados de vermelho da viúva estavam flamejantes.

— Ele disse alguma coisa?

— Não. Mas queria contar para alguém. Talvez planejasse contar para você.

James a fitou, a boca seca.

— Sim.

— Tinha alguma relação com o trabalho dele.

— Você tem certeza?

A viúva de Lund fez um gesto curto de assentimento, impaciente por prosseguir. Ela inclinou a cabeça e uma voz surgiu do outro lado da porta.

— Só um minuto, mãe! — disse, para evitar qualquer interrupção. Em sussurros urgentes, continuou: — Toda noite, George trazia uma pasta cheia de papéis. Toda noite. Ele trabalhava demais. — A voz da mulher soava como uma flauta rachada. — Mas quando o encontrei... esta manhã. — Os olhos dela ficaram marejados, as palavras entrecortadas. — Quando o encontrei, a pasta estava vazia. Com nada além de alguns lápis. Nenhum documento. Nem uma única folha de papel. — O olhar dela o prendia: James seria incapaz de se esquivar. — Quem o matou levou aqueles papéis, Dr. Zennor. Foi por isso que mataram meu marido. Para manter o segredo em segurança.

# VINTE E OITO

— Vamos parar e comer alguma coisa — sugeriu Dorothy. — Como uma necessidade puramente prática — acrescentou, ante a hesitação de James.

Ele de fato estava exausto, e também com fome. Apesar de se sentar para fazer uma refeição soar como um luxo com Florence e Harry desaparecidos, James concordou.

— Ótimo, conheço um lugarzinho a poucos quarteirões daqui.

Dorothy o levou a um restaurante na Wall Street, onde gesticulou na direção das mesas externas. Ele não comia em uma mesa na calçada havia três anos, desde Madri, e rejeitou a ideia de fazê-lo agora com alguém que não fosse Florence, principalmente com uma mulher jovem e, precisava admitir, bonita. Então entrou no restaurante, onde instantaneamente viu alguns jornais espalhados sobre uma mesa — presos em bastões de madeira, como no mostruário de uma biblioteca pública. Ele afastou um casal que aguardava uma mesa e praticamente se atirou sobre os jornais, vasculhando-os em busca de notícias de casa.

Eram de toda parte dos Estados Unidos, quase todos do dia anterior. Começou pelo *Chicago Tribune* e leu a manchete: "Deputado qualifica Roosevelt como 'belicista'", James leu os primeiros parágrafos, claramente parciais em favor do congressista e contra o presidente. Era aquilo que as pessoas pensavam ali, que lutar em defesa da Grã-Bretanha contra a maldita ameaça nazista era "belicismo"? Ele sentiu a bile subindo pela garganta. James colocou o jornal de lado, em busca de matérias sobre a guerra em si. Folheou o *Boston Globe*, onde por fim encontrou, na página quatro, uma matéria intitulada "Estoicos britânicos preparam-se para a invasão". Era acompanhada por uma fotografia da "Guarda Nacional", novo nome da Guarda de Defesa Local que James vira desfilar no gramado da faculdade sob o comando de Bernard Grey. Quis chorar pelo seu país: a semanas, senão dias, da conquista nazista e com apenas alguns velhotes impotentes para defendê-lo. E os Estados Unidos, seu filho jovem e forte, havia se posto de lado, recusando-se a ajudar.

Dorothy pediu uma garrafa de vinho, e James não se deu ao trabalho de objetar. Ele mais bebeu do que comeu, cutucando com indiferença o filé colocado à sua frente. À medida que o céu adquiria uma tonalidade vermelho-escura e então índigo antes de abraçar a escuridão, ela tentava incentivá-lo a discutir o que haviam descoberto, especulando e teorizando sobre George Lund e a fraternidade secreta da Wolf's Head Society. James, porém, sentia-se angustiado e mal conseguia responder.

Dorothy tentou outra abordagem.

— Afinal, há quanto tempo vocês estão casados?

— Faremos quatro anos nesse inverno.

— Ela é tão inteligente quanto você?

— Mais.

Dorothy soltou um assobio.

— E no que ela usa a inteligência?

— A área dela é biologia.

— Aposto que é.

— O que isso quer dizer?

— Esquece. Vocês se apaixonaram logo de cara ou ela fez jogo duro? — Dorothy acendeu um cigarro. — Ou foi *você* quem fez jogo duro? Consigo vê-lo fazendo isso. Você é bem esse tipo.

Sem pensar, James se pegou contando a história — as Olimpíadas Populares em Barcelona, o treino de natação, sua confusão com a partida de Florence para Berlim. Dorothy assentiu nos momentos certos, fez as perguntas certas. Não que ele precisasse de estímulo. Depois que começou, achou difícil parar. James ouvia a própria voz, mais calma e baixa quando falava da esposa e sua vida juntos. Achou aquilo reconfortante, como se a única coisa melhor do que falar com Florence fosse falar de Florence.

— E você deixou a Espanha em 1939, certo?

— Não, fomos embora em 1937.

— Por quê? Perderam a fé?

— Não. Nem de longe.

— Por que então?

— Prefiro não falar sobre isso.

— Ah, nunca diga isso a uma jornalista, Dr. Zennor. — Dorothy deu um tapinha na mão de James, o contato com a pele dela disparando uma descarga elétrica pelo corpo dele. — Isso apenas nos deixa mais interessados. Ou, no meu caso, *intrigada*.

— E o que exatamente a intriga, Srta. Lake?

— Você, exatamente, Dr. Zennor.

Desconfortável, James mudou o assunto de volta para Florence, como um homem que volta para a parte quente da cama. Ele se viu descrevendo-a — a altura, as costas, a postura. Falou sobre as conquistas esportivas da esposa, sobre o quanto ela havia treinado para as olimpíadas. O efeito nele foi bastante direto. Não pela primeira vez, a memória física da esposa o fez lembrar o desejo que sentia por ela. Lembrou-se de Florence saindo do chuveiro, sua pele reluzindo, seus contornos visíveis debaixo da toalha e de como, quando o viu admirando-a, deixou a toalha cair no chão...

— Então o que deu errado, Dr. Zê? — Dorothy Lake acendeu outro cigarro, abaixando a cabeça na direção do isqueiro, de modo que James sentiu o cheiro de seus cabelos. Isso também disparou uma descarga elétrica, de alguma forma combinada à saudade que sentia da esposa, do seu toque, o que produziu um efeito que o confundiu. Ele colocou de lado a sensação, numa tentativa de responder a pergunta.

— Você vai precisar perguntar a Florence.

— E o que ela diria se eu perguntasse?

— Que eu fiquei insuportável. E que ela temia pelo nosso filho.

— Por quê?

— Por causa da guerra. — James, que também fumava agora, deu uma longa tragada. — E por causa de mim.

— De você? Você não machucou o bebê, não? — Pela primeira vez a surpresa era genuína, um olhar que fez James se perguntar se aquele seria o verdadeiro rosto de Dorothy Lake, se ela representava no restante do tempo.

— Nunca de forma deliberada. — Ele avaliou a reação de Dorothy. — Eu nunca bati nele, pelo amor de Deus! Houve um acidente com uma chaleira com água fervente. Um *quase* acidente. Não aconteceu nada. Mas poderia ter acontecido.

— E você se culpa?

— Eu mereço essa culpa.

— Você é muito duro consigo mesmo, sabia? Já percebi isso a seu respeito. É muito incomum num homem.

James ergueu os olhos e a fitou com um ligeiro sorriso.

— Quantos anos você tem, Srta. Lake?

— Tenho 21.

— E apesar disso sabe tudo sobre os homens.

— Sei bastante.

— Ah, é? E como?

— Da mesma forma que um observador de pássaros sabe a respeito dos pássaros. Eu presto atenção. — Ela sustentou o olhar de James, levou o cigarro aos lábios, deixando os olhos se fecharem por um momento fugaz ao tragar e exalar a fumaça, e voltou a olhar para ele. No fim, foi o inglês quem quebrou o contato visual.

— Então o que vai escrever na sua matéria?

— Ainda não acho que tenha informações suficientes. Precisamos descobrir mais. A esposa não nos disse grande coisa, não é?

— Não. — Ele decidiu não mencionar a urgente e impulsiva fala final da viúva.

— Exceto que ela não acredita que Lund tenha cometido suicídio.

James se recostou.

— Como você sabe disso? — Ele imaginou Lake pressionando os ouvidos contra a porta, escutando o alerta de Margaret Lund.

*Não é pelo meu bem. É pelo seu.*

Dorothy deu um pequeno gole no vinho e depois lambeu os lábios, como um gato.

— Ah, às vezes nós simplesmente sabemos, não é? Chame de intuição feminina. — Ela tocou brevemente a mão de James ao dizer isso, seus dedos tão frios como quando trocaram um aperto de mão para selar o acordo, horas antes. — A noite está linda — comentou ela quando saíam do restaurante. — Vou caminhar um pouco. Quer me acompanhar?

James olhou para ela — aquela jovem que fazia um homem falar e que sabia ouvir, cujos cabelos eram de um tom louro mel lustroso e perfeito, que, em meio a uma nuvem de fumaça de cigarro, ainda cheiravam tão bem — e se decidiu pela resposta.

— Estou cansado, Srta. Lake. Gostei muito do nosso jantar, mas vou dormir.

— É claro — disse ela. — Acompanho você até o clube.

A caminhada foi breve, mas pareceu demorar anos. O coração de James parecia crepitar com algum tipo de energia estática; sua respiração estava acelerada. Nenhum dos dois disse uma palavra.

Por fim chegaram ao número 459. Ele estava prestes a bater à porta quando sentiu uma mão em seu braço. Dorothy o girou para que ficassem de frente um para o outro.

— Boa noite, meu belo inglês — disse ela e aproximou o rosto do dele. James poderia ter se afastado naquele momento, mas não o fez, e no instante seguinte sentiu os lábios de Dorothy tocarem os seus. De leve, o mais tênue roçar de sua boca, mas o gosto — de vinho, dos lábios — era forte. Combinado ao cheiro de seu perfume, ao frescor de sua pele, era inebriante. Um segundo deu lugar a outro, até que sentiu o primeiro e mínimo contato da língua dela.

De súbito e inconscientemente, ele recuou, perplexo. Enterrando a mão no bolso para procurar a chave que Walters lhe entregara, ele abriu a porta do Elizabethan Club, balbuciando:

— Eu sinto muito. Boa noite.

James entrou e bateu a porta ruidosamente às suas costas.

Pressionou a cabeça contra a parede. O que ele tinha acabado de fazer? *O que diabos tinha acabado de fazer?* A última mensagem de Florence para ele, transmitida duas vezes, havia sido uma declaração de amor — e como ele retribuiu? Flertando com uma garota americana, uma completa estranha. Beijando-a..

Mas havia recuado, dizia a si mesmo. Havia resistido. Mas não de imediato. Havia sustentado aquele beijo por pelo menos um segundo ou dois; não a rejeitara imediatamente. Não era de estranhar que Florence o tivesse deixado. Ele era um rato desprezível, indigno de seu amor. James recuou a cabeça e a bateu na parede uma vez e então outra, com mais força. Como podia ter feito uma coisa daquela?

— Sinto muito por incomodar, senhor. — Imerso em culpa e desprezo por si mesmo, James não ouviu o mordomo se aproximar.
— É só que imaginei que gostaria de saber.

— Saber o quê, Walters? — James tentou se recompor.

— Que uma senhora veio à sua procura hoje. Uma moça inglesa. Com um menino pequeno.

# VINTE E NOVE

O mordomo podia muito bem ter lhe dado um tapa na cara. O efeito das palavras de Walters foi instantâneo, como se James tivesse sido acordado bruscamente. O inglês olhou para ele por algum tempo antes de falar, então o encheu de perguntas.

— Quando eles estiveram aqui?

— Por volta das quatro horas desta tarde, Dr. Zennor.

— E qual era a idade da criança? — Ele cravou os olhos resolutos nos do mordomo.

— Não sou muito bom nessas coisas. Acho que tinha..

— Qual era a altura dele? Mostre para mim. Aqui? Ou mais alto? E diga de novo o que ela disse. As palavras exatas, por favor.

— Eu abri a porta e ela falou que ouviu dizer que um inglês estava hospedado aqui, um certo Dr. James Zennor, e queria saber se podia conversar com ele.

— E o que você disse?

— Por favor, Dr. Zennor, o senhor está me deixando um pouco desconfortável me encarando dessa forma. Por favor. Deixe eu dizer o que aconteceu do meu jeito.

James expirou. Precisava se controlar, não perder a cabeça, não agora. Florence e Harry ali, naquele mesmo lugar, algumas horas antes: aquele simples pensamento o deixava zonzo. Ele respirou fundo e acompanhou Walters quando este arrastou os pés pelo corredor até a primeira sala. Agitado demais para sentar, James agarrou o encosto alto de uma das poltronas de couro.

— Muito bem — disse Walters. — Ouvi uma batida à porta um pouco depois das quatro da tarde. Baixinha, parecia hesitante. Abri a porta e lá estava a moça, segurando a mão do filho. Ela parecia estar um pouco nervosa. Nem quis entrar, apenas perguntou se o senhor estava aqui e se podia falar com o senhor. Eu disse que o senhor deveria voltar mais tarde. Pedi a ela que entrasse, mas ela disse que não. Perguntou se eu poderia dizer ao senhor que esteve aqui. O menino era um pouco acanhado: ficava olhando para mim de trás da mãe. Acho que nunca tinha visto um negro antes. Olhos redondos, os dele. Muito quieto.

— Muito quieto. — *Sim*, pensou James. *Parece Harry*. — E você consegue descrevê-la, Walters?

— Uma moça alta, senhor.

— Muito bonita, com as costas muito eretas, altiva? Com olhos sorridentes?

— Ela pareceu ser muito simpática, senhor.

— Simpática, sim...

— Mas também parecia estar preocupada.

— Ela disse como ficou sabendo que eu estou aqui?

— Sim, senhor. Disse que o viu. Na cidade.

James se sentiu atordoado outra vez, como se as pernas estivessem para ceder. Os pensamentos se sucederam tão rápido em seu cérebro que se emaranharam uns nos outros. Se Florence o viu, por que não correu até ele imediatamente? Onde exatamente ela o viu? E quando? Certamente não hoje, quando estava com Dorothy Lake. Será que Florence os viu agora mesmo... O estômago dele deu se revirou. E se tivesse viajado meio mundo até ali, se tivesse atravessado o Atlântico apenas para ser rejeitado como um marido infiel agora, ali nos Estados Unidos. Ele voltou a amaldiçoar a si mesmo e à sua fraqueza.

James precisou de um momento para se recompor. Por fim, disse em voz baixa:

— E ela deixou alguma coisa para mim, um cartão ou uma carta?

— Ela apenas me pediu para anotar os detalhes, para que o senhor pudesse entrar em contato com ela. Vou pegar.

James observou o mordomo sair arrastando os pés até o quarto dos fundos, que parecia servir-lhe tanto de escritório e também de lar: certamente não havia outro quarto em evidência, e ele parecia estar naquela casa dia e noite. James esperou um pouco, andando de um lado para o outro e fechando os punhos. Mas mesmo uma demora de trinta segundos era demais. Ele saiu da sala e encontrou Walters, que voltava pelo corredor.

— Aqui, senhor. — O velho estendeu a ele um pequeno papel quadrado.

Foi como se uma tábua de pedra batesse em seu peito.

*Elizabeth Goodwin, hospedada com o Sr. e a Sra. Swanson, New Haven. Telefone...*

As palavras dançavam no papel, a decepção embaçava a vista. A cabeça começou a latejar, a dor de batê-la na parede subitamente se revelava.

O mordomo deve ter visto aquele desespero, porque passou a balbuciar algum tipo de consolo, as palavras perdidas e abafadas nos ouvidos de James.

Que idiota, mais uma vez sucumbiu a um otimismo ridículo. O sinal de alerta estava na sua cara, na forma como Walters descreveu a mulher à porta: *simpática*, foi o que disse. Florence certamente podia ser afável e generosa. Mas simpática não era a primeira palavra que qualquer homem usaria para descrevê-la. Se fosse Florence à porta, Walters não teria hesitado em concordar que ela era inacreditavelmente linda.

Então havia sido uma das mães de Oxford, que de alguma forma descobriu seu paradeiro no Elizabethan Club. Onde o vira? E seria ela a pessoa que finalmente lhe diria onde encontrar a esposa e o filho?

Lá do alto ele tinha uma vista desimpedida da copa das árvores, que se estendia até o porto de New Haven. Pela primeira vez se deu conta do quanto aquele lugar era bonito, sem dúvida viçoso e verdejante na primavera, belo mesmo no árido verão. E apesar disso, ele estava a meros 3 quilômetros de Yale.

A primeira coisa que fez naquela manhã foi ligar para a Sra. Goodwin, pouco depois das sete horas — o momento em que sentiu ser socialmente aceitável fazer um telefonema. Sua anfitriã americana, a Sra. Swanson, soou desconfiada, mas a Sra. Goodwin foi muito gentil. Ela explicou que o filho frequentava um curso de verão durante o dia e que não teria como encontrá-lo antes das quatro e meia da tarde, no mínimo.

— Por que não nos encontramos na escola? — sugeriu James. Para sua surpresa, ela concordou, então ele chamou um táxi que o levou por uma estrada sinuosa e ladeada de árvores até o Hopkins Grammar School for Boys. No caminho, admirou com inveja as casas espaçosas com gramados e um ocasional pneu fazendo as vezes de balanço, pendendo de uma árvore, ou uma tabela de basquete presa a um poste. Quanto espaço, se comparado à apertada Inglaterra dos livretos de racionamento que deixara para trás. Mas não era a prosperidade dos Estados Unidos que invejava, exemplificada pelo reluzente carro preto cheio de curvas que agora serpenteava pela estrada atrás do táxi — uma escultura móvel de metal, coroada com as elegantes faixas brancas pintadas nos pneus —; não, não era a riqueza dos Estados Unidos que fazia James sentir piedade do próprio país. Era a paz. A paz daquela mulher ali, cuidando das rosas, ou daquele sujeito na casa vizinha, passando óleo nas dobradiças do portão do jardim. Nenhuma faculdade de Yale havia se dedicado a organizar suprimentos de munição ou *fish and chips*. Nenhum homem precisava aprender a polir as botas para ficarem brilhantes como espelhos ou limpar um rifle. Nenhuma mãe americana precisava temer que seu filho de 2 anos morresse na explosão de uma bomba ou esmagado pelo coturno de um nazista, como Florence temia por Harry. Como parecia serena aquela manhã de verão. E ainda assim, sob o mesmo céu, naquele exato momento, ele sabia que havia um continente em guerra com a Grã-Bretanha — aquela Grã-Bretanha suja e cinza que lutava pela própria vida.

Agora, com o táxi se aproximando, ele conseguia ler a placa que anunciava a Hopkins Grammar School, "dedicada à formação de jovens cheios de esperança".

Eles combinaram de se encontrar na secretaria, então James passou pela entrada em arco e pelo retrato do fundador da Hopkins no século XVII, pensando que aquele podia ser qualquer internato no interior inglês. Deparou-se com uma secretária, que lhe disse que precisaria ir até o campo de esportes e se ofereceu para acompanhá-lo.

A mulher falou o tempo todo, explicando que a escola havia se mudado do centro de New Haven havia apenas 15 anos.

— Infelizmente, a cidade não é mais o que costumava ser. Está muito agitada agora.

— Agitada? — perguntou James, puxando conversa.

— Bem, recebemos muitos imigrantes nos últimos anos. Esse não é mais o país que seus ancestrais deixaram para trás.

As palavras eram neutras o bastante, mas James detectou um quê de repulsa e esnobismo de que não ele gostou.

— Entendo.

— Não que estejamos reclamando por estarmos aqui, ah, não! É maravilhoso. É tão bom para os meninos ficarem ao ar livre no campo, longe da imundície da cidade.

Ela o conduziu por um declive, e agora um amplo gramado se fez visível. Nele havia pelo menos três dúzias de pré-adolescentes ansiosos, de shorts brancos e tênis mas sem camisa, entretidos em exercícios físicos. Quando James se aproximou, faziam flexões em uníssono. Ao observar da lateral do campo, constatou que havia cinco ou seis mães que, por sua vez, envergavam o próprio uniforme, vestido de estampa floral e chapéu de aba larga.

— Sra. Goodwin! — A secretária chamou numa voz cantada, e a mais alta das mulheres se virou. Ela tinha seus 40 e poucos anos e era exatamente como Walters descrevera: não era bonita, tinha cabelos castanhos de um tom sem graça, mas era simpática.

Eles trocaram um aperto de mão e a secretária pediu licença e se foi. A mulher deu um sorriso gentil.

— Bem, fico feliz que meus olhos não tenham me enganado.

Apenas ouvir o ritmo daquelas palavras com pronúncia precisa encheu James de uma enxurrada de emoções. Apenas naquele momento ele se deu conta de que não ouvia um sotaque inglês havia mais de três semanas. Ouvi-lo agora o fez pensar em casa, como se com aquelas poucas palavras ele tivesse sido transportado de volta para Oxford, para suas pedras, suas bicicletas, seus *scones*, suas tardes. Naquele instante, percebeu o quanto estava longe. Acima de tudo, desejou estar com Florence, abraçá-la, sentir seu abraço.

Ele não disse nada daquilo, é claro. Simplesmente a cumprimentou:

— Eu também, Sra. Goodwin, eu também. Mas onde a senhora me viu?

— Na igreja, Dr. Zennor: na Capela Battell. Estava com Thomas. — Ela inclinou a cabeça na direção dos meninos, que agora estendiam braços e pernas numa série de polichinelos.

— No domingo? Durante aquele debate sobre os Estados Unidos se juntarem à guerra?

— Exatamente.

Então aquilo explicava a sensação fugaz que tivera, a impressão de que tinha visto um rosto conhecido em algum lugar na assembleia. Pensou que fosse uma ilusão provocada pela luz ou pelo cansaço da viagem, mas havia sido real. Não que fizesse ideia de onde tinha visto a Sra. Goodwin em Oxford. Seria ela outra das amigas de Florence que ele ignorara completamente?

— Devo dizer que achei aquilo um tanto perturbador — prosseguiu ela. — Parece que a nossa pequena ilha precisará lutar sozinha nessa guerra, o senhor não acha?

— A participação na guerra não é um assunto popular nos Estados Unidos, se é isso que quer dizer. — Ele pigarreou. — Sra. Goodwin, vim a Yale encontrar minha esposa. A senhora tem alguma ideia de onde ela está?

— O senhor quer dizer que não sabe?

— Infelizmente não.

Ela desviou o olhar, envergonhada.

— É estranho, mas eu pensei que esse fosse o caso. Quando tive a impressão de vê-lo na igreja, desconsiderei a princípio. Achei que apenas tivesse visto alguém parecido. Essas coisas acontecem, você sabe. Mas então fui comprar cigarros na Owl Shop, e o jovem de lá mencionou um inglês solitário que procurava pela esposa, então comecei a pensar nisso. Fui até o Elizabethan Club apenas por desencargo de consciência...

— Sra. Goodwin, a senhora sabe onde ela está?

— Eu *sabia*. Ficamos todas na Divinity School quando chegamos.

— Na Divinity?

— Sim, foi onde nos hospedaram a princípio. Antes de nos acomodarem com nossas respectivas famílias.

— E onde Florence foi acomodada?

— Bem, é exatamente isso, entende? Eu não sei. Ela ainda estava lá quando os Swanson me pegaram na última sexta. Eles foram incrivelmente simpáticos. O processo levou alguns dias, como era de se esperar, e de uma hora para a outra estávamos espalhadas pelos quatro ventos. Algumas mães estão na Pensilvânia.

— A senhora sabe onde alguma das outras mães está?

— Sei onde estão *algumas*. Fizemos contato umas com as outras. E muitos dos nossos anfitriões se conhecem, é claro. Principalmente aquelas de nós que ficaram aqui em New Haven. Mas não somos muitas, entende? Outras estão com professores que moram longe daqui, ou que têm casas de campo no interior.

— Entendo.

— Mas a universidade não tem os registros, Dr. Zennor? E quanto ao comitê que arranjou tudo para nós, o senhor já falou com eles?

— Não exatamente, mas já... — James hesitou. — Eu consultei os registros, por assim dizer. E Florence e Harry são os únicos sobre os quais não há informações.

— E quanto ao decano, Preston alguma coisa, esqueci o nome...

— O Dr. McAndrew?

— Isso. Ele foi absolutamente maravilhoso. Foi a força motora por trás de toda a iniciativa, pelo que soube. Ele está no comando, deve saber.

— Ele também não pôde me ajudar.

A mulher mordeu o lábio.

— Mas isso é muitíssimo estranho.

— Posso perguntar, Sra. Goodwin, quando foi a última vez que viu Florence?

— Como disse, na Divinity. Ficamos todas lá no primeiro dia

— E você lembra de alguma coisa que aconteceu por lá, qualquer coisa que minha esposa possa ter dito, que talvez esclareça onde ela está?

Por apenas um segundo, a mulher olhou para os pés, uma evasiva fugaz que sugeria... o quê? Culpa, constrangimento? James não teve certeza.

— Qualquer coisa, Sra. Goodwin.

— Bem, é um tanto estranho, mas...

Naquele momento ela teve um sobressalto, provocado por berros no campo quando os meninos entoaram o lema: "Costas eretas e boa postura são essenciais para a saúde!". O instrutor levou uma das mãos em concha ao ouvido, um gesto teatral que sugeria que falavam baixo demais. Os meninos tentaram outra vez, dessa vez a plenos pulmões com as vozes esganiçadas.

— Eles levam a atividade física muito a sério por aqui, já percebi — disse a Sra. Goodwin com um sorriso. — Quando não estão caminhando, estão lutando ou jogando basquete. Thomas sempre gostou de críquete, mas isso é...

— A senhora ia dizer algo, Sra. Goodwin. Sobre Florence e a Divinity School. — Ele fez uma pausa. — Disse que era estranho.

— Sim, eu disse. — Ela olhou para os meninos, que começavam uma corrida ao redor do campo. — É uma pergunta, na verdade. Diga-me, Dr. Zennor, o senhor alguma vez escreveu para sua esposa?

— O quê? Sim, é claro. Todos os dias, assim que soube que tinha vindo para Yale. Mandei diversas cartas de Liverpool, depois talvez uma dúzia do Canadá. Eu as escrevi no navio. Mandei algumas daqui também, mas não tenho o endereço. Remeti todas "aos cuidados da Universidade de Yale".

— Ah, entendo. — Ela franziu a testa. — Isso me confunde ainda mais.

— Não estou entendendo. Por quê?

— Não quero ser rude, Dr. Zennor. E isso não é da minha conta.

— O quê? Diga.

— Bem, meu marido fez a mesma coisa. Remeteu as cartas "aos cuidados de Yale". E recebi todas, cada uma delas. Havia muitas cartas para mim e para as crianças quando chegamos à Divinity School. Mas...

— Sim?

— Florence não recebeu notícias suas. Nem uma única carta. Ela ficou muito aflita. Todas a apoiamos como podíamos. Mas agora que o vejo, que sei que viajou até aqui, percebo que devemos ter entendido tudo errado. Mas confesso que naquele momento achamos tudo muito lamentável.

# TRINTA

James correu de volta para a escola e pediu à secretária que chamasse um táxi assim que possível. Sua cabeça latejava.

Ele não estava paranoico, não estava imaginando coisas: algo sombrio e perigoso, terrível, estava acontecendo e, sabe Deus por que, Florence e Harry estavam no centro daquilo. Uma imagem do filho, encolhido e aterrorizado, entrou sem ser convidada em sua mente. O pequeno e lindo Harry. Ah, Deus, o que fizeram com seu menino? E o que queriam com a mulher que ele amava?

Não havia como menosprezar aquilo como uma coincidência. A princípio, talvez, podia até pensar assim. Um documento desaparecido dos arquivos, uma folha de papel arquivada no lugar errado: podia acontecer com qualquer um. Mas aquilo era uma prova concreta de que suas cartas para Florence haviam sido interceptadas. Mas quem faria uma coisa dessas? E por quê?

Ao andar de um lado para o outro em frente à entrada da escola, rodeando sem parar aquela placa — "dedicada à formação de jovens cheios de esperança" —, ele voltou a sentir a mão molhada de Lund quando o vice-decano, suando copiosamente, apertou o seu braço. *Você não faz ideia de onde está se metendo, faz? Você esbarrou em algo muito maior do que imagina. Maior e mais perigoso.*

O pobre-diabo não estava imaginando coisas. Ele estava certo. Aquilo era perigoso o bastante para ter custado a vida de Lund — e talvez, quem sabe, fosse também uma grande ameaça para a esposa e o filho de James. A não ser que já fosse tarde...

Ele balançou a cabeça, como se o gesto pudesse afastar aquele pensamento insuportável. Foi um imbecil da pior espécie, um imbecil inteligente; imbecil, inclusive, por *ser* inteligente. Os sinais estavam lá desde o princípio: aquele barulho na caixa do correio na manhã em que Florence desapareceu. Eles bisbilhotaram sua correspondência, chegaram à carta da esposa antes dele, deliberadamente privando-o das poucas horas que teria para chegar até ela a tempo. Deveria ter suspeitado de uma conspiração, desenvolvida de forma cuidadosa, meticulosa. Mas o fez? Não. Era racional demais para isso, *sensato* demais. Precisava haver outra explicação, era o que insistia em dizer a si mesmo. Uma explicação mais lógica, mais racional, para o sumiço do documento da esposa daquele arquivo, para o motivo que levou Lund a agarrar-se a ele, para a morte do vice-decano. Mas James foi vítima da sua maldita racionalidade. E estava enganado. Se tivesse sido mais estúpido, se pensasse mais com o instinto do que com a cabeça, teria chegado à verdade mais rápido.

Por fim o táxi chegou, e ele sacolejava pela Forest Road a caminho de New Haven. Veria McAndrew imediatamente. Irromperia no gabinete e, se necessário, exigiria saber a verdade. Se o decano não lhe desse respostas, ele se recusaria a deixar o gabinete até que McAndrew ordenasse uma investigação interna, de preferência chamando o responsável pelo serviço postal da Universidade de Yale até seu gabinete.

James olhava pela janela do táxi, desviando a atenção apenas uma vez para olhar pelo retrovisor. Não percebeu nada a princípio. Sua mente estava cheia demais para registrar qualquer coisa.

Mas então alguma área do seu córtex cerebral processou a informação. James conferiu os pneus do carro que vinha atrás, para ver se tinham as reveladoras faixas brancas. E tinham. Não restava dúvida: era o mesmo carro que vira a caminho da Hopkins. Ele foi seguido na ida e era seguido agora na volta. Não tentaria criar desculpas racionais, não dessa vez. Estava sendo seguido.

— Motorista, você pode entrar na próxima esquerda, por favor?

— Mas nós não estamos indo para...

— Apenas entre à esquerda!

O motorista obedeceu e, como esperava, o carro que vinha atrás — suntuoso e maciço — fez o mesmo. Certo, pensou James: acrescentaria aquilo à lista de perguntas que atiraria em McAndrew no segundo em que o visse. *Por que diabos estou sendo seguido?*

Depois de seguir por ruas secundárias e avenidas residenciais, o táxi por fim parou em frente ao prédio administrativo que abrigava o decanato. O carro preto parou apenas alguns metros à frente, insolente na recusa de ocultar seus propósitos. James passou pela entrada e pela recepção a passos largos e irrompeu no gabinete onde estivera menos de 24 horas antes. Deu-se conta da expressão determinada, ensandecida, em seu rosto apenas quando viu a forma como Barbara, a secretária, o olhou. Ela ficou boquiaberta — e petrificada.

Sem falar com a mulher, James seguiu direto para o gabinete interno do decano. Agarrou a maçaneta como se a sala fosse sua, sem fazer qualquer concessão aos bons modos. Quando a porta foi escancarada e revelou apenas uma sala vazia, James ouviu as lamúrias de Barbara às suas costas:

— O decano não está! Ele está de licença.

— De licença? — berrou James, virando-se para encarar a secretária, que estava de pé e um pouco pálida. — De LICENÇA? Para onde diabos ele foi?

— Não posso dizer, doutor...

James deu um passo à frente, levando a secretária a saltar para trás num gesto instintivo de pânico, claramente com medo que ele a agredisse. A visão daquele terror o deteve. Ele ouviu a própria respiração e, percebeu, estava ofegante.

Um momento a mais e, tinha certeza, seria acompanhado para fora do prédio e outra vez cairia nos braços da polícia de Yale. James reuniu suas forças e, andando de costas — para ver as marcas de ansiedade no rosto de Barbara se abrandarem à medida que a ameaça retrocedia —, saiu.

James passou apressado pela recepção e saiu para a rua. Ele olhou à direita: o carro preto, que agora identificava como um Buick, ainda estava lá. Certo. Era isso. Ele avançou pela rua sem se dar ao trabalho de olhar para os veículos que passavam por ali e seguiu direto para o carro, batendo a mão no capô.

— Saia! — disse em voz alta e clara. — Vamos, saia de uma vez. — Ele bateu na janela com força. — Não seja covarde. Mostre a sua cara, vamos. — Ele voltou a bater no vidro. — Quero ver você, seu covarde de merda! — gritava James, as pessoas olhando na sua direção. Agachando-se para ver o interior do carro, ele percebeu que batia do lado errado, na direção do banco do passageiro. Mas não havia ninguém no carro, de qualquer forma. Estava trancado e escuro.

Ele soltou um longo suspiro de exasperação. Perseguia sombras Por mais assustador que fosse saber que estava sendo seguido e por mais enervante que fosse deixar os perseguidores sem punição, ele sabia que aquilo era uma distração. Não eram eles que precisava encontrar, mas Florence e Harry.

A tarefa imediata era dar um telefonema. Ele olhou em volta e viu uma cabine telefônica na mesma calçada, a não mais de 30 metros de distância. James correu até lá.

Mas ele não sabia o que fazer, o que era enlouquecedor, e precisou ler as instruções no cartão impresso acima do telefone. Por fim, ouviu a voz da telefonista.

— *Yale Daily News*, por favor.

Ele sabia que brincava com fogo ao fazer aquele telefonema. A coisa mais sensata a fazer seria não voltar a vê-la ou falar com ela. Mas a quem poderia recorrer para conseguir a informação de que precisava naquele instante?

Houve um clique e uma voz do outro lado da linha, que anunciou o nome do jornal.

— Posso falar com a Srta. Dorothy Lake, por favor?

— Ela é datilógrafa?

— Repórter, acredito.

— Aguarde na linha.

Ele ouviu uma mão cobrir parcialmente o fone e uma voz abafada chamar Dorothy. Houve um som arrastado, a respiração dela e por fim sua voz.

— Srta. Lake, é James. James Zennor.

— Ora, como vai meu inglês desaparecido? Estava começando a ficar preocupada com você. — Ele podia dizer que ela estava sorrindo. Podia imaginar seus lábios, carnudos e entreabertos, com aquela mesma expressão sagaz e divertida que tinha visto no jantar da noite passada.

— Estou bem, Srta. Lake — respondeu num tom excessivamente sério e formal. — E preciso da sua ajuda. Preciso falar com o decano imediatamente. — Ele conferiu o relógio. Faltavam quinze minutos para as onze. — Preciso do endereço da casa dele.

— Ah, isso é fácil.

— Sério?

— O decano tem uma residência oficial. Fica na St. Ronan Street. Número 241.

# TRINTA E UM

O mapa tremia nos dedos de James enquanto ele procurava a St. Ronan Street. Seus olhos se concentraram no oeste: York, Park, Howe, Dwight. Nenhum sinal da St. Ronan. Ele conferiu o leste: High, College, Temple, Church. Agora o norte: Wall, Grove, Trumbull. Onde diabos ficava a St. Ronan Street?

Ele procurou fora do centro de New Haven, o dedo correndo pelo que parecia ser uma das principais artérias que seguiam para o norte, a Prospect Street. Nada ali. Voltou para o oeste, acompanhando a longa Whitney Avenue. Nada ali também...

Ah, lá estava, entre duas ruas principais. Ficava longe, mas não era complicado. James não caminharia até lá: ele correria.

Ao descer a Wall Street, ignorando os olhares dos transeuntes, ele se perguntava como chegara àquilo: corria por ruas estranhas em um país estranho à procura da família. Que agora confrontava um inimigo — sem rosto, desconhecido —, ele não tinha dúvida. Mas não podia se enganar achando que era esse o motivo de estar naquela situação. Independente do mal feito por seu adversário invisível, aquilo não era obra dele. Florence nunca teria pensado em deixar Norham Gardens, muito menos a Inglaterra, se ele tivesse sido o marido forte, o bom pai com quem ela acreditava ter se casado. Em vez disso, em uma questão de meses ele se transformou em um estranho para a esposa — um gêiser que borbulhava raiva e ressentimento, um homem que tinha se voltado para dentro, para longe das duas pessoas que mais amava no mundo e que mais precisavam dele. Sua esposa era jovem, radiante e linda; mas que felicidade ela conheceu nos últimos anos? Sim, eles ocasionalmente iam ao teatro ou assistiam a um concerto, mas apenas depois de muita bajulação e insistência da parte dela. Quanto a festas, Florence aprendera a nem ao menos sugerir tal coisa. Se quisesse caminhar pelo campo, precisava recorrer a Rosemary Hyde e suas bandeirantes em vez do próprio marido que, quando se aventurava a sair ao ar livre para respirar ar puro, fazia-o sozinho e ao amanhecer, quando não corria o risco de encontrar outra alma viva. Sua esposa era uma mulher que florescia à luz do sol, e ele a mantinha na escuridão. Não era de surpreender que o tivesse abandonado quando o medo da invasão assumiu grandes proporções. A surpresa era que não o tivesse feito antes.

James precisava lhe dizer tudo aquilo, dizer que a entendia. Mas não poderia fazer nada se não a encontrasse. E era por isso que precisava falar com McAndrew naquele instante, cara a cara. Começaria exigindo saber onde Florence e Harry estavam e então iria a fundo para descobrir por que exatamente a folha com as informações deles havia sumido do arquivo. Não seria dispensado com promessas vagas dessa vez: ele queria respostas.

Àquela altura já deixara para trás os prédios dos laboratórios de ciências que margeavam o início da Prospect Street e corria colina acima em meio ao jardim botânico, quente e úmido na manhã de verão. A ladeira era íngreme; o ombro de James latejava de dor. Ele consultou o mapa; não faltava muito agora.

Aquela era claramente a parte mais rica da cidade: as casas de madeira eram grandes, a rua larga e arborizada. Ele e Florence provavelmente morariam ali se o destino os tivesse feito um casal de jovens acadêmicos de Yale, não de Oxford. Estariam juntos agora, desfrutando de uma vida calma e pacífica, sem temer uma guerra que abria uma cicatriz no mundo. Ele poderia não ter ido para a Espanha; poucos americanos o fizeram. Nunca teria levado um tiro, seu ombro ainda estaria perfeito, mas nunca teria conhecido Florence, eles nunca teriam tido Harry...

James ofegava agora, seus pulmões ansiando por oxigênio. Deixou a cabeça cair, as mãos apoiadas nas coxas. Suava bastante, apesar de ter enfiado o paletó na bolsa quase 1 quilômetro antes.

Ele prosseguiu caminhando e entrou à direita na Canner Street. Não ajudaria aparecer descomposto na casa do decano. James apertou o ombro, tentando conter a dor. Mais uma entrada, à esquerda, e estaria na St. Ronan Street.

Os números encontravam-se na casa dos oitenta; estava quase lá. As casas eram ainda maiores e mais majestosas do que na Prospect Street, com gramados bem-cuidados e escadarias de cinco degraus que levavam à entrada. Como aquele lugar parecia seguro, a milhares e milhares de quilômetros das cidades inglesas envoltas na escuridão do blecaute, onde, naquele momento, os habitantes se preparavam para outra noite. Logo estariam encolhidos em seus abrigos de Anderson. O cheiro úmido de terra, a espera pela sirene, o desejo exausto de voltar para a cama...

Ali. Número 241, uma casa tão imponente quanto as demais. O estilo, James decidiu, era colonial; a porta era pintada de um preto sólido e respeitável. Ele percorreu a calçada e tocou a campainha, preparando mentalmente as falas para o caso de a Sra. McAndrew abrir a porta. *Conheci o decano ontem e ele disse que eu deveria entrar em contato com ele a qualquer hora se precisasse de ajuda.* James enxugou a testa para remover qualquer indício de suor.

Não houve resposta. James tocou outra vez, agora aproximando-se para tentar ouvir algum sinal de movimento do outro lado. Nada.

Ele foi até a varanda, para espiar pela janela. Pressionando o rosto no vidro, viu que a sala ao menos parecia estar vazia. Não havia luzes acesas em lugar algum.

James se virou para verificar se alguém estava por perto, se era possível que o vissem. Ninguém. Com toda a confiança que conseguiu reunir, tentando não parecer um ladrão, ele foi até a lateral da casa e continuou contornando-a. Havia uma bicicleta encostada na parede, mas a calçada terminava em um portão de madeira.

Outra espiada sobre o ombro e James colocou o pé na tábua inferior. O segundo impulso foi o suficiente para ver acima do portão, que dava para o jardim. O ombro voltava a gritar de dor.

James olhou para a esquerda e a direita, confirmando num instante que a casa estava completamente vazia. Havia uma mesa e duas cadeiras na área pavimentada, um amplo e impecável gramado com um único e desamparado balanço no centro, algumas árvores frutíferas mais para o fundo e moitas e arbustos bem-podados por todo lado.

James se perguntava se faria sentido pular o portão, e talvez até mesmo tentar entrar na casa pelo jardim dos fundos, quando sentiu uma mão agarrar seu tornozelo direito e outra agarrar o esquerdo.

Ele se virou desajeitado, tentando olhar para baixo, o que apenas aguçou a agonia no ombro. Soltou um gemido de dor, o que fez com que o aperto nos tornozelos ficasse mais forte. E ouviu uma voz, instantaneamente familiar.

— Não resista, Dr. Zennor. Você chegou ao fim da linha.

# TRINTA E DOIS

James olhou para os pés e viu que as mãos que o seguravam com firmeza eram do detetive Riley, do Departamento de Polícia de Yale. De cima, viu as mesmas feições brancas e rechonchudas, ligeiramente coradas dessa vez, talvez pela sutil inclinação no gramado que o policial acabara de percorrer para chegar até ele.

— Vou precisar que desça, senhor.

— Ah, pelo amor de Deus! Por favor, isso não é o que você está pensan...

— Apenas desça, senhor.

James gesticulou para os pés, indicando que não conseguiria pular se Riley não os soltasse.

Uma vez no chão, recomeçou.

— Detetive Riley, por favor. Eu não estava roubando esta casa. Vim até aqui conversar com o decano. Preciso falar com ele urgentemente. Nós...

— Pulsos.

Como James hesitou, Riley apareceu com um par de algemas. Agora ele entendeu. Foi tomado por um ímpeto de fúria e então, como uma onda que quebra apenas para retornar ao mar, sentiu-a recuar. Estava exausto demais para a raiva. Curiosamente, também, não sentiu raiva de Riley. Em vez disso, culpava a si mesmo pela própria estupidez.

Não havia sido visto, tinha certeza disso. A calçada lateral da casa de McAndrew não era visível por vizinhos; ele havia conferido a esquerda e a direita, a frente e atrás, antes de se aventurar até ali. Sim, pode ter sido visto por um vizinho desconfiado do outro lado da rua. Podem ter suspeitado de um arrombamento. Mas não importava o quão tecnologicamente avançados aqueles americanos eram; caso tivessem telefonado para a polícia, não havia como uma viatura chegar ali tão rápido. Ele chegara à casa há não mais do que dois ou três minutos e teria parecido suspeito mesmo para um vizinho dos mais desconfiados apenas no último instante. Até então, era apenas um homem que tocava a campainha.

— Detetive Riley, posso fazer uma pergunta? — disse James, depois que o policial e o parceiro o seguraram cada um por um braço e eles desciam o gramado em direção ao carro.

— Pode perguntar o que quiser. Isso não quer dizer que eu vá responder.

— Tecnicamente, ainda estamos sob a jurisdição do Departamento de Polícia de Yale?

— Nessa propriedade, sem dúvida estamos. Essa é a residência do decano, parte do território da universidade.

— É claro. Mas essa *área*. Ela é responsabilidade do Departamento de Polícia de New Haven, certo?

— É, mas você não está nessa *área*. Você está nessa *propriedade*. E a invadiu.

— Entendo. Mas se alguém telefonar para a polícia pedindo ajuda, alguém que more nessa rua, essa pessoa não falaria com vocês, falaria? Quem atenderia a ligação seria a polícia de New Haven, não é verdade?

Riley ficou em silêncio e empurrou a cabeça de James para baixo ao colocá-lo no banco de trás do carro. Estava respondido. Ele não tinha sido visto por um vizinho ou por alguém passeando com o cachorro. Tinha sido traído. Apenas uma pessoa sabia que ele ia para aquele lugar — e ela o traíra.

A viagem até a cidade foi breve; em poucos minutos estavam de volta à mesma delegacia da manhã anterior, apesar de tudo parecer ter acontecido semanas atrás. James não disse nada no carro, apenas olhou pela janela, lutando com uma pergunta que girava à sua volta como um redemoinho, arrastando-o cada vez mais para o fundo: por quê?

Tudo que queria era reconquistar a família. Era tudo. Ele não queria descobrir a verdade sobre a morte de George Lund. Não queria saber como o decano Preston McAndrew estava envolvido naquilo, nem mesmo por que Dorothy Lake o beijou na noite passada e o traiu hoje (apesar de ter se perguntado, num pensamento fugaz, se os dois eventos estavam ligados, se ela fizera a denúncia à polícia para se vingar da rejeição). Nem mesmo dava maior importância ao motivo de ter sido seguido mais cedo. Não queria saber de nada disso. Tudo que queria era saber onde poderia encontrar Florence e Harry. Desejava encontrar os dois e abraçá-los, acariciar seus cabelos e cheirar a pele deles. Isso era tudo que queria.

Logo estavam de volta, ele e Riley, à mesa vazia na sala de interrogatório vazia.

Cauteloso, James fez uma pergunta:

— Você faz tudo pela sua força policial, detetive?

— Onde você quer chegar?

— Bem, num minuto você investiga um assassinato, no outro atende a uma chamada do que parece ser, no máximo, um arrombamento sem maior importância.

— Digamos que eu gosto de aparecer em ocasiões especiais.

— E por que exatamente essa foi uma ocasião especial?

— Você é um homem importante, Dr. Zennor.

— Ah, então você sabia que eu estava envolvido nisso, não sabia?

— Eu sei agora.

— Entendo. Então quando Dorothy Lake disse que corresse até a casa do decano na St. Ronan Street, você largou tudo que estava fazendo e correu para lá.

A falha de Riley em reagir, sua falta de surpresa ou perplexidade à menção da Srta. Lake, confirmou: ela tinha dado o telefonema.

— Vejo que não está negando — continuou James.

— Não sou eu que estou preso por invasão de domicílio, Dr. Zennor. O que me diz de fazermos assim: eu faço as perguntas e você as responde, ok?

— Por mim tudo bem, detetive.

Riley prosseguiu com o interrogatório, e James respondia com sua versão simples e direta, apesar de incompleta, da verdade. Ele descobriu que sua correspondência havia sido interceptada e tinha urgência em falar a respeito com o decano. Era isso.

— Falar com ele, hã? Você invade as casas de todo mundo com quem quer conversar?

— Eu não invadi a casa! Estava olhando para o jardim. Para o caso de ele estar ali.

Eles avançavam em círculos, com Riley tentando transformar dois mais dois em cinco e fazer com que James tropeçasse numa incoerência. James retrucava obstinadamente. Por fim, o detetive, que parecia estar tão cansado quanto ele, suspirou fundo.

— Vou prendê-lo, Dr. Zennor, o que significa que você tem direito a um telefonema. A maioria das pessoas liga para o advogado.

Riley acompanhou James da sala de interrogatório até um cubículo com nada além de uma cadeira comum e um telefone sobre uma pequena prateleira.

— Estarei bem aqui.

James pegou o fone e ouviu a própria respiração. Depois de não mais do que um segundo de reflexão, respondeu à pergunta da telefonista, pedindo para ser transferido para a redação do *Yale Daily News*.

James conferiu o relógio. Era o meio da tarde, era verão. Era muito provável que não houvesse ninguém por lá. Mas atenderam a chamada.

— O editor, por favor.

Outra espera, então uma segunda voz.

— Posso ajudar?

— Sim, espero que sim. Meu nome é Dr. James Zennor e venho falando com uma das suas repórteres, uma certa Srta. Dorothy Lake.

— Sim, eu sei. Algum problema?

— Não, problema nenhum. Ela foi muito diligente. Está interessada em ter a minha cooperação numa matéria em que está trabalhando e eu só quero confirmar as credenciais dela, se possível. O senhor se incomoda em responder como a Srta. Lake chegou até vocês?

— Dorothy estudou na Vassar e trabalhava no jornal deles, acho. Foi muito bem-recomendada.

— Fico feliz por saber. Por quem?

— Como?

— O senhor disse que ela foi muito bem-recomendada. Recomendada por quem?

— Bem, não tenho certeza de se devo dizer. Não quero que as pessoas pensem que o nepotismo influencia essas decisões.

— Não, não, claro que não. Isso é estritamente para minha informação. Ficará entre nós. — James olhou sobre o ombro e viu Riley apontando para o relógio de pulso. O policial podia cortar aquela ligação a qualquer momento.

— Nesse caso, fico feliz por informar que a Srta. Lake teve a mais alta recomendação possível.

— Ah, sim?

— Sim. Ela foi recomendada pelo decano, o Dr. Preston McAndrew. Eu gostaria de contar com sua discrição, Dr. Zennor, pois o Dr. McAndrew é tio da Srta. Lake.

* * *

James deitou na cama dura e estreita da cela. Parte dele agradecia pela oportunidade de deitar e descansar. Sentia-se exausto e precisava pensar. Mas a outra estava desesperada por agir, por voltar à luz do dia e às ruas e ver se aquela nova descoberta de alguma forma poderia levá-lo até Florence. Mas primeiro ele precisava pensar.

Mais uma vez repassou os eventos das últimas 24 horas, desde que Dorothy Lake o encontrou em frente à tumba da Wolf's Head, e analisou-os à luz da descoberta da ligação familiar da jovem com o decano. Teoricamente, podia não fazer diferença: sim, ela começou no *Yale Daily News* com a ajuda de McAndrew, mas agora era uma jornalista ambiciosa cujo único desejo era conseguir uma boa história.

Mas a outra possibilidade, igualmente provável, era que na verdade ela trabalhasse para o tio, agindo de acordo com instruções dele. Talvez isso implicasse em nada além de um pedido para ficar de olho em James e informar o decano de suas ações. Mas precisava considerar a hipótese de as obrigações de Dorothy Lake irem bem além disso.

James pensou na lista de membros da Wolf's Head no caderno da Srta. Lake, em como ela incluía todos exceto um dos antigos membros mais eminentes da sociedade: o atual decano da Universidade de Yale. Ele devia ter desconfiado no instante em que McAndrew revelou sua ligação com a Wolf's Head. Mas sequer pensou a respeito.

Da mesma forma, James aceitara que havia sido apenas puro azar a chegada do decano enquanto investigava os arquivos na antessala. Mas e se Dorothy houvesse informado o tio? Ela pode ter se recuperado da queda antes do combinado e ido procurar McAndrew ou mandado a secretária chamá-lo. Isso significaria que o telefonema para a polícia de Yale mais cedo fora sua segunda traição em dois dias.

Então, apesar de toda a cortesia e das promessas de ajudá-lo, o decano desconfiava de James e encarregara alguém, a própria sobrinha, de vigiá-lo, de soar o alarme caso ele chegasse perto demais. Mas perto demais do quê? O que exatamente ele escondia? Qualquer que fosse o segredo, o decano claramente acreditava que James estava se aproximando dele. Mas por que acreditaria nisso? Porque James fizera contato com Lund? Ou simplesmente porque fazia perguntas sobre as crianças de Oxford?

A cabeça dele doía. O ombro latejava, como sempre acontecia depois de exercícios árduos. Seria fácil cair no sono, esgueirar-se por uma hora de descanso e sonhos, onde Florence e Harry poderiam visitá-lo. As pálpebras ficavam pesadas. Mas ouviu o som de metal contra metal. O carcereiro abria a porta.

Sem qualquer palavra, um policial o conduziu pelo corredor. James preparou-se para ser liberado — assinar um documento, receber de volta os seus pertences e ser despachado —, mas em vez disso foi recebido por Riley, que segurava uma caneca de café de onde subia uma espiral de fumaça. O detetive indicou a sala de interrogatório com a cabeça.

— Por favor.

James o acompanhou sala adentro, sentindo um gosto amargo na boca. O suor da corrida daquela manhã secara na pele, deixando uma película viscosa em suas costas; ele não comia fazia horas. Queria estar em praticamente qualquer lugar que não naquela sala. Sem dúvida o Departamento de Polícia de Yale tinha mais o que fazer além de processar um acadêmico inglês por subir num portão de jardim.

— Detetive Riley...

— Espere, Dr. Zennor. Preciso confirmar uma coisa com você.

— Tudo bem — disse ele balançando a cabeça, exasperado com aquele calvário interminável. — Sou todo ouvidos.

— Não é uma pergunta, na verdade. Preciso olhar para o senhor. Pode se levantar por um segundo?

— Olhar para mim? Como assim?

— Só vai levar um minuto. — O detetive se aproximou, de modo que agora estava a centímetros dele, então ficou na ponta dos pés e passou a procurar algo nos cabelos de James.

— Mas o que diabos é isso?

— Estou quase terminando. — Riley tocou os cabelos de James, examinando o couro cabeludo. Instintivamente, ele levantou a mão para tentar se desvencilhar do homem, mas o detetive era forte e agarrou seu braço direito com uma das mãos, usando a outra para investigar seus cabelos, repetidamente esfregando uma mecha com o indicador e o polegar.

— Me solte!

— Pronto, terminamos — disse o policial, que deu um passo para trás e limpou as mãos num lenço. — Desculpe por isso.

— Espero que você tenha uma boa explicação, Riley, ou vou prestar queixa. Eu nunca...

— Acalme-se, Dr. Zennor. Eu decido quem está em apuros aqui. Peguei você num ato criminoso de invasão de domicílio, lembra? Sente-se. — James continuou de pé, os olhos queimando. — Agora.

Lentamente, James se sentou, controlando a irritação, dominando a raiva.

— Bom. Perdoe-me pelo exame improvisado, mas esse trabalho nem sempre é agradável. Acabo de receber uma visita muito interessante.

James, ainda lutando para manter a raiva sob controle, não disse nada.

— Uma senhora, vizinha dos Lund, por sinal. Ela disse que ouviu um barulho tarde da noite de segunda-feira. Foi até a janela ver o que era e, adivinhe? Viu um homem saindo da casa.

— Já discutimos isso exaustivamente. Você sabe que eu estava dormindo no Clube Elizab...

— Você pode calar essa boca e escutar por um minuto? Acontece que há um poste de luz bem ao lado da residência dos Lund. A vizinha disse que o homem era alto, tinha por volta da sua altura. Ela não viu o rosto, mas o poste iluminou os cabelos. Muito distintos, foi o que ela disse. Bem grisalhos.

Houve uma pausa e James não disse nada, esforçando-se para garantir que o rosto permanecesse impassível.

Riley prosseguiu.

— Daí o meu pequeno exame agora há pouco. Queria ver se você tingiu o cabelo, entende, para encobrir.

— Mas não tingi — disse James baixinho.

— Não, não tingiu.

— O que significa que outra pessoa matou George Lund.

Riley se recostou na cadeira.

— Acho que mais uma vez está tirando conclusões precipitadas, Dr. Zennor. Ainda pode ser o que pareceu. Suicídio.

— Exceto que você disse que a esposa alegou que ele fazia planos para o futuro. Tinha um bebê recém-nascido.

— Eu sei o que eu disse.

— E quantos suicidas morrem com um alfinete de metal na boca? Diga, detetive, não havia sinais de arrombamento na casa, havia?

— Não. E isso geralmente quer dizer que ninguém mais está envolvido.

— Isso — disse James — ou era alguém que Lund conhecia bem o bastante a ponto de abrir a porta de casa tarde da noite.

— Não tente fazer meu trabalho, Dr. Zennor.

— Ok, não vou fazer isso. — James sentia o sangue latejando no cérebro; ele imaginou a cena, diferentes zonas se iluminando como no fliperama que viu na farmácia da College Street. — Mas posso pedir um favor?

— Depende de qual for, não é verdade?

— Suponho que você vá me libertar. Quando o fizer, seria de grande ajuda se não comunicasse isso a ninguém, principalmente ao editor do *Yale Daily News*.

— Você está fazendo muitas suposições, meu caro. Quer dizer...

— Nem mesmo para os seus superiores, se possível. Não posso explicar o motivo, mas se você acredita que eu sou um homem honesto, como imagino, então eu gostaria que confiasse em mim quando digo que isso pode me ajudar. Não apenas a mim, mas a você também.

— Talvez seja normal falar assim com policiais na Inglaterra, mas vou lhe dizer, isso não é...

— Agora, onde eu assino? — perguntou James com um sorriso. — Preciso ir a um lugar o mais rápido possível.

# TRINTA E TRÊS

*Bem grisalho.*

Distinto, como disse Riley, e certamente era. O cabelo foi uma das primeiras coisas que James notou em Preston McAndrew. O homem visto pela vizinha também tinha a mesma altura.

Se ouvisse a história, ele a teria rejeitado como fantasiosa, o tipo de coisa saboreada pelos jornais de domingo em casa: o decano de uma universidade envolvido em um assassinato. Mas, à luz das evidências, sem dúvida era racional concluir que Preston McAndrew havia assassinado George Lund, que apesar do verniz de charme e sofisticação acadêmica, o detentor de um dos mais prestigiados cargos em universidades americanas estrangulara seu subordinado imediato, então enforcou o corpo para fazer parecer suicídio. Para James, uma implicação se destacava das demais: as garantias de McAndrew sobre os seus esforços para encontrar Florence e Harry eram inúteis. Aquele não era um homem em quem confiar, e sim a quem temer.

James caminhava rápido agora; entrou à direita na Wall Street, à esquerda na Church Street, confiando unicamente na lembrança, grato pela simplicidade do projeto urbanístico de New Haven e pela própria memória. O ombro estava dolorido, implorando por descanso, mas a adrenalina começava a circular nas veias e era um anestésico eficiente.

Lá estava, a mesma entrada com dois degraus da bela e modesta casa dos Lund. Que idiota ele fora ao levar Lake, a sobrinha de McAndrew. Não era de estranhar que a mulher tivesse se fechado. E então ele e Dorothy saíram dali e foram jantar juntos. Ele falou sobre Florence e abaixou a guarda, permitiu-se acreditar que Dorothy gostava dele. Quando, é claro, era apenas uma mulher que fazia seu trabalho.

James estava furioso consigo mesmo. Tinha quase 30 anos, velho demais para ser vítima de tamanha ingenuidade. Devia ter desconfiado da súbita aparição de uma bela e intrigante jovem na Wolf's Head, pronta para ajudar e ficar ao seu lado. Mas ele também estava... O que era? Não era exatamente raiva, mas sentia-se decepcionado com Dorothy. Apesar de todas as negociações e dos joguinhos, ele acreditava ter detectado uma afinidade entre os dois. E houve a preocupação, quase maternal, que viu nos olhos dela quando falou sobre Harry... Não podia aceitar que aquilo fosse inteiramente falso.

Já era fim de tarde, mas o sol ainda brilhava. Ao chegar à porta, não conseguiu ver através da janela; reflexo demais.

Bateu à porta. Silêncio. Bateu outra vez, agora pressionando o ouvido contra a madeira para escutar. Nada das vozes ou do movimento da véspera. Ele se afastou da entrada e foi até a janela da sala de estar. Protegendo os olhos com as mãos em concha, olhou o interior. Estava escuro.

— Está procurando a família?

A voz veio da varanda da casa vizinha. Um senhor de blazer azul estava sentado numa cadeira de vime com um jornal no colo. Ele voltou a falar, sem saber se James o escutara da primeira vez.

— Você é amigo da família?

James deu um sorriso pesaroso.

— Estou aqui para ver a Sra. Lund, sim. O senhor sabe...

— Eles foram embora essa manhã.

— Foram *embora*?

— Isso mesmo. Todo mundo, os pais dela, o bebê. E bem cedo.

— Sério?

— Não consigo mais dormir até depois das quatro, quatro e meia da manhã. Vai acontecer com você um dia, acredite em mim.

— E o que...

— Eu desci e os vi colocando as malas no carro. E apressados. Enfiaram as bagagens no porta-malas e foram embora. Ela acenou para mim, a mais nova.

— Margaret?

— Isso. Estava com o bebê no colo. E então eles foram embora

— Bem cedo.

— Pode apostar. De manhãzinha. Sim, senhor.

— Disseram para onde estavam indo?

— Não. Não pararam para conversar.

James agradeceu o homem e seguiu rua abaixo, tentando digerir o que acabava de ouvir.

*Há pessoas muito poderosas por aqui.* Foi o que Margaret Lund disse ontem. Ela acreditava que haviam matado seu marido *para manter o segredo em segurança.* Essas foram as palavras dela. Deve ter concluído que estariam dispostos a matá-la também, que estava em perigo a ponto de abandonar a própria casa às pressas, de madrugada. Talvez Lund tenha contado à esposa o que suspeitava. Não era de estranhar que ela não quisesse passar adiante o segredo, principalmente na presença de uma mulher que sabia ser sobrinha do decano. Isso a colocaria — e a quem quer que contasse — em grande perigo. James pensou na intensidade do olhar dela, tão incoerente ao segurar o bebê. *Não é pelo meu bem. É pelo seu.*

A ideia era tão atordoante quanto perigosa. Precisava tentar entender aquilo também. Não tinha alternativa, não se quisesse descobrir como encontrar Florence e Harry.

Muito bem, disse a si mesmo. Se não havia como descobrir diretamente o que George Lund contara à esposa, precisaria trabalhar com o que tinha em mãos: a última mensagem transmitida pelo homem, à beira da morte. Precisaria descobrir a verdade sobre a Wolf's Head.

Por uma hora ele andou de um lado para o outro, por vezes sentando-se no banco do outro lado da rua, o tempo todo olhando para a entrada da tumba da Wolf's Head. Ficou especialmente atento para o surgimento de um Buick preto com pneus de faixa branca, mas não viu nada. Bom homem, aquele Riley: ao que parecia, havia feito o que James pediu e não informou a ninguém que o cavalheiro inglês preso por invasão de domicílio havia sido liberado. Seguindo o princípio de que é melhor prevenir do que remediar, parou na loja J Press na York Street para comprar um paletó novo. Inspirado no vizinho dos Lund, optou por um blazer azul e um chapéu-panamá, que agora usava com a aba baixa, cobrindo os olhos. Se alguém o estivesse seguindo, o mínimo que James podia fazer era tentar despistá-lo.

Ainda nada. O prédio fazia jus ao nome; estava trancado, vazio e silencioso como uma tumba.

James olhou para a edição da revista *Time* que tinha comprado numa banca a caminho dali. Havia sido atraído pela fotografia de lorde Beaverbrook na capa, o primeiro ocupante do recém-criado Ministério da Produção de Aeronaves. A revista se derramava em elogios ao homem nomeado por Churchill: "Mesmo que a Grã-Bretanha caia este outono, não será por falha de lorde Beaverbrook. Se ela aguentar, o triunfo será dele. Essa é uma guerra de máquinas. Será vencida na linha de montagem."

A revista estava claramente impressionada, e a avaliação era de modo geral otimista, mas a primeira frase da matéria provocou um aperto no coração de James. *Mesmo que a Grã-Bretanha caia este outono*... Florence não foi histérica ao temer a invasão nazista. Era uma possibilidade, talvez até mesmo uma probabilidade.

Ao erguer os olhos, viu um homem de cabelos brancos se aproximar. No mesmo instante James reconheceu o rosto: era Theodore Lowell, o capelão e pastor da universidade que vira pregar na Capela Battell no domingo. Ele ficou paralisado, mas Lowell nem ao menos olhou em sua direção, apenas conferiu o trânsito antes de atravessar a rua. Sem alterar o passo, seguiu em meio ao gramado e os arbustos que levavam ao prédio da Wolf's Head.

Aquilo não era em si uma surpresa: Lowell foi o único nome que James reconheceu na lista de ex-alunos no caderno de Lake. Como antigo membro da sociedade, ele tinha todo direito de fazer uma visita; como capelão, podia até mesmo estar fazendo uma visita oficial. (James o imaginou aconselhando um jovem dissoluto a beber menos e rezar um pouco mais.)

Mas havia algo na forma como andava, uma urgência, que chamou a atenção do inglês. Não, era mais do que urgência — ele caminhava de forma furtiva. Lowell olhou rapidamente para trás e desapareceu pela porta lateral.

James acabava de voltar ao posto no banco quando ouviu outro som de movimento e alguém emergiu da tumba, pela mesma entrada oculta. O homem era mais alto e, ele suspeitou, mais jovem; os cabelos eram mais escuros. James ergueu a revista para não ser visto.

O segundo homem chegou à calçada e passou a caminhar na direção da Elm Street. James esperou cinco, seis, sete segundos e passou a segui-lo.

A voz de Jorge, o republicano espanhol que ensinou a ele e Harry Knox a arte de seguir suspeitos de participarem da Quinta-Coluna de Franco em Madri três anos antes, permaneceu em sua cabeça o tempo todo. *Lembre-se, você anda na mesma velocidade do alvo. Mais devagar e vai perdê-lo. Mais rápido e deixará de passar despercebido.*

A perseguição foi desafiadora, com James precisando atravessar um grupo numeroso que saiu do Davenport College quando mal começava a pegar o ritmo — murmurando desculpas e pedidos de licença — e proteger os olhos do sol da tarde, sempre com o olhar fixo no homem que andava 20 metros à sua frente. Independente de quem ele fosse, caminhava com passos decididos, sugerindo que o destino não estava muito distante.

*A parte mais difícil de qualquer perseguição é dobrar uma esquina, quando o risco de perder o alvo chega ao máximo. A tentação é acelerar, mas isso também é um risco: o alvo, se vigilante, pode perceber que alguém até então distante está muito mais próximo. E uma vez que um perseguidor é percebido, ele é inútil.*

James manteve a velocidade, mas ao dobrar uma esquina olhou para onde esperava que o alvo estivesse — e não viu nada.

*Droga*. O olhar de James percorreu o outro lado da rua, apressado. Nada ali. Ele examinou a calçada onde estava, e mais uma vez não viu nada. Olhou ao longe para verificar se o homem que seguia o vira e passara a correr, mas não havia sinal dele.

Ali. Ele estava à procura de um alvo em movimento, por isso seus olhos ignoraram aquela figura estática. Sua presa estava apenas um prédio à frente, parado diante da porta do que parecia ser uma grande casa georgiana. A postura sugeria que não fazia ideia de que estava sendo seguido.

James respirou fundo, um predador tentando se encolher à invisibilidade e evitar detecção. Agora finalmente ele conseguia uma visão desimpedida do homem. Ele era alto, com uma compleição impressionante, mas bem mais jovem do que James imaginava, talvez até mesmo um estudante. Seria um *junior*, e portanto um atual membro da Wolf's Head? A perna direita balançava ligeiramente sob as calças, um sinal, decidiu James, de impaciência. O homem bateu à porta uma segunda vez. Um instante depois, ela foi aberta.

Instintivamente, James deu um passo para trás, tentando voltar a fazer parte do cenário da rua ao mesmo tempo que observava o rapaz estender um envelope branco grande. Houve uma conversa breve e ele pareceu ser convidado a entrar. A porta fechou às suas costas.

James passou caminhando pelo prédio da forma mais natural possível. Olhou para a direita uma vez e notou que cortinas impediam qualquer visão além das janelas. Um breve brilho o ofuscou: o reflexo da luz do sol na placa ao lado da porta.

A opção menos arriscada seria agir rápido e naquele instante. Espere, e o rapaz pode sair. Espere, e pode acabar sendo notado. James caminhou decidido até a porta, como se também fosse fazer uma entrega. Ele fingiu tocar a campainha, mas em vez disso olhou para a placa de latão logo ao lado. E olhou outra vez para garantir que lera as palavras corretamente.

O que viu ali o surpreendeu e confundiu, mas não restava dúvida sobre o que estava escrito em letras gravadas com clareza.

*SOCIEDADE AMERICANA DE EUGENIA, SUCURSAL NEW HAVEN*

# TRINTA E QUATRO

LONDRES

Ele se lembrava nitidamente daquela sensação. A mesma mistura quente de tensão e prazer, de medo e empolgação. A última vez que a experimentou foi no ano *junior* em St. Albans. Alguns *seniors* haviam conseguido fotografias "eróticas" que, de acordo com os boatos, eram absolutamente depravadas. Todos da turma estavam desesperados por vê-las, e coube a Taylor Hastings colocar as mãos nas imagens.

Por meio de uma série de negociações, permutas e promessas, ele conseguiu. Ao deixar o dormitório dos *seniors* naquela noite, a bolsa com os tão importantes "documentos" a tiracolo, sentiu o rosto ficar quente. Estava excitado por antecipação por causa das fotografias — fez, inclusive, uma escala no banheiro da quadra de squash para admirá-las sozinho —, mas também sôfrego com a emoção do proibido. A mochila continha uma série de fotografias de mulheres em uma variedade de poses, algumas acrobáticas, outras chocantes — inclusive uma de uma mulher nua de bruços sendo açoitada com uma vara —, mas todas violavam pelo menos meia dúzia de regras da escola e talvez duas leis estaduais contra obscenidade a reboque. Além disso, com um movimento hábil da mão, ele havia pegado mais fotografias do que o combinado com os *seniors*. O resultado era o prazer de uma artimanha, a excitação de cometer um pequeno, mas elegante crime — e isso, ele entendeu no momento, também era um prazer sexual.

E Taylor sentia o mesmo agora, ao atravessar a Grosvenor Square, a bolsa mais uma vez carregada de material ilícito. Ele levara a cabo essa transgressão com muito mais refinamento do que aquele truquezinho à custa dos *seniors* de St. Albans. Precisou usar as mãos — para trocar papéis de uma pilha para outra com a elegância de um mágico que tira um ás de espadas do lenço —, mas também a cabeça.

Ele criou uma distração, convocou os colegas para se debruçarem sobre um intrigante texto cifrado que acabava de chegar, pedindo que reunissem seus conhecimentos para descobrir qual poderia ser seu significado. E, enquanto todos refletiam sobre aquilo, Cellucci coçando a orelha com a borracha do lápis, Taylor surrupiou cópias de carbono dos principias papéis bem ali, a centímetros de seus olhos.

Aquela, ele se cumprimentava agora, era a genialidade da coisa. No momento em que escolheu agir, Taylor não deu um jeito de *tirar* aqueles idiotas da sala de criptografia. Não, não, não. Não fez nada tão barato ou maçante como esperar que saíssem. Pelo contrário, chamou os colegas decodificadores para *sua própria mesa*. Quando se amontoaram ao redor da isca que lhes lançou, Taylor deu um passo atrás e calma e silenciosamente pegou o que queria. Transformou testemunhas em potencial de um crime em álibis.

Ao caminhar para casa através do Hyde Park naquela clara noite de verão, sentia o sangue correr em direção à virilha. Começava a sentir uma ereção diante do pensamento do que havia feito. Imaginava-se com Anna aquela noite, olhando juntos os papéis, na cama. Ele os leria em voz alta, representando as vozes dos autores. Imaginou os elogios dela, Anna chamando-o de "meu menininho esperto", premiando-o com a língua, começando pelo peito e descendo gradualmente...

Ou talvez abrisse mão desse deleite, por mais delicioso que soubesse ser. Talvez devesse se controlar e esperar pelo grande prêmio. Isso significaria ir direto para casa agora e esconder aqueles documentos onde nunca seriam encontrados, até Taylor estar pronto para mostrá-los ao homem que entenderia seu verdadeiro poder. O homem, inclusive, que já tinha confiado a ele seus próprios segredos, encerrados na encadernação do magnífico Livro Vermelho. Imagine o que Rawls Murray seria capaz de fazer com aquilo. Ele ficaria aturdido no instante em que visse quem os escreveu — mas depois que digerisse o conteúdo, bem, cairia de joelhos.

Taylor Hastings se tornaria imediatamente um herói para Reginald Rawls Murray, isso era óbvio. Seria, é claro, um herói do Right Club. Mas o jovem americano ousava sonhar com um mérito ainda maior. Pelas suas ações, ele, Taylor Hastings, se tornaria nada menos que um herói da história.

# TRINTA E CINCO

Eugenia? James semicerrou os olhos para ter certeza de que lera certo o texto da placa. Eugenia? Como diabos a ciência da procriação humana — o aprimoramento da raça humana e tudo o que isso implicava — se encaixava em tudo que havia acontecido nos últimos dias e semanas? A não ser, é claro, que não se encaixasse. A não ser que tivesse seguido um membro aleatório da Wolf's Head com interesse acadêmico por ideias eugênicas e nenhuma ligação com Lund, o decano e sua sobrinha e, crucialmente, Florence e Harry...

A razão lhe dizia para sair dali e pensar melhor. No entanto, ele aprendera desde aquela manhã em Oxford que a razão nem sempre merecia a última palavra, que havia mais nele do que a habilidade de organizar proposições lógicas. Ele era feito de carne e osso, dotado de instintos e intuições — além de raiva e dor — que tentou negar por tempo demais. Então escutou o instinto que lhe dizia para tocar a campainha e tentar entrar na sucursal de New Haven da Sociedade Americana de Eugenia.

Não precisou esperar muito tempo. Um homem de óculos, as lentes embaçadas pelo calor daquele último dia de julho, atendeu a porta. A julgar pela sua expressão e pelo som de vozes que vinha do interior, ele recebia pessoas havia algum tempo: parecia que uma reunião estava em andamento.

Mais uma vez o instinto interveio. Em vez de dizer seu nome, James simplesmente fez um cumprimento de cabeça e deu um passo à frente.

— O senhor está na nossa lista? — perguntou o homem de óculos embaçados.

— Eu deveria — respondeu James, no que esperava ser um tom em parte de suprema confiança, em parte leve e afável. O homem na porta indicou uma mesa onde duas mulheres tinham uma lista. James agradeceu e seguiu naquela direção, apenas para se afastar no instante em que a campainha tocou, convocando o homem suado à porta de volta às suas obrigações.

O interior era frio e claro, como uma casa londrina. James estava num vestíbulo com piso de cerâmica preta e branca, um tabuleiro de xadrez em forma de diamante. Adiante viu uma sala de convenções, a porta aberta, as cadeiras já arrumadas em filas num estilo que remetia a sessões semelhantes em Oxford. O seminário de fim de tarde era algo peculiar: uma taça de vinho, uma apresentação pretensiosa, mais discussão pretensiosa.

James circulou, reparando no público de aparência mais do que familiar: homens, a maioria de meia-idade, envergando os ternos de linho e os óculos de armação tartaruga do acadêmico. Evitou o contato visual, temendo ser arrastado para uma conversa que pudesse envolver dar explicações. Em vez disso, escolheu se demorar perto de uma das mesas que exibiam material relacionado à palestra daquela noite. O título era "Eugenia, os próximos passos", e o palestrante era um certo Dr. William Curtis, da Yale Medical School. Seria outro dos protegidos de McAndrew?

Na mesa também havia uma pilha bem-arrumada de um livro vermelho fino que James supôs ser algum tipo de manifesto da sociedade, gratuito, ao que parecia. Todos os verdadeiros seguidores faziam aquilo, pensou James: comunistas distribuíam textos marxistas, evangélicos ofereciam bíblias aos passantes. Ele se perguntava se aquilo seria um seminário especializado ou um tipo de evangelização.

Ele pegou o livro e viu que, na verdade, era uma cartilha sobre o assunto: *O que é eugenia?*, do major Leonard Darwin. O livro não mencionava o que James já sabia: que aquele era filho de Charles Darwin.

Não que soubesse grande coisa além disso. Há muito tempo sabia da *existência* da eugenia; seria impossível que um homem formado nos anos 1930 não soubesse. Existiu uma Sociedade de Eugenia em Oxford, mas se ainda estava em funcionamento ele não fazia a menor ideia. Havia a ocasional palestra sobre o assunto, além de cartas e artigos frequentes nos periódicos acadêmicos. E apesar disso James não deu maior atenção. A linguagem do assunto não o atraía, e ele achava os principais defensores um tanto desagradáveis: eram frequentemente tipos bem-nascidos e intrometidos, mais do que dispostos a menosprezar um rapaz provinciano com bolsa de estudos.

James correu os olhos pelo sumário do livro do Darwin mais jovem, destacando os títulos dos capítulos. "Animais domésticos"; "Qualidades hereditárias"; "Os homens que queremos"; "Raças inferiores"; "Controle de natalidade"; "Esterilização"; "Debilidade mental"; "A deterioração da nossa raça"; "Eugenia no futuro"; "Seleção no casamento".

Ele ergueu os olhos e viu que a sala estava ficando cheia; por algum tempo espiou os apertos de mão e cumprimentos à sua volta, acompanhados de conversas sobre o atraso do trem em Boston e a longa viagem de carro desde Nova York. Aquilo era, James percebeu, um evento acadêmico que transcendia as fronteiras de Yale, que parecia reunir colegas de diversas faculdades de universidades da Ivy League: Harvard, Princeton, Columbia e afins. Quando sentiu que alguém olhava em sua direção, rapidamente voltou ao livro e leu a primeira frase da primeira página:

*Quando chega o momento da morte de um cão velho e quando com pesar precisamos substituí-lo, o primeiro pensamento que nos ocorre não é a raça do nosso novo companheiro?*

Ele pulou algumas páginas.

*Os criadores de gado sempre souberam que o cuidado com a seleção dos animais para propósitos de cruzamento rende benefícios no longo prazo [...] E se os homens, selvagens ou cultos, sempre dedicaram tempo ao estudo do cruzamento dos animais que possuem, porque não deram atenção igual ou maior ao seu próprio cruzamento? Antes de um casamento ser acertado, muitas perguntas podem ser feitas, como o volume de dinheiro passível de ser herdado pela noiva, mas nenhuma consideração costuma ser dada às qualidades mentais e físicas que ela possivelmente transmitirá para os filhos — para sua descendência, na verdade. O objetivo da eugenia é provar que o cruzamento dos nossos próprios cidadãos é uma questão de vital importância [...]*

James mais uma vez se perguntou se estava perdendo seu tempo. Poderia haver uma ligação entre Harry, Florence e tudo aquilo? Tudo em que conseguia pensar era que a área acadêmica da esposa era a biologia e que a eugenia, ele supunha, não ficava muito distante disso. Seria possível que ela houvesse sido arrastada para Yale como pesquisadora, num projeto que precisava ser mantido em segredo até mesmo dele? O pensamento provocou um calafrio: isso significaria que tudo que dissera a respeito do medo da invasão, do seu desejo desesperado de proteger Harry, era uma mentira. Ele não conseguia acreditar; recusava-se a fazer isso. Se estivesse trabalhando em algo que envolvesse uma viagem aos Estados Unidos, mesmo em algo altamente confidencial, Florence teria lhe contado, claro que teria. E que tipo de trabalho com eugenia exigiria segredo? Não era exatamente uma questão de guerra e paz.

James sentiu uma mudança silenciosa à sua volta. As pessoas não mais conversavam ou cumprimentavam amigos, mas lentamente seguiam para a sala de convenções. O seminário estava prestes a começar. Ele escolheu uma cadeira nos fundos, ao lado de um homem que já segurava um caderno e traçava uma linha vertical precisa com a caneta para criar uma margem.

O palestrante apareceu. Ele não parecia ser mais velho do que James: tinha cabelos castanho-claros, postura relaxada, sorridente, e vestia um terno de verão ligeiramente folgado. Para o olhar ignorante de James, parecia vir de família rica.

O homem pigarreou.

— Gostaria de começar agradecendo a todos por estarem aqui nessa quente noite de verão. Alguns de vocês, eu sei, vieram de muito longe. — Lá estava, o mesmo sotaque de Dorothy Lake. Num movimento automático, James olhou à sua volta, para o caso de ela estar presente na sala. — Como vocês bem sabem, essa é uma reunião apenas para convidados. Nossa discrição habitual se aplica, mas ela é especialmente relevante hoje à noite. Alguns dos temas na nossa pauta estariam abertos a... — Ele fez uma pausa — *más interpretações*, caso expostos com maior abrangência do que pretendo. Espero ter a cooperação dos senhores.

Houve um murmúrio de concordância.

— Bom. Alguns de vocês devem ter visto cópias do livro de Darwin no saguão. É claro, não pretendo insultar ninguém ao fazer de um texto tão conhecido meu ponto de partida esta noite. Mas achei que pudesse ser útil voltar aos fundamentos. Permitam-me começar com uma importante afirmação de *O que é eugenia?*. — Curtis ergueu o livro à altura dos olhos como se fosse um ator declamando de um roteiro e leu em voz alta: — *De modo a aprimorar a reprodução da nossa raça, devemos adotar agora medidas que garantam que todos que apresentem qualquer superioridade natural produzam mais descendentes do que no presente, e que, ao mesmo tempo, cuidem para que todos que forem definitivamente inferiores transmitam sua inferioridade natural o mínimo possível.* — Ele abaixou o livro. — Nesse único parágrafo, resumimos o que conhecemos como as duas diferentes correntes do pensamento eugênico. A assim chamada "eugenia positiva", que encoraja a procriação dos mais aptos e inteligentes... — Nesse momento ele fez um gesto amplo para o público, recebido com risos bem-humorados de aprovação —, e a assim chamada "eugenia negativa", que busca impedir que os inaptos se reproduzam. Perdoem-me por ensinar padre a rezar missa dessa forma, mas espero que o propósito fique claro no devido tempo. Em suma — prosseguiu Curtis —, a ideia eugênica sustenta que se tivermos mais membros de uma raça superior e menos das inferiores a nação em si ficará mais forte. É isso o que acontece com um rebanho de gado premiado e também conosco. Percebam a linguagem de Darwin em seu resumo do principal objetivo da eugenia. — Curtis mais uma vez ergueu o livrinho vermelho em estilo teatral. — *A redução na taxa de natalidade de todos os naturalmente inferiores e o aumento da taxa de natalidade entre os naturalmente superiores.*

A cada palavra que ouvia, James se lembrava de sua aversão a toda aquela teoria. A repulsa retornou não como um pensamento, mas como uma sensação, um arrepio na pele.

Curtis voltava a ler o capítulo de Darwin intitulado "Os homens que nós queremos".

— *Já foi sugerido que, ao passo que nos livramos desses tipos extremamente indesejáveis, devemos nos esforçar para criar um grupo de super-homens no outro extremo da escala. Se alguns indivíduos perfeitos aparecessem na terra, e se sua perfeição viesse ao conhecimento de todos, isso seria muito bom. Esses super-homens nos governariam, para nosso grande contentamento.* — Ele abaixou o livro. — É um pensamento e tanto, não, senhoras e senhores? Imaginem, um panteão contemporâneo; seres humanos, mas abençoados com a força de divindades.

O homem ao lado de James escrevia furiosamente. Ninguém nem ao menos levantara a mão em objeção; todos pareciam aceitar tranquilamente aquela noção de um "grupo de super-homens" governando o mundo.

— Uma questão vem à tona — prosseguiu Curtis. — Como exatamente a sociedade se livrará desses "tipos extremamente indesejáveis"?

Nisso, o capítulo de Darwin sobre métodos eugênicos é extremamente útil, apesar de eliminar logo no princípio o que, é claro, seria a solução mais simples.

Outra onda de risos percorreu a sala, e Curtis ergueu o livro mais uma vez.

— *Quanto aos tipos inferiores, não podemos, como já vimos, reduzir o número de seus descendentes pelo simples expediente do assassinato. Tudo que pode ser feito é reduzir o tamanho de suas famílias.* Ele faz parecer simples, não é? Muito fácil para o major Darwin, sentado em seu gabinete em Kent ou Staffordshire — ele pronunciou *Stafford-shi-er* — ou onde quer que seja. Mas não é tão simples para nós, que desejamos traduzir essas ideias em políticas práticas. Então o que devemos fazer? Que ações deveríamos tomar para, nas palavras de Darwin, "reduzir o tamanho" dessas famílias inferiores?

"Todos somos familiares aos métodos óbvios: controle de natalidade, esterilização e por aí afora. Todos são úteis e, inclusive, fico feliz por dizer que os Estados Unidos já foram os líderes mundiais de esterilização. Mas estamos rapidamente sendo superados graças a leis que preveem a esterilização voluntária ou suas variantes por toda Europa: Dinamarca, Suécia, Noruega, Finlândia, até mesmo a pequena Estônia. E é claro que a verdadeira líder é hoje a Alemanha, onde a esterilização compulsória foi transformada em política pública, os métodos preferidos sendo a vasectomia para os homens e a ligadura de trompas, ou laqueadura, para as mulheres, com o uso de raios X em alguns casos. Centenas de milhares de alemães com debilidade mental ou anomalias de todo tipo foram impedidos de se reproduzir sob esse programa. Espero que esteja claro que o velho debate, quanto a se essa ampla gama de métodos médicos consagrados disponíveis devem ser usados simplesmente para *persuadir* em lugar de *compelir* os naturalmente inferiores a se privarem da reprodução, está ficando datado."

James observava os rostos na sala, notando que nenhum deles mostrava-se contrariado. A plateia escutava aquilo sem uma palavra de discordância, muitos assentindo à medida que Curtis abordava alguns conceitos, citando Leonard Darwin a respeito dos grupos considerados inferiores.

— *Esses incluem os criminosos, os insanos, os imbecis, os débeis mentais, os portadores de doenças congênitas, os deformados, os surdos, os cegos etc. etc.*

O homem à esquerda de James já havia preenchido duas páginas do caderno e começava a terceira, com mais grupos que o major Darwin, citado por Curtis, definia como indesejáveis para reprodução: desempregados, pessoas de baixa renda, que portanto provaram sua falta de valor para a sociedade mais ampla, além de tuberculosos e epiléticos. O palestrante citou as palavras de Darwin nessa questão.

— *Ninguém que tenha indiscutivelmente sofrido de ataques epiléticos deve se tornar pai ou mãe.* Mas e quanto àqueles que parecem sãos de mente e corpo mas têm o que Darwin chama de "muitos parentes deficientes"? — perguntou Curtis, afetando soar sinceramente incomodado com aquele dilema. — A resposta não é imediatamente óbvia, e é por isso que tais pessoas, afligidas com uma árvore genealógica carregada de tantas frutas podres, devem consultar um médico. Ao que parece, Darwin foi claro quanto ao que o médico sensato deve propor em tais circunstâncias: *Um casamento que não resulte em mais de um ou dois filhos.*

De súbito James soube lá no fundo por que declinara os convites para ouvir a palestra da Sra. Marie Stopes em Oxford sobre os méritos da contracepção — e, ainda assim, outro folheto sobre isso havia ido parar em seu escaninho na véspera do desaparecimento de Florence —, por que virava a página à visão de um editorial que louvava a abordagem eugênica ao controle populacional, porque a ideia o repelia.

Que direito tinham aquelas pessoas de dizer quantos filhos ele ou quem quer que seja podiam ter? Para elas era apenas uma questão de aritmética, de simples cálculo utilitário, de chegar ao conjunto de medidas que resultaria na maior felicidade para o maior número de pessoas. Isoladamente, fazia sentido reduzir o número de criminosos, loucos e imbecis, além de surdos, mudos e cegos. Mas será que aqueles homens não conseguiam ver que essa "utilidade" nunca poderia ser a única medida, que cada um aqueles "deficientes" era uma única pessoa, com uma vida, necessidades, desejos e amores?

Ele pensou nos pais, em como nunca se referiam ao número de pessoas, mas de "almas": *temos vinte almas na reunião esta manhã.* Era um hábito mental, um lembrete de que pessoas não eram meros tijolos na criação de alguma utopia teórica, que cada uma delas era única e preciosa. Ele costumava ridicularizar aquilo na adolescência, mas agora estava irritado a ponto de pensar em começar a gritar "santidade da vida" do seu lugar nos fundos, a desafiar o palestrante e aquela plateia complacente que preferia assentir a lembrar que seres humanos não são gado e cada pessoa é insondável, misteriosa, singular — que as pessoas nunca são meios para um fim, mas um fim em si mesmas.

Mas havia algo mais. Ele pensou no ombro destroçado. Lembrou-se das repetidas rejeições até mesmo para o serviço civil durante a guerra, o que lhe foi explicado por Bernard Grey ao telefone nas docas de Liverpool: *incompatível com trabalho estratégico.* Lembrou-se do veredito dado pela Junta Médica, que poderia muito bem ter sido marcado a ferro na sua testa: *D1.* Refletiu sobre tudo isso e percebeu que seu desprezo pela eugenia era calcado não apenas em princípios, mas também em uma amarga raiva pessoal. Ele odiava essa teoria porque sabia que gente como aquele William Curtis e seu precioso Leonard Darwin e provavelmente todos os demais naquele seminário civilizado veriam a ele, James Zennor — com seu corpo quebrado, seus esquecimentos, suas fúrias e seus tormentos —, como "extremamente indesejável", como "inferior", como *deficiente.* E que, se Curtis e Darwin prevalecessem, ele também sem dúvida seria gentilmente aconselhado, compelido, a "abster-se da paternidade".

E não pensava apenas nele, mas em todas as pessoas que aqueles eugenistas estavam prontos a descartar como refugo. James pensou nos homens nascidos nas periferias de Manchester, Birmingham ou Glasgow que agora defendiam a Grã-Bretanha, que arriscavam suas vidas para salvar o país. A eugenia qualificaria aqueles soldados como inferiores, como homens que não eram bons o suficiente para durar outra geração. Ele se lembrou de um amigo das Brigadas Internacionais, Len, que uma noite admitiu ser filho de uma prostituta e nunca ter conhecido o pai. A eugenia preferiria que ele não tivesse nascido, mas Len era um dos homens mais dignos e corajosos que James conheceu na vida. Pensou nos próprios pais, o pai filho de um mineiro de estanho da Cornualha cujos pulmões foram para o espaço pouco depois dos 40. O que Darwin e Curtis pensariam dele, hein? Ele não seria apto, seria? Teriam-no varrido de lado junto com o filho, e com o filho do filho — todos dispensáveis, mais lixo do que gente.

Cristo, seu sangue fervia nas veias. O corpo parecia estremecer de fúria. Ele precisava se controlar. Numa tentativa, agarrou o pulso esquerdo e apertou forte. Precisava assumir o controle. Precisava saber o que pretendia aquele grupo, a Sociedade Americana de Eugenia, se havia qualquer ligação entre eles e a Wolf's Head e como poderiam levá-lo até Florence e Harry.

Ele conseguiu se acalmar e, como se girasse o dial do rádio, voltou a sintonizar no palestrante. Curtis parecia ter se voltado aos desafios enfrentados pelos eugenistas nos Estados Unidos. Com toda a frieza, como se aquilo fosse absolutamente incontestável, ele explicou que um quinto da atual população dos Estados Unidos não deveria ter nascido — e que era dever deles, como líderes da próxima geração, garantir que tais pessoas não nascessem no futuro.

— Felizmente — prosseguiu Curtis — vocês estão no lugar certo. Enquanto outras cidades dos Estados Unidos chafurdam em confusão e incerteza, somos privilegiados por nos reunirmos numa universidade onde a eugenia lançou raízes profundas. Tomemos essas palavras, por exemplo. — Ele ergueu a mão, sinalizando que faria uma citação. Dessa vez, segurava não o livrinho vermelho de Darwin, mas algumas folhas com anotações. — *Poderíamos construir uma nova raça humana em cem anos se as pessoas em posições de poder e influência atinassem para a importância suprema do significado da eugenia [...], poderíamos salvar o sangue de nossa raça de um volume inútil de contaminação.* Essas — disse Curtis, com um sorriso repleto de orgulho institucional — foram as palavras do fundador e primeiro presidente da Sociedade Americana de Eugenia, Irving Fisher, que, fico feliz em dizer, foi professor de economia aqui mesmo, em Yale. Certamente não preciso mencionar Ellsworth Huntington, que saiu do cargo de presidente do nosso conselho diretor há apenas dois anos. Ele, como todos vocês sabem, foi professor de geografia aqui em Yale. E o que me dizem dessas palavras? *Considerando que a sociedade possa decidir quais indivíduos deseja eliminar como geneticamente inferiores... como ela deve proceder para eliminá-los?* Esse foi Edmund W. Sinott, botânico aqui de Yale. Aqueles de vocês que ainda não assinam a *Journal of the American Eugenics Society*, sugiro que o façam imediatamente: há joias como essas em todas as edições! — Curtis teve como resposta risadas bem-humoradas. — E caso pensem que não temos aliados importantes, deixem-me tranquilizá-los citando o nome de James Angell. — Houve gestos de reconhecimento. — Angell foi reitor da Universidade de Yale até três anos atrás. Bem, agora permitam-me, e prometo que essa será a última, citá-lo para vocês: *A medicina moderna, a menos que combinada com algum tipo de programa prático de eugenia, pode produzir um excesso de descendência fraca e incompetente. Certamente a preservação e o crescimento de expectativa de vida de indivíduos incapazes de se ajustarem de maneira eficaz às condições de vida é uma bênção altamente dúbia.* Então vejam bem. Temos apoio no nível mais alto possível.

Uma semente de suspeita começava a se formar na mente de James, que lenta e gradualmente revirava tudo que tinha acontecido naqueles últimos dias e semanas. Ele queria segui-la, observá-la, mas precisava prestar atenção ao que ouvia naquela sala. A eugenia havia atravessado o Atlântico e parecia ter encontrado um porto seguro ali em Yale. Tampouco podia ser menosprezada como interesse marginal de alguns poucos excêntricos: essas pessoas contavam com o ex-reitor da universidade em suas fileiras.

O palestrante chegava ao ponto central.

— Digo-lhes tudo isso por dois motivos — continuou Curtis. — Primeiro, acredito que temos perdido muito tempo em debates estéreis, se me perdoam o trocadilho, sobre persuasão versus compulsão, e esses debates vêm à tona apenas porque ainda há algumas dúvidas quanto às definições. Ainda carecemos de uma compreensão objetiva e inequívoca quanto a o quê, ou quem, deve ser considerado superior e o quê, ou quem, deve ser considerado inferior. O próximo passo para nossa disciplina é chegar a definições amplamente aceitas. O projeto que desejo propor a vocês esta noite tem por objetivo resolver essa questão de uma vez por todas. Antes de passar para os detalhes, gostaria de garantir que não estou pedindo a vocês ou a suas instituições que não façam nada que não estejamos preparados para fazer aqui em Yale. O que já *fizemos*, na verdade. Com apoio, conforme espero ter demonstrado, do mais alto nível.

James sentia a tensão na sala, que agora estava em silêncio. Todos pareciam arrebatados.

— Dois pesquisadores — retomou Curtis —, um de Harvard e outro de Columbia, são pioneiros em um campo que descrevem como "estudos físicos". Eles sustentam que o corpo de uma pessoa, devidamente medido, estudado e analisado, é capaz de revelar muito sobre a inteligência, o temperamento e o valor moral, e até mesmo sobre as futuras conquistas dessa pessoa. Mas apenas se o estudo for extenso e meticuloso. — O palestrante fez uma pausa para que suas palavras fossem apreendidas. — Eles acreditam que podem reunir evidências que não apenas confirmarão que existe uma relação entre aptidão física e capacidade intelectual, mas que também demonstrarão como funciona essa conexão. Primeiro, no entanto, precisam definir uma série de diferentes configurações corporais. Depois de definidas e de confrontadas com dados de longo prazo sobre desempenho conjugal, profissional e em todas as demais esferas, será, acreditam esses homens, uma simples questão de correlacionar cada tipo corporal e fisionomia a um histórico de vida posterior. Eles creem que a correlação será forte, que essas características corporais se provarão intrinsecamente determinantes da personalidade. Em outras palavras, eles acreditam, e perdoem-me a crueza da minha simplificação de sua tese complexa, que físico é igual a destino.

James não ouvia nada a não ser a ponta da caneta da pessoa ao seu lado arranhando o papel.

— Mas nada disso será possível sem uma abrangente coleção de fotografias de jovens adultos americanos, que podem, quando reunidas, formar um Atlas dos Homens e um Atlas das Mulheres. Os participantes de tal estudo precisarão, é claro, ser fotografados sem roupa, para que a configuração corporal seja corretamente classificada. A discrição pode exigir que esse trabalho seja feito em paralelo com outra atividade, por assim dizer, mais convencional. Mas uma ampla gama de pacientes é essencial, portanto qualquer pesquisa deve incluir aqueles mais propensos a estarem no ponto mais alto da escala de realizações intelectuais e valor moral. E é por isso que hoje conclamo vocês, caros colegas de instituições da Ivy League, a dedicarem seus maiores esforços no auxílio a esse projeto vital; um projeto que, tenho orgulho de dizer, nós já iniciamos em Yale.

James subitamente sentiu um calafrio percorrer seu corpo. Estava de volta à pizzaria Frank Pepe's, com a pasta de George Lund aberta em suas mãos. No interior estavam as fotografias masculinas, homens nus posando para a câmera como se estivessem sob exame médico. E todos eram jovens, como sugeriu Curtis. Aquilo era parte do que o vice-decano havia descoberto? O que ele levava na pasta — e que fora deliberadamente removido — não era uma coleção de fotografias pornográficas para excitar Lund, o homossexual enrustido. Elas provavam que Yale estava engajada na primeira fase de um estudo cujo propósito era provar que a elite intelectual é definida por certas características físicas, que "físico é igual a destino". Isso não era um crime; Yale podia pesquisar o que quisesse. Mas o que Curtis acabava de dizer? *A discrição pode exigir que esse trabalho seja feito em paralelo com outra atividade, por assim dizer, mais convencional.* Traduzido, isso sem dúvida significava que os participantes não foram informados para o que posavam, que eles acreditavam ter sido fotografados por algum outro motivo. Em outras palavras, Yale estava engajada em um engodo, criava um artifício para convencer seus membros mais jovens a posarem nus para uma câmera. George Lund teria se deparado com essa verdade? E por isso foi assassinado?

James cortou essa linha de pensamento antes que ele ganhasse vida própria. Se Yale estivesse envolvida em tal ato de trapaça acadêmica, isso sem dúvida seria constrangedor. O decano precisaria se desculpar, sem dúvida. Mas James sabia como eram esses políticos de universidade: McAndrew poderia dizer que houve um mal-entendido, que havia sido enganado, que acreditava que a pesquisa era legítima. Faria o que qualquer burocrata graduado faz numa situação dessas: culparia outra pessoa. James já tinha visto essa manobra centenas de vezes. E quão vergonhoso o escândalo seria de fato? Não muito, certamente, pois Curtis se sentia à vontade para abordar o assunto em uma reunião com colegas, apesar de o evento ser apenas para convidados.

Além disso, Lund parecia convencido de que Harry e Florence estavam envolvidos no que quer que tenha descoberto. Mas como eles poderiam ter qualquer ligação com fotografias de alunos tiradas de forma ilícita? Tanto Lund quanto sua viúva também sugeriram que havia mais em jogo do que um escândalo acadêmico. *Você esbarrou em algo muito maior do que imagina. Maior e mais perigoso.*

Curtis ainda falava, enumerando os desafios que eugenistas como eles enfrentariam nos próximos anos, identificando as potenciais fontes de oposição, fazendo o obrigatório clamor por mais financiamento para pesquisa. James apenas entreouvia, sua mente tentava furiosamente montar e remontar o quebra-cabeça, desesperada por construir uma imagem que incluísse a esposa e o filho e pudesse revelar onde encontrá-los.

A palestra chegava ao fim.

— Sei que concordamos que agora é a hora. Essa é uma ideia que precisa ser testada e levada à sua conclusão lógica, para que o mundo possa ser finalmente persuadido da sua verdade e urgência. Nisso preciso fazer deferência a um homem que gostaria de ter estado aqui hoje à noite, e que inclusive manda suas desculpas, um homem que é um grande amigo da nossa causa. Suas ideias mais recentes representam um novo e empolgante avanço, um avanço que contempla os tempos de mudança em que nos encontramos, principalmente à luz dos eventos que estão acontecendo na Europa. Estou falando, é claro, do decano da Universidade de Yale, Preston McAndrew.

James não esperou pelo fim da reunião; aproveitando-se do fato de estar na cadeira nos fundos, saiu de fininho enquanto Curtis ainda era saudado com aplausos. Ele caminhou a passos largos até a York Street, as pedras do Trumbull College em um tom quase âmbar ao sol de fim de tarde. Deu uma olhada no relógio. Se fosse rápido, conseguiria chegar a tempo. De forma automática, sua mente calculou a diferença de fuso e concluiu que já passava da meia-noite na Inglaterra. Pilotos alemães provavelmente estavam no céu agora, naquele exato momento, despejando sua carga letal em cidades, fábricas, casas, quartos...

Ele apertou o passo. Estava chegando perto, tinha certeza. Lund havia descoberto o que McAndrew estava tramando. As fotografias eram parte, mas não tudo, não podiam ser. Havia algo mais. E Curtis acabava de confirmar. *Suas ideias mais recentes representam um novo e empolgante avanço...*

Quais eram as ideias mais recentes de McAndrew? O que ele fez ou disse que tinha deixado Lund tão perturbado e assustado? Era sério o bastante para que fosse assassinado para manter o segredo. E, de alguma forma, envolvia Florence e Harry.

Apenas depois de atravessar a grandiosa entrada da biblioteca Sterling, parado no ecoante saguão de pedra, James percebeu que não sabia em que área procurar. Eugenia ficaria em ciências naturais ou filosofia? Era classificada como biologia ou política? Dada a grandiosidade de suas ambições, seu desejo de ser aceita como fato objetivo e indiscutível, James seguiu para a sala de leitura de ciências naturais.

Ao se aproximar do bibliotecário, um rapaz que parecia contrariado por ser tirado da própria leitura, ele tentou um sorriso.

— Será que você poderia me ajudar? Estou à procura dos últimos textos do Dr. Preston McAndrew. Ele é decano da...

— Eu sei quem é Preston McAndrew — respondeu o bibliotecário. — Livros ou artigos científicos?

— É possível procurar por ambos?

O bibliotecário olhou para o relógio.

— Posso fazer isso. Volte amanhã pela manhã, qualquer horário depois das onze, e eu...

— Não, sinto muito. É urgente.

— Bem, o senhor precisa ser mais específico. Do contrário não posso ajudar.

James disse a primeira coisa que lhe veio à mente

— O *Journal of the American Eugenics Society*. A última edição. Vamos tentar isso. — Afinal, foi o que Curtis mencionou. E se McAndrew queria divulgar suas ideias "mais recentes" sobre a eugenia, certamente seria ali.

O bibliotecário lhe lançou um olhar cético, mas por fim se virou para a parede de gavetas com o arquivo de fichas enquanto James andava de um lado para o outro, olhando para o relógio de pulso e o relógio de parede, repetindo as palavras de Curtis mentalmente, para o caso de ter deixado passar algo importante.

Depois de procurar, abrindo e fechando gavetas com suspiros exasperados, o bibliotecário voltou ao balcão.

— Sinto muito, senhor, mas o título que o senhor solicitou está emprestado para outro leitor.

*Droga.*

— Acho que não pode me dizer o nome, não é? Para que talvez eu confirme se ele já terminou?

O rapaz fez uma careta, ponderando o que seria mais trabalhoso: atender ao pedido ou negá-lo e precisar discutir a decisão com aquele inglês de aparência encrenqueira. Ele ficou parado mais alguns instantes, então voltou ao arquivo de fichas e depois abriu um livro grande. Finalmente voltou com uma expressão que James já vira muitas vezes. Que dizia *eu não devia estar fazendo isso, mas...*

— Tenho o nome, mas isso é muito..

— É claro. Eu serei muito discreto.

— Está bem. O livro que o senhor solicitou está emprestado para um leitor cuja mesa é a de número 473. Ele faz parte do corpo docente. O nome é Dr. George Lund.

# TRINTA E SEIS

Quando garoto, James nunca foi muito bom em ocultar as emoções. Os pais e seus amigos quacres eram gente direta e honesta, de modo que ele nunca aprendeu a dissimular. Apenas em Oxford começou a entender que o semblante de um homem sofisticado era inexpressivo, mas nunca foi muito bom nisso. Apenas depois da Espanha se tornou um adepto de ocultar as emoções. Que era o que fazia agora, esperava, ao não exibir qualquer reação às palavras que acabava de ouvir do bibliotecário. Em lugar disso, se virou e caminhou sem pressa até a parte da sala onde ficavam as mesas com numeração de quatrocentos para cima.

Então Lund percorreu exatamente o mesmo caminho antes de sua morte, investigando o decano e suas "ideias mais recentes". James contava os números das mesas ao passar por elas: 465, 466...

Lá estava, 473. James hesitou antes de se sentar, tendo um calafrio à sensação da presença do morto. Na mesa havia dois livros, como se o leitor simplesmente tivesse ido tomar um café. Ao se sentar, James teve certeza: foi algo que encontrou nesses livros que deixou Lund desnorteado de medo e o colocou no caminho da morte.

James pegou o primeiro volume, que parecia ser uma antologia, uma série de ensaios curtos sobre eugenia. Ele folheou o livro, girando rápido as páginas, desesperado por encontrar alguma coisa. Não havia um sumário, lista de autores ou qualquer referência à data de publicação, o que era irritante. Talvez aquele não fosse um livro publicado, mas uma coleção de monografias que alguma instituição — talvez a própria Yale — havia encadernado.

Por outro lado, não faltavam nomes conhecidos. Para surpresa de James, inclusive, a maioria dos autores parecia vir de círculos socialistas britânicos. Ele já tinha visto palestras de metade deles, e conhecia os livros publicados pela outra metade. Lá estava George Bernard Shaw, argumentando que se a democracia fosse salva, seria pela Democracia do Super-Homem: *O único socialismo possível e fundamental é a socialização da reprodução seletiva do homem.* James deu um salto à frente, registrando apenas a frase em que Shaw defendia que *a queda do aristocrata criou a necessidade do super-homem.*

Havia o editorial de uma *New Statesman* de 1931. A revista destacava que os únicos que poderiam se opor à visão eugenista eram tradicionalistas e reacionários, egoístas demais para admitir que seu desejo de ter filhos deveria vir em segundo plano ante a necessidade social por uma raça superior. Ou como defendia a *New Statesman*: *As reivindicações legítimas da eugenia não são inerentemente incompatíveis com o ponto de vista do movimento coletivista. Pelo contrário, é de se esperar que encontrem seus oponentes mais ferrenhos entre aqueles que se agarram a visões individualistas de paternidade e economia familiar.*

Lá estava aquele economista, Keynes, que todos tanto admiravam, defendendo o uso disseminado do controle de natalidade, pois a classe trabalhadora era "bêbada e ignorante" demais para que fosse confiado a ela o bom senso de reduzir os números. E também o grande amigo de Grey, William Beveridge, diretor da University College, argumentando que àqueles com "deficiências em geral" deveria ser negado não apenas o direito ao voto, mas a "liberdade civil e paternidade".

Depois James se deparou com um ensaio breve de Harold Laski, que certa vez sentou-se entre ele e Florence em uma mesa de debates: *Sem dúvida está chegando o tempo em nossa história em que a sociedade verá a produção de fracos como um crime contra si mesma.* E na página seguinte. J. B. S. Haldane. Harry Knox citava Haldane o tempo todo, lembrou James, principalmente porque o eminente cientista e socialista apoiava a República Espanhola. Ali ele soava um alarme: *A civilização corre grande risco de superprodução de "sub-homens".*

James folheava rápido agora, tentando encontrar uma referência a McAndrew ou algo que pudesse ter chamado a atenção de Lund. Era como se o morto estivesse bem na sua frente e James o sacudisse pelos ombros, tentando fazer com que colocasse para fora o que queria dizer.

Depois havia um ensaio sobre a esterilização daqueles considerados inaptos para reprodução, com uma longa passagem do relatório da Brock sobre o assunto, encomendado pelo ministro da Saúde britânico em 1934. Ao que parecia, os defensores da eugenia ficaram deleitados pela Brock recomendar exatamente o que defendiam: uma campanha para estimular a esterilização voluntária. Havia um editorial elogioso do *Manchester Guardian* louvando a universidade por apoiar a esterilização, "como os eugenistas tanto anseiam". Na página seguinte havia uma tabela com estatísticas recentes, que destacavam os países que lideravam a tendência. Curtis estava certo: fora a Alemanha, os Estados Unidos lideravam o rebanho, tendo esterilizado 30 mil doentes mentais e loucos considerados perigosos desde 1939, principalmente contra a vontade.

*Vamos, vamos,* pensava James.

James virou mais algumas páginas e topou com Bertrand Russell, filósofo celebridade e outro dos amigos de Grey. Parecia que o grande homem havia imaginado um plano bastante elaborado para aumentar a qualidade do rebanho nacional. Ele defendia que o estado emitisse "carteiras de procriação" codificadas por cores: qualquer um que ousasse procriar com detentores de carteiras de cores diferentes receberia uma multa pesada. Dessa forma, pessoas de alto calibre podiam ter certeza de que se misturariam apenas com aqueles de pedigree semelhante. Por que arriscar a contaminação daqueles cujo sangue poderia ser perigosamente proletário, estrangeiro ou fraco? Simplesmente confira a carteira!

James balançava a cabeça, criticando a arrogância de tudo aquilo, quando viu um ensaio em que era sugerido que o problema não era o fato de os pobres terem muitos filhos, mas sim que tinham o *tipo errado* de filho. A solução era um programa de inseminação artificial, voltado a engravidar mulheres da classe trabalhadora com esperma de homens abençoados com QI alto. Havia uma citação da rainha da Sociedade Fabiana, Beatrice Webb, na qual ela explicava por que gente do seu tipo merecia se reproduzir no maior número possível e descrevia a si mesma como "a pessoa mais inteligente de uma das famílias mais inteligentes da classe mais inteligente da nação mais inteligente do mundo". Aquilo soava exatamente como Virginia Grey, pensou James.

Quando chegou ao fim, ele tremia de fúria e repugnância por aquelas pessoas e seu desprezo por qualquer um que considerassem mortal inferior. James as imaginou juntas, reunidas em uma faculdade de Oxford, sem dúvida, decidindo quem era apto e quem era inapto, quem devia viver e quem devia morrer. Odiava todos eles e sua crença eugênica com o âmago do seu ser.

Ele forçou a si mesmo a se concentrar. O que havia descoberto, além de que os maiores figurões progressistas da Grã-Bretanha estavam tão impregnados pela eugenia quanto os luminares de Yale? Não podia ser aquilo que deixara Lund tão perturbado. *O que* o homem tentara lhe dizer?

James folheou mais uma vez a coletânea de ensaios. Procurava por marcas a lápis, algum sinal, por mais fraco que fosse, que revelasse o que chamou a atenção do vice-decano.

O engraçado foi que a viu tão rápido que pensou tê-la imaginado. Ele precisou voltar as páginas lentamente para revê-la, e quase sorriu consigo mesmo da ironia. O que procurava não estava no texto corrido. Estava nas notas de rodapé — e uma das maiores falhas de James como acadêmico era sua aversão a notas de rodapé. Mas lá estava, uma tênue marca a lápis na margem.

*Sou grato pelo entusiasmo e pelo apoio de dois acadêmicos, cujo interesse compartilhado neste assunto é não apenas um modelo para o avanço do estudo sobre eugenia quanto para a futura colaboração acadêmica através do Atlântico: o professor Bernard Grey, da Universidade de Oxford, e o Dr. Preston McAndrew, da Universidade de Yale.*

James se recostou na cadeira como se tivesse sido atirado nela. Não soltou som algum, mas estava boquiaberto — por não ter visto antes, por ter deixado de perceber o que estava bem no seu nariz o tempo todo.

Ele pensou em Harry. Não o menino que conhecia, mas o menino que aquelas pessoas, os autores daqueles artigos, imaginariam que ele fosse. Harry seria visto como o filho de dois acadêmicos de Oxford, abençoado com uma herança genética que sem dúvida o colocaria no estrato mais alto da população considerada "superior" do país. Ele pensou em Curtis e seus pesquisadores da nova área de "estudos físicos". O que pensariam da mãe de Harry, com seu corpo alto, esguio e impecável que, havia pouco tempo, fizera dela a nadadora mais rápida do mundo? Se físico era igual a destino, então o filho de Florence Walsingham sem dúvida estava destinado à grandeza. Uma pena que o pai de Harry tivesse que arruinar suas chances. Exceto que não era assim que os eugenistas veriam a situação, não é? Quando Harry foi concebido, James era exatamente como Florence, um acadêmico e atleta de sucesso, saudável — mais do que saudável — de mente e corpo. Para gente como McAndrew e Grey, Harry era o produto de dois espécimes perfeitos da humanidade.

Não era de estranhar que os dois fossem colaboradores. É claro que eram. Por isso foi tão fácil para Grey instalar James em Yale, por isso Grey foi o contato natural quando Yale se ofereceu para receber as crianças de Oxford. Sem dúvida foi por isso que justamente Yale — e não Harvard ou Princeton ou qualquer outro lugar nos Estados Unidos — abriu as portas para aqueles britânicos, para começo de conversa.

James agora lembrava o que a Sra. Goodwin dissera a respeito do decano, que ele não apenas foi o responsável por cuidar das coisas para as famílias de Oxford quando chegaram a New Haven, mas a *força motora por trás de toda a iniciativa*. James não duvidava de que as famílias que receberam meninos e meninas ingleses e suas mães o fizeram apenas por bondade. Mas agora via que os motivos de McAndrew — e Grey — eram muito diferentes.

James digeriu o que escutou na Sociedade Americana de Eugenia e o que acabava de ler, e viu uma imagem tomar forma em sua mente. O que antes era um contorno fraco a lápis agora era preenchido, e com traços pretos bem escuros. É claro, é claro, é claro.

O que eram as crianças de Oxford senão os membros mais inteligentes das famílias mais inteligentes da classe mais inteligente da nação mais inteligente do mundo? Qualquer seguidor da eugenia que se prezasse veria como seu dever proteger tais crianças, Harry incluso. Se a Grã-Bretanha seria bombardeada, se o seu povo logo seria morto ou transformado em escravo por um invasor estrangeiro, quem deveria ser salvo primeiro? A resposta era óbvia, ao menos para aqueles acadêmicos elitistas que ele acabava de ler.

E não apenas para eles. Para todas as pessoas em Oxford que James negligenciou ou ignorou, cujo sobrenome esqueceu. Magnus Hook, com aquele palavrório sobre categorias sociais "superiores" e "aqueles que podemos classificar como deficientes" — ele sem dúvida veria a questão da mesma forma. Assim como Rosemary Hyde, com suas caminhadas saudáveis ao ar livre e no campo, sua defesa do exercício físico como uma forma de melhorar a saúde pública e aumentar a qualidade do rebanho nacional. Leonard Musgrove e aqueles outros malditos fabianos pensariam da mesma forma.

Não restava dúvida de que conspiraram juntos naquele plano para tirar as crianças de Oxford, organizando reuniões secretas, deixando no escuro o pouco confiável Zennor, chegando até mesmo a roubar um cartão-postal de sua caixa de correio para garantir que não descobrisse cedo demais para onde Florence e Harry haviam ido e não tivesse tempo de detê-los. Estavam todos juntos naquilo, com Bernard Grey à frente da operação, em conluio com seu colega eugenista do outro lado do Atlântico, Preston McAndrew. Todos acreditavam que aqueles 125 meninos e meninas de Oxford eram os melhores e mais inteligentes e precisavam ser salvos. Seriam devolvidos à Inglaterra depois da guerra, pequenas mudas a serem replantadas no solo. Mesmo que tudo — e todos — que deixaram para trás estivesse reduzido a escombros, essas mudas criariam raízes e cresceriam, florescendo como a próxima geração da elite: elas eram as mais inteligentes das mais inteligentes das mais inteligentes, precisavam ser preservadas a qualquer custo.

Uma página apareceu na mente de James, saltando como se estivesse presa a uma mola. Era a carta que viu ao folhear os documentos na antessala do gabinete de McAndrew, a carta de Cambridge declinando a oferta de Yale, uma vez que isso "poderia ser interpretado como um privilégio para uma classe especial". Cambridge entendeu o que James não conseguiu entender. Exceto que essa não era uma questão de mera interpretação. Tendo em vista quem estava por trás do projeto, privilégio para uma classe especial era exatamente do que se tratava.

Ele queria correr para fora da biblioteca, encontrar a agência dos correios mais próxima e enviar um telegrama urgente para Grey: *Sei o que você fez PT Sei como e por que você o fez PT*

Mas mesmo que aquela fosse a real motivação para a evacuação de Oxford, isso ainda não respondia a pergunta que devorava James havia quase um mês. Onde em nome de Deus estava sua esposa? Onde estava seu filho?

Havia mais um livro na mesa. Ele o pegou. Era a última edição do *Journal of the American Eugenics Society*, o volume que havia solicitado.

Precisou apenas consultar o sumário para saber que incluía uma palestra do Dr. Preston McAndrew da Universidade de Yale. Os dedos de James correram até a página, deixando-a passar na afobação. Por fim, ele leu o parágrafo introdutório, uma explicação de que a palestra havia sido apresentada em um seminário — não em Yale, mas em uma instituição obscura — sobre Charles Darwin, realizado em novembro do ano anterior para marcar o octogésimo aniversário da publicação de *A origem das espécies*. Era intitulada "Fogo purificador". James leu cada linha atenta e lentamente.

*A maior fraqueza humana, comum àqueles com intelecto tanto forte quanto fraco, são os sentimentos. Talvez seja essa característica, mais do que qualquer outra, que nos separa dos animais. Observem qualquer grupo de animais e logo verão exposto um cálculo frio de autointeresse coletivo que desconcerta a nós, seres humanos. Uma gata com uma ninhada imediatamente identifica os filhotes fracos e os descarta. Não porque seja cruel, mas porque calcula que isso é o melhor para sua ninhada como um todo. Qualquer animal confrontado com um filhote mirrado será da mesma forma inclemente; o mirrado precisa ser eliminado pelo bem do todo. Gostamos de nos chamar de racionais, mas nesse caso é o reino animal o domínio da razão. Os seres humanos — que tendem a se comover com a visão de um filhote mirrado ou fraco — são irracionais, tão iludidos pelos sentimentos que são incapazes de fazer cálculos simples de utilidade.*

*Se não fôssemos tão cegos, seríamos capazes de enxergar claramente, até mesmo de forma automática, onde recaem nossos interesses. Seria óbvio para nós que a espécie como um todo se beneficiaria se não fôssemos mais sobrecarregados por aqueles que recebem muito e oferecem pouco. Se a ninhada humana, por assim dizer, se livrasse dos mais mirrados, a sociedade não precisaria mais sustentar os fracos e dependentes, visto que essas pessoas não existiriam. Consistiria, em lugar disso, unicamente naqueles capazes de dar sua contribuição, de carregar a carga em vez de serem carregados. Que lugar haveria para a pobreza em tal sociedade? Ora, absolutamente nenhuma, visto que todo homem seria um motorista, sem passageiros à vista.*

*Soa fantástico imaginar tal sociedade, utópico até. No entanto, em toda geração uma oportunidade para criar essa mesma utopia se apresenta. O problema é que, com a mesma frequência, a raça humana — ingênuos e sentimentais como somos — perde essa chance. Pior do que isso, nós a rejeitamos ativamente.*

*Que oportunidade é essa da qual falo? Darei essa resposta me referindo ao homem cujo trabalho honramos esta noite. Sei que os puristas entre vocês rejeitam a frase "sobrevivência dos mais fortes" como um resumo inexato da obra de Charles Darwin, mas ela é uma forma abreviada útil para os meus atuais propósitos e espero que me perdoem.*

*Desde a aurora dos tempos, diferentes espécies animais surgiram e foram extintas. A seleção natural provou-se extremamente eficaz — implacável, mas eficaz — em eliminar aqueles que, por definição, eram fracos demais para sobreviver. Quando o desastre cósmico se abateu sobre a terra, os dinossauros foram eliminados. Foi assim, muito simples e brutal.*

*Os seres humanos não deveriam ser diferentes. Quando vem o desastre, os mais fracos deveriam ser eliminados, deixando apenas que os mais fortes sobrevivam. Mas nós, seres humanos, fizemos de nós mesmos a exceção. Sentimo-nos compelidos a intervir, a interferir na natureza, a proteger aqueles que de outra forma seriam descartados. Assim como choramos à visão daquele gatinho rejeitado, somos dominados por uma piedade irracional — e evitamos que a natureza siga seu curso.*

*E qual é o desastre que tenho em mente? Ele é análogo à oportunidade da qual falei há pouco. Refiro-me, senhoras e senhores, à guerra.*

*A guerra é o equivalente humano daquele meteoro gigantesco que atingiu a terra, separando os fortes dos fracos. Ou deveria ser. Mas toda vez que ela vem, nós nos intrometemos, tentando segurar um escudo para evitar o desastre.*

*Mas e se, apenas uma vez, deixarmos que a guerra siga seu curso? E se deixarmos que ela aja como a natureza pretende, como um fogo purificador que pode queimar toda a floresta, destruindo as árvores podres, deixando apenas aquelas plantas e flores que forem belas e fortes o bastante para sobreviver? Imaginem o capital humano que restaria: apenas os melhores.*

*Soa fantasioso, mas não acredito que o seja. Um experimento como esse pode logo se descortinar perante nós, com uma única raça insular como objeto. Nossa única tarefa — o único dever — como cientistas e cidadãos americanos é garantir que não interfiramos. A guerra se abaterá sobre a nossa terra mãe — a Grã-Bretanha — como um fogo purificador. Mas esse fogo não purificará nada se os Estados Unidos apagarem as chamas.*

# TRINTA E SETE

James largou o livro aberto, correu para a saída mais próxima e subiu as escadas dois degraus de cada vez. Ao seguir na direção da York Street, sua mente corria mais rápido que o corpo, processando e analisando o que acabava de ler. Ele não podia dizer que absorvera o significado: era grande demais, importante demais.

James entrou à esquerda e atravessou a Elm Street, desviando-se dos fachos amarelos dos faróis dos carros, acesos no crepúsculo de verão. Ao descer a York Street, sabia que fazia uma aposta absurda, uma tentativa quase que certamente inútil. No entanto, não sabia a quem mais recorrer.

Ela mencionou aquele lugar apenas uma vez, em um comentário durante o jantar, mas aquilo se alojara na memória. E lá estava, bem ao lado da faculdade de arquitetura, como confirmava um pequeno letreiro na janela: a sede do *Yale Daily News*.

Dorothy Lake também disse que, mesmo no verão, quando não havia um jornal diário em produção, geralmente havia gente por lá — aspirantes a editor ambiciosos preparando-se para o próximo semestre. E de fato, quando empurrou a porta, ela abriu.

James parecia ter entrado em algum tipo de porão, arcos de tijolos aparentes erguendo-se à sua volta como se estivesse em um túnel ferroviário. Mais adiante havia mesas cobertas de jornais, máquinas de escrever surradas, réguas e estiletes. O chão estava repleto de fitas de tinta velhas, fotografias, lâmpadas de flash descartadas e pilhas e pilhas de papel. Ao redor, as paredes eram cobertas de primeiras páginas recentes do jornal.

Ele abriu caminho por essa parafernália para chegar à escadaria do outro lado, os primeiros degraus também tomados por refugos. Para seu alívio, ouviu vozes. Ainda não havia chegado ao topo quando viu Dorothy Lake.

Ela estava de costas e se virou apenas quando o rapaz com quem falava — pela postura, James calculou que fosse o editor — gesticulou em sua direção. O rosto dela, com uma expressão de choque, disse o que James já sabia. Um momento depois, ela recuperou a pose e lhe dirigiu um sorriso amplo.

— Dr. Zennor!

James não disse nada. Sustentou o olhar de Lake por um longo momento e sentiu uma pequena gratificação quando ela corou. Então ela era capaz de sentir vergonha.

— Podemos falar? Em particular? — disse ele por fim.

Dorothy desviou o olhar. Disse algo que ele não conseguiu ouvir ao editor e então atravessou a sala a passos largos, seus saltos estalando no piso de pedra. Ao passar por James na escada, ele sentiu seu cheiro, tão intenso quanto na noite anterior, e por um momento sentiu uma pontada renegada de desejo. Então se virou e seguiu-a.

Ela tentou tomar as rédeas da situação, falando antes mesmo de chegarem à base das escadas.

— James, é muito bom ver você. Eu me perguntei onde você estaria...

— Não há necessidade de nada disso, Dorothy.

— Não sei o que você quer dizer. — Ela mordeu o lábio, um gesto dissimulado de inocência, mas James endureceu o coração.

— Sim, você sabe. O decano é seu tio e você vem informando os meus passos a ele. E à polícia.

Por um momento ele se perguntou se Dorothy iria negar, mas ela olhou para os pés, o que era toda a confissão de que James precisava.

— Que tipo de mulher faz isso? — perguntou ele. — Conquista a confiança de um homem, faz com que ele abra o coração, que conte tudo que importa na vida dele, e então o trai... pelo quê? Seu tio pagou por essas informações? Ele disse para você me beijar, Srta. Lake? Era essa a ideia? Isso também era parte do trabalho, era? Porque eu sei que tipo de mulher age dessa forma e elas não são conhecidas como repórteres.

Dorothy lhe deu uma bofetada forte no rosto. Ardeu.

— Ok, tudo bem — disse ele. — Mas ainda não estamos quites. Preciso saber onde seu tio está. Para onde ele foi?

— Meu tio?

James se pegou olhando para ela, um olhar perscrutador. Ela era alta, seu corpo torneado e atraente, os cabelos elegantes. Dorothy tinha a pátina de uma mulher charmosa e sofisticada, polida até brilhar. Ainda assim, ele tinha certeza de ter vislumbrado outra coisa, outra *pessoa*, debaixo daquele verniz um instante atrás; a mesma que ele viu por um momento fugaz quando jantaram juntos, quando falou de seu filho, Harry. Sua voz ficou mais branda.

— Dorothy, você faz isso muito bem. Representar a cínica bela e ferina. A mulher do mundo. Aposto que adoram isso por aqui. — James gesticulou para a parede repleta de primeiras páginas amareladas. — Mas você nem sempre foi assim. E tampouco será sempre assim.

Ela lhe dirigiu um olhar curioso, quase um sorriso irônico, como se ele estivesse sendo ingênuo.

James prosseguiu, sem se deixar abater.

— Um dia você será mãe. Uma boa mãe. — Ele viu os olhos dela se estreitarem, desconfiada, avaliando. — Você amará demais seu filho, e ele a amará. E a única coisa que não será forte o bastante para suportar será ficar longe dele. — O sorriso começou a murchar. — Se alguém lhe tirar seu filho, você lutará como uma tigresa para tê-lo de volta, sei que lutará. E você também sabe. Então eu lhe peço, Dorothy, como um pai que se dirige à boa mãe que você será um dia, e como um marido falando com a esposa leal e amorosa que eu sei que você será um dia Por favor, me ajude. Diga para onde Preston McAndrew foi.

Por um momento Lake pareceu ficar desconcertada, ela própria uma criança perdida. Então deu dois ou três passos hesitantes e agarrou o encosto de uma cadeira para manter o equilíbrio. Manteve os olhos baixos enquanto falava, num fio de voz quase inaudível.

— Eu não sei como Florence e Harry estão envolvidos nisso.

— Deixe isso comigo. Apenas diga para onde foi o decano.

Ela tocou o canto do olho com a lateral do indicador, usando o nó do dedo e não a ponta para não borrar a maquiagem, um gesto sutil, feminino, que instantaneamente o fez sentir saudade de Florence. Por longos segundos ela não disse nada, e James lutou contra o impulso de sacudi-la para arrancar-lhe a informação.

Por fim Dorothy pareceu chegar a uma decisão. Ergueu os olhos, de um azul subitamente sincero.

— Ele saiu apressado. Muito agitado. Nunca o vi tão agitado.

James precisou de muita força de vontade para não retrucar de imediato, para não exigir mais informações, para não falar alto demais e quebrar o momento. Mas se forçou a permanecer em silêncio e esperar.

E foi recompensado quando ela voltou a falar.

— Ele disse que estava a caminho de uma reunião importante. "A reunião mais importante da minha vida", foi o que disse na verdade. Que precisava sair imediatamente e que o que estava prestes a fazer seria o maior serviço que ele faria pelo próximo.

James vacilou. Era a confirmação do que mais temia, de que aquela ideia mortal articulada por McAndrew em sua palestra "Fogo purificador" não era uma hipótese abstrata lançada numa discussão acadêmica erudita. Era um plano, destinado à implementação no mundo real — e imediatamente. É claro que o descreveria daquela forma, não como um ato abominável de perversidade, mas como o *maior serviço que faria pelo próximo*. Ele não podia estar se referindo a outra coisa.

James não podia esperar mais e repetiu a pergunta pela quarta vez

— Para onde ele foi?

Ele estaria imaginando coisas ou aqueles olhos azuis estavam marejados de lágrimas? Dorothy se aproximou, de modo que agora estavam a centímetros um do outro. Ela agarrou as lapelas do seu paletó e o puxou para si.

— Espero um dia conhecer um homem tão bom quanto você, James Zennor. E que me ame da mesma forma que você ama sua esposa. — Ela o abraçou forte, então moveu a boca para perto do seu ouvido e sussurrou. — Washington. Ele foi para Washington, DC.

# TRINTA E OITO

LONDRES

Ele ajeitou a toalha que cobria a pequena mesa de jantar mais uma vez, inclinando a cabeça para conferir se estava bom. É claro que estava, e é claro que não importava se não estivesse. Mas Taylor Hastings não conseguia evitar. Estava nervoso com aquela reunião como jamais ficara com qualquer outra.

Mas três quartos de seu nervosismo era empolgação; apenas um quarto era ansiedade. Taylor acreditava que aquele seria, para citar o bazófio que era agora primeiro-ministro da Grã-Bretanha, seu "melhor momento". Ele fez o que todos os grandes homens fazem: agarrou a oportunidade e curvou a história à sua vontade. Seu ato de heroísmo seria secreto agora, mas um dia seria registrado nos anais dos acontecimentos humanos. Lá, gravado no ouro mais brilhante, estaria seu próprio nome: Taylor Hastings, salvador da raça europeia.

Ele voltou ao quarto. A mala dentro do armário estava bem fechada, como sabia que estaria. Mas, mesmo assim, foi mais uma vez tomado pela dúvida: e se o envelope não estivesse ali dentro? Ele já confirmara antes, duas, senão três vezes, mas e se tivesse se distraído e deixado de colocá-lo no lugar? Sabia conscientemente que isso não havia acontecido, mas uma vez levantada a questão não podia ignorá-la. Portanto destrancou o armário mais uma vez, abriu a fechadura da mala, levantou a tampa e procurou debaixo de dois cobertores cuidadosamente arrumados até sentir a aspereza reconfortante do envelope de papel pardo. Então colocou os cobertores de volta onde estavam, fechou e trancou a mala, fechou e trancou o armário e garantiu a si mesmo que estava seguro — até as dúvidas voltarem e o ciclo recomeçar.

Ele foi até a janela. Não se aproximou muito: não queria ser visto. Ou melhor, não queria ser visto *olhando* pela janela. Havia forma mais rápida de atrair vigilância do que aparentar ter medo de ser vigiado? De onde estava, no meio da sala, via o outro lado da rua. As árvores estavam peladas. Havia poucos carros; o tráfego de domingo à tarde mal existia. Quanto a pedestres, viu governantas passeando com crianças, aquelas babás do norte com seus casacos marrom-acinzentados, chapéus de feltro e luvas brancas; o eventual casal de namorados — mas nenhum homem sozinho, ninguém olhando para cima, para o seu apartamento de segundo andar, ninguém que ele suspeitasse de espioná-lo. Ele se perguntou, mais uma vez, se não deveriam ter se encontrado no parque ou num café. Mas a ideia de carregar aquele envelope, aqueles papéis, em plena luz do dia..

Desejou, pela décima vez naquele dia, que houvessem marcado o encontro para as nove da manhã e não na hora do chá da tarde. Mas Reginald Rawls Murray insistiu que ele e Anna passariam aquele fim de semana "no campo" e não chegariam a Londres antes das quatro da tarde. "Qualquer coisa mais cedo que isso vai parecer claramente suspeito, meu caro. Não vamos dar nada aos dedos-duros de Churchill, não vamos mudar a rotina nem nada disso."

Taylor aquiesceu diante da sabedoria do homem mais velho, alheio à lentidão com que aquelas horas de domingo passariam.

Estava para olhar pela janela mais uma vez quando finalmente bateram à porta: três batidas rápidas seguidas por uma pausa e então uma única batida, como combinado. Taylor Hastings respirou fundo e, com orgulho, além da apreensão, convidou a entrar em seu modesto apartamento o homem que era simultaneamente parlamentar conservador, força vital por trás do Right Club e um dos principais defensores de um acordo pacífico com a Alemanha nazista.

Murray reduziu as amabilidades ao mínimo. Ele olhou para a mesa, posta para o chá, e com uma contração dos lábios e uma negativa praticamente imperceptível com a cabeça sinalizou que não havia tempo a perder com aquilo. Em lugar disso, falou sem nem ao menos tirar o casaco.

— Vamos logo ao que interessa.

Taylor tentou ocultar sua decepção. Ele era jovem, e Murray era um homem ocupado, sabia disso. Mas estava para lhe entregar a Pedra de Roseta e o Santo Graal; sem dúvida merecia um pouco de respeito, senão elogios e deferência. Em lugar disso, era tratado como se fosse nada mais do que o atendente de um balcão de achados e perdidos, cujo dever é entregar um volume guardado. Ele foi até o quarto cabisbaixo.

Lá repetiu os movimentos que já ensaiara três vezes naquele dia e voltou com o envelope pardo que retirara da sala de criptografia da Embaixada dos Estados Unidos apenas alguns dias antes. Ao voltar à sala encontrou Murray empertigado, batendo o pé no chão e olhando para o teto, e naquele instante decidiu afirmar seu poder. Afinal era ele, Taylor Hastings, quem estava dando as cartas. Esse momento não duraria muito, mas ele o desfrutaria.

— Sente-se — disse, indicando uma das cadeiras.

Murray hesitou por um momento, a contrariedade fazendo com que os cantos de sua boca se voltassem para baixo. Então tirou o casaco e resignou-se.

— O que temos aqui, senhor — começou Taylor, ainda segurando com firmeza o envelope —, é uma série de cabogramas ultrassecretos trocados entre... — ele abaixou a voz até transformá-la num sussurro —

o presidente Franklin Delano Roosevelt e um "Antigo Oficial Naval". — Murray franziu o cenho, como Taylor sabia que faria. Ele acabaria com o suspense, mas que diabo. — "Antigo Oficial Naval" é o codinome de... — Ele fez uma pausa, deixando que o parlamentar sentisse o peso das palavras, então abaixou um pouco mais o volume — Winston Spencer Churchill.

— Santo Deus! — disse Murray, cobrindo a boca num gesto involuntário de choque.

Havia algo mais naquele movimento, apesar de Taylor Hastings ter precisado de mais um ou dois segundos para percebê-lo. Era indignação. Reginald Rawls Murray, apesar de todo palavrório antiguerra e anti-Churchill, sentia-se indignado com o fato de um estrangeiro, um ianque, ter roubado documentos pessoais do primeiro-ministro britânico. Aquilo ofendia seu senso patriótico de propriedade. Mas, percebeu o homem mais jovem, aquela reação não durou muito. Murray estendeu a mão para pegar o envelope.

Taylor o puxou, garantindo que os documentos ficassem fora de alcance.

— Sim, santo Deus. Deus foi muito bom conosco, Sr. Murray. Tudo indica que esses dois homens, que a partir de agora chamaremos de R e C, vêm se correspondendo há um bom tempo, bem antes de C chegar ao poder, por sinal. Os papéis que tenho em mãos causariam grande desconforto para R caso viessem a público, especialmente agora, às vésperas da eleição.

— Sim, é claro.

— Mas há uma carta que acredito ser decisiva. Deixarei que veja por si mesmo. — Ele retirou do envelope os documentos, que consistiam em seis trocas de mensagens entre os dois líderes, e os entregou ao parlamentar. Murray os pegou com uma das mãos, que, Hastings ficou satisfeito por notar, estava trêmula. Daquele ângulo, ele podia ler junto com Murray, apesar de já conhecer os textos de cor.

*Londres*
*15 de maio de 1940, 18h*

*Ultrassecreto e pessoal*
*Para presidente Roosevelt de Antigo Oficial Naval*

*Apesar de ter mudado de cargo, tenho certeza de que não gostaria que suspendêssemos nossa correspondência pessoal e particular. Como sem dúvida está ciente, o panorama tornou-se rapidamente mais sombrio...*

Hastings observou os olhos de Murray percorrerem a página, o polegar indicando onde havia parado.

*Se necessário, daremos continuidade à guerra sozinhos e não tememos isso. Mas sei que tem consciência, senhor presidente, de que a voz e a força dos Estados Unidos podem não valer nada se forem contidas por tempo demais...*

Aquilo deixou Murray agitado. Como esperado, o inglês virou a página, à procura da resposta de Roosevelt àquele apelo direto pela intervenção americana. Se o presidente se curvasse ao apelo de Churchill, se secretamente prometesse enviar "a força dos Estados Unidos", Roosevelt estaria acabado, sua reeleição em novembro condenada. Ele repetidamente jurara ao povo americano que tal decisão não havia sido tomada, que os Estados Unidos ainda eram oficialmente neutros. Mas se pudesse ser provado que Roosevelt tinha clandestinamente se comprometido a defender a Grã-Bretanha, ele seria exposto como belicista, e pior, mentiroso, um homem disposto a envolver a nação de maneira ardilosa em um conflito global e potencialmente desastroso.

Murray vasculhava a resposta do presidente, evasiva. Taylor sabia o que o parlamentar procurava; ele próprio procurara pela mesmíssima coisa assim que os papéis caíram em suas mãos, suadas de excitação. Ele se perguntava se devia acabar com o tormento do inglês, mas decidiu que não. Trabalhou duro por aquele momento; tinha todo direito de saboreá-lo.

Deixou que o convidado virasse outra página, de modo que Murray agora lia o cabograma de 20 de maio de 1940 de Churchill para Roosevelt, enviado a uma da tarde, os olhos percorrendo a página exasperados. Taylor gostava especialmente daquela mensagem:

> *Desculpe-me, senhor presidente, por descrever esse pesadelo sem meias palavras. Evidentemente não posso responder pelos meus sucessores, que em absoluto desespero e impotência poderiam muito bem precisar se curvar à vontade alemã...*

Taylor esperava que o parlamentar entendesse o significado daquela passagem. Ali estava um primeiro-ministro britânico alertando que, se nenhuma ajuda americana viesse, sua administração cairia e um regime pró-Alemanha tomaria seu lugar. Isso não provaria, de primeira mão, que ele, Taylor Hastings, estava prestes a transformar todos os sonhos do Right Club em realidade? Depois que Roosevelt, em desgraça, fosse retirado do cargo, os Estados Unidos ficariam fora da guerra e a Grã-Bretanha seria derrotada ou entraria em paz com a Alemanha: quem dizia isso era o próprio Churchill! Hitler seria senhor de toda a Europa, com apenas o Atlântico — não mais defendido pela preciosa Marinha Real de Churchill — entre o Terceiro Reich e os Estados Unidos. Um novo mundo estava prestes a nascer, e ele, jovem como era, seria lembrado como um de seus pais...

Taylor via uma ruga de preocupação entalhada na testa de Murray. Aquilo não surpreendia, muito menos inquietava Hastings. Ele entendia. O inglês acabava de ler os apelos cada vez mais urgentes de Churchill, que recebera apenas uma série de respostas indecisas de Roosevelt. O parlamentar especulava que, no fim das contas, aqueles documentos não continham as palavras letais que derrubariam o presidente americano e abririam caminho para uma nova ordem na Europa e além.

Ele decidiu empregar uma técnica aprendida com Anna, esposa de Murray e sua amante. Ela sempre sabia quando um striptease já havia ido longe demais. Era chegada a hora de tirar o último véu e mostrar ao homem o que ele estava desesperado para ver.

— 13 de junho — disse Taylor com firmeza. — Veja a mensagem de R de 13 de junho de 1940. Uma da tarde.

Os dedos de Murray tremiam em sua pressa para virar uma página e depois outra.

Quando por fim Murray começou a ler, os olhos de Taylor o acompanhavam em cada palavra, o prazer agora ainda maior do que quando leu a carta pela primeira vez.

> *Sua mensagem de 10 de junho me comoveu profundamente... este governo está fazendo tudo em seu poder para disponibilizar aos governos Aliados o material de que tão urgentemente precisam, e nossos esforços para fazer ainda mais estão sendo redobrados. Isso em virtude da nossa fé e do nosso apoio aos ideais pelos quais os Aliados estão lutando.*

O sorriso começou nos cantos da boca e se espalhou lentamente, como se aquele fosse um prazer a ser saboreado sem pressa. Reginald Rawls Murray leu as palavras mais uma vez e então se recostou na cadeira, a princípio aliviado, então gradualmente — à medida que compreendia o significado — exultante. A cor se espalhava por seu rosto, que se iluminava mais a cada segundo.

— Não é cem por cento definitivo — disse Taylor —, mas..

— Mas é tão próximo disso que não faz diferença — completou Murray. — Se uma frase sequer dessa mensagem vier a público na Colina do Capitólio. Quer dizer, *nossa fé e nosso apoio aos Aliados*. O que é isso se não um compromisso?

— Não foi exatamente o que ele disse, Sr. Murray. A citação completa na verdade é...

— Ah, não se preocupe com isso, meu jovem. Isso é política, não diplomacia. Ele falou em "fé e apoio", isso é o que importa. Ninguém dá a mínima para as letrinhas miúdas. Ouça isso. — O parlamentar, cujas bochechas agora estavam coradas com um rubor que se espalhava até as orelhas, bateu a mão no papel à sua frente. — "Nossos esforços para fazer ainda mais estão sendo redobrados." Bem, a que diabos isso pode se referir se não a guerra? Ele admite que já está fazendo todo possível, enviando materiais e não sei mais o quê. E que quer "fazer ainda mais". Isso só pode significar uma coisa. Não, temo que seu Sr. *Rosenfeld* acaba de se enforcar com a própria corda.

— Não é meu Sr. Rosenfeld, Sr. Murray. Eu nunca votei nele.

— É claro que não. Ele não é seu nem dos Estados Unidos, verdade seja dita. Ele trabalha para os judeus, como todos eles fazem.

O parlamentar se levantou e pegou o casaco leve de verão que havia deixado no sofá — o mesmo sofá, refletiu Taylor, onde ele tinha estocado a Sra. Rawls Murray como um pistão de locomotiva menos de uma semana antes. O velho estendeu a mão.

— Você pode nunca ter qualquer reconhecimento pelo que fez, Sr. Hastings. Seu nome pode nunca vir a ser conhecido. Mas as pessoas de bom sangue sempre estarão em dívida com você. Em nome delas, eu agradeço.

Taylor aceitou o aperto de mão e assentiu com gravidade, o pupilo promissor em um dia de premiação. Ele sabia que devia ter encerrado o encontro por ali, com nada além de uma despedida. Mas entre a curiosidade e o decoro, a curiosidade falou mais alto.

— O que o senhor vai fazer com isso? — perguntou.

— Vou colocar esses papéis nas mãos daqueles que saberão fazer melhor uso deles. E o farei hoje à noite.

# TRINTA E NOVE

Estava escuro na plataforma deserta da Union Station e, graças ao céu sem nuvens, frio também. James pegou apenas o que foi capaz de pôr em uma mala em trinta segundos no seu quarto no Elizabethan Club, recebeu um caloroso aperto de mão acompanhado de "boa sorte" de Walters, o mordomo, e então correu por quase toda a extensão da College Street — passando por casais que dividiam milk-shakes e médicos que bebiam cerveja na Owl Shop — até a vizinhança se tornar mais decadente. Quando alcançou os trilhos, virou à esquerda e correu até ver as luzes e ouvir o barulho de atividade no pátio ferroviário. Talvez um táxi tivesse sido mais rápido, mas ele estava impaciente demais para esperar por um. E o mais importante: correr significava que não havia mais ninguém em quem confiar além de si mesmo.

Eram quase nove da noite; as chances, James sabia, de um trem partir para Washington justamente no horário que ele precisava eram quase nulas. E assim foi. O próximo trem útil era o Federal, o trem noturno que — se fosse parecido com os que conhecia na Inglaterra — cortaria a madrugada a passo de carroça, parando em cada vilarejo no caminho.

Ainda assim era melhor do que ficar parado. Mais especificamente, havia pouco que ele pudesse fazer até a manhã seguinte, e isso, sem dúvida, também valia para Preston McAndrew. Contanto que chegasse a Washington, DC, cedo e fosse capaz de começar imediatamente, não seria tarde demais. Isso, ao menos, era o que dizia a si mesmo.

Mas ao andar de um lado para o outro na plataforma, a camisa grudenta de suor e colada nas costas, ele não conseguia afastar o medo de que o contrário poderia ser verdade. As palavras de Dorothy foram muito claras. *Ele disse que estava a caminho de uma reunião importante. "A reunião mais importante da minha vida", foi o que ele disse na verdade. Disse que precisava sair imediatamente...*

E se aquela reunião acontecesse hoje à noite, até mesmo à meia-noite? E se McAndrew estivesse viajando para a capital de carro, isso significaria que chegaria antes ou depois do trem? James praguejou consigo mesmo. Se tivesse descoberto aquilo mais cedo, se tivesse encontrado o decano enquanto ele ainda estava em New Haven... Se houvesse tido a presença de espírito necessária para deixar Lund à vontade. Florence saberia o que fazer: ela teria deixado Lund se abrir, o vice-decano teria explicado que as fotos dos jovens nus eram apenas um indício que apontava para uma trama mais ampla e grandiosa elaborada por McAndrew, uma trama que Lund descobriu apenas depois de ler o ensaio do decano, "Fogo purificador". De alguma forma, Lund cometeu o erro de dizer a McAndrew o que sabia, ou ao menos suspeitava. Foi então, sem dúvida, que o decano decidiu que seu vice precisava morrer, para que ninguém mais tivesse a mesma suspeita.

James agora entendia bem os propósitos de McAndrew: a palestra os deixara claros. Ele estava determinado a manter os Estados Unidos fora da guerra, para que o grande experimento eugenista seguisse seu curso. Deixar que a Grã-Bretanha sofresse uma derrota catastrófica e então observar as consequências, testemunhar os fracos e inferiores serem riscados do mapa enquanto apenas os mais fortes sobreviveriam. A Grã-Bretanha seria um laboratório gigante, sua população meras cobaias, enquanto a hipótese de McAndrew era colocada à prova definitiva. E uma vez que estivesse feito, depois que o fogo purificador ardesse em cada canto da Inglaterra, devorando aqueles na ninhada britânica que fossem fracos demais para se salvar, os mais fortes e superiores ganhariam um reforço com a volta de 125 das crianças mais aptas e inteligentes, incubadas na segurança de New Haven.

Era um plano monstruoso. Por mais que desprezasse Bernard Grey e o resto do círculo de Oxford que tramou a partida de Florence e Harry — e sim, ele os desprezava —, James se recusava a acreditar que tivessem colaborado com um plano diabólico como aquele. Eles conspiraram, isso sim, com o plano destinado a salvar uma classe especial e privilegiada de crianças para que, no caso de uma derrota catastrófica, essa elite pudesse ser espalhada como sementes de primeira qualidade no solo de uma Grã-Bretanha devastada. Eles sem dúvida acreditavam estar salvando a vida de 125 crianças inocentes que eram mais merecedoras disso do que outras em virtude do seu valor para o "rebanho" nacional inglês. Isso era totalmente repreensível do ponto de vista moral. Mas havia um mundo de diferença entre planejar para o caso de uma derrota britânica frente aos nazistas e *desejar* esse resultado. Independente de quais fossem os disparates nos quais Grey e os outros socialistas, fabianos e reformadores sociais idealistas acreditassem, eles ainda eram britânicos patriotas, firmes em seu apoio ao esforço de guerra e em sua oposição a Hitler. Eles não ansiavam por ver bombas alemãs arrasarem cidades britânicas e um truculento oficial da Gestapo em cada salão paroquial inglês. McAndrew sem dúvida deve ter ocultado deles seu objetivo final — que o que eles viam como um apocalipse diante do qual precisavam se planejar ele via como um sonho a ser desejado, visto que o decano ansiava por calamidade e carnificina em prol da sua repulsiva e deturpada noção de "ciência".

Mas se aquele era o fim buscado pelo decano, James nem ao menos suspeitava de quais seriam os meios escolhidos. O que significava que não tinha ideia do que faria depois de chegar a Washington, de como diabos encontraria McAndrew; afinal, o decano seria um homem em uma capital, um homem que poderia estar em qualquer lugar. Se ao menos tivesse descoberto aquilo ontem ou até mesmo hoje mais cedo, quando ainda havia tempo. Se pudesse perguntar a Lund, que poderia saber as respostas, que poderia ser capaz de revelar detalhes do plano do decano e por isso mesmo assinara a própria sentença de morte. Se, se, se. James chutou o cascalho, o bico do sapato levantando pequenas nuvens de poeira.

Em meio à escuridão, ele agora via uma luz a alguma distância. Ficava cada vez maior, e James ouviu o primeiro som trovejante. Olhou para o relógio pela quinta vez em vinte minutos. O trem noturno não deveria chegar antes de pelo menos outros 25 minutos. Apenas quando o trem se aproximou ele percebeu que este seguia para a outra plataforma, na direção oposta.

Houve uma súbita comoção e um borrão de cor do seu lado dos trilhos. James se virou e viu uma mulher gesticulando para o guarda da estação. Tudo que conseguiu ver com clareza, iluminado pelas lâmpadas de sódio da sala de espera da estação — não havia blecaute ali — foi um bulbo de cabelos cor de mel. Então ouviu a voz e instantaneamente soube que era Dorothy Lake.

Ela o viu no mesmo instante e se lançou numa corrida atlética, vindo em sua direção sem hesitar. Dorothy passou a gritar antes mesmo de alcançá-lo.

— Você precisa entrar nesse trem! Rápido! Entre nesse trem! — Ela apontava para a pequena locomotiva do outro lado dos trilhos, que puxava três vagões e agora parava, soltando vapor com um chiado.

James mal conseguia ouvi-la.

— O quê? Aquele está indo na direção errada.

— Não. — Ela arfava ao alcançá-lo. — Não, aquela é a direção certa. É para lá que você precisa ir. Vá naquele trem até Greenwich. Desça e pergunte pela Fazenda Hope. Harry e Florence estão lá.

* * *

James sentiu o coração parar. Por um segundo, ele e tudo à sua volta congelaram. Olhou para Dorothy Lake e soube naquele instante — pela urgência sincera e suplicante em seu rosto — que ela dizia a verdade.

— Não estou entend... — disse ele, mas ela o interrompeu.

— Não diga nada! — O brilho em suas faces era visível mesmo à meia-luz. — Apenas entre naquele trem. Não posso dizer como sei, mas sei. Sua esposa está à sua espera. Seu *filho* está à sua espera. Vá!

— Eu... eu não posso.

— Claro que pode. O trem está bem ali.

— Preciso ir para Washington. Preciso fazer uma coisa antes que seja...

Na plataforma oposta o guarda andava em meio a nuvens de vapor, inspecionando as duas extremidades da locomotiva, atento aos passageiros que ainda fossem subir ou descer. Ele segurava uma bandeira.

Dorothy se voltou para James, os olhos em chamas.

— Você precisa ir agora. Não sei quanto tempo eles ainda ficarão por lá. Essa é a sua chance!

— Dorothy...

— Você disse que tudo que queria era vê-los outra vez. — Os olhos dela demonstravam súplica e confusão. Na outra plataforma, o guarda levava o apito aos lábios. — Ou estava mentindo?

— Eu quero vê-los mais do que qualquer coisa nesse mundo. Mas há mais em jogo aqui do que eu e minha família.

— Última chamada! Todos a bordo — berrou o guarda.

Os olhos de Dorothy agora eram dois poços de lágrimas.

— Eu quis ajudar você.

Ele a segurou pelos ombros.

— Eu sei que sim. E nunca esquecerei o que fez. — Um som agudo cortou o ar: o apito do guarda. — Amo minha esposa e amo meu filho. Muito. Mas também amo meu país.

Subitamente, eles foram engolfados por uma nuvem de vapor branco, suas vozes engolidas por um chiado alto quando os pistões da locomotiva voltaram a entrar em movimento.

— Ainda há tempo — gritou Dorothy quando o trem passou a avançar lentamente. — Você pode pular a bordo. Florence e Harry estão a menos de uma hora daqui.

James não respondeu. Em lugar disso viu o trem ganhar velocidade e se afastar, as lanternas traseiras ficando cada vez menores até se tornarem um mero ponto de luz, tão pequeno quanto uma estrela distante. Ele não sabia o que dizer àquela jovem, mas por fim, quando o trem sumiu de vista, voltou-se para ela.

— Dorothy, eu sei o que isso está parecendo. E sei o que você está pensando: que homens como eu, talvez todos os homens, são canalhas, indignos de confiança. Mas não é verdade. Há alguns que são maus, não posso negar. Mas o restante de nós tenta fazer o seu melhor, de verdade. Mesmo quando não parece, tentamos fazer o que é decente e o que é certo.

Agora ela o fitou.

— O que meu tio está fazendo em Washington que o levaria a sacrificar sua própria família?

— Ainda não sei e não quero dizer até ter certeza. — Ele olhou para o rosto suado e corado de Dorothy, sua expressão confusa. — Mas você não tem qualquer responsabilidade sobre isso.

— Eu poderia telefonar para ele e dizer que você está indo para lá.

— Poderia, Dorothy. Mas vou correr o risco, e acho que você não vai dar esse telefonema. Porque você é uma boa pessoa e tem toda vida pela frente. E olhe o que ia fazer para salvar apenas uma família.

— Não estou entendendo — disse ela.

— Eu também não. Não completamente. Mas vamos entender. E você terá feito a coisa certa. — Eles ficaram em silêncio por algum tempo até que James voltou a falar.

— Além do mais, você não sabe onde ele está em Washington.

— Como sabe disso?

— Porque se soubesse teria me contado.

O chefe da estação estava de volta, conferindo o relógio de bolso. Gritou na direção deles, os únicos passageiros na plataforma:

— Federal para Washington, DC, nesta linha. Federal para Washington chega nesta linha.

James olhou para Dorothy Lake e, ao fazê-lo, o rosto dela estava franzido, o verniz de sofisticação apenas uma lembrança. Num impulso, abraçou-a por um breve momento.

— Obrigado pelo que fez. — Ele a afastou e deu um sorriso cansado. — Deseje-me sorte.

# QUARENTA

James passou os primeiros minutos da viagem de trem fitando a escuridão, pensando em Harry e Florence. Não via nada do lado de fora à medida que o trem avançava para o que imaginava ser vastos hectares de terras agrícolas americanas, vazios e intermináveis. No lugar da paisagem via o rosto de Harry, seus olhos arregalados ao fitar o pai, perguntando onde esteve e por que não foi até ele quando teve a chance.

Sozinho naquele vagão sacolejante, James tentava formular uma resposta. Imaginava a si mesmo colocando o filho sentado em seu colo e explicando que há momentos na vida em que é preciso fazer coisas que não queremos fazer. Que algumas vezes as próprias necessidades, a própria ânsia desesperada de ver as duas pessoas que mais ama no mundo, precisavam vir em segundo lugar frente a uma necessidade ainda maior. Ouvia-se dizer essas palavras ao filho; e então a voz rouca do menino responder uma única palavra, repetida vezes a fio: por quê?

James fechou os olhos e imaginou a Fazenda Hope. Com o trem noturno se arrastando pelos trilhos a passo de tartaruga, ele a via sob o sol brilhante de verão, um lugar de cercas brancas e pomares que transbordavam maçãs reluzentes, nos tons amarelos, âmbar e dourados da fartura americana. E no momento seguinte, em intenso contraste, imaginou Harry e Florence agarrados um ao outro em duas cadeiras de madeira numa cozinha pequena e gelada, a cena banhada em luz azul-acinzentada. Sabia que não fazia sentido; que se estavam a apenas uma hora de distância, como disse Dorothy, o clima não estaria diferente. Mas era isso que ele imaginava, de qualquer forma.

O que era a Fazenda Hope? Por que estavam lá? Dorothy insistiu que não lhe diria como sabia — mas James nem ao menos perguntou, não a pressionou pelos detalhes. Ele não quis ouvir nada específico, nada muito real, porque sabia que assim seria mais difícil resistir. Sua escolha já era difícil o bastante.

Em intervalos, à medida que os minutos da noite se transformavam em horas, ele era açoitado pelo pânico, convencido de que cometera um erro grotesco. O que, afinal, tinha para prosseguir? O texto de uma palestra e alguns comentários casuais de McAndrew para sua jovem e impressionável sobrinha. Era bem possível que o decano estivesse pensando em voz alta naquela palestra no aniversário de Darwin. que tivesse ido a Washington meramente para alavancar a carreira. *A reunião mais importante da minha vida*. Talvez o presidente o houvesse convidado para trabalhar no governo, da mesma forma como os políticos britânicos sempre tentavam cortejar Bernard Grey.

Mas o instinto de James dizia o contrário. Ele sabia o que havia lido; McAndrew deixara bem claras suas intenções. E sem dúvida apenas o fato de Lund ter descoberto um plano tão ambicioso poderia explicar o nervosismo no restaurante — e seu assassinato pelo decano.

Ele lembrou aqueles momentos finais com Dorothy na estação. O trem demorou para partir, pois os funcionários manobravam novos vagões. O atraso foi desconfortável; nenhum dos dois sabia o que dizer. Para preencher o silêncio, James fez uma pergunta que surgiu do nada. Ela veio na voz de William Curtis, o palestrante da Sociedade Americana de Eugenia. *Os participantes de tal estudo precisarão, é claro, ser fotografados sem roupa...*

— Isso vai soar estranho e grosseiro, mas me diga uma coisa: você já ouviu algo sobre os estudantes de Yale serem fotografados sem... — Ele hesitou. Como dizer aquilo com delicadeza?

— Sem o quê, James?

— Sem roupa.

— Ah, você quer dizer as fotos para avaliação da postura? — perguntou ela com naturalidade, como se fosse algo perfeitamente normal.

— As o quê?

— As fotos para avaliação da postura. Nós as tiramos na primeira semana.

— "Fotos para avaliação da postura"? Por que postura?

— Porque elas são tiradas para nos ajudar com a postura. Você tira a roupa, eles colocam pinos de aço em suas costas e então *clique*. Tiram uma foto.

— Pinos?

— Sim, com uns 10 centímetros de comprimento.

Subitamente, James via aquelas fotografias encontradas na pasta de Lund.

— Eles enfiam pinos em suas costas?

— Não! Não *enfiam*. Eles os prendem com fita. Depois analisam a curva descrita pelos pinos. As garotas, e também os garotos, imagino, cuja "curva postural" não fosse correta precisava participar de aulas de melhoria de postura.

Com o trem sacolejando na escuridão, James ouviu a voz de Curtis ecoando em sua cabeça. *A discrição pode exigir que esse trabalho seja feito em paralelo com outra atividade, por assim dizer, mais convencional.* Agora estava confirmado: foi aquilo que Lund descobriu primeiro. Que Yale tirava fotografias dos seus novos alunos nus sob o disfarce espúrio de um programa de melhoria de postura

A memória de James instantaneamente regurgitou uma visão que ele não registrara no momento, mas que ainda assim havia armazenado. Estava na antessala do gabinete do decano, vasculhando os arquivos. Passou pelos Ms — Memorial, Monroe, Montana — e chegou ao P — Política, Ciência; Postura, Estudo de; Profissional, Capacitação. Seus olhos passaram batidos, como se fosse apenas um campo qualquer de atividade universitária: *estudo de postura*.

Mas agora ele sabia. Aquele era um programa de pesquisa secreto destinado a provar a relação entre força física, capacidade intelectual e "valor moral". Os homens por trás daquilo tentavam responder à pergunta feita por Leonard Darwin naquele seu livro maldito: "Se o nosso objetivo é tentar aprimorar a espécie humana, não devemos primeiro decidir que tipo de homem deve ser o mais desejado?" Aquelas fotografias, que sem dúvida incluíam não apenas Dorothy, mas o rapaz do bar da Owl Shop e cada jovem entregue aos cuidados de Yale, eram uma tentativa de oferecer uma resposta. Deve ter sido a descoberta de Lund daquele falso estudo de postura que primeiro o alertou do fanatismo inflexível do decano pela eugenia, que o levou a finalmente se dar conta da trama "maior e mais perigosa" na qual o superior estava envolvido. Ele carregava aquelas fotografias na pasta como as únicas provas?

James foi interrompido por um som tão abafado que a princípio se perguntou se não havia sido fruto de sua imaginação. Ele olhou para a frente e sobre o ombro; o vagão ainda estava vazio. Devia ter sido cascalho solto atirado contra a janela. Voltou a fitar o vazio do lado de fora, em busca das luzes mortiças de uma fazenda solitária que fosse. Mas não viu nada.

Um minuto se passou e houve um novo som, mais alto e mais metálico. James ergueu os olhos outra vez. Estava tudo quieto às suas costas e, ao que parecia, também no extremo oposto do vagão. Houve um clique.

Ele olhou com mais atenção agora, levantando-se do assento. Era pouco provável que fosse um inspetor naquele trem fantasma, sem dúvida carregado de malotes de correspondência e latões de leite em vez de passageiros, mas não era impossível. Ele percebeu claramente um movimento do outro lado da porta que separava os vagões.

— Quem está aí? — disse James, sem pensar.

Agora viu a maçaneta da porta mais distante girar.

O trem passou sobre algum tipo de sulco e saltou, e James cambaleou na direção das janelas do outro lado, o ombro esquerdo se chocando contra a lateral de madeira do banco. Ele soltou um grito de dor. No mesmo instante, a porta do vagão foi escancarada.

Tudo que registrou foi a altura, um homem que ficava ainda mais alto em virtude do chapéu, cuja aba parecia se projetar para cima, cobrindo seu rosto com a penumbra. Ele vinha em sua direção, em passos rápidos e decididos. Falou apenas quando estava a uns 2 metros de distância.

— Levante as mãos, Dr. Zennor.

Um reflexo mandou as mãos de James na direção do teto, antes mesmo que ele percebesse um pequeno e opaco anel de metal pairando no ar, paralelo à cintura do homem. E ele precisou de mais um segundo até entender para o que olhava: um revólver, o cano coberto com um silenciador.

O tempo pareceu desacelerar; ele se sentia deslocado da cena, como se fosse um observador e não um participante. Algo parecido havia acontecido durante tiroteios na Espanha. Significava que naquele momento, em vez de medo ou alarme, ele sentia irritação pela própria tolice. Tinha gritado "Quem está aí?" no seu revelador sotaque inglês. Havia se denunciado.

— Ande para trás. E mantenha as mãos levantadas. — A voz era mais dura do que qualquer uma que James tinha ouvido em New Haven. Instantaneamente decidiu que aquele homem nada sabia a seu respeito, que matá-lo era apenas um trabalho a ser realizado.

James obedeceu, recuando pelo corredor entre os bancos, contando dois, três, quatro passos. Parou quando sentiu a lufada de vento que entrava pelo vão entre os vagões. Agora estava na área sem bancos ao fundo, com uma porta de cada lado. O ar frio pareceu trazê-lo de volta à realidade como uma bofetada. Agora o coração batia forte, com uma descarga de adrenalina ao tentar pensar desesperadamente no que poderia fazer para salvar a própria vida.

— Ok, aí está bom — disse o homem. Sob a luz, James viu que ele tinha o pescoço grosso e o rosto quadrado, talvez um ex-boxeador. Havia na boca um meio sorriso, como um homem que gosta do seu trabalho. A arma ainda pairava no ar, o dedo no gatilho. *O que ele está esperando?*

A demora de um segundo deu a resposta. Naquele instante no qual o desconhecido não apertou o gatilho, James entendeu como aquele homem queria que ele morresse. Seria como Lund: *ele quer que pareça um suicídio.* Tentaria empurrá-lo para fora do trem, para que a polícia concluísse que ele havia se atirado.

O matador de aluguel deu um passo à frente, certo de que James recuaria aterrorizado, ficando a centímetros da porta. Ele fez o que era esperado, tentando ganhar mais um segundo ou dois para pensar. Não conseguia tirar os olhos do revólver. Podia levar um tiro ali mesmo, antes de dar o último suspiro, antes de ser chutado para fora do trem, onde talvez fosse descoberto apenas dias depois, a não ser que os animais chegassem primeiro...

Quando o homem deu mais um passo, o instinto assumiu o controle. Em vez de andar para trás, James saltou para a frente, deliberadamente colidindo com o agressor, a mão direita buscando primeiro a arma, afastando-a.

A vantagem da surpresa funcionou; o matador caiu para trás, chocando-se contra a porta oposta. Ainda agarrando a mão com a arma, James bateu-a contra o batente da porta, esperando derrubá-la. Mas agora o agressor havia recuperado a força e seus dedos se recusavam a ceder.

O trem entrou numa curva e, calculando bem o movimento, o assassino empurrou James de volta, atirando-o contra a outra porta. Para seu horror, ele a sentiu abrir — a rajada de ar frio envolveu seu corpo, o vagão foi preenchido por barulho. Apenas as pontas dos dedos, agarradas ao batente de madeira acima da porta, mantinham-no ali dentro.

Ele estava dominado pela fúria. Não morreria daquela forma, não ali, não agora — não sem ver Harry e Florence mais uma vez. Aquele maldito não o deteria. Toda raiva e agonia que suportara nas últimas semanas — e anos — agora fluía pelo seu corpo. Ainda agarrado ao batente da porta, sentindo o paletó ser agitado pelo vento, ele se lançou para a frente, chutando com as duas pernas de modo que os pés acertassem o rosto de seu oponente.

O homem cambaleou para trás, e James se lançou sobre ele, buscando a arma. O outro reagiu rápido, disparando um tiro, mas não o suficiente: a bala acertou o teto. James agarrou o pulso do oponente e os dois lutaram no chão, o assassino de costas, James em cima dele, com a vantagem. Forçou a mão com a arma contra o chão, onde seria inútil. Estava quase lá...

Mas o assassino se recusava a ceder, a mão agarrando a coronha do revólver com ainda mais força. E agora o ombro esquerdo de James começava a doer. O esforço daquela luta estava ficando grande demais.

James mexeu o corpo, para que seu joelho acertasse em cheio as partes íntimas do homem. Quando ouviu o gemido de dor, atacou outra vez, empurrando o homem pelo chão, o joelho fustigando sua virilha. Mais um empurrão e a cabeça do homem bateu na porta.

Mas a mão com a arma estava girando, o cano se voltando para o rosto de James como a cabeça de uma cobra. Não importava que ele agora estivesse com a mão esquerda na garganta do agressor e tentasse estrangulá-lo, um aperto no gatilho era tudo que seria necessário...

James tinha uma única opção e precisaria confiá-la à mão esquerda. Com a mão direita ainda segurando a do matador, ele ergueu a esquerda, encontrou a maçaneta da porta, girou-a e, com a força que ainda lhe restava, empurrou o homem, que deslizou de cabeça para o veloz ar noturno

James ficou ali, ajoelhado no chão do trem, fustigado pelo vento que entrava pelas duas portas abertas. Ele ofegava. E, à medida que a adrenalina se esvaía, tomou consciência da dor aguda nos pulsos, nas pernas e especialmente no ombro esquerdo. Por fim ficou de pé com esforço, fechou as duas portas e afundou num assento. A cabeça doía e ele levou a mão à testa. Quando abaixou-a, estava molhada de sangue. Mesmo em um ano de combate na Espanha, mesmo ao ver o cérebro do amigo Harry explodir à sua frente, ele não acreditava que houvesse chegado tão perto da morte.

Ele passou o resto da viagem andando de um lado para o outro, como um animal cativo que havia sido perigosamente instigado. McAndrew mandara aquele homem, não restava dúvida na mente de James. Como soube onde encontrá-lo? Ele considerou a possibilidade de ter mais uma vez sido traído por Dorothy; considerou e rejeitou. A ajuda dela e seus sentimentos por ele foram genuínos, James tinha certeza. Não, McAndrew se valera de meios mais diretos. James se lembrou do Buick com pneus de faixa branca. Ele pode ter despistado os perseguidores por algumas horas depois que Riley o liberou, mas claramente o reencontraram. O matador devia estar na estação, vigiando das sombras, vendo em qual trem James ia entrar e então embarcando na surdina.

E apesar de não sentir piedade pelo morto, de acreditar que tinha todas as justificativas — tanto legais quanto morais — para fazer o que fez, não conseguia apagar a imagem do homem deslizando do trem para uma morte dolorosa. Na Espanha, James atirou contra o inimigo muitas vezes. Pela probabilidade estatística, devia ter matado pelo menos um homem, senão muitos. Mas nunca daquela forma: ele nunca vira o rosto de um homem que tinha matado. James pensou nos pais e no voto vitalício de não violência que eles haviam firmado. Que prece murmurariam depois de o filho cometer um ato como aquele?

Para afastar o pensamento, conferiu o relógio. Ainda levaria horas para chegar a Washington. Não tinha um plano definido para encontrar McAndrew depois de chegar à cidade. Precisava desesperadamente de ajuda.

Vinte minutos se passaram e finalmente ele viu luzes ao longe; não eram poucas, mas constelações. O trem se aproximava de Nova York.

Lentamente, os subúrbios deram lugar a ruas mais movimentadas. Outdoors começaram a aparecer: do sorvete Dairy Queen, da revista *Time*, da manteiga de amendoim Peter Pan. James os observou passar enquanto pressionava o ombro dolorido.

Subitamente uma imagem flutuou perante seus olhos: a revista *Time*, a edição que leu enquanto observava a tumba da Wolf's Head, a página seguinte à reportagem sobre lorde Beaverbrook. Mal se dera conta no momento, mas agora a página dupla aparecia à sua frente — incluindo o nome, com inicial do meio e tudo mais, à espera de ser encontrado. O único homem que James conhecia em Washington; provavelmente o único que conhecia nos Estados Unidos.

Ele saltou para a plataforma com o trem ainda em movimento; não queria perder um segundo sequer. A estação estava deserta a não ser por dois homens com vassouras e um velho de barba desgrenhada, que procurava comida nas latas de lixo. Lembrando-se de sua primeira visita àquela estação, ele correu até as cabines telefônicas, entrando na primeira e mais próxima.

James tirou o fone do gancho e ficou feliz ao ouvir o sinal. Esperou pela voz da telefonista, nasalada e metálica, mas feminina.

— Ligação local ou interurbano?

— Interurbano, por favor.

— Qual cidade?

— Washington, DC.

— Nome?

— Edward P. Harrison.

A espera foi longa. James imaginou uma mulher de meia-idade, de óculos, folheando um catálogo de páginas finas com listas intermináveis de nomes. H de Hammond, Hanson, Harris..

— Há dois Harrison, Edward P. em DC, senhor. Tenho um Dr. Edward P. Harrison.

James quis sorrir.

— Não, o homem que estou procurando não é doutor.

— Já vou transferir a ligação, senhor.

Ele ouviu uma série de cliques, então um longo sinal de chamada e depois outro. Maldição, ele não está em casa. Droga, droga, dr...

— Alô? — Uma voz de mulher, sonolenta.

— Alô. Sinto muito por ligar tão tarde. Preciso falar...

Uma voz masculina agora; um homem pegou o telefone.

— Quem diabos está falando? Que ideia é essa, ligar depois da meia-noite?

— Ed, é você? É James, James Zennor. De Barcelona. Quer dizer, estivemos na Espanha juntos, lembra, quando você cobria as Olimpíadas Populares?

Houve uma pausa, na qual James falou outra vez.

— Você levou uma carta para mim, está lembrado? Quando voltou para casa por Londres.

— Ok, lembrei. Zennor. Você escreveu para sua garota, que o deixou por Hitler, não foi isso?

— Ela tinha ido para Berlim, isso mesmo. Você tem boa memória.

— Caramba, você soa péssimo. Está tudo bem?

— Acabo de esbarrar com... um problema. Só isso. — Ele sentia a dor no maxilar, de quando se chocou com a porta do trem.

— O que acontece, James, é que eu não sei que horas são onde você está, mas é bem tarde aqui. Então se...

— Meu trem acaba de chegar a Nova York, Ed. E eu preciso da sua ajuda.

— Ligue amanhã de manhã. Eu passo no Western Union e...

— Eu não preciso do seu dinheiro! — As palavras saíram mais rápido e mais irritadas do que James pretendia. Ele praguejou consigo mesmo. Tinha apenas um minuto ou dois antes de precisar voltar para o trem. — Quer dizer, é muita bondade sua, mas não estou pedindo esse tipo de ajuda. — Harrison estava entendendo tudo errado. James pensou em Dorothy Lake e na ambiciosa jovem equipe do *Yale Daily News* e esperou que os mesmos impulsos motivassem tanto repórteres calejados quanto os iniciantes. Ele usou uma tática diferente.

— Posso ter uma história muito importante para você.

Uma mudança instantânea de tom, mais afiado e alerta.

— Que tipo de história?

James precisava pensar rápido.

— Uma história que pode interferir na entrada ou não dos Estados Unidos na guerra.

— Estou escutando.

— Envolve o decano da Universidade de Yale. Ele está em Washington. Tenho motivos para acreditar que esteja envolvido em uma campanha secreta para manter os Estados Unidos fora da guerra. Ele disse à sobrinha que estava prestes a ter a reunião mais importante de sua vida. — James ouviu a si mesmo. Soava como um louco. A qualquer momento, Edward Harrison, jornalista da *Time* e única esperança de James em Washington sem dúvida desligaria, então diria à esposa que era "um inglês maluco" que conheceu na Espanha, que claramente perdeu o juízo na guerra.

Mas Harrison disse algo bem diferente.

— Uma reunião? Venho ouvindo boatos disso. Pensei que fosse acontecer em Chicago. Estão chamando de America First, acho. Então qual é o plano secreto?

James ouviu um apito, vindo da sua plataforma.

— Posso contar mais. Estou no trem lento parador para Washington, que chega aí às sete e quinze da manhã. Encontre-me na estação.

— Mas...

— Por favor, Ed. Eu prometo que valerá a pena.

* * *

Ed Harrison recebeu James não com um aceno, mas erguendo um saco de papel pardo ao se aproximar do trem que acabava de parar debaixo da vasta cobertura arqueada da Union Station. Logo foi revelado que o saco continha dois *donuts*, ambos para James.

— Achei que você estaria com fome — disse ele, aparentando não ter envelhecido um dia sequer desde que se conheceram em meio à luz do sol, grandes esperanças e garrafas infinitas de Sangre del Toro em Barcelona, em 1936. Mesmo sendo dez anos mais velho que James, com a barba por fazer e cabelos despenteados, ele ainda era um homem de beleza rústica.

— Não tinha certeza de que estaria aqui — disse James entre mordidas.

— O quê? E receber outro telefonema seu de madrugada? Não, muito obrigado.

— Sinto muito por aquilo. Peça desculpas a sua esposa por mim, está bem? Por telefonar tão tarde.

— Quem foi que falou em esposa?

James viu o familiar brilho travesso nos olhos de Ed e se lembrou de como as mulheres se amontoavam ao redor dele, o famoso repórter que tocava na banda de jazz, bebia até derrubar todo mundo e continuava sóbrio. Esse tipo não tende a se casar.

— Enfim — disse Harrison. — Faz um bom tempo. Quatro anos, quase, eu diria. O que você anda aprontando, James?

As palavras que formavam a pergunta eram inofensivas, mas nas entrelinhas James detectou uma referência ao estado em que se encontrava. Ele tentou se recompor depois da luta no trem, mas o paletó estava rasgado, as calças, sujas, e o rosto, ferido, com sangue seco na mandíbula e nos cabelos. Mesmo sem os indícios da luta, seu rosto ficara mais magro e tenso, o ombro destroçado distorcia as formas por baixo da camisa. Para Harrison, que conheceu James no auge da forma, bronzeado e jovial no inebriante verão de 1936, ele devia estar parecendo acabado — uma premonição do James envelhecido do futuro.

— Não foi fácil, para dizer a verdade. Fiquei na Espanha; lutei nas Brigadas Internacionais.

— Eu lembro.

— E fui ferido.

Harrison fez que sim.

— Um tiro no ombro — continuou ele. — Levei um bom tempo para me recuperar.

— E seu amigo, como era o nome dele? Boa-praça.

— Harry. Harry Knox. Foi morto, infelizmente.

— Sinto muito.

— No mesmo incidente. — James deu um tapinha no ombro em um gesto que amaldiçoava a completa falta de sorte da história.

— Sinto muito mesmo. Eu voltei, sabe. Para a Espanha. Para cobrir a guerra. Diversas vezes, mesmo no fim.

— Eu estava na Inglaterra a essa altura. Oxford.

— Achei que fazia a minha parte pela causa ao cobrir a guerra, ao "contar tudo ao mundo" etc. Mas vocês, que pegaram em armas... vocês são heróis, e você sabe disso.

— Não me sinto um herói.

— Vocês se levantaram contra o fascismo, isso é o que importa. Não há muita gente disposta a isso. Principalmente por aqui.

— É, já percebi.

— Minha revista está do lado certo: o chefe faria Roosevelt declarar guerra hoje à noite se pudesse. Mas você sabe, a opinião pública é... Bem, coloquemos dessa forma: poucos americanos viram o que eu vi.

— Na Espanha, você quer dizer?

— Espanha, Alemanha, Polônia. Venho cobrindo essa história da melhor forma possível, digo o que está acontecendo, mas...

— As pessoas não querem saber.

— As pessoas não gostam de guerra, James.

— Aí é que você se engana, Ed. Algumas pessoas gostam muito da guerra. Na verdade, algumas pessoas querem ver essa guerra seguir seu curso, desimpedida, até que a Grã-Bretanha seja reduzida a cinzas.

— Você está falando do sujeito de Yale?

— Sim, estou.

— Antes de chegarmos a isso, e quanto à garota? — perguntou o americano enquanto se afastavam da Union Station, a cúpula do Capitólio visível e reluzindo à luz do sol do início da manhã. James vira aquilo em pinturas; talvez em fotografias de jornal. Era como uma versão imaculada da Catedral de St. Paul.

— Que garota? — Por um breve momento de culpa, pensou que ele se referisse a Dorothy Lake.

— A garota para quem eu levei a carta. Na Inglaterra.

Uma pontada de dor atravessou James ao pensar em Florence e Harry na Fazenda Hope, onde quer que isso fosse. Ainda estariam lá? Ou já haviam partido? O pensamento de que podiam ter mudado de lugar depois que seu paradeiro foi descoberto, que James desperdiçara sua única chance de vê-los outra vez, não percorreu seu cérebro, mas a carne, como uma corrente elétrica feita de tristeza.

— Tenho orgulho de dizer que Florence Walsingham é agora minha esposa. E mãe do meu filho.

Harrison deu um tapa em suas costas.

— Muito bem, meu velho. Muito bem! Você não poderia ter se casado com uma garota mais bonita. Eles estão na Inglaterra?

James usou aquilo como deixa para colocar Ed Harrison a par — da forma mais breve possível — do que sabia e de como tinha descoberto as informações. Não se demorou no desaparecimento de Florence ou

Harry; em vez disso se concentrou na palestra "Fogo purificador" do decano e na morte misteriosa de um subordinado que aparentemente esbarrou nos planos de McAndrew.

— Você está dizendo que um dos acadêmicos mais graduados do país na verdade *quer* que a Grã-Bretanha perca a guerra apenas para ver o que acontece? Como num experimento?

— Sim, mas também como um fim em si mesmo. Ele simplesmente está levando a teoria eugênica à sua conclusão lógica: queremos mais dos fortes e menos dos fracos, então porque não deixar que a guerra faça o que faz de melhor?

— Eliminar os que são fracos demais para sobreviver. — Harrison balançou a cabeça. — Você teve um mês e tanto, hein, meu amigo? Não é de surpreender que esteja parecendo bosta de pato.

— Obrigado.

— Sem ofensa. Mas, Jesus. E você acha que foi por isso que ele veio para cá?

— Com base no que ele disse à sobrinha, sim.

— Bem, você pode estar certo. Olhe o que está na página 16. — Ed lhe estendeu um jornal. — É isso que eu amo no *Washington Post*: você nunca sabe onde encontrará uma matéria de capa.

James leu o título: "Ao exigirem 'ausência de envolvimento estrangeiro', ativistas antiguerra planejam próximo passo." Ele passou os olhos pelos detalhes: líderes do empresariado e políticos se reúnem... prometem construir uma oposição em massa à intervenção na guerra na Europa... sem limitações orçamentárias, diversos milionários... apoio político tanto no Senado quanto na Câmara... maior apoio em Chicago e Illinois... o principal porta-voz é o aviador Charles H. Lindbergh... aliados socialistas no Keep America Out of War... principal força motriz, o estudante de direito de Yale P. Alexander Tudor, que espera lançar formalmente um movimento anti-intervencionista em setembro, provavelmente chamado America First...

Uma palavra deteve James: *Yale*. Como se lesse seu pensamento, Harrison se aproximou com uma caneta na mão e a circulou.

— Perguntei por aí — disse ele. — Acontece que eles vão se reunir hoje, numa tentativa de conseguir aliados importantes no Capitólio a tempo para o lançamento em setembro.

James sentiu um tremor de expectativa percorrer seu corpo.

— Onde?

— No Hotel Willard. Fica bem próximo à Casa Branca. Estão mandando uma mensagem para Roosevelt, bem direta.

— Podemos ir até lá agora?

— Quando você está indo eu já estou voltando, Dr. Zê. — Ao falar, Harrison gesticulou para que entrassem à direita na Constitution Avenue, tão ampla e grandiosa quanto um bulevar de Paris. James olhou sobre o ombro, para conferir que não estavam sendo seguidos. Em breve, McAndrew ficaria sabendo que o matador que contratou não conseguiu terminar o serviço e certamente mandaria outro em seu lugar.

— A reunião é fechada ao público, é claro — disse Ed.

— Droga.

— Não esquenta, Jimbo. Quando eu digo que é fechada ao público, digo *ao público*. Não à imprensa.

— Então você poderá entrar?

— Você também vai. — Com um floreio, Harrison enfiou a mão na bolsa que trazia a tiracolo, a qual James lembrava da Espanha, e tirou uma câmera. Maior do que uma enciclopédia e duas vezes mais pesada, com um suporte para flash que também fazia as vezes de alça para a mão direita, era um objeto que James vira muitas vezes nos filmes, mas nunca ao vivo. — Parabéns, Jim Zennor, você é o mais novo integrante do lendário time de fotógrafos da revista *Time*.

Eles passaram por uma série de prédios governamentais imponentes, erguidos com grandeza imperial em pedra branca-acinzentada. Londres devia ser assim um século atrás, pensou James: uma capital com poder para governar o mundo. Mas isso havia mudado; agora o grande Império Britânico estava reduzido a rezar para que os americanos fossem em seu socorro. Sem essa ajuda, seu país estava condenado. Havia força e músculos, mas eram inúteis se os Estados Unidos se recusassem a flexioná-los.

Ele começava a sentir o calor — um calor úmido, quase tropical — quando Ed sinalizou que haviam chegado. O hotel era alto e triangular; ele também não pareceria fora de lugar em uma esquina europeia. Pelas janelas de um dos lados, ele viu garçons de avental branco atendendo os hóspedes, levantando cloches cromadas para revelar cafés da manhã fumegantes. Mesmo da calçada, James vislumbrou uma nuvem amarela de ovos mexidos em frente a um homem de bigode, que lia distraído o jornal da manhã. Mesmo em seu estado de agitação, James calculou que devia haver três semanas de ração de ovos naquele prato.

Eles entraram no saguão, tão alto quanto uma catedral e tão opulento quanto um palácio, o chão brilhante, as colunas de mármore âmbar vertiginosamente altas, o teto decorado em ouro. Podia ser Versalhes.

— Lembre-se — murmurou Harrison entre os dentes trincados de ventríloquo —, você é o fotógrafo. Fique mais atrás.

James abaixou a cabeça para esconder o rosto antes de responder, também em sussurros

— Mas você não sabe quem é McAndrew

— Claro que sei. Essa é a maravilha de trabalhar numa revista, Jimbo: nós temos um arquivo fotográfico. Eu conferi.

Enquanto Harrison ia até a recepção, James circulava pelo saguão, os olhos percorrendo o espaço em busca de um rosto conhecido. Nenhum sinal do decano. Nenhum sinal de grupo algum, na verdade; apenas homens de negócios descendo para o café da manhã. Ainda não eram oito horas. Mais uma vez James se atormentou com a probabilidade de ter chegado tarde demais. McAndrew teve uma vantagem de muitas horas; a reunião provavelmente tinha acontecido na noite passada...

James ouviu Ed Harrison exigir falar com o gerente, solicitar uma lista de todas as associações com eventos no Hotel Willard. Pelo tom da conversa, sentia que o jornalista não estava tendo sucesso. Talvez McAndrew houvesse dado instruções específicas para manterem a imprensa de fora. James caminhou da forma mais casual possível até o balcão do concierge. Ao fazê-lo, buscou mentalmente a imagem da página 16 do *Washington Post* daquela manhã. Encontrou nela o que procurava.

— Com licença — disse ao rapaz ao lado de uma mesa da altura de um púlpito, que vestia um uniforme de supervisor dos carregadores de malas dois números maior do que o apropriado. — Estou aqui para uma reunião reservada em nome de P. Alexander Tudor. Pode me mostrar onde fica a sala?

— Ah, sinto muito, senhor. Essa seria uma pergunta para a recepção.

— Eu sei — retrucou James com um sorriso. — Mas eles parecem estar um pouco ocupados. — O som de vozes alteradas, a de Harrison a mais alta, chegava até eles vindo do saguão.

Eles trocaram um sorriso de entendimento mútuo.

— É claro, senhor — disse o porteiro, pegando uma pilha de papéis. Depois de correr o dedo por uma coluna e depois outra, ele ergueu os olhos — Salão Buchanan, senhor. No piso inferior

James assentiu em agradecimento e assobiou discretamente na direção de Harrison, por fim conseguindo desviá-lo da altercação com o recepcionista. Desceu as escadas acarpetadas, seguindo as placas até eles chegarem a duas portas de madeira fechadas, sinalizadas com o nome Buchanan.

James parou, sem saber se estavam prestes a entrar em uma sala onde uma dúzia de pessoas estaria entretida em uma discussão silenciosa — e privada — ao redor de uma única mesa ou se haveria quatrocentas pessoas dispostas como uma plateia de teatro, ouvindo um palestrante falar em um palco. Para o caso de se deparar com a primeira possibilidade, e a eventualidade de ver e ser visto por McAndrew instantaneamente, segurou a câmera com força, pronto para levá-la ao rosto.

Harrison empurrou a porta com confiança, já com um caderno na mão. Tudo na postura dele, até a forma como usava o chapéu um pouco inclinado, denunciava-o como jornalista. Uma arma e tanto, James refletia agora: era ao mesmo tempo uma licença para bisbilhotar e um escudo protetor.

No instante em que a porta foi aberta, James reconheceu a cena. Eles chegavam a um evento que ainda não havia começado, com grupos de homens conversando de pé. Deveria haver uns quarenta, fazendo hora e se cumprimentando; atrás deles, uma longa mesa estava arrumada com blocos de papel intocados e lápis apontados. Um retrato de George Washington numa moldura barata de madeira parecia ter sido pendurado na parede às pressas.

James ergueu a câmera e passou a olhar pelo visor, esperando que ninguém percebesse o que acabava de notar: que apesar de já ter sido um fotógrafo razoavelmente dedicado — um hobby que deixara de lado, como tantas outras coisas, depois de ferido —, ele não tinha ideia de como usar aquela máquina. Deixou que o dedo tateasse à procura do disparador enquanto inspecionava a sala. À sua direita, sentiu Harrison avançar, seguir até o centro da sala como se fosse um convidado de honra se desculpando pelo atraso.

Pelo pequeno quadrado de vidro, James viu uma série de rostos, nenhum familiar. Todos pareciam ricos, concluiu — pela suavidade prateada dos cabelos, pelo corte dos ternos. Mas nenhum sinal dos cabelos grisalhos do decano. Sem pressa, ele vasculhou a sala com a lente. Mais figurões da indústria, um sujeito gorducho e desgrenhado que ele concluiu ser outro jornalista.

Então a câmera congelou em suas mãos.

Foi o colarinho que viu primeiro, antes de subir a lente e ter certeza do homem que o usava: o reverendo Theodore Lowell, pacifista, ex-aluno e capelão da Universidade de Yale, membro da Wolf's Head.

Era mesmo uma multidão de Yale reunida naquele hotel de Washington, a metros da Casa Branca, para deter a marcha para a guerra. Talvez ele e McAndrew houvessem viajado juntos; talvez Tudor tivesse dirigido o carro que trouxe seus dois aliados mais ilustres. James concentrou a lente na lapela de Lowell e então na mesma área do homem com quem ele conversava.

Ambos usavam o mesmo alfinete da Wolf's Head.

Ele ouvia a voz de Harrison acima das demais agora, bajulando os políticos e plutocratas, sem dúvida o primeiro passo para conseguir informações — não era muito diferente, supôs James, da forma como o jornalista abordava as mulheres.

E subitamente lhe ocorreu uma constatação crucial. Apesar de James conhecer a aparência de Lowell, este não fazia ideia de quem ele era. Agora confiante, caminhou na direção do reverendo, a câmera ainda cobrindo pelo menos metade do rosto.

— Ok, uma fotografia do grupo, cavalheiros. — Ele gesticulou para que Lowell se aproximasse dos colegas, supondo que um deles fosse o jovem Tudor. E então, com a maior naturalidade que conseguiu, falou detrás da câmera. — Vamos incluir o Dr. McAndrew nessa, sim?

— Ah, que pena. Vocês não o pegaram por pouco — disse o mais jovem, gesticulando para uma saída que James ainda não tinha visto, no extremo oposto da sala. — Ele precisou se apressar para uma reunião há no máximo meio minuto.

James bateu a fotografia e se virou, buscando o ar como se acabasse de levar um soco no estômago. Depois de viajar a noite toda, perdê-lo por apenas alguns segundos...

Ele girou na direção da porta, e seu olhar cruzou com o de Harrison. James o encarou com tamanha intensidade que o americano entendeu imediatamente, encerrou uma conversa e seguiu-o.

Os dois subiram a escada para a saída dois degraus de cada vez.

— Ele deve ter saído quando estávamos lá embaixo ou teríamos cruzado com ele — disse Harrison, arfando.

— Não necessariamente. Ele pode ter encontrado outra saída do hotel. Principalmente se acredita que está sendo seguido.

— E acredita? — disse Harrison, quando chegavam ao saguão.

James pensou no corpo jogado dos trilhos, no telefonema que o matador de aluguel deveria ter feito para McAndrew mas não fez, na constatação do decano de que James estava vivo.

— Provavelmente.

Correndo pelo piso de mármore, eles emergiram para a manhã de Washington. O ar quente e úmido acertou o rosto de James num golpe instantâneo e sufocante. Ele olhou para a esquerda e a direita, e então novamente para a direita, concentrando-se no outro lado da rua.

Não viu o rosto do homem. Tampouco foi o cabelo que reconheceu, apesar de estar procurando pelo familiar tom grisalho assim que iniciou a perseguição. Em lugar disso, foi o passo decidido que chamou sua atenção. Ao contrário dos demais que subiam a Pennsylvania Avenue, Preston McAndrew avançava com uma determinação implacável.

Para se mover mais rápido, James devolveu a câmera para Harrison, que a colocou na bolsa.

Atravessou a rua, olhando apenas de relance para o trânsito.

*Os olhos são sua arma mais letal. Nunca desvie o olhar, nem ao menos por um segundo. Se o observar sem piscar, nunca vai perdê-lo — e ele será todo seu.*

A voz de Jorge era a sua própria voz agora, enquanto ele apertava e reduzia o passo em sincronia com a presa de McAndrew. Quando este se preparou para atravessar a Constitution Avenue, James fez o mesmo, girando o corpo por puro reflexo para que, caso o decano pensasse em olhar sobre o ombro, não visse nada que lhe chamasse a atenção.

Os prédios deram lugar a gramados imaculados em ambos os lados. Mais acima, cortando o céu, estava o obelisco dourado pálido do Monumento a Washington. McAndrew seguia naquela direção.

De súbito, James se sentiu perigosamente exposto. Prédios são um tipo de escudo quando se segue um homem; o perseguidor sempre tem a chance de se lançar numa entrada ou em um beco. Jorge o alertara dezenas de vezes. *Uma vez em campo aberto, você estará em perigo. Seu alvo pensará: por que aquele homem está ali a não ser para me seguir? E estará certo...*

James reduziu o passo até parar, e Harrison chegou ao seu lado em instantes. O americano ofegava.

— O que fazemos agora? — perguntou ele, tentando recuperar o fôlego.

— Nós observamos. — O olhar de James acompanhou McAndrew morro acima na direção da grande agulha. — E andamos devagar. Por ali. — Ele indicou um caminho lateral que conduzia ao monumento, deixando o que McAndrew havia seguido.

O decano reduziu o passo, como James esperava. Supunha que o encontro seria ali e parecia que tinha razão. Ele conferiu o relógio. Oito e vinte e cinco. *Nos encontramos no Monumento a Washington às oito e meia.* James quase conseguia ouvir McAndrew dizendo aquilo.

Ele o observou sentar-se num banco em meio às 48 bandeiras dos 48 estados e sentiu a fúria ferver e borbulhar nas veias. Aquele homem que por pouco não o matou, aquele homem que o impediu de encontrar a esposa e o filho, aquele homem que através de mentiras e ardis estava determinado a decretar uma sentença de morte coletiva para o povo da Grã-Bretanha.

Seria tão fácil se vingar, pensou James. Uma corrida por aquele gramado levaria o que, vinte segundos? McAndrew fugiria, mas não seria tão rápido quanto James; poucos homens eram, apesar do ferimento. Ele poderia dar uma pancada nos joelhos do decano, derrubá-lo no chão. Seria necessário um pequeno esforço com os dedos para asfixiá-lo, para pressionar a garganta e apertar... E apertar...

E seria justificado. Não apenas como legítima defesa, mas como vingança — vingança antecipada pelo crime de tramar a agonia da Inglaterra, e vingança pelos tormentos que já infligira a James. Tudo que precisava fazer era correr alguns metros e teria aquele homem em suas mãos.

Mas ele sabia que precisava resistir àquele impulso. Não seria tão simples partir para o ataque e matar McAndrew. O decano estava em Washington porque claramente tinha um plano, uma operação que envolvia outros, e era esse plano que precisava ser detido. Vê-lo morrer agora seria gratificante, mas quase com certeza manteria a ameaça contra a Inglaterra intacta.

James se voltou para Harrison.

— Em um minuto alguém vai se juntar a ele. Preciso que me diga quem é essa pessoa.

— Preciso chegar mais perto.

— Pode se aproximar o quanto quiser, ele não faz ideia de quem você é.

Ed Harrison seguiu em frente de forma cautelosa e, para James, óbvia. Tinha o caminhar casual estudado do amador; tão ostensivamente despreocupado que se tornava suspeito. E o fato de ele poder ser reconhecido como um repórter a 200 metros de distância não ajudava.

Mas Harrison não era nenhum bobo. Teve a presença de espírito de ficar atrás, fora do campo de visão de McAndrew. Além disso, James, que ainda tinha o olhar cravado no decano, percebia que o alvo estava preocupado demais com o encontro para perceber o que quer que fosse. McAndrew conferiu o relógio três vezes em três minutos.

Por fim, outro homem apareceu. Ele se aproximou do banco do decano, diminuiu o passo, olhou para baixo e pareceu hesitar. McAndrew disse qualquer coisa e o homem se sentou. Eles trocaram um aperto de mão numa forma que James achou estranha, olhando para a frente e não um para o outro. Mas sem dúvida conversavam.

James os fitava, não queria deixar passar nada. Ele não reconheceu o segundo homem e, pela postura de McAndrew e aquela hesitação inicial, o decano também nunca o tinha visto. Eram estranhos que, apesar disso, marcaram um encontro.

Seu olhar estava tão fixo que James não percebeu a volta de Ed Harrison. Ele o ouviu antes de vê-lo, a mesma respiração forte. Exceto que dessa vez não era o esforço que deixava o americano sem ar, mas agitação.

— Você não vai acreditar em quem é aquele sujeito — disse ele. — Voltou a olhar para os dois homens que conversavam no banco, cercados pelo céu azul e as bandeiras tremulantes. — Seu decano está entretido numa conversa com Hans Stoiber, o diplomata mais graduado da Embaixada do Terceiro Reich em Washington.

# QUARENTA E UM

James não conseguiu evitar. Ele se voltou para Harrison, de olhos arregalados e boquiaberto, completamente horrorizado, antes de se lembrar de sua missão e voltar a vigiar a dupla. O homem à sua frente, a poucos metros de distância, era um nazista. Vestido e calçado com elegância, um homem com quem se cruzaria em uma daquelas ruas de Washington sem objeções — e apesar disso, servidor de um regime cruel disposto a esmagar e dominar toda a Europa, senão o mundo. Uma coisa era ver os aviões deles no céu, testemunhar a devastação que seus bombardeiros podiam causar, como James fizera em primeira mão na Espanha, ou ver seus líderes, Hitler, Goebbles e os outros, nos cinejornais em preto e branco. Mas contemplar o inimigo em carne e osso e em cores, tão perto...

E lá estava Preston McAndrew, satisfeito por apertar a mão daquele homem, por travar uma conversa cortês com ele e, mais especificamente, por fazer negócios com ele. Não havia limite para a perversidade daquele homem? A simples visão embrulhava o estômago de James. Ele sentia o desprezo se transformar em algo físico, um líquido viscoso que fluía por suas veias e órgãos vitais.

É claro que James sabia que o decano viera a Washington com uma intenção maligna: prolongar a agonia da Grã-Bretanha. Mas suspeitava de que o método seria... o quê? Talvez lobby discreto, sussurros no ouvido de um burocrata no Departamento de Estado. A cena que James testemunhara no Salão Buchanan do Hotel Willard, os alfinetes de lapela usados por Lowell e o outro homem, havia reforçado esse pensamento. Ele esperava que McAndrew procurasse seus companheiros ex-alunos da Wolf's Head, sem dúvida espalhados pelos mais altos escalões do governo americano, que usasse essa rede de antigos membros para levar adiante sua causa, que pacientemente advogasse pela não intervenção. *Você é jovem demais para ter servido na última guerra,* ele diria a esses homens, então passaria a relatar os horrores do conflito...

Mas nunca imaginara aquilo: McAndrew de braços dados com o próprio diabo. Sentado com o inimigo — não dos Estados Unidos, talvez, não enquanto permanecessem tão aferradamente neutros. Mas o inimigo de James: o inimigo do seu país.

E então lhe ocorreu um tipo de premonição. Seus pais podiam chamar de inspiração divina. Ou talvez fosse apenas instinto.

— Me dê a câmera — falou sem olhar para Harrison.

Então, num caminhar furtivo, silencioso e rápido, James se aproximou — mas não a ponto de ouvirem a câmera. Ele levou a máquina ao rosto e observou. Acionou o disparador, passou o filme, acionou-o outra vez. Aconteceu quando passava o filme novamente, mas houve tempo para registrar a cena. Em um movimento tão ágil que mal foi perceptível, o alemão levou a mão à sua pasta e tirou um envelope branco. Enquanto James acionava o disparador, o diplomata o entregou para Preston McAndrew, que num movimento tão discreto quanto, guardou-o numa pasta portfólio de couro que fechou e colocou debaixo do braço. Eles trocaram um aperto de mão — que James também fotografou — e se levantaram.

Ao mesmo tempo, James girou o corpo, de modo que se McAndrew olhasse à meia distância à sua direita veria apenas as costas de um homem que se afastava.

Ele foi até Harrison.

— Está vendo o decano? Para que lado ele está indo?

— Oeste. Na direção do Lincoln.

— Lincoln?

— O memorial.

James contou até três, então se virou e caminhou na mesma direção, semicerrando os olhos ao ouvir o som esmigalhado do cascalho arenoso sob os seus pés. Via McAndrew com clareza, talvez 30 metros à frente deles, e o decano seguia com o mesmo caminhar decidido.

— Por favor, diga que você conseguiu uma foto daquilo — disse Harrison depois de algum tempo.

— Espero que sim. Apertei o botão, a máquina fez o som certo. Só espero que você tenha colocado filme. — James devolveu a câmera para o americano.

— Tem certeza de que não se tornou repórter na Inglaterra e esqueceu de me dizer?

Os olhos de James estavam cravados no decano, agora prestes a atravessar a rua 17. A travessia de uma rua principal sempre é o momento mais arriscado de qualquer perseguição. As chances de perder o alvo são muitas: ele pode virar à direita ou à esquerda; pode entrar num carro; pode atravessar ao conseguir uma brecha no trânsito, deixando você preso do outro lado.

— Quer dizer, quando você disse que eu teria uma história eu não...

— Ainda não temos nada até vermos o que ele vai fazer em seguida — disse James, a voz tão firme e determinada quanto o olhar.

Agora eles chegavam a um longo espelho d'água ladeado de grama. James estimou o comprimento em 800, talvez 500 metros. A luz do sol refletia na água, ofuscando a vista. Ele usou a mão esquerda para cobrir o olho, o que provocou certo incômodo no ombro, e forçou-se a ignorar a dor. Tudo que precisava fazer, disse a si mesmo, era não perder McAndrew de vista.

Estavam a não mais de 200 metros do fim quando ouviu uma voz que o fez estremecer.

— Pare aí mesmo.

Vinha de trás. James imaginou uma arma, com silenciador como no trem, apontada para as suas costas. Ou talvez fosse a polícia: eles haviam encontrado o corpo na beira dos trilhos, constataram que ninguém mais havia embarcado no trem noturno. Ele se virou lentamente.

— Ora, ora. Mas se não é Eddie Harrison! Quem diria.

Parado de braços abertos, estava um homem de rosto redondo e terno branco, a testa brilhando de suor no calor úmido de Washington.

— Deputado, é sempre bom vê-lo — disse Harrison. James soltou o ar aliviado.

— Ed, estou querendo falar com você a respeito desse embargo de metais ao Japão. Tem certeza de que não consegue que Luce publique nada...

James olhou sobre o ombro e viu que McAndrew ainda seguia em frente. Aquele atraso custava segundos valiosos e, portanto, metros. Ele queria correr, alcançá-lo, mas suspeitava que aquilo poderia arrancar outro berro daquele maldito deputado: "Ei, para onde você está indo, rapaz?". Seria desastroso se houvesse qualquer tipo de cena. Se ouvisse vozes alteradas, McAndrew iria se virar.

Por fim, o desespero o fez entrar em ação. James murmurou uma desculpa, virou-se e voltou a caminhar. Ele ouviu protestos do deputado, então desculpas do repórter em seu nome à medida que apertava o passo. Olhava para a frente e não via McAndrew em lugar algum.

O coração de James começou a bater acelerado. Na sua frente havia um grupo de mulheres que caminhava lentamente, bem à moda dos turistas. Elas bloqueavam sua visão. E se o decano tivesse percebido que estava sendo seguido e se escondido atrás daquele grupo de turistas? *Droga.*

James agora corria devagar, o que sempre era uma calamidade durante uma operação de vigilância. A cada tantos metros dava um pulo, tentando ver acima da cabeça das mulheres. Nenhum sinal de McAndrew. Ele olhou à esquerda e à direita: será que o decano seguira por outro caminho ou, ao perceber que era seguido, abortara o plano?

James agora chegava ao fim do espelho d'água. À sua frente estava um grande prédio em pedra branca, um templo dórico com colunas, precedido por uma larga e íngreme escadaria. Então aquele era o memorial ao tal presidente Lincoln. Que criativo da parte do decano escolher aquele lugar para o que quer que planejasse fazer em seguida, em vez de se esconder em um beco qualquer. Jorge teria ficado impressionado: *camufle-se na multidão.*

Mas McAndrew desaparecera.

Subitamente a dor no ombro se impôs com violência. James levou a mão ao ferimento enquanto subia a escadaria estreitando o olhar. Havia pessoas demais, todas em movimento. Se ele conferisse um lado, se arriscava a deixar passar alguém do outro. Vasculhe uma área, e a área acima ou abaixo já teria mudado. McAndrew se ocultara naquela multidão móvel. O ombro de James gritava. O decano havia sido mais esperto.

Agora Harrison estava ao seu lado.

— Onde ele está? — perguntou o americano.

James indicou a escadaria com um gesto de cabeça.

— Vamos! — acrescentou e galgou os dois primeiros degraus com uma única passada.

Talvez o decano tivesse subido até o memorial propriamente dito, entrado no templo localizado no topo da escadaria, mas mesmo ao subirem os degraus James tentava frear o medo de que tivessem perdido completamente o alvo.

James ouvia o repórter respirar com esforço às suas costas. Ele se perguntava se ambos pensavam a mesma coisa. Que Preston McAndrew recebera documentos nazistas relacionados ao esforço de guerra e, graças à falha deles na vigilância, estava prestes a escapar.

— Continue andando — disse Harrison de súbito, num tom urgente. — Ali na frente, às duas horas.

O coração de James disparou na expectativa de voltar a ver a presa. Ele viu um homem — terno marrom, chapéu de feltro mesmo naquele calor — caminhando com uma decisão que o destacava dos turistas, mas não era McAndrew.

— O quê?

— Terno marrom.

— Eu vi, mas...

— É só uma aposta. Fique de olho nele.

— Quem é ele?

— Karl Moran, *Chicago Tribune*. O maior jornal antiguerra do país.

— Eu não...

— Apenas observe.

Eles reduziram o passo, deixando que Moran chegasse ao topo primeiro.

— Me dê a câmera — disse James. — Eu vou para a direita, você para a esquerda. E lembre-se, McAndrew não o reconhecerá. Se Moran o vir, será uma coincidência.

James abaixou a cabeça e galgou os dois últimos degraus. Um momento depois sentiu uma mudança de temperatura, o calor pegajoso substituído pelo frio do mármore. Os olhos precisaram de um segundo para se ajustar à penumbra.

Ele lançou um breve olhar para cima e se deparou com a maior estátua que viu na vida: um Lincoln de pedra sentado do tamanho de um deus mítico. Ele e os outros ao redor pareciam formigas aos pés do presidente. E ali, do outro lado daquele espaço sombreado, próximo ao texto entalhado do Discurso de Gettysburg, estava Karl Moran, falando com um homem que usava um chapéu com abas abaixadas para lhe cobrir o rosto — um homem que, James soube imediatamente, era Preston McAndrew.

James levantou a câmera em tempo de ver os dois trocarem um aperto de mão e se separarem. Ele não viu o momento da troca, mas Moran segurava um envelope branco grande. O jornalista se virou e seguiu para a escadaria.

Agora, James disse a si mesmo. *Agora.* Seria tão fácil percorrer aquela distância, agarrar McAndrew, atirá-lo no chão se necessário, vê-lo sufocar. O desejo de vingança borbulhava dentro de James outra vez, quente e vermelho. Ele faria aquele homem pagar pelo ardil que acabava de tramar, fosse qual fosse, por privá-lo da esposa e do filho, por assassinar George Lund...

Ele deu um passo à frente pronto para fazê-lo, ali mesmo, com todas aquelas pessoas. Sentia o corpo latejar, o sangue pulsar nas veias. Mas a razão, a mesma racionalidade que aprendeu a amaldiçoar, deteve-o. Ele repetiu a si mesmo o que precisava lembrar: que a ameaça ao seu país agora não era McAndrew, mas aqueles documentos. Era o envelope e os documentos vis que continha, não o decano, que precisavam ser detidos. McAndrew entregara aqueles papéis para Moran porque queria que fossem publicados, então o objetivo — o único objetivo que importava — era evitar que isso acontecesse. Revelar-se naquele momento, detendo ou mesmo matando McAndrew, não evitaria esse desfecho. Sua raiva não podia ajudá-lo agora.

Trincando os dentes, ele sufocou a ânsia que corria em seu corpo e observou pelo visor daquela câmera profissional pesada McAndrew arrumar o chapéu, puxar a manga do paletó e, com o mais sutil dos sorrisos de satisfação, sair das sombras poucos metros à sua frente e voltar para a escadaria e a luz do sol. Como James queria arrancar o sorriso daquele rosto, esmagá-lo com a mesma força que jogou o matador de aluguel para fora do trem. Ele engoliu a bile de frustração que lhe subia pela garganta.

Ao olhar para baixo viu Ed Harrison, que também descia a escadaria. James o alcançou.

— Para onde você está indo?

— Acho que precisamos ter uma conversinha como meu estimado colega, o Sr. Moran.

— O que você vai dizer? Como diabos vai persuadi-lo a...

O lento Moran estava no campo de visão e ao alcance deles agora.

— Ah, mas eu não vou *dizer* nada. É que eu sei algo a respeito do homem do *Tribune* que o seu professor McAndrew não sabe. — Ele olhou para James. — Que, para Karl Moran, nunca é cedo demais para um martíni. Espero que aguente o tranco, Zennor.

Aquele, James concluiu com admiração, era o segredo do sucesso de Edward P. Harrison. Ele o notara mesmo na Espanha, quando Harrison tocava o baixo acústico na improvisada banda de jazz olímpica, entornando Sangre del Toro como todo mundo mas, de alguma forma, permanecendo de pé quando todos estavam bêbados e alerta o bastante para cortejar uma das nadadoras da equipe de Florence quando concluiu que esta era imune ao seu charme de aventureiro.

Agora James só podia observar com respeito quando Ed enchia repetidas vezes o copo do correspondente do *Chicago Tribune* em Washington. Ele havia sido brilhante ao topar por acaso com Moran na caminhada de volta pela Constitution Avenue, calculando que seria coincidência demais que se encontrassem ao mesmo tempo no Lincoln Memorial.

— Moran! Espere! — gritou ele, e em seguida deu tapinhas nas costas do outro. — Preciso de um companheiro para comemorar comigo e você é o homem certo. O que me diz de tomarmos uns tragos no Old Ebbitt Grill? Ah, e eu estou pagando.

Moran — que tinha cabelos ruivos, a pele corada e narinas permanentemente dilatadas — lançou um olhar culpado para o envelope branco que trazia na mão.

— Preciso voltar para a redação, Edward.

— Por favor, é Ed. E não vou afastá-lo da máquina de escrever por mais de uma hora. Aí você terá o quê, Karl, oito horas até o prazo de entrega? Isso deve ser o bastante, mesmo para você. E lembre-se, hoje é o primeiro dia de agosto. E o que sempre dizemos?

— Nada acontece em agosto — disseram os dois em uníssono.

— Quero que conheça o meu amigo Jim, fotógrafo do *Picture Post*. — James levantou a mão em silêncio, sem saber se deveria ou não arriscar revelar o sotaque. — Agora vamos molhar a garganta.

Ed falou o tempo todo, claramente ansioso por chegar ao bar antes que Moran tivesse tempo de mudar de ideia. Então, quando entraram na rua 15, os três caminhando lado a lado ao passarem pela Casa Branca, Ed olhou para James.

— Ah, você tinha que comprar alguma coisa, não é, Jim?

— Isso mesmo — respondeu James, completamente confuso. — Alguns filmes.

— Você bem que podia aproveitar e comprar um pouco de papel para mim, não? — Harrison deu um olhar dos mais sutis na direção das mãos de Moran e James entendeu.

James observou Moran virar, pelas suas contas, o quarto martíni. Por fim, o jornalista, que falou sem parar no escândalo que sem dúvida se formava no Departamento do Tesouro de Henry Morgenthau, em como suspeitava de que Harold Ickes conhecesse "muitos podres" sobre o presidente para ter se mantido tanto tempo no governo e porque não suportava o sogro, finalmente se levantou e, vacilante, seguiu na direção do banheiro masculino. Para o horror tanto de Harrison quanto de James, ele levou junto o envelope.

— É isso — disse Harrison, tão sóbrio que podia estar bebendo chá. — Vamos ter que arrancar os malditos documentos da mão dele. Vou fazer uma visita ao Sr. Moran no banheiro.

— Não vai, não — discordou James de imediato. — Faça isso e, dois minutos depois, Moran dirá a McAndrew que nós estávamos na cola dele. Ele terá tempo de pensar em outra abordagem.

— Droga.

— Ele não deve saber que nós sabemos.

— Droga, droga, droga.

— Aqui. — James estendeu o envelope branco que havia comprado há quase uma hora. — Vamos seguir o plano original.

Harrison rapidamente abriu sua bolsa e tirou alguns papéis, que observou e avaliou, então colocou dentro do envelope.

— Pelo menos isso deve mantê-lo ocupado.

— O que é isso?

— Só uma matéria na qual venho trabalhando.

— Uma matéria de verdade?

— Verdadeira o bastante para deixar Moran confuso, mesmo depois que ficar sóbrio. Vão-se os dedos, ficam os anéis.

Moran estava de volta. James conheceu apenas um ou dois dipsomaníacos na vida, um deles era amigo dos seus pais, mas todos tinham a mesma característica reveladora: o cheiro de álcool exalava pelos poros. Moran não era diferente. Mas estava suficientemente alerta para, ao sentar-se, manter a mão sobre o precioso envelope.

Harrison retomou a ofensiva: mais conversa, mais risos, mais bebida. Mas nada daquilo estava funcionando. James, que se mantivera basicamente calado, apenas murmurando aqui e ali, contribuindo com uma risada e nada mais, agora assumiu o palco.

— Estive na Espanha durante a guerra, sabe? — começou ele.

— *Cobrindo-a* para o *Picture Post* — acrescentou Harrison apressadamente.

— É, foi lá que conheci esse velhaco. — James apontou para o jornalista da *Time* num gesto bem-humorado. — E fiquei amigo de alguns dos homens, os voluntários. E você sabe, nós éramos imprestáveis se não conseguíssemos ficar de pé e tocar os dedos dos pés... cinco vezes em dez segundos. Todo mundo fazia isso. Hemingway, todo mundo. Não é tão fácil como parece.

— Não seja ridículo — disse Moran. — Qualquer um pode fazer isso.

— E mais difícil do que você pensa — disse James.

Moran virou o copo e se levantou com surpreendente desenvoltura. Havia outras pessoas no bar agora, a turma que saía cedo para o almoço, e algumas se viraram para observar. Em um gesto quase gracioso, ele jogou as mãos para o alto, então para baixo na direção dos pés, e voltou a ficar de pé. Do outro lado do salão vieram alguns aplausos.

— Você não tocou — disse Harrison.

— O quê? — respondeu Moran com a fala arrastada.

— Os dedos do pé. Você não tocou neles.

— Ah, qual é.

Moran fez outra tentativa, as narinas dilatadas ao descer, para aspirar mais oxigênio. Dessa vez ele parou quando a ponta dos dedos chegou à altura das panturrilhas, buscando a flexibilidade extra que os levaria até os pés. Com os olhos cravados no repórter do *Tribune*, James pegou o envelope de Moran e o colocou sobre a mesa junto com o outro, recheado por Harrison.

Moran estava de pé agora, o rosto vermelho com o esforço.

— Ainda faltam três — disse James, que fingia cronometrar a atuação do homem do *Tribune*.

Moran se abaixou, dando a James um segundo para colocar o envelope que passara de Stoiber para McAndrew, de McAndrew para o repórter — na bolsa de Harrison. Então se recostou, o coração acelerado. Finalmente estava feito.

— Viu, eu consegui — disse Moran, exultante ao voltar a ficar ereto.

— Tão bom quanto Hemingway — elogiou Ed, admirado.

— E agora eu preciso ir andando. — Moran pegou o envelope e se encaminhou para a saída, onde o sol banhava os bebuns do meio-dia com ar reprovador. Ele espiou dentro do envelope e voltou para a mesa com uma expressão furiosa.

O coração de James parou.

— Você não me deixou pagar uma rodada — disse ele a Harrison, numa recriminação bem-humorada.

— É por minha conta — retrucou Ed, erguendo uma das mãos. — Como eu disse, eu precisava comemorar.

Ed insistiu que esperassem bons cinco minutos antes de se transferirem para uma sala particular conhecida apenas pelos clientes favoritos do barman, para o caso de Moran voltar para mais.

James não conseguia tirar os olhos da pasta, dentro da qual estava o segredo de McAndrew.

— Paciência, Jimbo — disse Ed mais de uma vez. — Temos que ir com muita calma.

Para fazer os minutos passarem, James perguntou ao americano que papéis Moran estaria lendo agora, na redação do *Chicago Tribune*. Que anéis ele havia colocado nos dedos que examinariam aquele envelope?

— Não é uma matéria ruim, na verdade, mas vai confundir o pobre Karl Moran e o editor dele. São evidências de que há um agente alemão infiltrado no gabinete de um deputado americano.

— Mesmo?

— Sim. E muito ativo, por sinal. O sujeito escreveu anúncios de página inteira para os jornais nacionais, que devem ser publicados durante a convenção dos Republicanos. Tudo comprado e pago pelo governo da Alemanha, veja você.

— E você deu isso a Moran?

— Sim. Venho trabalhando nisso há dias. Mas não acho que ele vá usar uma palavra.

— Por que não?

— Porque o *Tribune* é um jornal que defende a causa do America First: eles não vão cagar na própria soleira, se você perdoar meu linguajar.

— Então ele vai saber que é falso logo de cara?

— *Não* é falso. Os documentos são reais. Mas ele não vai entender por que McAndrew os teria vazado. Se eu fosse Moran, concluiria que há algum tipo de tensão entre a turma do comitê, e que ele estava sendo usado para jogar uma facção contra a outra. Ele pode pensar que McAndrew tem uma rixa com meu deputado. E se souber que a pequena encomenda do decano veio da embaixada...

— Vai acreditar que os alemães estão querendo desmoralizar o político.

— Talvez meu deputado tenha perdido sua utilidade. O que acontece é que Moran vai levar um bom tempo para entender. Que é exatamente o que precisamos. Contanto que McAndrew não tenha dado a Moran nenhuma dica do que ele estava recebendo... Se deu, Karl vai ficar decepcionado, além de confuso. Não há nada que possamos fazer. Venha, já se passaram os nossos cinco minutos.

Eles caminharam em meio aos reservados de madeira, passaram por uma pequena escada e então chegaram a uma sala do tamanho de uma cabine de primeira classe. Havia uma lareira, piedosamente apagada naquele clima úmido de verão. Sem dúvida, a cidade era repleta de salas como aquela, onde as engrenagens do poder eram giradas.

Harrison colocou a pasta sobre a mesa, tirou o envelope branco e passou-o para James.

— Código de honra dos repórteres. Você pescou o peixe, Jimbo: você tira as entranhas.

James ficou surpreso ao ver que tinha as mãos trêmulas. Estava nervoso, agitado; mas acima de tudo exausto. Ele não tinha bebido quase nada, derramou a maior parte dos seus martínis na taça de Moran, mas estava zonzo. Respirando fundo, tirou o maço de papéis.

Havia seis documentos, cada um com duas ou três folhas grampeadas. Ele leu as primeiras linhas da primeira página:

*Londres*
*15 de maio de 1940, 18h*

*Ultrassecreto e pessoal*
*Para presidente Roosevelt de Antigo Oficial Naval*

*Apesar de ter mudado de cargo, tenho certeza de que não gostaria que suspendêssemos nossa correspondência pessoal e particular. Como sem dúvida está ciente, o panorama tornou-se rapidamente mais sombrio...*

Ele precisou ler outro parágrafo para se dar conta do que tinha em mãos.

*Se necessário, daremos continuidade à guerra sozinhos e não tememos isso. Mas sei que tem consciência, senhor presidente, de que a voz e a força dos Estados Unidos podem não valer nada se forem contidas por tempo demais...*

— Meu Deus do céu! — disse James cobrindo a boca. — Meu Deus!

Harrison lia as folhas depois que James terminava, alternadamente ofegando e praguejando, praguejando e ofegando. Quando ambos leram a mensagem secreta de Franklin D. Roosevelt de 13 de junho, dizendo que os esforços estavam sendo redobrados em virtude da "nossa fé e do nosso apoio aos ideais pelos quais os Aliados estão lutando", Harrison balançou a cabeça em silêncio.

James olhou para o americano grisalho e cansado do mundo e viu que os olhos dele estavam marejados. Harrison estendeu a mão e disse simplesmente:

— Dr. Zennor, acho que você acaba de salvar seu país.

# QUARENTA E DOIS

O trem estava iluminado e cheio demais para James conseguir dormir, mas ele não teria dormido mesmo que estivesse escuro e vazio como aquele em que viajou na direção contrária apenas horas antes. Seu corpo podia estar exausto e ansiando por descanso, a mente completamente esgotada, mas o coração não conseguia se acalmar. E doía de saudade de Florence e Harry.

Não importava que Ed Harrison tivesse continuado a cobrir-lhe de elogios. O jornalista não deixava de insistir que se o *Chicago Tribune* houvesse colocado as mãos nas mensagens de Roosevelt e Churchill — cortando-as e editando-as ao sabor da sua fervorosa postura antiguerra — as esperanças de reeleição de FDR estariam acabadas. O jornal teria usado aquelas cartas para acusar o presidente de mentiroso e falso, um homem disposto a jurar ao povo americano que não fizera qualquer promessa de lutar pela Grã-Bretanha quando na verdade havia feito exatamente isso. Os inimigos de Roosevelt com certeza usariam a correspondência como arma para pedir seu impeachment, sob acusação de violação de diversos tratados de neutralidade firmados pelos Estados Unidos. De uma forma ou de outra, o americano mais comprometido com a defesa da Grã-Bretanha — Franklin Delano Roosevelt — seria destruído. As chances de os Estados Unidos ajudarem a Grã-Bretanha seriam reduzidas a quase zero: os britânicos estariam abandonados, sua derrota, assegurada.

Harrison correu para a sede da revista, parando primeiro no laboratório fotográfico, onde entregou o filme da sua câmera, anunciando que era "triplamente urgente" e precisava ser revelado naquele instante. Em seguida se reuniu com os editores, omitindo o subterfúgio que usara para tirar aquela história das mãos do *Chicago Tribune*. Eles leram os documentos e ficaram tão estupefatos quanto ele ficou.

A discussão foi breve, mas intensa. O editor de notícias acreditava que a revista não podia deixar de publicar uma história daquela magnitude. Sim, era ótimo que os cabogramas não fossem distorcidos e publicados pelo *Tribune*. Mas eles não podiam ser cúmplices de supressão de informação — mesmo que a *Time*, inclusive, apoiasse inteiramente a opinião expressa por Roosevelt na carta de 13 de junho e mesmo que a publicação das mensagens comprometesse mortalmente tanto o presidente quanto sua causa pró-intervenção. Harrison contra-atacou que isso podia ser verdade em tese, mas não quando aqueles documentos vinham da fonte mais comprometedora possível, um diplomata do Terceiro Reich. Os superiores de Hans Stoiber desejavam que aquelas cartas — sem dúvida cuidadosamente selecionadas para causar o máximo dano para Roosevelt — fossem publicadas nos Estados Unidos. Se a *Time* as publicasse, estaria entrando no jogo de Adolf Hitler. O editor ouviu o argumento e concordou com Ed.

— Além disso, quem sabe o que mais Roosevelt disse para Churchill? Para cada mensagem como essa — ele bateu no cabograma de 13 de junho com a ponta do dedo — ele pode ter escrito outra pendendo na direção oposta. Nosso negócio não é ajudar os nazistas a fazer joguinhos com a política americana

Harrison contou tudo isso a James quando seguiam de táxi para a Union Station.

— Mas você sabe qual foi seu melhor trabalho hoje? As fotos ficaram uma beleza. — Ele passou para James as fotografias tiradas no Monumento a Washington, granuladas mas indiscutíveis. Elas mostravam McAndrew recebendo o envelope de Hans Stoiber. — Isso vai ficar muito bom na nossa edição desse fim de semana: "O decano da Ivy League e o nazista."

A *Time* repassou as fotografias e o restante das informações para a Casa Branca. Menos de uma hora depois, o FBI emitiu um mandado de prisão para o Dr. Preston McAndrew, sob acusação de tráfico de segredos de Estado americanos obtidos de uma potência estrangeira. Ed Harrison teve o cuidado de conseguir algumas concessões do seu melhor contato no governo, incluindo a promessa de que, se um dia a Casa Branca decidisse divulgar na íntegra a correspondência entre Roosevelt e Churchill, Edward P. Harrison teria a exclusividade.

Os dois homens se despediram na estação, Harrison entregando a James outro *donut* em outro saco de papel. James estendeu a mão e Ed fez o que inglês nenhum jamais teria feito: abraçou-o calorosamente.

— Ninguém nunca saberá o que você fez, James. Mas acredite em mim. A Grã-Bretanha e qualquer pessoa no mundo que acredite na liberdade tem uma grande dívida de gratidão com você.

James fez um gesto para calar os elogios, dando de ombros para toda aquela grandiloquência americana. Mas não podia negar o que acabava de acontecer: o decano estava no centro de uma conspiração que teria garantido à Grã-Bretanha um destino terrível e sangrento, que culminaria com Hitler como senhor da Europa e talvez do mundo. E essa conspiração havia sido desmantelada. O pensamento era tão grande, tão assombroso e impossível que parecia mais fácil de expressar na voz passiva. Ele não conseguia se permitir dizer que ele, James Zennor, a desmantelara

E agora a dor no coração havia retornado, enquanto ele fazia a viagem de volta a Nova York e de lá para Greenwich, Connecticut, como Dorothy pediu que fizesse na noite passada. Acrescentando que James precisava ir naquele minuto, que aquela podia ser sua única chance.

*Não sei quanto tempo eles ainda ficarão por lá.*

E, apesar disso, James não o fez. Ele colocou a família em segundo lugar. Florence estava certa todos aqueles meses — ou seriam semanas? —, ao condená-lo por estar disposto a sacrificar o próprio filho de 2 anos, a expô-lo a bombardeios e a uma invasão, com base no seu senso distorcido de dever. *Você fez o seu sacrifício, James. E não precisa fazer nada mais*. Mas, mesmo assim, ele fez.

Se não estivessem mais lá, ele não se perdoaria. Teria condenado a si mesmo a uma vida de sofrimento e solidão. A glória do pequeno discurso de Harrison seria tudo o que teria para aquecê-lo à noite. E não seria o bastante.

Por fim, o trem parou na estação de Greenwich. Já era tarde, a hora laranja do dia de Harry. James foi até os dois táxis que aguardavam passageiros vindos no trem de Nova York. Agora que estava ali, sentiu um aperto no estômago com o fim que se agigantava diante de si. Até aquele momento, sempre pôde olhar para a frente, para a possibilidade futura de que voltaria a ver Florence e Harry. Mas logo haveria certeza, uma resposta definitiva à pergunta: eles estavam naquele lugar ou não? E essa perspectiva o aterrorizava.

Ele se aproximou do primeiro táxi, o motorista descansando um braço bronzeado na porta.

— Fazenda Hope, por favor.

O homem parecia distraído.

— Onde?

— Estou procurando a Fazenda Hope. Fui informado de que fica nos arredores de Greenwich.

— Ah, eu conheço. Entre.

Enquanto James se acomodava no banco traseiro, o motorista o fitou pelo retrovisor.

— Então você também é professor?

— Desculpe, acho que não entendi.

— Você disse Fazenda Hope, não foi? Essa fazenda é daquele cara de Yale... você sabe, o decano.

James sentiu seu interior se dissolver, uma sensação física próxima à náusea mas de alguma forma mais profunda, como se viesse bem do fundo de suas entranhas.

Cada segundo passava como uma hora. Seriam Florence e Harry prisioneiros de McAndrew, mantidos naquela fazenda desde o dia em que as mães de Oxford foram despachadas da Divinity School para seus novos lares adotivos? Era por isso, sem dúvida, que os nomes deles foram retirados dos registros, para que ninguém soubesse que o decano havia ele próprio recebido dois daqueles refugiados de Oxford.

Então subitamente, com uma força terrível, ele se lembrou de uma coisa. Como pôde deixar passar? O jardim da casa do decano em New Haven. No meio do gramado havia um balanço de criança — solitário, com nenhuma outra parafernália infantil à sua volta. Mas o que foi mesmo que McAndrew disse? *Eu não tenho filhos, mas se tivesse...*

Aquele balanço solitário, recém-acrescentado ao jardim, havia sido colocado ali *para Harry*.

A verdade é que tinha suspeitado daquilo. A larva daquele pensamento se formara nos recessos mais escuros da mente, mas ele não ousou arrastá-la para a luz do dia. Agora um pensamento mais nauseante tomou seu lugar. E se eles não fossem prisioneiros? E se Florence tivesse *escolhido* viver naquela casa na St. Ronan Street, se ela tivesse escolhido ir para aquele lugar? Talvez tenha fugido para o campo depois de saber que James estava em New Haven à sua procura. Seria isso? Sua esposa se apaixonara por Preston McAndrew, por sua inteligência refinada, sua maturidade, seu corpo ainda intacto, intocado pela guerra?

A pele de James formigava, como se estivesse coberta de insetos; seu sistema nervoso parecia travar uma guerra contra si mesmo. Ele sentiu a familiar lava jorrando dentro de si, um rio borbulhante de raiva fundida, cujo nível só subia. Não tinha um alvo claro, mas estava pronto para transbordar, afogando tanto McAndrew quanto sua esposa infiel, adúltera — que depois de menos de um mês já dormia com outro homem, que esteve disposta a entregar o corpo justamente ao homem determinado a destruir tudo que ela um dia amou...

James passou a esmurrar a porta do carro, e só parou quando o motorista freou repentinamente e ameaçou atirá-lo para fora do táxi.

Aquilo o conteve. A mão direita agarrou o pulso esquerdo. Ele precisava se acalmar, precisava domar aquela fúria. Razão, disse a si mesmo, razão. Ele não conhecia a verdade; precisava descobrir o que havia acontecido. O James Zennor que Florence abandonou era um escravo daquela raiva; ele não podia ser aquele homem agora. Não podia mais ser aquele homem.

Por fim, o carro reduziu a velocidade. Estavam em uma estrada estreita, de onde, pela abertura numa cerca viva, outra estradinha seguia até uma casa. James pagou o motorista e observou o cenário por um segundo, respirando fundo duas vezes. Preparava-se para um terror que superava qualquer coisa atirada contra ele pela guerra. E se o medo que acabava de torturá-lo estivesse prestes a se materializar? E se fosse algo ainda pior? E se não estivessem lá?

Ele temeu que as pernas fossem ceder ao dar o primeiro passo e depois outro. À sua frente estava uma bela casa de fazenda, as tábuas brancas reluzindo ao sol do fim de tarde. Era cercada de macieiras e pereiras, que davam ao ar uma fragrância pegajosa. Aquele, percebeu James, era exatamente o tipo de lugar que Florence amava.

Depois de criar coragem, ele bateu à porta e esperou. A princípio silêncio, então o som de passos em tábuas de madeira, passos de mulher. Instintivamente, ele soube que não eram de Florence: pesados demais, lentos demais. A porta abriu para revelar uma mulher negra vestida num uniforme de empregada.

James disse seu nome, mas tudo que saiu foi um grasnido. Naquele momento, ele se perguntou se um dia teria forças para voltar a falar.

Então ouviu o som de rodas contra o piso de madeira, rodas de brinquedo, pequenas e barulhentas. Ele olhou atrás da empregada e viu um caminhão de madeira entrar lentamente no campo de visão, emergir de um corredor lateral empurrado por uma mãozinha de criança. E então um rosto — o rosto redondo de um menino, o cabelo da cor de castanhas inglesas, os olhos grandes e profundos.

— Harry?

O menino ergueu os olhos, a testa franzida de dúvida por um segundo.

— Harry, é o papai!

Os dois correram um para o outro com tamanha velocidade que quase colidiram. James pegou o filho nos braços, erguendo-o e envolvendo-o em um único movimento, fechando os olhos ao sentir o cabelo de Harry pinicar sua pele, saboreando seu cheiro, o calor do seu corpinho sólido. E quando sentiu o rosto molhado, afastou o menino para enxugar suas lágrimas de criança. Apenas então percebeu que era ele, e não o filho, que chorava.

James manteve os olhos fechados, a cabeça encostada na de Harry. Quanto tempo ficou daquela forma, ele não soube. Então, como num sonho, ouviu alguém dizer seu nome.

Apenas uma palavra, mas uma palavra que o inundou. Erguendo a cabeça, abriu os olhos e a viu ali, no centro do corredor, tão alta e altiva quanto lembrava. A pele estava mais bronzeada, os olhos mais velhos, mas era ela.

Florence.

Pelo olhar em seu rosto, surpreso e congelado, parecia que uma bomba acabava de explodir. James foi na direção dela, com Harry nos braços.

— Florence — disse. — Eu estou aqui.

# QUARENTA E TRÊS

Florence não veio até ele, hesitante. Ela se movia devagar, como se estivesse se aproximando de um animal perigoso. James se perguntou se seria sua aparência, se a luta no trem e o sofrimento do último mês haviam-no transformado em um objeto de terror para a esposa. Ela olhou para o lado.

— Você pode ir para casa agora, Ethel — disse à empregada.

A mulher pegou suas coisas e passou por ele murmurando um "até logo", mas Florence continuou ali, observando-o com cautela.

Com Harry no colo, James se aproximou e a envolveu com o braço livre. Seu corpo estava rígido, indeciso. Ainda assim, sorveu longamente o cheiro dela, aquele aroma que o transportava instantaneamente para Norham Gardens, para os jardins da faculdade, Madri, Barcelona, todos os lugares que conheceram juntos. Sentia os dois, Harry e Florence, vivos e em seus braços.

E então, o que pareceu ser uma eternidade depois, ele a sentiu tremer, sentiu o corpo dela sacudir silenciosa e sutilmente. Com a cabeça enterrada em seu peito, Florence chorava. Logo ela, que nunca chorava. James se mexeu para acariciar seus cabelos, mas ela se afastou.

— Quando ouvi o carro do lado de fora, pensei que fosse ele. Achei que ele tivesse voltado. Achei que você fosse ele. — Os olhos de Florence brilhavam de medo. — Mas você bateu à porta. E por que ele bateria à porta da própria casa?

— Florence. Está tudo bem. — De repente, James viu a mala no corredor, a mesma que ela levara três semanas atrás. Ela notou que ele a vira.

— Estávamos prestes a fugir. Ethel ia nos ajudar.

— Você queria fugir?

— Sim.

— Então você não está aqui porque... — James colocou Harry no chão. — Você não está aqui porque está... com ele?

Ela recuou.

— Não, é claro que não, James. Eu nunca...

— Porque demorei muito para encontrar vocês, Florence. Foi muito difícil encontrar vocês.

— Mas você nunca escreveu. Nenhuma carta. Todas as outras mães...

— Ele interceptou minhas cartas. Escrevi para você todos os dias, às vezes três vezes por dia. Escrevi no navio a caminho daqui. Ele as interceptou, Florence.

Agora ela pegou Harry.

— Pensei que você tivesse decidido nos esquecer, que não me perdoava por deixá-lo daquela forma. O que mais eu podia pensar?

James deu um passo à frente, aproximando-se da esposa.

— Por que você está nessa casa, Florence? Por que vocês estão nessa casa?

Ela pestanejou, um gesto de incredulidade diante do fato de que o marido estava na sua frente, de que se encontravam na mesma sala, ouvindo a voz um do outro, não mais a milhares de quilômetros de distância.

— No dia em que definiram nossas famílias adotivas, disseram que nós ficaríamos com a mãe idosa do decano, na residência oficial.

— Na St. Ronan Street?

— Como você... — Ela o olhou com curiosidade, mas logo balançou a cabeça, deixando de lado a pergunta. Ao menos por hora. — Mas a mãe nunca apareceu.

— Então vocês moraram com ele?

— Não foi assim. A casa é enorme. Havia empregados morando lá Nós tínhamos o nosso quarto; ele respeitava nossa privacidade. Comprou um balanço para Harry. Achei que ficaria tudo bem como uma solução temporária.

— E quando vocês vieram para cá? Não diga: aposto que foi na segunda-feira.

— Sim, é verdade. Foi. Mas como..

— Porque foi quando eu apareci no gabinete de McAndrew à procura de vocês. Você não suspeitou de nada, Florence?

— Era quase agosto. Yale estava praticamente vazia. Não me pareceu estranho que o decano quisesse se mudar para a casa de veraneio. E eu achei que seria bom para Harry passar algum tempo no campo.

— E vocês estavam juntos, os três? Como uma família?

Florence olhou para James, então colocou o filho no chão.

— Harry, por que você não leva Snowy para a cerejeira preferida dele? — O menino sorriu para o pai e então correu para o jardim.

Ela falou em voz baixa.

— Preston começou a... demonstrar interesse. Fez perguntas sobre a minha pesquisa, cuidou que Ethel servisse o jantar depois que Harry já estava na cama

— Jantar? O que, só vocês dois?

— Sim. Quando ele ficou sabendo que eu não tinha recebido nenhuma carta sua...

— "Ficou sabendo!" Gostei dessa. Ele foi o *responsável*...

— Eu não sabia. Ele foi muito compreensivo. Passou a dizer que se tivesse uma esposa tão "inteligente" e "radiante" quanto eu, nunca deixaria que eu partisse.

— Aquele canalha...

— Só escute. Ele falou que nunca havia se casado porque não tinha encontrado a parceira certa. Era a palavra que ele insistia em usar. *Parceira.*

James sabia aonde aquilo estava indo. Seu ódio por aquele homem tornava-se mais duro e frio. Florence prosseguiu.

— Então uma coisa estranha aconteceu Ele perguntou se eu costumava beber. Eu disse que bebia uma taça de vinho de vez em quando. Ele falou para eu parar. Disse que o álcool era desastroso, que arruinava os óvulos da mulher e o esperma do homem.

James subitamente viu a imagem do decano no seu gabinete, servindo aqueles copos cheios de uísque âmbar. Não viu o menor problema em beber naquele momento... Exceto que agora James percebia: McAndrew levava o copo aos lábios regularmente, mas na verdade não bebia. Ele se mantinha em condições impecáveis, à espera da "parceira" certa. Florence ainda falava.

— Outra noite, conversávamos sobre ciência. Ele passou a especular que tipo de filhos nós, eu e ele, teríamos juntos. Hipoteticamente, é claro. "Ambos temos sucesso do ponto de vista acadêmico", ele dizia. "Ambos estamos em ótima forma física. Acredito que a nossa prole seria perfeita."

A fúria de James ao ouvir aquelas palavras era como uma enchente de lava que ele precisava manter represada. Sabia que isso era necessário. Precisava que Florence visse que tinha autocontrole agora, que era seu próprio mestre.

No entanto aquela precisamente era sua suspeita oculta, justamente o que James havia imaginado. Que a crença do decano na eugenia não se aplicava apenas à espécie humana de modo geral, mas também à sua vida particular. Ele queria criar um mundo de super-homens, disso não restava dúvida, mas também ansiava por gerar uma família à sua própria imagem, física e intelectualmente extraordinária, um panteão de deuses contemporâneo: homens e mulheres míticos abençoados com perfeição de corpo e mente. E ele, Preston McAndrew, e Florence — a acadêmica de Oxford talentosa o bastante para ter sido medalhista olímpica —, seriam o pai e a mãe fundadores dessa linhagem.

— E o que você respondeu?

— Eu fiquei assustada, James. Muito assustada.

— Ele tocou em você?

— Tentou, uma vez. Mas nunca deixei que chegasse perto de mim. Eu não deixei.

James fechou os olhos brevemente ao digerir o que acabava de ouvir. Fazia sentido para ele que McAndrew não forçasse a barra com uma mulher relutante. Seu objetivo não era prazer imediato. Já esperara tanto por uma "parceira" que considerasse digna da sua semente que seria paciente. É claro que, uma vez encontrado um raro espécime genético como Florence, desejaria que ela produzisse muitos filhos. E isso, ele sabia, exigiria consentimento. McAndrew jogava sem pressa, esperando que a bela inglesa aceitasse por fim que seu marido inútil, aleijado, estava morto ou nunca a encontraria.

James viu Florence olhando para ele de uma forma que nunca vira antes.

— O que foi?

Ela se aproximou.

— Quando planejei esse momento, vê-lo outra vez, o que fiz centenas de vezes, não sabia se diria tudo isso. Tinha medo que fosse, que você....

— Que eu ficasse furioso?

— Sim. Que você ficasse tão magoado, tão furioso, que perderia o controle, que faria algo... terrível.

— Há um mês, tenho certeza de que isso teria acontecido. Mas deixei aquele homem para trás, na Inglaterra, Florence. Como você.

Ela deixou que seus olhos mergulhassem nos dele, os dois juntos num único olhar. Antes de James ser ferido, eles podiam fazer aquilo por minutos, felizes por mergulhar um no outro. Ela falou em voz baixa:

— Eu parti por que não sabia mais como proteger Harry. Não porque tenha deixado de amar você. Nunca deixei de amar você, James.

— Eu entendo porque você fez o que fez. Estava preocupada com a segurança do nosso filho, e eu não a escutei. Não dei ouvidos a nada ou ninguém além de mim mesmo, Florence. Vejo isso agora.

— Mas eu não devia ter feito aquilo. Não foi justo. Você é o pai de Harry. Eu não devia ter feito aquilo. — Ele a observou lutar contra as lágrimas. — Mas todos à minha volta diziam que eu precisava fugir, que era minha responsabilidade. Virginia, Rosemary, Bernard, eles tinham tanta certeza que eu..

— Shhh — disse James, afagando os cabelos dela. — Você é uma boa mãe. Você fez o que achava ser certo.

— Nunca mais vou deixar você — disse Florence. — Nunca. — Ela voltou o rosto para cima, para James, e seus lábios se tocaram em um beijo delicado, cheio da melancolia e do sofrimento daquele longo último mês.

O momento foi quebrado pelo som do choro de Harry. Instintivamente, James foi na direção do jardim dos fundos, mas Florence percebeu que o som vinha da frente da casa. Ela correu para a porta e abriu-a, soltando um grito seco que fez o sangue de James congelar.

Ali, na porta, segurando desajeitado um Harry em lágrimas, estava Preston McAndrew.

— Que bela surpresa — disse o decano. — Aqui estamos nós, brincando de família feliz.

— Solte o meu filho — disse James em uma voz que era puro aço. — Agora.

Harry se contorcia, choramingava ao tentar se desvencilhar. Mas McAndrew não o soltava.

— Não me dê ordens na minha casa, Zennor. — James notou que ele estava desgrenhado; não havia o menor sinal do charme de costume. Parecia ser o que de fato era, um homem em fuga.

— Bote Harry no chão — repetiu James. — Se quiser ferir alguém, fira a mim, não meu filho.

— Muito bem — disse McAndrew, com aquele sorriso de volta aos lábios. — Como você quiser. — Ele se livrou do menino como um homem faria com um cigarro, jogando-o de qualquer jeito no chão. Florence o pegou e o consolou, mas acima da cabeça baixa de Harry seus olhos se arregalaram ao ver o que o decano segurava na outra mão. Um revólver.

— Agora, que tal eu ficar à vontade na minha própria casa? — McAndrew entrou, a arma apontada para James.

— A polícia vai chegar em breve, você deve saber disso — lembrou James, que então olhou para Florence. — Ele está fugindo. É procurado por se envolver com nazistas e por receptação de segredos de Estado roubados.

— É claro — disse McAndrew, com o lábio superior molhado de suor. — Eu sabia que tinha sido você. Não podia ser mais ninguém.

— Sim, infelizmente seu amigo no trem não conseguiu terminar o trabalho. E me matar.

Florence estava espantada e confusa.

— É verdade, minha querida Florence — disse o decano. — Uma vez na vida seu marido demente está dizendo a verdade. — Ele encarou James. — Quando você vai se dar conta de que não é desejado, Zennor? Você não se *enquadra*. Tenho planos para Florence e eu, e não há espaço neles para você.

Florence, que ainda segurava Harry, queimava, tinha sangue nos olhos.

— Eu não encostaria um dedo em você nem que minha vida dependesse disso.

— Calada, minha querida, que isso não lhe diz respeito. Agora, James, serei generoso. Saia agora e deixarei que vá em paz, não há necessidade alguma de usar isso. — Ele agitou a arma.

— Escute, McAndrew, a polícia vai achar você mais cedo ou mais tarde. E então será preso pelo que fez. Mas, se me matar, não será preso. Você vai para a cadeira elétrica.

— Ah, e que diferença isso faria para você? Não me diga que se importa se eu viver ou morrer.

— Pessoalmente, me daria um grande prazer vê-lo morrer agora mesmo, McAndrew. Mas você precisa ser julgado primeiro, e não apenas pelo assassinato de George Lund. Os Estados Unidos também precisam saber o que você estava planejando, quem você estava disposto a ajudar para conseguir o que quer.

— Para quê? Para que eles fiquem loucos para lutar pelo seu velho país fracassado? Esqueça. Zennor, eu vou repetir. Estou lhe dando a chance de salvar sua vida. Apenas concorde em não falar mais nada a respeito de Lund e vá embora. Deixe-me aqui com Florence e Harry.

— Nunca. — Ele olhou para a direita.

— Muito bem, então leve a criança. Eu não o quero de qualquer forma. Ele não é perfeito: é um fraco como o pai. Deixe eu e Florence em paz para fazermos bebês perfeitos.

James conteve a raiva despertada por aquelas palavras, pois não podia se permitir ser distraído. Precisava agir com calma e decisão — e agora era o momento. Em um único movimento ágil, ele se agachou e agarrou a mala de Florence, então atirou-a na altura da barriga de McAndrew. Mas não foi rápido o bastante. O decano apertou o gatilho e a arma disparou com um barulho alto como um trovão.

Florence gritou, enquanto Harry — que chorava — se calou, congelado.

Onde estava a bala? James não sentia dor. Não tinha tempo para pensar naquilo. Ele trombou com McAndrew e o desequilibrou, então puxou para trás o braço livre — o ombro esquerdo defeituoso e mais fraco que desprezava havia tanto tempo — e o usou para desferir um soco no queixo do decano, que caiu para trás desacordado.

James olhou para baixo, temendo ver pela segunda vez na vida uma mancha vermelha de sangue crescendo e se expandindo como uma mancha de tinta mortal. Mas não havia sangue.

Seus olhos dispararam para Florence e Harry. Graças a Deus, estavam sãos e salvos. Ele olhou ao redor na sala e por fim viu que a bala havia sido disparada para baixo e estava encravada no piso de madeira.

James se levantou, exausto. Pegou Harry e o levantou, para que se encarassem olhos nos olhos, e disse as únicas palavras nas quais conseguiu pensar:

— O papai está aqui. O papai está aqui.

# QUARENTA E QUATRO

UMA SEMANA DEPOIS

A tripulação fez uma festa incrível para eles. Não porque soubessem o que James havia feito — apesar de ter sido exatamente por isso que conseguiram permissão para estarem naquele navio —, mas porque eram os únicos civis a bordo, talvez os únicos civis que seguissem naquela direção em todo o Atlântico Norte. Deram para Harry uma boina de marinheiro grande demais para sua cabecinha e insistiam em chamá-lo de capitão.

James precisava agradecer a Ed Harrison. Mais especificamente, ao contato de Ed na Casa Branca. Quando o sujeito ficou sabendo que havia sido um inglês que frustrara o plano de vazar a correspondência roubada de Roosevelt e Churchill — um plano que envolvia um grupo fascista inglês, inteligência alemã, seus aliados nos Estados Unidos e um espião dentro da embaixada americana em Londres —, disse que o governo estava à disposição para atender a todos os seus desejos. Ofereceram todo tipo de recompensa; houve até mesmo boatos sobre uma medalha presidencial. James disse não a tudo. Queria apenas ir para casa

Então pegaram carona em um pequeno navio cargueiro, parte de um grande comboio que levava materiais dos Estados Unidos para a Grã-Bretanha. Foi de Florence a ideia de voltarem imediatamente, independente dos riscos.

— Se fiz a minha parte pela Espanha, então certamente posso fazer a minha parte pelo meu próprio país. Nosso lugar é em casa, na Inglaterra, no lado certo dessa maldita guerra.

— Pode não ser o lado vencedor — disse James.

— Eu sei. Mas é o certo. E é o nosso lugar. — Ela fez uma pausa. — Podemos retomar tudo de onde paramos, não podemos?

— Não, Florence. Não acho que seja uma boa ideia.

— Por quê? — perguntou ela, mordendo o lábio num gesto familiar de aflição.

— Acho que precisamos de um recomeço, você e eu. Sem essa de voltar aos velhos hábitos. Ou melhor, *eu* preciso de um recomeço.

— James, você...

— Não, é sério, Florence. Eu tinha me tornado um velho amargo e irritado. Não fui um bom marido para você. Não fui um bom pai para Harry. Meu próprio filho tinha medo de mim. Pense nisso, meu próprio filho... — A voz de James ficou embargada, e a esposa colocou a mão em seu ombro. Ele prosseguiu: — Eu mudei, Florence. Não era mais o homem com quem você se casou.

— Você levou um tiro, James. Viu seu melhor amigo ser morto. Eu estudei casos como o seu. Você passou por um grande trauma.

— Sim, mas não posso continuar colocando a culpa nisso. E *não* vou. Não mais. Eu estava tão preocupado com meu maldito ombro que não via que havia um mundo aqui fora, e a minha família ao meu lado Eu prometo para você, Florence. Eu mudei uma vez, para pior, admito — Ela riu. — E posso mudar de novo; para melhor, dessa vez. Quero ser um homem melhor.

— Nós dois vamos tornar as coisas diferentes

— Vamos. Não posso prometer que serei perfeito, mas vou tentar. Prometo.

— Mas é exatamente isso, James. Você não vê? Eu não quero que seja perfeito. Não quero viver em um mundo perfeito de máquinas, robôs e linhas retas, onde ninguém sente nada. Esse é o mundo de McAndrew. Eu não quero isso. Quero viver em um mundo de gente de verdade, com suas falhas, defeitos e loucuras, com narizes tortos, vozes engraçadas e, sim, James, ombros tronchos. São as rachaduras que nos fazem humanos, James, você precisa entender isso. Esse é o mundo em que eu quero viver. E quero viver nele com você.

# NOTA DO AUTOR

*Panteão* é um romance, e James, Florence e Harry são personagens ficcionais. No entanto, a história tem raízes nos fatos mais extraordinários.

Um navio com 125 crianças de Oxford e 25 mães de fato deixou Liverpool a caminho da Universidade de Yale na segunda semana de julho de 1940. Os organizadores em Oxford de fato dedicaram as semanas anteriores a preparativos apressados, um processo que o historiador A. J. P. Taylor viria a descrever como "uma corrida precipitada". Depois de chegarem ao lar temporário, um jornal local de fato publicou a manchete "Refugiados encontram novo abrigo em terra que oferece uma promessa de paz ".

Quanto ao mistério maior por fim elucidado por James Zennor, há poucas evidências da existência de uma trama do tipo. Aqueles que atravessaram o Atlântico no navio de passageiros *Antonia*, agora na casa dos 70 ou até mais velhos, têm a mesma visão de James: que as famílias de Yale que abriram suas portas para filhos de estranhos, abrigando-os por quase cinco anos, o fizeram por altruísmo e bondade, e nada mais. Essa história é contada em dois livros muito tocantes,

*Havens Across the Sea*, de Ann Spokes Symonds, uma das crianças de Oxford, e *See You After the Duration*, de Michael Henderson.

No entanto, alguns daqueles que foram resgatados há muito se perguntam a respeito dos motivos, não dos seus anfitriões, mas dos organizadores da iniciativa: por que foram escolhidos? Teria sido a condição de filhos de acadêmicos que tornou seu drama ainda mais premente? De forma sugestiva, o Dr. John Fulton, da Yale Medical School, um dos principais articuladores da iniciativa, disse que o Comitê Acadêmico de Yale para Recepção de Crianças de Oxford e Cambridge esperava salvar "ao menos alguns filhos de intelectuais antes que a tempestade se abatesse". Também é verdade, como James descobriu no romance, que Cambridge rejeitou a oferta de Yale, por temer que, nas palavras de Sir Montague Butler, "isso pudesse ser interpretado como privilégio para uma classe especial".

Se houver qualquer indício de eugenia nisso tudo, não será uma grande surpresa. A crença de que a sociedade deveria encorajar os mais fortes, saudáveis e brilhantes a terem mais filhos, ao passo que pressionava, ou mesmo forçava, aqueles considerados inferiores ou fracos a terem menos filhos ou não terem nenhum era imensamente popular entre as elites britânica e americana do pré-guerra. Em alguns, isso alimentava o sonho de uma nova geração de super-homens, um panteão de quase-deuses destinados a governar uma raça humana cada vez mais forte. Em outros, deu origem a planos perigosos — e letais — para expurgar aqueles considerados inaptos para a vida.

A surpresa histórica é que os defensores da eugenia não eram, como se poderia esperar, excêntricos de direita e racistas. Entre os entusiastas estavam alguns dos maiores intelectuais britânicos, muitos de esquerda, todos reverenciados até os dias de hoje. As citações e os argumentos com que James se deparou na biblioteca Sterling — do grande escritor Bernard Shaw, do filósofo Bertrand Russell, do pai do Estado de Bem-Estar Social William Beveridge, do célebre economista John Maynard Keynes e muitos outros — são reais e fiéis. A pioneira do controle de natalidade Marie Stopes era uma eugenista tão dedicada que deserdou o filho, sob alegação de que este havia casado com uma mulher que usava óculos — arriscando desta forma que seus filhos tivessem visão ruim —, preferindo deixar boa parte de sua fortuna para a Sociedade de Eugenia.

Do outro lado do Atlântico, a ideia tinha apelo igualmente forte entre os círculos mais privilegiados. A eugenia era muito popular em Yale, como atestam as citações reais lidas pelo ficcional Dr. Curtis em seu seminário, inclusive aquela do ex-reitor da universidade James Angell, descrito por historiadores como um "eugenista fanático". Todas as passagens grafadas em itálico e títulos de capítulos de Leonard Darwin são reproduções fiéis do seu livro *What is eugenics*? (no romance, traduzido como *O que é eugenia?*).

As evidências da amplitude com que a teoria eugênica se enraizava na academia americana ficam evidentes na bizarra saga das "fotografias posturais". Dois acadêmicos de fato sonhavam em compilar um Atlas dos Homens e um Atlas das Mulheres e, com esse fim, persuadiram diversas faculdades da Ivy League a convencerem seus novos alunos a posarem nus com pinos fixados às costas. A história completa foi revelada na matéria "The Great Ivy League Nude Posture Photo Scandal", de Ron Rosenbaum, publicada na revista do *New York Times* em janeiro de 1995: a frase "físico é igual a destino", proferida pelo Dr. Curtis, deveria ser creditada a Rosenbaum. O jornalista descobriu que, entre aqueles fotografados sem roupa nesse esforço de identificar uma relação entre aptidão física e capacidade intelectual, estavam o primeiro presidente Bush, Hilary Clinton e Meryl Streep, além dos jornalistas Bob Woodward e Diane Sawyer.

Os dois autores da iniciativa, um de Harvard outro de Columbia, foram aparentemente inspirados por Francis Galton, primo de Charles Darwin, que era fascinado por questões de inteligência e herança e que anteriormente havia proposto a criação de um arquivo fotográfico abrangente da população britânica. Seus herdeiros americanos buscavam realizar esse sonho em seu próprio país, apropriando-se da já existente prática de fotografias de postura dos calouros como fachada para o projeto.

Também relacionada estava a prática aparentemente inofensiva de levar moças de faculdades femininas para Harvard, Princeton ou Yale, experiência relatada por Dorothy Lake no romance. Mais uma vez, isso de fato acontecia e acredita-se que tivesse motivação eugênica, por estimular jovens das elites a se conhecerem e relacionarem, o que um relato da época chamou de "um tipo de serviço de encontros eugênico". A Wolf's Head Society existe e tem uma "tumba" como a vista por James, mas não há qualquer registro de que tenha associações com a eugenia. O mesmo vale para o Elizabethan Club.

Já no que diz respeito ao restante historiado romance, boa parte dele foi fundamentada em registros históricos. O Right Club não é obra da minha imaginação; seus integrantes de fato se reuniam no Russian Tea Room em Londres, com a participação de organizações e indivíduos nomeados. Meu Reginald Rawls Murray é ficcional, mas alguns detectarão uma semelhança com Archibald Maule Ramsay, o parlamentar conservador e agitador antissemita que de fato compôs a cantiga "Land of Dope and Jewry" (aqui traduzida como "Terra de estupidez e judiaria"), cuja letra reproduzi. Depois de 1940, Ramsay passou o resto da guerra atrás das grades, preso sob o Regulamento de Defesa 18b, em parte pelo envolvimento com um suposto espião na embaixada americana.

O homem era Tyler Kent, um personagem notável que tem muito em comum com o Taylor Hastings deste romance. Técnico de criptografia na embaixada de seu país em Londres, ele se envolveu com o Right Club e acabou sendo guardião da lista de membros, mantida em um livro com capa vermelha e fechadura. O caso é exposto em *The Red Book: The Membership List of the Right Club*, editado por Robin Saikia.

O jovem americano retirou da embaixada uma infinidade de documentos, incluindo a correspondência clandestina entre Franklin D.

Roosevelt e Winston Churchill. Ele passou esses papéis para Ramsay, ao que parece na esperança de que chegariam às mãos de políticos americanos isolacionistas dispostos a frustrar a marcha de FDR para a guerra. Os estudiosos concordam que, se aquelas cartas para Churchill viessem a público, Roosevelt poderia ter sido profundamente prejudicado. Elas de fato caíram nas mãos da inteligência alemã. A correspondência pode ser lida na íntegra em *Churchill & Roosevelt: The Complete Correspondence, Volume 1, Alliance Emerging, October 1933-November 1942*, editado e comentado por Warren F. Kimball.

Kent acabou sendo descoberto. Quando as autoridades invadiram sua casa, encontraram quase 2 mil documentos roubados, além das chaves da sala de criptografia da embaixada americana. Ele foi julgado e condenado e, assim como Ramsay, passou o resto da guerra na prisão. Depois voltou a aparecer nos Estados Unidos como proprietário de um jornal ligado à Klu Klux Klan. Kent supostamente morreu na miséria, num estacionamento de trailers no Texas, em 1988.

O contexto americano no qual James Zennor se encontra no fim de julho de 1940 também é, espero, fiel aos fatos. Naquela época, os Estados Unidos como um todo e o campus de Yale em especial estavam divididos pelo debate quanto ao envolvimento do país na guerra. O capelão da universidade, reverendo Sidney Lovett, era um pacifista; outros apoiavam fortemente o apoio à Grã-Bretanha.

Em Washington, certamente havia políticos importantes decididos a desacreditar Roosevelt, com tentativas tanto de sabotar sua reeleição em novembro de 1940 quanto de frustrar sua defesa da ação militar. Hans Thomesen, encarregado de negócios da embaixada alemã, procurou ativamente influenciar a política americana, tanto ao apoiar isolacionistas quanto com anúncios contrários à guerra nos jornais.

Também foi bem documentado que o *Chicago Tribune* era o principal porta-voz do movimento America First, formalmente lançado em setembro de 1940, enquanto a revista *Time*, sob seu editor Henry Luce, era uma ferrenha defensora da intervenção americana.

A ação inicial do romance também é baseada em fatos. Barcelona de fato sediou jogos olímpicos alternativos, as Olimpíadas Populares, em 1936, às vésperas da Guerra Civil Espanhola. As batalhas às quais me refiro durante o conflito são tudo menos ficcionais, com a experiência de guerra de James Zennor inspirada em parte nas de Esmond Romilly, cuja história conheci no excelente *Rebel: The Short Life of Esmond Romilly*, de Kevin Ingram.

Preston McAndrew é inteiramente ficcional e não é baseado em ninguém. Contudo, sua noção da guerra como um fogo purificador é, segundo acredito, nada mais do que a ideia da eugenia levada à sua conclusão lógica — uma ideia em voga nos tempos pré-guerra. Por mais doloroso que seja admitir, um verdadeiro panteão de heróis intelectuais americanos e britânicos acreditava numa teoria que hoje faria a maioria de nós sentir calafrios.

Três gerações depois, temos orgulho da crença de que a Segunda Guerra Mundial foi travada por repulsa moral às ideias personificadas pelos nazistas. A verdade desconfortável, entretanto, é que intelectuais de ambos os lados do Atlântico estavam imbuídos de princípios que hoje consideraríamos terrivelmente próximos ao nazismo. Esse fato, um dos últimos grandes segredos da elite anglo-americana, ficou enterrado por mais de setenta anos. Pode ser chegado o momento de exumá-lo e dar a ele a devida atenção.

# AGRADECIMENTOS

Meu primeiro muito obrigado vai para James Purnell, que em um comentário fortuito mencionou a mãe de um amigo em comum, que foi mandada para Yale durante a guerra. Essa criança se revelou Juliet Hopkins, que foi muito simpática ao falar comigo sobre suas experiências de mais de setenta anos atrás. Devo salientar que as especulações acerca dos verdadeiros motivos da iniciativa de resgate levantadas em *Panteão* são minhas, e não dela.

Felicity Tholstrup foi uma guia paciente de Oxford, conjecturando como a cidade deve ter sido durante a guerra. O Dr. Michael Freeden, antigo professor meu, foi simpático o bastante para voltar ao papel de professor, compartilhando seus conhecimentos sobre a história da eugenia. Li seu inspirador ensaio "Eugenics and Progressive Thought: A Study in Ideological Affinity" há quase 15 anos, e isso certamente ajudou a plantar a semente que cresceu para se transformar em *Panteão*.

Em New Haven, Michael Morand passou longas horas circulando comigo por Yale, além de ter me apresentado — durante o chá no Elizabethan Club — à arquivista da universidade, Judith Schiff, e seu eminente historiador, o professor Gaddis Smith. Ambos foram extremamente generosos com seus conhecimentos, mas sou especialmente grato ao professor Smith ao compartilhar comigo o capítulo sobre eugenia em Yale do seu futuro livro sobre a história da universidade. As citações de arrepiar os cabelos do meu ficcional Dr. Curtis foram reveladas pelo muito real Gaddis Smith.

Dois outros acadêmicos merecem os meus agradecimentos. O Dr. Nigel Townson, da Universidad Complutense de Madri, guiou-me com competência na história, língua e geografia da Espanha durante a Guerra Civil. O professor Tony Badger, diretor do Clare College de Cambridge, foi um virtual coconspirador da dimensão política do romance, levando ao meu conhecimento tanto a correspondência entre Roosevelt e Churchill quanto a figura de Tyler Kent. Os acadêmicos de Oxbridge não recebem muitos elogios nesse romance, mas deixo claro aqui meu grande respeito por Tony Badger.

O eminente jornalista americano Jacob Weisberg compartilhou seus conhecimentos sobre o ambiente ideológico na imprensa americana em 1940, enquanto Jo Rodgers foi simpática o bastante para lançar um olhar americano sobre o manuscrito. Agradecimentos adicionais ao meu ex-colega no *Guardian*, o irrepreensível Tim Radford, por se juntar na busca pelos cânones da eugenia; Steve Coombe, por me aconselhar em questões relacionadas à inteligência e vigilância; a Rebecca Lloyd-Evans, por descobrir uma citação muito importante; a Scott Barlow, dos arquivos da BT, pelas orientações sobre os números de telefone na década de 1940; e aos funcionários da Biblioteca Britânica, por me indicarem as partes relevantes do Mass Observation Archive, que lançou luz sobre a vida cotidiana da Grã-Bretanha nesse período.

Agradecer a Jonathan Cummings é um prazer que se torna cada vez maior a cada livro: mais uma vez, ele provou ser um talentoso escavador de arquivos e camarada constante. Jonny Geller sabe que a palavra "agente" não faz justiça ao que ele faz: ele é uma fonte regular de inspiração e apoio moral, além de ser um dos melhores do ramo. Na

HarperCollins, Jane Johnson, auxiliada pelos sempre competentes Sarah Hodgson e Emad Akhtar, esteve ao meu lado neste romance, mais uma vez provando ser uma editora exigente que de alguma forma consegue combinar rigor e incentivo. O fato de eu ainda não a ter enlouquecido é um tributo a ela, não a mim.

Por fim, gostaria de agradecer à minha esposa Sarah não apenas por seu amor, mas também por seus sábios conselhos. Ela e nossos dois filhos, Jacob e Sam, suportaram muita coisa durante a gestação deste livro: sou mais grato do que consigo exprimir. No fim das contas, *Panteão* fala de um marido e pai que se dá conta de que é a família, acima de tudo, que faz a vida valer a pena. Isso foi algo que já percebi há muito tempo.

Jonathan Freedland, outubro de 2011,

Este livro foi composto na tipologia Palatino Lt Std,
em corpo 10,5/16,65, e impresso em papel off-white,
no Sistema Cameron da Divisão Gráfica
da Distribuidora Record.